苏辙《春秋集解》与《诗集传》研究

刘 茜◎著

图书在版编目(CIP)数据

苏辙《春秋集解》与《诗集传》研究 / 刘茜著. —北京：商务印书馆，2022
ISBN 978-7-100-20111-7

Ⅰ. ①苏… Ⅱ. ①刘… Ⅲ. ①苏辙（1039-1112）—诗歌—学术思想—研究 Ⅳ. ① I207.22

中国版本图书馆 CIP 数据核字（2021）第 133127 号

权利保留，侵权必究。

苏辙《春秋集解》与《诗集传》研究
刘茜 著

商务印书馆出版
（北京王府井大街36号 邮政编码100710）
商务印书馆发行
艺堂印刷（天津）有限公司印刷
ISBN 978-7-100-20111-7

2022年11月第1版	开本 710×1000	1/16
2022年11月第1次印刷	印张 15¼	

定价：86.00元

目 录

凡 例 ………………………………………………………………… 1

绪 论 ………………………………………………………………… 1

上 编 苏辙的《春秋》学

第一章 苏辙《春秋》学著作考述 …………………………………… 5
 第一节 苏辙佚文《春秋说》考辨 ………………………………… 5
 第二节 二苏"五经论"归属考 …………………………………… 10
 第三节 《春秋集解》的成书经过 ………………………………… 17

第二章 苏辙《春秋集解》的解经特点 ……………………………… 20
 第一节 不拘成法、取舍由经的解经方法 ……………………… 20
 第二节 "经""史"结合的阐释思路 …………………………… 33
 第三节 以史为据的解经特点 …………………………………… 45
 第四节 苏辙对"例"的认识 …………………………………… 60

第三章 苏辙《春秋集解》的历史观 ………………………………… 67
 第一节 苏辙的历史变易观 ……………………………………… 67
 第二节 苏辙的夷夏观 …………………………………………… 77
 第三节 苏辙对伦理纲常的维护 ………………………………… 82
 第四节 苏辙的民本思想 ………………………………………… 86

第四章　苏辙对啖助、赵匡、陆淳《春秋》学思想的继承与发展 ………… 91
第一节　苏辙对啖氏师徒思想的继承 ……………………………… 92
第二节　苏辙对啖氏师徒思想的发展与超越 ……………………… 100

第五章　苏辙与朱熹《春秋》学思想异同比较 ……………………… 105
第一节　苏辙与朱熹《春秋》学思想的相同之处 ………………… 105
第二节　苏辙与朱熹《春秋》学思想的不同之处 ………………… 110

结　语 …………………………………………………………………… 114

下　编　苏辙的《诗经》学

第一章　苏辙的《诗经》学著作考述 ………………………………… 117
第一节　苏辙佚文《诗说》考辨 …………………………………… 117
第二节　《诗集传》的成书过程 …………………………………… 122

第二章　苏辙治《诗》的文化背景 …………………………………… 124
第一节　唐中后期《诗经》学的发展 ……………………………… 124
第二节　宋初《诗经》学的变革思潮 ……………………………… 126

第三章　苏辙《诗集传》的解诗特点 ………………………………… 129
第一节　求诗本义 …………………………………………………… 129
第二节　以史证诗 …………………………………………………… 154
第三节　文学与经学的相融 ………………………………………… 163
第四节　义理思想 …………………………………………………… 182

第四章　苏辙对朱熹《诗经》学思想的影响 ………………………… 194
第一节　苏辙的反序思想对朱熹的影响 …………………………… 194
第二节　《诗集传》解诗特点对朱熹《诗经》学思想的影响 …… 196

结　语 ……………………………………………………………… 199

附录一：文学与经学的相融 ……………………………………… 201

附录二：论苏洵的经史观及苏辙《春秋集解》的阐释特征 …………… 214

征引文献 …………………………………………………………… 237

参考文献 …………………………………………………………… 241

后　记 ……………………………………………………………… 243

凡 例

一、本书分上、下两编。上编为《苏辙的〈春秋〉学》，下编为《苏辙的〈诗经〉学》。

二、内容注以脚注形式出现，编码格式为上标的圈码字符。

三、引用文献出处注亦采用页下脚注，其中引用专著标明作者、专著名、主要出版项及页码，完整信息请参见文后征引文献。

四、多次征引同一文献时，采用"[ ][页……]"形式标注，前一"[ ]"所标数目为引文所属书目在征引文献中的序号，后一"[ ]"中所标数目为引文在此书中的具体页码。

五、文章除个别地方因需要而用繁体字之外，余均使用通行的简体字。

六、为节省文字，文中称引前贤时彦之处，皆直呼其名，不赘"先生"字样，敬请谅解。

绪　论

苏辙，字子由，晚号颍滨遗老，眉州眉山人。生于宋仁宗宝元二年（1039），卒于宋徽宗政和二年（1112）。年十九，与其兄同登进士。元丰二年（1079），其兄因"乌台诗案"下狱，辙受累，贬监筠州盐酒税。哲宗年间，苏辙受召返回京师，迁至右司谏、户部侍郎等职。哲宗亲政后，屡遭贬谪，辗转于筠州、雷州、循州等地。徽宗继位，苏辙获赦，后闲居颍川，卒年七十四，谥号"文定"。

苏辙与其兄苏轼的政治遭遇颇为相似。苏氏昆仲一生可谓宦海沉浮，但政治上的失意却成就了二人学术上的成功。兄弟二人的经学著作均成于谪居时期。苏辙致力于《春秋》学与《诗》学的研究，谪居高安期间即着手撰著《春秋集解》《诗集传》，于元丰二年初成。其后在谪居筠州、雷州、循州及闲居颍川期间，苏辙对其仍增删不辍。其兄则完成了《易传》《书传》《论语说》。这五部传著集中代表了苏氏昆仲的经学成就，也是蜀学思想的重要组成部分。本文选取苏辙的《春秋》学与《诗经》学作为研究对象。

北宋初年，经学进入变古时代。汉唐建立的经学体系遭到了前所未有的质疑与挑战。皮锡瑞引王应麟《困学纪闻》云："自汉唐至于庆历间，谈经者守训故而不凿。《七经小传》出而稍尚新奇矣。至《三经义》行，视汉儒之学为土埂。"皮氏评曰："据王应麟说，是经学自汉至宋初未尝大变，至庆历始一大变也。"① 庆历年间（1041—1048），旧有的经学研究体系渐趋瓦解，新的研究体系正在酝酿，宋儒的研究取向决定着宋代学术发展的根本方向。

《春秋》学的发展方向在本质上取决于研究方法与对《春秋》"经""史"性质的认识。汉代以后，儒者在研究方法上对前儒成果多采取专守一家、力诋他说的做法，对于《春秋》"经""史"性质的判定，更是各执一

---

① 皮锡瑞：《经学历史》，周予同注释，中华书局2004年版，第156页。

端、相互攻讦。苏辙《春秋集解》则提出了"择善而从、取舍由经"的治经之法，在研究方法上对传统《春秋》学做了重大改革，纠正了"牵经以就传"的弊端。在《春秋》"经""史"问题的处理上，苏辙继承其父苏洵的"经""史"相资的观点，采取了梳理史实与阐发义理相结合的阐释模式，不仅革除了晋唐以"史"说《春秋》的弊端，也纠正了北宋初年盛行的逞意说经的治学风气。

在《诗经》学方面，自汉代毛郑以后，《诗经》学已形成了较为完整的研究体系，其中"以《序》说诗""以兴解诗"是它的基本解经方法；揭示《诗》的政教寓意则是它的阐释指归。在这种研究体系下，《诗》被视作载道的经学，其作为文学作品的本质特征逐渐被研究者忽视。

到了宋代，传统《诗经》学遭到质疑，宋儒展开了对《序》的批驳，并出现了探求诗本义的解诗取向。苏辙《诗集传》则是从根本上对《诗经》学研究旧体系进行批判和改造的重要著作。苏辙对《诗序》续申句甚至首句的批驳是对汉唐"以《序》说诗"阐释体系的瓦解；他在解经中对"兴"说的取消以及对传统"兴"诗的新阐释是对"以兴解诗"的阐释模式的重大革新。《诗集传》在建立《诗经》学新体系的道路上迈出了重要一步，为南宋朱熹建立《诗经》学新体系做了必要的准备。

苏辙的《春秋集解》与《诗集传》在改造汉唐经学旧体系与缔造宋代经学新体系方面做出了卓越的贡献，在整个经学史上具有重要意义。但作为一代文豪，苏辙受到世人瞩目的是他的文学成就，其经学方面的建树却很少受到关注。加之三苏蜀学与后来居于正统地位的二程洛学有很大的差异，北宋之后，蜀学受到排挤，苏辙的经学思想几为世人遗弃。这也是前人研究苏辙经学思想著述不多的重要原因。

本文在吸收前贤研究成果的基础上，尝试以全新的角度与研究方法对苏辙的《春秋》学与《诗经》学思想进行重新探讨。在研究角度上，笔者将苏辙《春秋集解》与《诗集传》视为系统而完整的经学著作，主要从它的解经系统方面来揭示它作为经学作品的内在特征。在研究方法上，本文将苏辙的《春秋》学与《诗经》学的著作置于整个经学发展史中，通过与汉唐经学的对比，系统地考察它的解经方法与阐释特点，揭示出它在改造汉唐经学研究体系、建立宋代经学新体系方面做出的重大贡献以及对后世经学所产生的深刻影响。

上 编
苏辙的《春秋》学

第一章

苏辙《春秋》学著作考述

第一节 苏辙佚文《春秋说》考辨

《春秋说》见于明茅坤《唐宋八大家文钞》①卷一百六十四,定为苏辙文论。北京大学图书馆馆藏明覆刊宋本《三苏先生文粹》②卷四十四亦收录此篇,同样归于苏辙名下。然该文并不见于苏辙《栾城集》、《栾城后集》、《栾城三集》以及《栾城应诏集》,亦未收录于刘尚荣先生的《苏辙佚著辑考》(陈宏田、高秀芳校点本后附),曾枣庄、马德富点校本所附的《栾城集拾遗》也未将其收录。那么,《春秋说》究竟是苏辙的一篇佚文,还是后人伪作而窜入《三苏先生文粹》与《唐宋八大家文钞》中的呢?要做出确切的判断还得经过一番考证。现将《唐宋八大家文钞》中的《春秋说》全文录于下:

《春秋说》

> 名分立,礼义明,使斯民皆直道而行,则圣人之褒贬未始作也。名分不立,礼义不明,然导以名分,而或知戒;谕以礼义,而或知畏。犹有先王之泽在,则圣人之褒贬因是而作也。名分不足以导之使戒,礼义不足以谕之使畏,而先王之遗意已不复见,则圣人虽欲褒贬,亦末如之何矣。

---

① 茅坤:《唐宋八大家文钞》卷一百六十四,载《景印文渊阁四库全书》第1384册,台湾商务印书馆1986年版,第929页。

② 《三苏先生文粹》卷四十四,载《四库全书存目丛书补编》第33册,齐鲁书社1997年版,第404页。

愚于仲尼作《春秋》见之。周之盛时，赏罚一于主断，好恶公于人心，赏其所可赏，皆天下之同好也；罚其所可罚，皆天下之同恶也。虽鄙夫贱隶，犹知名分、礼义之所在，而不敢犯者。不幸虽幽厉失道，天下版荡，然天子之权未尝倒持，而名分、礼义在天下者，亦不敢踰也。当是时，王迹不熄而雅道存，雅道存而《春秋》不作，则褒贬安所著哉？奈何东迁之后，势已陵替，赏罚之柄不足令天下，而雅道息，雅道息则名分踰而礼义丧矣。然尚有可救者，五霸起而合诸侯，尊天子、葵丘之会、伐原之信、大蒐之礼，有足多者。至如鲁未可动，亦以能秉周礼，使先王纲纪之遗意绵绵有存者。又幸而一时卿士大夫事君行己，忠义之节间有三代人才之遗风。圣人于此知夫导以名分，或使知戒；谕以礼义，或使知畏，故与之善善、恶恶、贤贤、贱不肖，而责备致严，则《春秋》之作，亦其人可得而褒贬欤？逮五霸既没之后，春秋之末，陵迟愈甚，吴越始入中国，干戈纵横，则中国几于沦胥矣。当时诸侯皆五霸罪人，而先王纪纲遗意与夫人才遗风，扫地荡尽，终于田常篡齐、六卿分晋，圣人于此知夫名分不足以导之使戒，礼义不足以谕之使畏，虽欲褒贬，亦末如之何矣。故绝笔获麟，止于二百四十二年。获麟之后，书陈恒弑其君之事，已非圣人所笔。

噫！《春秋》不复作，其人不足与褒贬欤？然自《诗》亡而《春秋》作，孟轲以为"王者之迹熄"。至于《春秋》不复作，则又先王之泽竭焉。可胜叹哉！

文章共分三段，其中前两段是论述的主体，第三段仅为结语。下面，本文将对文章大义作一梳理。

文章第一段指出孔子作褒贬是应历史之需而为之，非自古有之。世道清明之时，名分、礼义各处其位，不相混杂，百姓依道而行，不逾礼义，孔子无须为褒贬之论。及至世风衰落，名分不立，礼义不明，然世人犹缅怀先王遗德，故名分、礼义尚能惩恶扬善、规导世风，孔子此时为褒贬之论即可起到淳化民风、救时革弊的作用。又至世道颓变，名分、礼义已不可令世人戒惧，且先王之遗风也丧失殆尽之时，孔子所谓褒贬之论于世风亦无所用。由此可见，孔子为褒贬之说也需适应时势，世风清明与颓变之期，褒贬之说均难以大行其道、左右世风。

文章第二段则结合史实具体阐述了孔子作《春秋》的起始与绝笔之历史原因。文章指出，在周代兴盛之时，赏罚、好恶公正不偏，名分、礼义深入人心，即使普通百姓也知循规蹈矩、行而不犯。虽幽王、厉王失道，时世动荡，然天子的地位并未遭到摇撼，名分、礼义仍为世人所重，此时民风尚淳、褒贬自在，故《春秋》不作。而当平王东迁、王室衰微、诸侯坐大，名分、礼义始遭遗弃，然鲁国犹尊《周礼》，先王纲纪仍未绝迹。此时，孔子作《春秋》，申名分、明礼义，则可起到重振先王遗风，挽救衰世的作用。再至五霸没后，夷狄进入中原，争战频繁，又至田常篡齐、六卿分晋，世风大坏。此时，孔子既知名分、礼义已为世人所弃，褒贬之论亦不可绳墨世人，故绝笔于获麟。

该文中，作者于首段将"褒贬之论"置于三个不同历史时期，即大治时期、渐衰时期、颓变时期，讨论了"褒贬之论"的成因与消亡以及在不同时期的历史作用。第二段中，作者具体讨论了孔子作《春秋》与历史发展进程之间的关系。作者将周衰后的历史进程具体分为三个阶段：幽厉失道至平王东迁之前、东迁之后至五霸确立为前两个时期，五霸既没至田常篡齐、六卿分晋之间为第三个时期。文章结合这三个历史时期，具体探讨了孔子作"褒贬之说"的肇始与绝笔的历史根源。该文对孔子作《春秋》的历史背景与动因所作的分析，与苏辙《春秋集解》①中的一段注文完全一致。《春秋集解》注《春秋》哀公十四年"春，西狩获麟"条曰：

> 然则《春秋》始于隐公而终于哀公，何也？自周之衰，天下三变，而《春秋》举其中焉耳。其始也，虽幽、厉失道，王室昏乱，而礼乐征伐犹出于天子，诸侯畏周之威，不敢肆也，虽《春秋》将何施焉？及其中也，平王东迁，而周室不竞。诸侯自为政，周道陵迟，夷于列国。迨隐之世，习以成俗，不可改矣，然而文、武、成、康之德犹在，民未忘周也，故齐桓、晋文相继而起，莫不秉大义以尊周室，会盟征伐以王命为首。诸侯顺之者存，逆之者亡，虽

---

① 本文所引苏辙《春秋集解》内容均采自2001年北京语文出版社出版的，由曾枣庄、舒大刚主编的《三苏全书》。该书《春秋集解》部分以明万历二十五年毕氏《两苏经解》本《颍滨先生春秋集解》为底本，以文渊阁《四库全书》本（简称库本）、《经苑丛书》本（简称经苑本）为校本，并以清阮元刻《十三经注疏·春秋正义》作参校。该书是现今最完善的《春秋集解》点校本。

齐、晋、秦、楚之强，义之所在，天下予之，义之所去，天下叛之，世虽无王而其法犹在也。故孔子作《春秋》，推王法以绳不义，知其犹可以此治也。及其终也，定、哀以来，齐、晋既衰，政出于大夫，继之以吴、越、夷、狄之众横行于中国，以势力相吞灭，礼义无所复施，刑政无所复加。虽欲举王法以绳之，而诸侯习于凶乱，不可告语，风俗靡然，日入战国，是以《春秋》终焉。由此观之，则《春秋》起于五伯之始，而止于战国之初，隐、哀适其时耳。……孟子曰："王者之迹熄而诗亡，诗亡然后《春秋》作。"夫二《雅》终于幽王，而《春秋》作于平王，盖与变《风》止于陈灵，陈灵之后六十余年而获麟，变《风》之所不刺，则《春秋》之所不书也。[4][页147—148]

苏辙在这段文字中分析了孔子作《春秋》始于隐公、终于哀公的历史根源，指出"自周之衰，天下三变，而《春秋》举其中焉耳"。苏辙认为在周代走向衰落之后，周历经了三个时期：平王东迁之前、之后为前两个时期，五霸衰落到战国期间为第三个时期。孔子作《春秋》是在第二个时期。苏辙阐明了孔子修《春秋》的历史必然性：第一个时期，褒贬自在人心，孔子无须为褒贬之说；第二个时期，周道陵迟，然民未忘周，孔子作《春秋》即可推王法以绳不义；第三个时期，礼义无所复施，刑政无所复加，《春秋》已无补于世，故孔子绝笔不作。

可以看到，《春秋说》第二段内容与上面注文几乎完全一致，二者均将周衰之后的历史分为三个时期。而对于孔子修《春秋》的历史动因，二者所作的解释也完全一致。而且两文不仅内容类同，在篇章结构与语言运用上也不乏重叠之处，若将其中文句、结构加以对比，二者的一致性则更加明显：

	《春秋集解》卷十二（苏辙）	《春秋说》
周室始衰，平王东迁之前	其始也，虽幽、厉失道，王室昏乱，而礼乐征伐犹出于天子，诸侯畏周之威，不敢肆也。虽《春秋》将何施焉？[4][页147]	不幸虽幽厉失道，天下版荡，然天子之权未尝倒持，而名分、礼义在天下者，亦不敢踰也。当是时，王迹不熄而雅道存，雅道存而《春秋》不作，则褒贬安所著哉？

续表

	《春秋集解》卷十二（苏辙）	《春秋说》
平王东迁之后	及其中也，平王东迁，而周室不竞。诸侯自为政，周道陵迟，夷于列国。逮隐之世，习以成俗，不可改矣，然而文、武、成、康之德犹在，民未忘周也，故齐桓、晋文相继而起，莫不秉大义以尊周室，会盟征伐以王命为首。诸侯顺之者存，逆之者亡，虽齐、晋、秦、楚之强，义之所在，天下予之，义之所去，天下叛之，世虽无王而其法犹在也。故孔子作《春秋》，推王法以绳不义，知其犹可以此治也。[4][页147]	奈何东迁之后，势已陵替，赏罚之柄不足令天下，而雅道息，雅道息则名分踰而礼义丧矣。然尚有可救者，五霸起而合诸侯，尊天子，葵丘之会，伐原之信，大蒐之礼，有足多者。至如鲁未可动，亦以能秉周礼，使先王纲纪之遗意绵绵有存者。又幸而一时卿士大夫事君行己，忠义之节间有三代人才之遗风。圣人于此知夫导以名分，或使知戒；谕以礼义，或使知畏，故与之善善、恶恶、贤贤、贱不肖，而责备致严，则《春秋》之作，亦其人可得而褒贬欤？
五霸既没	及其终也，定、哀以来，齐、晋既衰，政出于大夫，继之以吴、越、夷、狄之众横行于中国，以势力相吞灭，礼义无所复施，刑政无所复加。虽欲举王法以绳之，而诸侯习于凶乱，不可告语，风俗靡然，日入战国，是以《春秋》终焉。[4][页148]	逮五霸既没之后，春秋之末，陵迟愈甚，吴越始入中国，干戈纵横，则中国几于沦胥矣。当时诸侯皆五霸罪人，而先王纪纲遗意，与夫人才遗风，扫地荡尽，终于田常篡齐、六卿分晋，圣人于此知夫名分不足以导之使戒，礼义不足以谕之使畏，虽欲褒贬，亦末如之何矣。
结语	孟子曰："王者之迹熄而诗亡，诗亡然后《春秋》作。"夫二《雅》终于幽王，而《春秋》作于平王，盖与变《风》止于陈灵，陈灵之后六十余年而获麟，变《风》之所不刺，则《春秋》之所不书也。[4][页148]	《春秋》不复作，其人不足与褒贬欤？然自《诗》亡而《春秋》作，孟轲以为"王者之迹熄"。至于《春秋》不复作，则又先王之泽竭焉。可胜叹哉！

通过以上对比分析可以看到，二者在内容结构与语言风格上均存在一致之处，故《春秋说》应是苏辙的一篇佚文。

又据《年表本传》①记载："元符二年闰九月丁丑，有《春秋传后序》。"[28][页1808]《年表》所载此文却并不见于苏辙《栾城集》、《后集》、《三集》以及《应诏集》，亦不见于刘尚荣先生的《苏辙佚著辑考》（陈宏田、高秀芳校点本后附），曾枣庄、马德富点校本所附的《栾城集拾遗》也未将其收录，而苏辙的《春秋集解》十二卷中也未录入《春秋传后序》。由此可以推断，《春秋传后序》应是在后世亡佚了。据孔凡礼《苏辙年谱》载："元符二年闰九月八日，作《春秋传引》。"[54][页578] 孔凡礼认为在元符

---

① 《年表本传》为宋人孙汝听撰，参见曾枣庄、马德富校点《栾城集》书后附录。

二年（1099），苏辙作《春秋传引》，孔凡礼在注中推断该文即今之所见的《春秋集解引》。[54][页578] 本文通过对《春秋说》内容的考察，知《春秋说》与《春秋集解》文末对哀公"十有四年春，西狩获麟"条的注释内容完全一致，应是苏辙的一篇佚文，而《春秋传后序》也是苏辙的一篇佚文。由此可以推断，二者很可能就是苏辙的同一篇佚文，该文成于元符二年。若按孔凡礼将《年表》所载《春秋传后序》视为《春秋集解引》，那么，对于《春秋说》的归属则无法作合理的解释，而且将《春秋传后序》易为《春秋传引》也缺乏可信的证据。因此笔者认为孔凡礼先生之说有误。

第二节 二苏"五经论"归属考

"五经论"——《礼论》《易论》《书论》《诗论》《春秋论》是研究苏氏经学思想的重要材料，然其归属却一直含混不清。苏辙《栾城应诏集》卷四《进论五首》收"五经论"，今本《苏轼文集》（以明项煜序刻《东坡先生全集》七十五卷本为底本）卷二也收"五经论"，① 两处篇目相同，文字略异，显然存在一文两属的情况。2001年出版的由曾枣庄、舒大刚主编的《三苏全书》也将"五经论"分属于苏轼与苏辙名下，也是一文两属。近来，有学者撰文论证了"五经论"应是苏辙所作，是研究苏辙经学思想的重要著作。② 但笔者经综合考察之后，却以为"五经论"应是苏轼所作，为后人窜入苏辙文集。

目前可见到的较早收录"五经论"的几个版本是：日本宫内厅书陵部藏南宋绍兴中刻本《重广分门三苏先生文粹》、北京大学图书馆藏南宋绍兴三十年饶州德兴县银山庄貛董应梦集古堂刻本《重广眉山三苏先生文集》卷五十二、北京大学图书馆藏明覆刊宋本《三苏先生文粹》卷十二，以及《四部丛刊》本《栾城应诏集》（为上海涵芬楼影印景宋写本）。除《四部丛刊》本《栾城应诏集》卷四所收的"五经论"，以及《重广分门三苏先生文粹》卷三所收的《易说》三篇、《诗论》、《春秋论》，将其归在苏辙名下外，其余几个版本均将"五经论"归到苏轼名下。又金王若虚（1174—

---

① 苏轼:《苏轼文集》，孔凡礼点校，中华书局2004年版。
② 参见顾永新:《二苏"五经论"归属考》，《文献》2005年第4期，第179—194页。

1243)《滹南集》卷三十四《文辨》也说明王若虚所见到的"诸本"均将"五经论"的著作权归于苏轼。可见,诸家多以"五经论"为苏轼所作。但有学者则对此提出异议,认为"五经论"应按《四部丛刊》本《栾城应诏集》的收录情况而归在苏辙名下。① 其据李壁曾看到"黄门应制五十篇之文,首论夏、商、周"[59][页549]与《四部丛刊》本《栾城应诏集》卷一至卷五的《进论五首》前三篇顺序一致便初步判断:《四部丛刊》本《栾城应诏集》前十卷"当即杨畋举荐苏辙应制科时所上进卷五十篇",其中即有"五经论"。又据《四库全书总目》卷一百五十四云"盖集为辙所手定,与东坡诸集出自他人裒辑者不同。故自宋以来,原本相传,未有妄为附益者",进而得出结论:"'五经论'是作为苏辙应制科时所上进卷的一部分而收入《应诏集》的,其可靠性勿庸置疑。"但笔者却以为,李壁之语不可作为《四部丛刊》本《栾城应诏集》收录的"五经论"归于苏辙名下为正确无误的证据。李壁(1159—1222),字季章,号雁湖居士,又号石林,丹棱人。李壁的生年是绍兴二十九年,而绍兴三十年已有饶州德兴县银山庄豁董应梦集古堂刻本《重广眉山三苏先生文集》出现,"五经论"已归入苏轼名下,如若李壁又见《栾城应诏集》收"五经论",那么只能说明,李壁之时"五经论"已出现两属的情况。很有可能的是,李壁所见到的版本与《四部丛刊》本《栾城应诏集》源于同一系统的底本,那么李壁之语又岂可为证?而《四库全书总目》所云也不足为据,其所谓"故自宋以来,原本相传,未有妄为附益者"应指苏辙手定的文集,并不包括《栾城应诏集》(有关《应诏集》编纂问题的讨论详见后文),又岂可作为"《栾城应诏集》自成书之始,其'进论'既已包括'五经论'"的证据?再者《三苏文集(粹)》类型的选编本,如日本宫内厅书陵部藏南宋绍兴中刻本《重广分门三苏先生文粹》均将"五经论"放在苏轼名下,又当作何解释呢?

又或提出,中国国家图书馆藏宋刻本宋郎晔注《经进东坡文集事略》,其中的卷四至卷八载东坡"进论",所列二十五篇进论中并无"五经论"。这是否又说明,"苏轼并没有写过'五经论'来应制科"?笔者以为仅据《经进东坡文集事略》来判断东坡是否写过"五经论"为应制科上进卷,不免有些武断。孔凡礼就对此表示怀疑,他在《苏轼年谱》中提出异议:"此五十篇,

---

① 参见顾永新:《二苏"五经论"归属考》,《文献》2005年第4期,第179—194页。

不知是否为《中庸论》等？"[54][页84]（"此五十篇"系指东坡所上进论五十篇，《中庸论》等系指郎晔在《经进东坡文集事略》中所注明的东坡上进卷《中庸》等五十篇。）虽然中国国家图书馆藏宋刻本《东坡应诏集》十卷、国家图书馆藏明成化四年程宗刻本《东坡全集·东坡应诏集》、嘉靖十三年江西布政司刻本《苏文忠公全集·应诏集》与《经进东坡文集事略》之卷次、篇目相同，但如这三个版本均源于同一底本，则不可用来互证。而且即便如《经进东坡文集事略》所说，"五经论"非为东坡应制科上进卷，也不能说明东坡未作"五经论"，况且其父苏洵未参加应制科，也作"六经论"，何况该书所收录的东坡文论遗漏颇多，如东坡所作《论封建》《论秦》《论养士》《论周东迁》等，该书均未收录，焉知"五经论"又不在佚文之列？因此，笔者以为，对"五经论"的归属，我们还需作进一步的考察。以下笔者将从"五经论"的文句章法、思想内容及版本的流传分合等方面对其归属进行综合分析，以期得到更为合理的结论。首先，我们对东坡《易传·系辞传上》《易解》进行研究，希望对解决《易论》的归属有所帮助。

《易论》有一段文字讲到对《周易》九、六为老阴、老阳的看法，认为阴阳之数成于自然，非人力所为，即如圣人，也不能制其予夺。与此意完全相同的语段却可以在东坡所著的《东坡易传·系辞传上》以及他的另一篇文论《易解》中找到，下面我们列表对比这三段文字：

《易论》	《东坡易传·系辞传上》（苏轼）	《易解》（苏轼）
今夫《易》之所谓九六者，老阴、老阳之数也。九为老阳而七为少阳，六为老阴而八为少阴。此四数者，天下莫知其所为如此者也。或者以为阳之数极于九，而其次极于七，故七为少而九为老。至于老阴，苟以为以极者而言也，则老阴当十，而少阳当八。今少阴八而老阴反当其下之六，则又为之说曰，阴不可以有加于阳，故抑而处之于下，使阴果不可以有加于阳也，而曷不曰老阴八而少阴六。且夫阴阳之数，此天地之所为也，而圣人岂得与于其间而制其予夺哉。[53][页52]	九、六为老，七、八为少之说，未之闻也。或曰："阳极于九，其次则七也。"极者为老，其次为少，则阴当老于十，而少于八。曰："阴不可加于阳，故十不用"。十不用，犹当老于八而少于六也，……且此自然而然者，天地且不能知，而圣人岂得与于其间而制其予夺哉？[15][页303]	凡九六为老，七八为少，其说未之闻也。或曰：阳极于九，其次则七也。极者为老，其次为少，则阴当老于十而少于八也。曰：阴不可加于阳，故十不用，十不用，犹当老于八而少于六也，……且夫自然而然者，天地且不能知，而圣人岂得与于其间而制其予夺哉？[53][页192]

从以上对比可以看出，三段文字不仅文意相同，甚至连语序也未稍加变动。无独有偶，《易论》的另一段文字讲解到，七、八、九、六作为阴阳之数是由揲蓍余数所定，故四数仅取以为识，而非其义之所在，不可强为之说，与此意完全相同的语段，也可在《东坡易传·系辞传上》与《易解》中找到，现列表对比如下：

《易论》	《东坡易传·系辞传上》（苏轼）	《易解》（苏轼）
三揲而少者一，此无以异于震坎艮之一奇而二偶也。三揲而多者一，此无以异于巽离兑之一偶而二奇也。若夫七八九六，此乃取以为识，而非其义之所在，不可以强为之说也。[53][页53]	三变而少者一，则"震"、"坎"、"艮"之象也。……三变而多者一，则"巽"、"离"、"兑"之象也。……故七、八、九、六者，因余数以名阴阳，而阴阳之所以为"老"、"少"者，不在是而在乎三变之间八卦之象也。[15][页303]	三变而少者一，则震坎艮之象也，……三变而多者一，则巽坎艮之象也。故七、八、九、六者，因余数以名阴阳，而阴阳之所以为老少者，不在是而在乎三变之间，八卦之象也。[53][页193]

很明显，以上三段文字在文意、文句，甚至语序上均存在着一致性。结合上一列表，不难看出，《易论》中的主要文段均是由《易传·系辞传上》与《易解》中的部分文字和合而成。因此可以判定三篇文章出于同一人之手，而《易传》与《易解》为东坡所作自无异议，那么《易论》也定为东坡所作。接下来我们再考察《书论》。

《书论》开篇即表明作者对商鞅变法所持的批判态度，并认为司马迁称扬商鞅乃是惑于世事之举。《论商鞅》中也有与此意完全相同的语句。现列表对比如下：

《书论》	《论商鞅》（苏轼）
愚读《史记·商君列传》，观其改法易令，变更秦国之风俗，诛秦民之议令者以数千人，黥太子之师，杀太子之傅，而后法令大行，盖未尝不壮其勇而有决也。曰：嗟夫，世俗之人，不可以虑始而可乐成也。使天下之人，各陈其所知而守其所学，以议天子之事，则事将有格而不得成者。[53][页54]	商鞅用于秦，变法定令，行之十年，秦民大悦，道不拾遗，山无盗贼，家给人足，民勇于公战，怯于私斗，秦人富强，天子致胙于孝公，诸侯毕贺。 苏子曰：此战国之游士邪说诡论，而司马迁暗于大道，取以为史。吾尝以为迁有大罪……[53][页155]

不难看出，两处文意完全相同，唯行文方式略异。《书论》虽未如《论商鞅》直陈司马迁之失，然所发之微词显然因司马迁《史记·商君列传》而起，其意实无二致。此外，《书论》中还提到上古君王对民采取的宽导善诱的王道政治，同样的意思也可在东坡所作的《书传》中找到印证。现将

二者对比如下：

《书论》	《书传》（苏轼）
盖盘庚之迁，天下皆咨嗟而不悦，盘庚为之称其先王盛德明圣，而犹五迁以至于今，今不承于古，恐天之断弃汝命，不救汝死。既又恐其不从也，则又曰，汝罔暨余同心，我先后将降尔罪，暨乃祖、先父亦将告我高后曰，作大戮于朕孙。盖其所以开其不悟之心，而谕之以其所以当然者，如此其详也。 ………… 夫三代之君，惟不忍鄙其民而欺之，故天下有故，而其议及于百姓，以观其意之所向，及其不可听也，则又反覆而谕之，以穷极其说，而服其不然之心，是以其民亲而爱之。呜呼，此王霸之所为不同也哉。[53][页54]	然民怨诽逆命，而盘庚终不怒，引咎自责，益开众言，反覆告谕，以口舌代斧钺，忠厚之至。此殷所以不亡而复兴也。后之君子，厉民以自用者，皆以盘庚藉口，予不可以不论。[37][页49—50]（注《尚书·商书》"式敷民德，永肩一心"）

对于君臣关系，《书论》提出了君臣相得、欢然无间的理想状态，此意也可在东坡《书传》中得到印证。

《书论》曰：

> 故常以为当尧舜之时，其君臣相得之心，欢然乐而无间，相与呼俞嗟叹唯诺于朝廷之中，不啻若朋友之亲。[53][页54]

《书传》注《尚书·商书》"伊尹相汤，伐桀"，曰："古之君臣，有如二君而不相疑者，汤之于伊尹……。玄德、孔明，虽非圣人，然其君臣相友之契，亦庶几于此矣。"[37][页11]

我们已知《论商鞅》与《书传》皆出于苏轼之手，由此可以断定《书论》也应为东坡所作。下面来考察《礼论》。

《礼论》提出了礼必合于人情，随时势而易，不可泥古而违逆世情的观点。《中庸论中》也阐发了礼必顺乎人情，应时而易的观点。二者对比如下：

《礼论》	《中庸论中》（苏轼）
且方今之人，佩玉服黻冕而垂疏拱手而不知所为，而天下之人，亦且见而笑之，是何所复望于其有以感发天下之心哉！且又有所大不安者，宗庙之祭，圣人所以追求先祖之神灵，庶几得而享之，以安恤孝子之志者也。是以思其平生起居饮食之际，而设其器用，荐其酒食，皆从其生，以冀其来而安之。而后世宗庙之祭，皆用三代之器，则是先祖终莫得而安也。盖三代之时，席地而食，是以其器用，各因其所便，而为之高下大小之制。今世之礼，坐于床，而食于床上，是以其器不得不有所变。虽正使三代之圣人生于今而用之，亦将以为便安。[53][页57]	今夫五常之教，惟礼为若强人者。何则？人情莫不好逸豫而恶劳苦，今吾必也使之不敢箕踞，而磐折百拜以为礼；人情莫不乐富贵而羞贫贱，今吾必也使之不敢自尊，而揖让退抑以为礼；用器之为便，而祭器之为贵；亵衣之为便，而衮冕之为贵；哀欲其速已，而伸之三年；乐欲其不已，而不得终日；此礼之所以为强人而观之于其末者之过也。[53][页62]

不难看到，两段文字不仅所述观点完全一致，甚至所列举的标志上古礼仪的服饰、器材及行为也十分雷同，由此我们可以推断《礼论》也应是苏轼所作。接下来考察《诗论》。

《诗论》指出：六经之道久传不废是因其近于人情，而世之迂学，若强取其中的"义"与"法"，则必定委曲而莫通。在苏轼《中庸论中》中，我们可以找到与此意完全契合的语句。现对比如下：

《诗论》	《中庸论中》（苏轼）
自仲尼之亡，六经之道，遂散而不可解。盖其患在于责其义之太深，而求其法之太切。夫六经之道，惟其近于人情，是以久传而不废。而世之迂学，乃皆曲为之说，虽其义之不至于此者，必强牵合以为如此，故其论委曲而莫通也。[53][页55]	夫圣人之道，自本而观之，则皆出于人情。不循其本，而逆观之于其末，则以为圣人有所勉强力行，而非人情之所乐者，夫如是，则虽欲诚之，其道无由。[53][页61]

显然，《中庸论中》所表之意与《诗论》完全一致，均认为圣人之道本于人情，若世儒舍本逐末，则圣人之道必不可求。

《诗论》中的另一段文字："夫圣人之为经，惟其《礼》与《春秋》合，然后无一言之虚而莫不可考，然犹未尝不近于人情。"[53][页55]与东坡《礼刑》中的语句也极为相似："而况《礼》与《春秋》儒者之论乎？夫欲追世俗而忘返，则教化日微，泥经术而为断，则人情不安。"[53][页216]由此可以推断《诗论》也应出于苏轼之手。下面我们继续来考察《春秋论》。

《春秋论》指出："天下之人，以为圣人之文章，非复天下之言也，而求之太过。是以圣人之言，更为深远而不可晓。且天下何不以己推之也？"[53][页58]认为世儒解经之弊在于求之太过，同样的意思也见于苏轼的《礼以养人为本论》："三代之衰，至于今且数千岁……是非其才之不逮，学之不至，过于论之太详，畏之太甚也。"[53][页49]

此外，《春秋论》对《公羊》《穀梁》之传也颇表微词。如《春秋论》曰："至于《公羊》《穀梁》之传则不然，日月土地，皆所以为训也。夫日月之不知，土地之不详，何足以为喜，而何足以为怒，此喜怒之所不在也。《春秋》书曰'戎伐凡伯于楚丘'，而以为'卫伐凡伯'，《春秋》书曰'齐仲孙来'，而以为'吴仲孙'，甚而至于变人之国。此又喜怒之所不及也。"[53][页56]此处显然认为两传有失孔子为经之意。同样地对《公羊》《穀梁》之传的贬抑之词，在苏轼的《论郑伯克段于鄢》《论会于澶渊宋灾故》等文论中也不乏印证之处。

概而言之，"五经论"中许多语句均可在苏轼其他文论中找到对应。如就文意而言，苏轼文论中与之相契合处更是不胜枚举。苏氏昆仲思想虽十分接近，且在文论中都表达了他们重视人情的观点，然在行文风格与文句章法上，两者却少有雷同。值得注意的是，在苏辙的其他文论中，我们很难找到这样在文意和句法上极为相似甚至完全相同的整个句子甚至段落，因此，我们认为"五经论"应是苏轼的作品。

那么宋明以来《栾城应诏集》诸本均将"五经论"录入其中，又应作何解释呢？日本宫内厅书陵部藏南宋绍兴中刻本《重广分门三苏先生文粹》与明茅坤《唐宋八大家文钞》为我们提供了重要线索。前者的收录情况是：卷二的"五经论"收苏轼《易论》（附《易说》）、《书论》、《诗论》、《礼论》、《春秋论》；卷三的"五经论"收苏辙《易说》三篇、《诗论》、《春秋论》。其中，《易说》三篇亦见于《栾城第三集》卷八；《诗论》《春秋论》与苏轼"五经论"中的两篇篇名相同，内容迥异，却与茅坤《唐宋八大家文钞》卷一百六十四中的《诗说》《春秋说》篇名不同，内容一致。此外，南宋刻本《重广眉山三苏先生文集》与明覆刊宋本《三苏先生文粹》也收录了文钞本中的《诗说》《春秋说》，两篇文章篇名略异，但内容一致。可见，在二苏的选集中曾存在两篇有关《诗》与《春秋》的完全不同的文论，那么可以断定二苏应各自作了《诗》论与《春秋》论。但值得深究的是，《唐宋八大家文钞》中的《诗说》《春秋说》两篇，并不见于《栾城集》、《后集》、《三集》及《应诏集》，亦不见于刘尚荣先生的《苏辙佚著辑考》（陈宏天、高秀芳校点本后附）以及曾枣庄、马德富校点本所附的《栾城集拾遗》，当然《苏轼文集》也未曾将其录入。由此可以推知，《诗说》《春秋说》定是在二苏总集的编纂中亡佚了。而两篇文章的亡佚也正好为我们解决"五经论"的归属问题提供了重要线索。苏辙的诗文皆收入所谓"栾城四集"中，他在《栾城后集》卷首《栾城后集引》和《三集》卷首《栾城第三集引》中说到，《栾城集》《后集》《三集》皆为其手定，但却未曾提及《栾城应诏集》。苏辙三世孙苏诩说："《太师文定栾城公集》刊于时者，如建安本，颇多缺谬；其在麻沙者尤甚，蜀本舛亦不免，是以览者病之。今以家藏旧本前后并第三集合为八十四卷，皆曾祖自编类者。"[28][页1853—1854]苏诩在此也并未提到《栾城应诏集》。丁丙《善本书室藏书志》卷二十七又云"《应诏集》乃其孙［苏］籀集其策论与应试诸作"，由此可以推断，《栾城应诏集》应不是苏辙手定。因此，极有可能的是，苏辙后人在编辑《应诏集》时，便误将苏轼"五经论"录入，又因苏辙不可能写两篇同一类型的文论，故弃《诗说》与《春秋说》而不用，由此也造成了两篇文章的亡佚，而"五经论"也出现了一文两属的情况，并一直讹传至今。

第三节 《春秋集解》的成书经过

苏辙早岁既已致力于《春秋》学研究，他在《古史后序》中叙道："予少好读《诗》《春秋》，皆为之集传"[54][页545]又《栾城先生遗言》载其孙苏籀述苏辙生前行状曰："公少年与坡公治《春秋》，公尝作论，明圣人喜怒好恶，讥《公》《榖》以日月土地为训，其说固自得之。"[28][页1840]可知，苏辙少年治《春秋》已颇多新论。

据苏辙自叙，其始创《集解》应于谪居高安之时，已逾不惑之年，"故予始自熙宁谪居高安，览诸家之说而裁之以义，为《集解》十二卷"[4][页13]。但其孙苏籀在整理其文稿时，发现苏辙其实在嘉祐元年（1056）已成《春秋说》一轴，《栾城先生遗言》曰："颍昌吾祖书阁，有厨三支，《春秋说》一轴，解注以《公》、《榖梁》、《左氏》、孙复。卷末后题'丙申嘉祐元年冬，寓居兴国浴室东坐第二位读《三传》。'次年夏辰时坡公书名押字。少年亲书此卷，压积蠹简中，未尝开缄。籀偶开之，一一对拟今黄门《春秋集传》，悉皆有指定之说。想尔时与坡公同学，潜心稽考，老而著述大成。遗书具在，当以黄门《集传》为证。据坡公晚岁谓《春秋传》皆古人未至，故附记之于斯。"[28][页1842]苏籀将《春秋说》与黄门《春秋集传》一一对比，发现其中颇多印证之处。故苏籀认为，《春秋说》已是《春秋集解》的雏形，可见苏辙此时已在为著述《春秋集解》而潜心稽考。而据《苏辙年谱》所载，嘉祐元年，苏辙应为十八岁。[54][页11]那么苏辙应在青年时代既已着手著述《春秋集解》。

苏辙正式系统著作《春秋集解》的时间，应是元丰二年（1079）。苏辙《春秋集解引》曰："故予始自熙宁谪居高安，览诸家之说而裁之以义，为《集解》十二卷,及今十数年矣。"[4][页13]又《栾城先生遗言》:"公自熙宁谪高安,览诸家之说,为《集传》十二卷。"[28][页1840]据苏辙自叙,他应在熙宁谪居高安之时开始著述《春秋集解》,但《苏辙年谱》载:"元丰二年,十二月庚申(二十六日)轼责授水部员外郎、黄州团练副使,辙贬监筠州盐酒税。"[54][页195]由此可知,苏辙谪居高安的时间不是在熙宁年间(1068—1077),而是在元丰二年(1079)。又据《年表本传》:"元丰二年,十二月癸亥,轼责授水部员外郎、黄州团练副使,辙亦坐贬监筠州盐酒税。"[28][页1780]可见,苏辙贬监筠州盐酒税的时间应是元丰二年。又《颍滨遗老传上》载:"居二年,子瞻以诗得罪,辙从坐,谪监筠州盐酒税。五年不得调。平生好读《诗》《春秋》,病先儒多失其旨,欲更为之传。《老子》书与佛法大类,而世不知,亦欲为之注。司马迁作《史记》,记五帝三代,不务推本《诗》《书》《春秋》,而以世俗杂说乱之,记战国事多断缺不完,欲更为《古史》。功未及究,移知歙绩溪,始至而奉神宗遗制。"[28][页1283—1284]苏辙在此也说,作《春秋》始于谪监筠州盐酒税期间。因此,可以推断,《春秋集解》始创于元丰二年,苏辙时年四十一岁。

《春秋集解》十二卷的初成时期大约是在元丰四年(1081)。据《苏辙年谱》:"元丰四年,频与兄轼简。时了却《诗传》,又成《春秋集传》。"孔凡礼注曰:"《苏轼文集》卷五十二《与王定国》第十简:'子由在高安,不住得书。'简作于本年之秋。同上第十一简:'子由亦了却《诗传》、又成《春秋集传》。闲知之,为一笑耳。'作于第十简同时。按:此所成者乃初稿,以后尚不断完善,见本谱以后叙事。"[54][页236]据孔凡礼推断,《春秋集解》应在元丰四年已成初稿。

但《春秋集解》并未就此杀青。据《栾城先生遗言》所载:"公曰:'吾为《春秋集传》,乃平生事业。'"[28][页1840]在随后的三十余年里,苏辙对此不间断增删,"每有暇,辄取观焉。得前说之非,随亦改之"。[4][页13]

绍圣初年(1094),苏辙再遭贬谪,谪居期间,苏辙乃整饬旧文、详加删改。绍圣四年(1097),苏辙以《春秋集解》示其兄轼,轼颇为赞赏。《年谱》曰:"绍圣四年,兄轼论辙作《诗传》《春秋传》《古史》三书,以为皆古人所未至;论辙解《老子》差若不及。"[54][页562]

元符二年(1099),苏辙作《春秋传后序》。据上文所考,此文即今之佚文《春秋说》。

从绍圣至元符年间（1094—1100），苏辙再易其稿，完稿后又示于坡公，坡公谓其为"千载绝学"，见《栾城先生遗言》："绍圣初，再谪南方，至元符三易地，最后卜居龙川白云桥，《集传》乃成。叹曰：'此千载绝学也。'既而俾坡公观之，以为古人所未至。"[28][页1840]

但苏辙仍未搁笔，崇宁年间直至政和年间（1102—1117），其虽已近垂暮之年，仍对《春秋集解》增删不断。《年表本传》载曰："及归颍昌，时方诏天下焚灭元祐学术，辙敕诸子录所为《诗》《春秋传》《古史》，子瞻《易》《书传》《论语说》以待后之君子"[28][页1815] 苏辙归返颍昌是在崇宁三年（1104）。① 《年谱》曰："崇宁三年，是岁，《春秋传》成。"② 可见，苏辙至崇宁三年已对《春秋集解》做了全面整理。又据《年谱》载："政和元年，冬，得侄迈等所编其父轼之手泽，其中有元符间轼为辙所作《老子新解》之跋。十二月十一日，再跋所作《老子新解》（即老子《道德经解》）。"孔凡礼将此文补充于下："《再题老子道德经后》③：'予昔南迁海康，与子瞻兄邂逅于藤州，相从十余日，语及平生旧学，子瞻谓予：子所作《诗传》《春秋传》《古史》三书，皆古人所未至，惟解《老子》，差若不及。予至海康，闲居无事，凡所为书，多所更定。……然予自居颍川十年之间，于此四书复多所删改，以为圣人之言，非一读所能了，故每有所得，不敢以前说为定，今日以益老，自以为足矣，欲复质之子瞻而不可得，言及于此，涕泗而已。十二月十一日，子由再题。'"[54][页651—652] 是时，苏辙已近耄耋之年，仍笔耕不辍、反复增删。故《春秋集解》自始撰至定稿历经三十年余年之久。

---

① 据孔凡礼撰《苏辙年谱》载："崇宁三年，正月五日，自汝南还颍川，赋诗。"（第608页）
② 孔凡礼据《栾城后集》卷四《春深》其三："前年仅了《春秋传》。"是诗作于崇宁五年（1106），故孔氏推知苏辙成《春秋传》应在崇宁三年。参见孔凡礼撰《苏辙年谱》，学苑出版社2001年版，第612页。
③ 此题乃本谱撰者所加。

第二章

苏辙《春秋集解》的解经特点

第一节 不拘成法、取舍由经的解经方法

一、苏辙治《春秋》的学术背景

《春秋》学发展至唐代已呈衰落之势。开元十六年（728），国子祭酒杨玚奏言曰："且今之明经，习《左传》者十无二三，若此久行，臣恐左氏之学，废无日矣。……又《周礼》、《仪礼》及《公羊》、《穀梁》殆将绝废，……亦量加优奖。"[24][页4820]可见，开元年间（713—741），《春秋》学已渐式微。但到了唐中后期，《春秋》学的发展却出现了一些新的气象。啖助、赵匡、陆淳师徒三人在《春秋》学上多有创见。啖氏等不仅对唐代居于正统地位的左氏之学提出颇多异议，而且批驳前儒各守家法、尽弃他传的治经之法，提出"择善而从"的观点。皮锡瑞评曰："唐人经说传今世者，惟陆淳本啖助、赵匡之说，作《春秋纂例》《微旨》《辨疑》。谓：左氏，六国时人，非《论语》之丘明；杂采诸书，多不可信。《公》《穀》口授，子夏所传；后人据其大义，散配经文，故多乖谬，失其纲统。此等议论，颇能发前人所未发。"[22][页152]在皮氏看来，啖氏等对《左传》作者及解经内容的质疑，无疑为唐代一片沉顿的《春秋》学注入了一股新鲜气息。

宋代初年，唐及五代之后经学的颓势已与历史的发展进程不相适应，学术革新运动提上日程，宋代进入了经学的变古时代。① 仁宗年间，《春秋》

---

① 皮锡瑞《经学历史》把先秦至清代的经学历史划分为十个时期，其中宋代被认为是"经学变古时代"。

学得到一定程度的发展,孙复①、胡瑗、刘敞等在《春秋》学上已有相当造诣,其中尤以孙复为最。孙复以治《春秋》闻名,他的《春秋尊王发微》是宋代《春秋》学史上的重要著作,对后世产生了深远的影响。孙复《春秋》学思想主要表现为对《春秋》"尊王"大义的阐发。他在《春秋尊王发微》开篇既已揭示出仲尼著《春秋》的"尊王"目的。如孙复解"元年春王正月"云:

> 孔子之作《春秋》也,以天下无王而作也,非为隐公而作也。然则《春秋》之始于隐公者,非他,以平王之所终也。何者?昔者幽王遇祸,平王东迁,平既不王,周道绝矣。观夫东迁之后,周室微弱,诸侯强大,朝觐之礼不修,贡赋之职不奉,号令之无所束,赏罚之无所加,坏法易纪者有之,变礼乱乐者有之,弑君戕父者有之,攘国窃号者有之。征伐四出,荡然莫禁。天下之政,中国之事,皆诸侯分裂之。平王庸暗,历孝逾惠,莫能中兴,播荡凌迟,逮隐而死。夫生犹有可待也,死则何所为哉!故《诗》自《黍离》而降,《书》自《文侯之命》而绝,《春秋》自隐公而始也。[10][页3]

孙复开宗明义地指出孔子修《春秋》是因"天下无王而作"。他指出,隐公前后是周王朝的转折时期,此时周室衰微、平王东迁,周天子名存而实亡,故《春秋》始于隐公表明了孔子作《春秋》的目的是惩戒乱臣贼子、重申周王之尊。孙复确立了《春秋》"尊王"的大旨,并将对经义的阐发落实在"尊王"大义之上,表现出与《左》《公》《穀》完全不同的解经取向。如《春秋·桓公五年》记载了周天子与郑伯之间所展开的一场著名战役"繻葛之战"。其文曰:"秋,蔡人、卫人、陈人从王伐郑"。这场战役中,周天子率领的军队不仅被郑庄公一举击破,且其本人也被郑庄公的部下射伤,威信大损。周天子自此一蹶不振,再无力统治各诸侯国,春秋诸侯争霸的格局也由此而形成。对于如此重大的历史事件,《春秋》却由于文辞简约,并未对事件的起因、经过及意义做必要的陈述。《左传》则对史实做了详细的补充:"夏,齐侯、郑伯朝于纪,欲以袭之。纪人知之。王夺郑伯政,郑伯不朝。秋,王以诸侯伐郑,郑伯御之。王为中军;虢公林父将右

---

① 孙复(992—1057),字明复,平阳人。早年曾多次考进士不第,后来筑屋于泰山之阳,研习《春秋》,著书讲学,学者称之为泰山先生。

军,蔡人、卫人属焉;周公黑肩将左军,陈人属焉。郑子元请为左拒,以当蔡人、卫人;为右拒,以当陈人,曰:'陈乱,民莫有斗心。若先犯之,必奔。王卒顾之,必乱。蔡、卫不枝,固将先奔。既而萃于王卒,可以集事。'从之。曼伯为右拒,祭仲足为左拒,原繁、高渠弥以中军奉公,为鱼丽之陈。先偏后伍,伍承弥缝。战于繻葛。命二拒曰:'旝动而鼓!'蔡、卫、陈皆奔,王卒乱,郑师合以攻之,王卒大败。祝聃射王中肩,王亦能军。祝聃请从之。公曰:'君子不欲多上人,况敢陵天子乎?苟自救也,社稷无陨,多矣。'夜,郑伯使祭足劳王,且问左右。"[13][页104]《左传》在此详细交代了"繻葛之战"的起因乃是郑庄公偷袭纪国,周桓王则欲借此打击郑国势力,夺郑庄公之权,而此举激怒了郑庄公,庄公遂不复朝王。周桓王为维护王室尊严,便亲率王师并陈国、蔡国、卫国联军攻打郑国。《左传》也详细交代了郑伯如何使计击破周天子及诸侯联军与周桓王中箭的过程,对《春秋》所载"繻葛之战"的史实做了生动的还原。可以看到,《左传》多着力于史实的陈述,并不涉及义理的分析。《公羊》《穀梁》则着重于对《春秋》微言大义的阐发。《公羊》注曰:"其言从王伐郑何?从王,正也。"[8][页72]《公羊》在此揭示了"从"字所隐含的微言大义乃是"正",即"合礼"之意。原因是此战为周天子率军亲征,蔡人、卫人、陈人为周天子所统领,故这些诸侯之师只能是跟随出战。《穀梁》注曰:"举从者之辞也。其举从者之辞何也?为天王讳伐郑也。郑,同姓之国也,在乎冀州,于是不复,为天子病矣。"[8][页72]《穀梁》也着重阐发了"从"字的微言大义,但意义却与《公羊》有所差异。《穀梁》认为周天子征伐同姓诸侯国并非一件光彩的事,故经文用"从"字是为周天子的行为避讳。宋代孙复则对经文做了不同于《左》《公》《穀》的解释:"威王①以蔡人、卫人、陈人伐郑,郑伯叛王也。其言'蔡人、卫人、陈人从王伐郑'者,不使天子首兵也。案十四年'宋人以齐人、蔡人、卫人、陈人伐郑',僖二十六年'公以楚师伐齐',定四年'蔡侯以吴子及楚人战于柏举',皆曰'以',此不使天子首兵可知也。威王亲伐下国,恶之大者,曷为不使首兵?天子无敌,非郑伯可得伉也。故曰:'蔡人、卫人、陈人从王伐郑'以尊之。尊威王,

---

① 孙复《春秋尊王发微》均将"桓王"写作"威王",见《景印文渊阁四库全书》第147册,台湾商务印书馆1986年版。

所以甚郑伯之恶也。夫郑同姓诸侯，密迩畿甸，威王亲以三国之众伐之，拒而不服，此郑伯之罪不容诛矣。"[10][页17—18]孙复认指出，《春秋》不书"王以诸侯之师伐郑"，一方面是为了突出周天子至尊无上的地位，另一方面也是为了贬斥郑伯的犯上行为。孙复认为，天子因至尊无上，故任何与其相对抗或不愿臣服的诸侯国，无论理由为何，均罪不容诛。相较于三传而言，孙复解《春秋》阐发"尊王"大义的旨义是十分明显的。这也使得他在对三传据《春秋》反映的史实所作的解释，采取了弃而不用的态度。

孙复的《春秋》学思想在宋代产生了深刻的影响，尤其是他在《春秋》义理方面的深入阐发是前人所不及的，这一点也深得朱熹赞赏。朱熹云："近时言《春秋》者，皆是计较利害，大义却不曾见。如唐之陆淳，本朝孙明复之徒，他虽未能深于圣经，然观其推言治道，凛凛然可畏，终是得圣人个意思。"[69][页2174]欧阳修对孙复的《春秋》之学也颇为推崇，他在《孙明复先生墓志铭》中说："先生治《春秋》，不惑传注，不为曲说以乱经。其言简易，明于诸侯大夫功罪，以考时之盛衰，而推见王道之治乱，得于经之本义为多。"[10][页126]欧阳修认为孙复治经简易明了，多得圣人之义。孙复弟子甚众，至神宗年间，其《春秋》学思想已广为流传。

到了神宗熙宁年间，《春秋》之学又发生重大变化。这一时期，王安石得到重用，他不仅在政治上采取了一系列改革措施，在文化领域也推行了大规模的革新运动。王安石不满于汉唐以来儒者对经典的注疏，重新对《诗》《书》《周礼》做了诠释，著成《三经新义》。在对待《春秋》的态度上，王安石采取了更为激进的做法。他对《春秋》颇为不满，甚至诋之为"断烂朝报"。当然，关于这一说法历来也有争议，但笔者以为此事应不是杜撰。南宋周麟之为孙觉《春秋经解》作跋曰："先君潜心《春秋》二十年，得成说于邮上孙先生莘老，其书家传三世矣，兵火焚荡，遂为煨烬。及寓居江浙，尝诵其说以授学者。予每得而听之。一日，先君为余言：初，王荆公欲释《春秋》以行天下，而莘老之传已出，一见而有惎心，自知不复能出其右，遂诋圣经而废之曰：'此断烂朝报也。'不列于学官，不用于贡举者积有年矣。"① 据周麟之所述，他是从其父那里得知王安石曾诋

---

① 周麟之:《春秋经解·后跋》，载《景印文渊阁四库全书》第147册，台湾商务印书馆1986年版，第781页。

《春秋》为"断烂朝报"的。当然,其中的王安石因对孙觉有嫉妒之心而诋《春秋》的说法似有些牵强,但王安石诋《春秋》之事应不是谬传。《宋史》对此也有记载:"初,安石训释《诗》《书》《周礼》,既成,颁之学官,天下号曰'新义'。晚居金陵,又作《字说》,多穿凿傅会。其流入于佛、老。一时学者,无敢不传习,主司纯用以取士,士莫得自名一说,先儒传注,一切废不用。黜《春秋》之书,不使列于学官,至戏目为'断烂朝报'。"① 又苏辙《春秋集解引》也载此事:"近岁王介甫以宰相解经,行之于世。至《春秋》,漫不能通,则诋以为断烂朝报,使天下士不得复学。"[4][页13] 苏辙虽与王安石在政见上多有抵牾,但对王安石的人品却十分敬重,因此苏辙是不大可能凭空诋毁王安石的。可见王安石诋《春秋》应是实有其事。当朝重臣王安石对于《春秋》及三传的态度直接影响到时人的治学风尚,《春秋》之学几为时人所弃。

面对北宋前期《春秋》学的种种发展状况,苏辙颇为忧心,他说:"予少而治《春秋》,时人多师孙明复,谓孔子作《春秋》略尽一时之事,不复信史,故尽弃三《传》,无所复取。"[4][页13] 苏辙认为,孙复视《春秋》为不刊之论而弃三传于不顾的做法对《春秋》学的发展极为不利,又因孙复思想影响其广,这就很可能导致宋代《春秋》学走上逞意说经的极端。对于王安石在《春秋》学上采取的做法,苏辙也颇有微词,他认为王安石作为朝廷重臣、一代名儒,将《春秋》诋为断烂朝报的言论极有可能会使世人彻底摒弃《春秋》之学,甚至会导致北宋《春秋》学的没落。苏辙进而对北宋初年《春秋》学的总体发展状况提出了批评:"孔子之遗言而凌灭至此,非独介甫之妄,亦诸儒讲解不明之过也。故予始自熙宁谪居高安,览诸家之说而裁之以义,为《集解》十二卷,及今十数年矣。"[4][页13] 在苏辙看来,不仅孙复、王安石,北宋诸儒治《春秋》均存在解说不明、不传孔子之意的问题。面对北宋《春秋》学发展出现的种种弊端,苏辙遂产生了重注《春秋》的想法,并形成了他独特的《春秋》解经方法。

二、不拘成法、取舍由经的指导思想

《春秋》本是鲁国的一部编年史书,由于文字简约,此后便出现补充经

---

① 脱脱等撰《宋史》卷三百二十七,中华书局1977年版,第10550页。

义的《左传》、《公羊传》与《穀梁传》。三传之中,《左传》重在发挥史实,《公羊》《穀梁》重在阐发义理。自汉以来,诸儒治经往往自成一派,各守家法。西汉董仲舒专治《公羊》学,其《春秋繁露》便是对《公羊》学的发挥之作。在汉武帝的推广下,《公羊》学曾一度成为显学,《左传》与《穀梁》之学则处于颓势。魏晋以后,《左传》渐为儒者所重,其中治《左传》最为卓著者当推杜预。杜预坚守《左传》,力诋《公》《穀》,对于其中文句,更是不复征引。杜预云:"古今言《左氏春秋》者多矣,今其遗文可见者十数家。大体转相祖述,进不成为错综经文以尽其变,退不守丘明之传。于丘明之传,有所不通,皆没而不说,而更肤引《公羊》《穀梁》,适足自乱。预今所以为异,专修丘明之传以释经。经之条贯,必出于传;传之义例,总归诸凡。推变例以正褒贬,简二传而去异端,盖丘明之志也。其有疑错,则备论而阙之,以俟后贤。"[14][页52]杜预认为魏晋时期治《左氏春秋》者并不在少数,但大多停留于转述征引,不仅不能阐扬《春秋》中的宏纲大旨、微言奥义,也不能将丘明解经之意昭明于世,逢及传文不能解释之处,便避而不谈,甚至采用《公羊》《穀梁》的说法来解释经义,致使《春秋》之学多有违失。可见杜预著《春秋经传集解》的一个重要原因便是摒弃《公羊》《穀梁》之中所涉及的妖祥灾异之说。独标丘明的《左传》之学。杜预独尊《左传》,尽弃《公》《穀》的解经之法对后世产生了深远的影响。魏晋时期,杜预注《左传》的《春秋经传集解》大行于世,习《左传》者咸尊杜注。隋唐统一,孔颖达取杜注作《五经正义》,杜注遂取得正统地位,而《公》《穀》之学却几近废绝。唐中后期,《春秋》又有一变,杜预专守《左传》,力诋《公》《穀》的解经之法遭到了啖助、赵匡、陆淳的批驳。啖氏曰:"《春秋》之文,简易如天地焉,其理著明如日月焉。但先儒各专守一传,不肯相通,互相弹射,仇雠不若;诡辞迂说,附会本学,鳞杂米聚,难见易滞。益令后人不识宗本。因注迷经,因疏迷注,党于所习,其俗若此。老氏曰:大道甚夷,而人好径。信矣。故知三传分流,其源则同,择善而从,且过半矣。归乎允当,亦何常师!"[5][页382]啖氏认为《春秋》三传虽说解各异,但均从不同的角度对《春秋》进行了阐释,先儒如果采取专守一传、力诋他传的做法,则必定会与孔子作《春秋》的宗旨相背离,因此啖氏主张兼采三传、择善而从,这一解经方法彻底打破了前人独守"家法""师法"的做法。不过啖氏等人在治经的具体过程中，对三传又多有否定，实际上摒弃三传、发挥己意，即采取了所谓的"舍传求经"之法。啖氏等的《春秋》学思想对北宋《春秋》学的发展产生了深刻的影响。北宋初年，孙复、孙觉对啖、赵、陆"舍传求经"的治学方法大加发扬，甚而走向逞意说经的极端。

（一）杂取众家、取舍由经

对于前儒在三传上采取的取舍之法，苏辙做了深刻的反思。他首先对北宋影响甚大的孙复尽弃三传的做法提出了批驳。他说："时人多师孙明复，谓孔子作《春秋》略尽一时之事，不复信史，故尽弃三《传》，无所复取。"[4][页13]苏辙认为孙复对三传尤其是对《左传》采取的否定态度是不足取的。他指出："予以为左丘明鲁史也，孔子本所据依以作《春秋》，故事必以丘明为本。杜预有言：'丘明授经于仲尼，身为国史，躬览载籍。其文缓，其旨远，将令学者原始要终，寻其枝叶，究其所穷。优而柔之，使自求之；餍而饫之，使自趋之。若江海之浸，膏泽之润，涣然冰释，怡然理顺。'斯言得之矣。"[4][页13]苏辙认为孔子修《春秋》是据鲁国史书而作，左丘明为鲁国史官，《左传》应具有较高的史料价值，是对《春秋》史实的必要补充。在苏辙看来，杜预对《左传》史学价值的重视是值得肯定的，他甚至引用杜预对《左传》的溢美之词来表达他对《左传》的赞赏之情。但对于杜预独尊《左传》而尽弃《公》《穀》的做法，苏辙也未予认可。苏辙曰："至于孔子之所予夺，则丘明容不明尽，故当参以公、穀、啖、赵诸人。然昔之儒者各信其学，是而非人，是以多窒而不通。"[4][页13]苏辙认为对于《左传》的不明之处，则应采取《公》《穀》之说，如若《左》《公》《穀》均有不明之处，则应参以啖、赵等人的看法。在苏辙看来，前儒治《春秋》各守一派、力诋他说的治学态度是导致《春秋》经义不明的重要原因，因此他主张采取不拘成法、博采众家的治经之法。苏辙引用老子的观点作为治经的指导思想，辙曰："老子有言：'学不学，复众人之所过，以辅万物之自然而不敢为。'予窃师此语。"苏辙谙熟于《老子》，著有《老子解》，其中，苏辙对此句有一注："非无学也，学而不学，故虽学而不害于理。然后内外空明，廓然无为，可以辅万物之自然，而待其自成矣。"[26][页467]从句注释中，我们可以看到苏辙对传统的训释进行了改造。苏辙强调的不是"无为"，而是"为"；不是"无学"而是"学"，但又不可因所为、所学而使思想受到束缚，而是要做到学而不泥于所学，学而超越于所学。唯其如此，方可顺应万物的内在规律而有所成就。可见，苏辙所主张的不是行为的"无为"，而是在行为积极有为的基础上做到思想的"无为"，也即顺应自然规律而不泥于物。苏辙对《老子》旧释的改造是对传统老子无为思想的重大突破。这一思想也成为苏辙治《春秋》的指导思想，他说："予窃师此语。故循理而言，言无所系；理之所至，如水之流，东西曲直，势不可常，要之于通而已。"[4][页13]苏辙认为在解经之时，应以理通经文为根本出发点。只要能使经文得到合理的解释，则无须专守一家之说，也无须遵循固定的法则。苏辙这种"取舍由经"的观点决定了他在治《春秋》之时，采取了与前儒不同的方法，也即不泥成说，不守师法、家法，取舍众家之说以为我用的治经之法。苏辙不仅在对《春秋》治学方法的认识上显示了相当的自觉性，并且在解《春秋》的具体实践中也对《左传》、《穀梁传》、《公羊传》以及前儒所作的《春秋》传注采取了"择善而从、取舍由经"的治学态度。

如《左传》注《春秋》隐公三年"秋，武氏子来求赙"曰："武氏子来求赙，王未葬也。"[13][页28]所谓赙，即丧礼送给死者亲属的慰问品。《左传》此处交代了经书"武氏子来求赙"是周平王未下葬的缘故，未涉义理。《公羊》注曰："武氏子者何？天子之大夫也。其称武氏子何？讥。何讥尔？父卒，子未命也。何以不称使？当丧未君也。武氏子来求赙，何以书？讥。何讥尔？丧事无求，求赙，非礼也。盖通于下。"[8][页44]《公羊》以为武氏子已是天子大夫，理应沿袭爵位，但周平王刚去世，新王尚未受命称君，故不能称武氏子为"使"。《公羊》认为，经不称其爵，是对之有讥贬之意。至于经何以不书"使"，《公羊》以为，因平王未葬，新即位的天子未正式命之为大夫，故不书"使"。《公羊》进而就"武氏子来求赙"之事阐发了义理，指出丧事本无求赙之礼，周王派人来求赙即是周王无礼，故经文对周王有讥贬之意；但天子之丧，诸侯应不待求而呈王赙，今鲁未致赙，而使周王来求赙，则是鲁的过错，故经文对鲁有讥贬之义。《穀梁》注曰："武氏子者何也？天子之大夫也。天子之大夫，其称武氏子何也？未毕丧，孤未爵，未爵使之，非正也。其不言使，何也？无君也。归死者曰赙，归生者曰赗，曰归之者正也，求之者非正也。周虽不求，鲁不可以不归，鲁虽不归，周不可以求之，求之为言，得不得未可知之辞也。交讥之。"[8][页44]《穀梁》解释说，武氏子是周天子的大夫。既然如此，那么经文又为何要称他为"武氏子"呢？这是因为去世的天子丧事还未结束，新的天子还未正式任命他。未任命便派他出使，这是不合礼法的行为。经文为什么不称他为"使"呢？因为新君尚未即位。赠给死者助祭的叫"赗"，赠给生者作为慰问的叫"赙"。馈赠本是合礼的，但求取来的就不合礼制了。即使周王室不来求取，鲁国也必须向周王室馈赠；但如果鲁国不向周王室馈赠，周王室则不可以越礼向鲁国求取。经文用"求"这个字，就是说最后能否得到馈赠还是未知之数。经文这样写对周王室和鲁国都有讥讽之意，不难看到，《穀梁》所释与《公羊》实无二致，但较《公羊》更为详细。对比三传之义，可以看到，《左传》交代了经文涉及的事实，《公》《穀》则发掘了经文的褒贬之义。

苏辙对三传之说采取了兼而用之的做法。《春秋集解》曰："武氏子者，天子之大夫也，其称武氏子，何也？未毕丧，孤未爵也。未爵而使之，非正也。不言使，桓未君也。归死者曰赗，归生者曰赙。归之正也，求之非正也。周虽不求，鲁不可以不归；鲁虽不归，周不可以求之。交讥之也。"[4][页20]《春秋集解》对"武氏子"何以不称爵、不称使的说明以及对整句经文所包含义理的阐释均采用了《公》《穀》的说法，而《左传》所交代的"王未葬"的史实也融于其中。可见，苏辙的这段注释是兼采了三传之义。

再如《左传》注僖公五年"公及齐侯、宋公、陈侯、卫侯、郑伯、许男、曹伯会王世子于首止"，曰："会于首止，会王大子郑，谋宁周也。"[13][页305]周宣王的母弟名子带，有宠于惠王之后，惠王因后之故欲废太子郑而立带。齐桓公为安定太子之位，避免周室之乱，率诸侯会太子郑于首止。《左传》在此对齐桓公会太子于首止的目的做了交代。《公羊》注曰："曷为殊会王世子？世子贵也，世子犹世世子也。"[8][页159]《公羊》以为经文应当把王世子序列于诸侯之上，经文却特书"会王世子"，因世子乃天子之子，地位尊崇，故经文有尊王世子之意。《穀梁》注曰："及以会，尊之也。何尊为焉？王世子云者，唯王之二也，云可以重之存焉，尊之也。何重焉？天子世子，世天下也。"[8][页159]《穀梁》也认为经文有尊世子之义，与《公羊》之义无有二致。

《春秋集解》首先对与经文相关的史实做了如下补充："惠王世子郑也。王以惠后故，将废郑而立带，故齐桓帅诸侯而会之，以定其位。"[4][页57]

这段内容显然参照了《左传》"谋宁周"之意。在接下来的文段中,《春秋集解》则着重于义理的阐发,苏辙曰:"世子不名而殊会,尊之也。首止之会,非王志。帅诸侯以定世子为义也,然而诸侯不以王命而会世子,世子不以王命而出会诸侯,衰世之事也。"[4][页57]苏辙认为,经文书"会王世子"而不书王世子之名确有尊王世子之义。这一层意思与《公》《穀》之义完全一致,显然是对《公》《穀》之说的借鉴。

苏辙解经尤为重视《左传》的史料价值,但从以上二例可以看出,苏辙解经却并不专守左氏之说,对于《公》《穀》的合理之处,《春秋集解》仍会予以采用。后世学者却每每对苏辙的治经之法加以歪曲。朱彝尊《经义考》载陈弘绪《跋》曰:"《春秋集解》十二卷,宋颍滨先生苏辙撰。是时王介甫以《春秋》为断烂朝报,不列学官,故颍滨矫俗而作此书。其说一以《左氏》为主,而于《公羊》《穀梁》二传时多讥刺。……诸如此类,似《公》《穀》之说,妙合圣人精微,而颍滨一概以深文诋之,可谓因噎废食。"[23][页942]陈弘绪认为苏辙解《春秋》专取《左传》,对《公羊》《穀梁》二传时多讥刺,乃是因噎废食之举。又叶梦得曰:"苏子由专据《左氏》言经,《左氏》解经者无几,其凡例既不尽经所书,亦多违牾,疑自出己意为之,非有所传授,不若《公》《穀》之合于经。故苏氏但以传之事释经之文而已。传事之误者不复敢议,则迁经以成其说,亦不尽立凡例,于经义皆以为求之过。"① 陈弘绪、叶梦得二人对《春秋》的义理价值尤为看重,故对《公》《穀》十分推崇,对《左传》则颇为不满。陈、叶二人站在《公》《穀》派的立场来评价苏辙的解经立场自然难免失之偏颇。而且,陈、叶二人认为苏辙专取《左传》而尽弃《公》《穀》的看法也是不符合实际的。

值得注意的是,苏辙对三传之外的《春秋》学成果,也多采取借鉴态度。例如,《春秋》庄公十七年经曰:"春,齐人执郑詹。"《左传》注曰:"十七年春,齐人执郑詹,郑不朝也。"[13][页205]左氏认为,齐人执郑詹的原因是郑国不朝见齐国。那么,何以要执郑詹呢?这就得辨明郑詹的具体身份。杜预曰:"齐桓始伯,郑既伐宋,又不朝齐。詹为郑执政大臣,诣齐见执,不称行人,罪之也。"[7][页168]据杜预之说,郑詹应是以使

---

① 朱彝尊:《经义考》卷一百八十二"引",中华书局1998年版,第941页。

者身份出使齐国的，由于郑詹为郑执政大臣，故齐人执郑詹以惩戒郑不朝齐之罪。因郑詹有辱君命，故经不称使者，以示其罪。对比经文，杜预的解释应是与经义相符的。苏辙对于齐人何以要执郑詹的原因，未采《公》《榖》的说法，但引用了《左传》的说法。《春秋集解》曰："郑既受盟而不朝齐。詹，郑之执政也，故齐人执之。"至于"齐人执郑詹"的微言大义，苏辙则采用了杜预的解释，曰："称行人，非其罪也；不称行人，罪之也。"[4][页42]

《公羊》注曰："郑瞻①者何？郑之微者也。此郑之微者，何言乎齐人执之？书甚佞也。"[8][页118]《公羊》以为郑詹是郑国的微小人物，那么齐何以要执郑詹呢？《公羊》做出解释说，他是一个佞人。夫子在此特书之，是因为夫子疾郑詹之佞。《公羊》的说法于史无证，显得十分牵强。

《榖梁》注曰："人者众辞也，以人执，与之辞也。郑詹，郑之卑者，卑者不志，此其志何也？以其逃来，志之也。逃来则何志焉，将有其末，不得不录其本也。郑詹，郑之佞人也。"[8][页118]《榖梁》与《公羊》意思相近，也认为郑詹是郑之佞人，但又补充说明郑詹是因逃亡齐国，而为齐人所执，又因在下文有郑詹逃来之文，故此处略之。《榖梁》此意也十分牵强。

从以上几例可以看出，苏辙解经并不专守一家之说，凡符合经义的传注，均可取为己用，反映了苏辙不拘陈法的解经思想。

（二）裁撤三传、断以己意

1. 不用左氏之说

杜预与苏辙对《左传》的史料价值均十分推崇，但杜预奉《左传》为不刊之论，甚至牵经以就传。苏辙对杜预的做法是持否定态度的，他对于《左传》不合经义之处同样采取弃而不用的做法。

如《左传》注昭公三十年"春，王正月，公在干侯"，曰："不先书郓与干侯，非公，且微过也。"[13][页1505]左氏认为经"不先书郓与干侯"，其笔削之意在于贬责昭公与指明其过失，是对鲁君的贬抑之语。但按史实，郓已溃而叛昭公，昭公不在郓，何以要书郓？而经本已书干侯，左氏却指出经未书干侯，可见左氏此解有误。

---

① 《公羊》此处将"郑詹"书为"郑瞻"。见杜预等注《春秋三传》，上海古籍出版社1987年版，第118页。

《穀梁》则对此做了完全不同的解释："中国不存公，存公故也。"[8][页482]《穀梁》认为，昭公已不在鲁国境内，故"中国不存公"也，但按照经书"公在干侯"，则为存闵公之意，也即有闵公之意也。

苏辙则完全摒弃了《左传》的说法，采用了《穀梁》所谓"存公"的解释。《春秋集解》曰："二十五年公出，至此五年矣。公虽在外而犹在鲁，因其出入而书之，可也。二十九年郓溃，公无所归而寓于晋，故于每年正月书曰'公在干侯'，所以存公也。郓曰居，干侯曰在，鲁地公所得专，晋地非所得专也。"[4][页135]苏辙对经文书"公在干侯"的前因做了补充，认为郓溃败之后，昭公被迫流亡于晋，经每年正月书"公在干侯"是有"存公"之意，非如《左传》所说的对昭公有贬抑之义。

再如《左传》注昭公十六年"楚子诱戎蛮子杀之"，曰："楚子闻蛮氏之乱也与蛮子之无质也，使然丹诱戎蛮子嘉杀之，遂取蛮氏。既而复立其子焉，礼也。"[13][页1375]左氏认为楚子乘蛮氏之乱，诱杀蛮子嘉，后又复立其子，因此是得礼之举。苏辙则做了完全不同的解释，曰："楚子虔诱蔡侯般，杀之于申，名而书地，夷而害中国，疾之也。楚子诱戎蛮子杀之，不名不地，夷狄相杀，略之也。戎蛮子之不名，告略也。"[4][页130]苏辙认为楚子诱杀戎蛮子，经不书名不书地，是因为夷狄相杀，与中原不相干涉，故史书从略。至于戎蛮子之不名也应是同理。苏辙认为经不名不地并非夫子削笔，而是史有详略而已。《春秋集解》于此处尽弃《左传》之义，另做了新的解释。

2. 不用《公》《穀》之说

相较于《左传》，《公羊》《穀梁》更注重于义理的阐发，苏辙曰："故凡《春秋》之事当从史。左氏史也，《公羊》《穀梁》皆意之也。……以意传《春秋》而不信史，失孔子之意矣。"[4][页18]苏辙认为《公》《穀》因着重于义理的阐发，故臆测性较强，其说也多有诬谬之处。《春秋集解》中，苏辙多弃《公》《穀》而不用。

如《公羊》注隐公二年"十有二月乙卯，夫人子氏薨"，曰："夫人子氏者何？隐公之母也。何以不书葬？成公意也。何成乎公之意？子将不终为君，故母亦不终为夫人也。"[8][页42]《公羊》以为夫人子氏是指隐公之母声子，夫人之薨，依礼当书葬，但经不书葬，是不以夫人之礼相待。何以如此？《公羊》解释说，这是为成全隐公让位之意，隐公既不肯正式为君，故其母也不得为夫人，当然，也不能以夫人之礼相待。

《穀梁》注曰："夫人薨不地，夫人者，隐之妻也。卒而不书葬，夫人之义，从君者也。"[8][页42]《穀梁》以为夫人之薨，当不书地，此处经未书地，可见薨者应是夫人。《穀梁》进一步指出薨者应是隐公之妻。夫人之卒，例当书葬，经不书葬，是因为妻当从君葬，隐公此时尚在，隐公弑后亦未书葬，故此夫人卒也终不得书葬。

《春秋集解》认为子氏应指桓公之母仲子。《春秋集解》注曰："桓公之母仲子也。"[4][页19]苏辙于此处弃《公》《穀》而不用。

又如《公羊》注桓公十六年"十有一月，卫侯朔出奔齐"，曰："卫侯朔，何以名？绝。曷为绝之？得罪于天子也。其得罪于天子，奈何？见使守卫朔，而不能使卫小众，越在岱阴齐，属负兹，舍不即罪尔。"[8][页91]卫侯朔即卫惠公，名朔。"卫朔"指卫国的政事。《解诂》："朔，十二月朔，政事也。"周代诸侯每月初一日告庙听政，叫告朔，故以朔喻指政事。"属负兹"在《解诂》中释曰："属，托也。天子有疾称不豫诸侯，诸侯称负兹，大夫称犬马，士称负薪。"《公羊》解释经文说，卫侯朔为什么称名？是因为断绝了他的爵位。为什么断绝他的爵位呢？因为他得罪了周天子。周天子让他掌管卫国的政事，他却不能管理好卫国数量不多的百姓，后来不得不逃到泰山的齐国，假托有病，才得以赦免罪责。

《穀梁》注曰："朔之名，恶也。天子召而不往也。"[8][页91]《穀梁》以为经书"卫侯朔"之名，是有恶之之义，认为他有违天子之命。《穀梁》与《公羊》之义一致。

苏辙则不取《公》《穀》之说，《春秋集解》注曰："卫宣公烝于夷姜，生伋子，属之右公子。为之娶于齐，而宣公取之，生寿及朔，属寿于左公子。宣姜与朔构伋子，使齐盗杀之，并及寿子，故二公子怨惠公而立公子黔牟，惠公出奔。"[4][页32]苏辙此处叙述了与《公》《穀》完全不同的史实，认为"卫侯朔出奔齐"的缘由是朔谋位杀兄，故为二公子所逐，逃奔齐国。

《春秋集解》在注文中直接对《公》《穀》之说进行批驳的也不乏其例。如《春秋集解》注隐公三年"夏，四月辛卯，君氏卒"，曰："声子也。隐公将不终为君，故不称夫人。不称子氏而称君氏，何也？哀公之母曰姒氏卒，哀未君也。隐既君矣，不称子氏而称君氏，著其君也。……《公羊》、

《穀梁》曰：'此尹氏也。尹氏者，天子之大夫也。'天王崩，为鲁主，故卒之。王子虎、刘卷皆天子之大夫也，其卒未尝不名。使尹氏尝为诸侯主矣，则将名之。其曰尹氏而不名，非尹氏也，盖君氏也。"[4][页19] 苏辙认为，此处所谓之"君氏"是指隐公之母声子。因隐公后为桓公所弒，未终其君位，故不称声子为夫人。但隐公又即君位，故经文以君氏代替子氏之称，表明隐公曾为鲁君。苏辙对《公》《穀》将君氏判断为天子之大夫的说法进行了批驳。苏辙指出，王子虎、刘卷均为天子之大夫，按例，天子大夫卒，应当书其名，那么，尹氏曾经权大位尊，为诸侯之主，即是说尹氏曾在周平王去世的时候代表周王接待过鲁隐公。卒后例当书名，何以此处不书？可见，此"君氏"并非为天子之大夫尹氏，而是隐公之母声子。

再如《春秋集解》注桓公六年"九月丁卯，子同生"，曰："子同，桓之适长也。以太子生之礼举之，故书。《公羊》曰：'喜有正也。'喜有正，所以病桓也，然则非病桓将不书乎？《穀梁》曰：'疑，故志之。'然则非疑将不志乎？"[4][页27] 苏辙认为子同为桓公之嫡子，当行太子之礼，故经书其事。《公羊》以为鲁国久无嫡子，经文书"子同生"有喜之之意，又指出经文有讥贬桓公弒君夺位之意。《穀梁》以为经书此事，是表示对子同的身份有所质疑。苏辙对《公》《穀》之说分别做了批驳，认为，经书"子同生"并无特别之义。

从以上例子可以看出，苏辙解经或兼采众家，或尽弃诸说，并不严守一定法度，取舍均以求经本义为宗旨。苏辙这一治经之法已在很大程度上摆脱了传统《春秋》学"牵经以就传"的弊端，使"经"摆脱"传"的束缚，有利于恢复《春秋》在阐释中的主体地位。

第二节 "经""史"结合的阐释思路

一、前儒治《春秋》在"经""史"问题上采取的态度

《春秋》的"经""史"性质问题是《春秋》学史上的重大议题，历代治《春秋》者对《春秋》"经""史"性质的判定决定着《春秋》学发展的方向。

《春秋》是鲁国的编年体史书，记录了鲁国和其余诸国二百四十年间的

重大事件。《春秋》记事简约,每年分若干条目,每条少则几字,多者二十余字,且记事而不记言,也不发表任何评说。那么,《春秋》是否有所谓"义法"①存在呢?通常认为《春秋》是由孔子删定的,既经过圣人裁撤,其字句必定包含着某种微言大义,因此《春秋》又被儒家奉为阐发义理的"经"。《孟子·离娄下》载:

> 孟子曰:"王者之迹熄而《诗》亡,《诗》亡然后《春秋》作。晋之《乘》,楚之《梼杌》,鲁之《春秋》,一也。其事则齐桓晋文,其文则史,孔子曰:'其义则丘窃取之矣。'"[33][页572—574]

孟子指出《春秋》在本质上与晋、楚之国史无异,均是对史实的记载,但孔子在整理《春秋》之时,却在笔削之间寓以所谓的大义。孟子此语揭示了《春秋》"经""史"兼具的特点。

继《春秋》之后,出现了对《春秋》内容进行补充的《左传》、《公羊传》与《穀梁传》。《左传》以叙述史实为重,《公》《穀》则以阐发义理为主要特点。皮锡瑞《经学历史》将西汉武帝、宣帝时代称为"经学昌明时代",并且认为今文经学家"专明大义微言"。以阐发义理为务的《公羊》学在西汉曾一度兴盛,董仲舒即是《公羊》学思想的集大成者。《史记·儒林列传》云:"汉兴至于五世之间,唯董仲舒名为明于《春秋》,其传公羊氏也。"[46][页3128] 司马迁指出,自汉初至武帝时,真正通晓《公羊春秋》的,唯董仲舒一人而已。董氏的《春秋繁露》是以发挥《春秋》宏纲大旨为主要内容的,认为孔子修《春秋》的根本目的在于重建政治秩序。《春秋繁露·俞序》云:"仲尼之作《春秋》也,上探正天端王公之位,万民之所欲,下明得失,起贤才,以待后圣。故引史记,理往事,正是非,见王公。史记十二公之间,皆衰世之事,故门人惑。孔子曰:吾因其行事而加乎王心焉。以为见之空言,不如行事博深切明。"[1][页159] 董仲舒指出,孔子修《春秋》是为借历史事实拟出合乎统治秩序的政治大纲。董氏确立了《春秋》的这一大旨,他的《春秋繁露》也便集中于《春秋》微言大义的阐发。西汉以后《公羊》学十分兴盛,《春秋》作为官学而逐渐成为儒家政治思想的教化之本,其作为"史"的价值也渐被忽视。到了晋代,杜预重申《春

---

① "义"是指"大义",也即经文所包含的深刻内容;"法"是指"书法",即指记事的体例都有严格的方法和规格,各种"书法"均蕴含某种褒贬之义。

秋》作为"史"的价值，开始尊《左》而诋《公》《穀》。杜预在《春秋左氏传序》中对《春秋》的性质进行了说明：

> "春秋"者，鲁史记之名也。……《孟子》曰："楚谓之《梼杌》，晋谓之《乘》，而鲁谓之《春秋》，其实一也。"……仲尼因鲁史策书成文，考其真伪，而志其典礼，上以遵周公之遗制，下以明将来之法。其教之所存，文之所害，则刊而正之，以示劝戒。其余则皆即用旧史，史有文质，辞有详略，不必改也。故传曰："其善志。"又曰："非圣人孰能修之。"盖周公之志，仲尼从而明之。[14][页3]

杜预开宗明义地指出《春秋》"史"的性质，使《春秋》的阐释回归于史实层面，以传"史"为特点的《左传》也因此重新受到重视。杜预的《左传》之学在两晋南北朝到唐代前期五百年间始终居于主流地位。

到了中唐时期，陈商对此提出异议。据令狐澄所撰《大中遗事》云：

> 大中时，工部尚书陈商……立《春秋左传》学议；以孔圣修经，褒贬善恶，类例分明，法家流也；左丘明为鲁史，载述时政，惜忠贤之泯灭，恐善恶之失坠，以日系月，修其职官，本非扶助圣言、缘饰经旨，盖太史氏之流也。举其《春秋》，则明白而有实；合之《左氏》，则丛杂而无征。杜元凯曾不思夫子所以为经，当以《诗》《书》《周易》等列；丘明所以为史，当与司马迁、班固等列。取二义乖剌不侔之语。参而贯之，故微旨有所不周，宛章有所未一。①

陈商在此对《春秋》与《左传》的性质进行了严格的区分。他认为《春秋》旨意与《左传》旨意完全不同。孔子修《春秋》旨在扬善恶、明礼法，故《春秋》在本质上应归于"经"；而丘明著《左传》则旨在修职官、存史实，故《左传》应归于"史"。陈商对杜预以《左传》释《春秋》的做法予以批驳，他认为杜预并未对《春秋》"经""史"的性质加以严格区分，杜预尽弃《公羊》《穀梁》，独尊左氏的做法表明他将《春秋》完全当作"史"来处理。在陈商看来，《春秋》与《诗》《书》《周易》无异，均是阐扬圣人微言大义的"经"，杜预采取以"史"解"经"的做法必然导致经义、传义混杂不清，也使得圣人之微旨变得晦暗不明。《春秋》《左传》

---

① 陶宗仪编《说郛三种·大中遗事》第五册，卷四十九，上海古籍出版社1988年版，第2274页。

的"经""史"不分是经、传旨意不明的根本原因,陈商将《春秋》归于经、《左传》归于史的思想是对杜预的《春秋》学思想的反驳。

此后的啖助、赵匡、陆淳在《春秋》的"经""史"问题上基本沿袭了陈商的观点,啖助曰:"今《公羊》《穀梁》二传殆绝,习《左氏》者皆遗经存传,谈其事迹,玩其文彩,如览史籍,不复知有《春秋》微旨。呜呼!买椟还珠,岂足怪哉!"[5][页382]啖助批驳了杜预尽弃《公》《穀》,专习左氏的做法。他指出,杜预独标《左传》的解经之法实际是把《春秋》当作"史",其结果是使《公羊》《穀梁》二传几为世人所弃,也导致了《春秋》大义不复兴于后世的后果。啖氏进而对三传的性质做了明晰的区分,如赵匡所言:"啖氏依旧说以左氏为丘明受经于仲尼,今观左氏解经浅于《公》《穀》,诬谬实繁,若丘明才实过人,岂宜若此?推类而言,皆孔门后之门人,但《公》《穀》守经,左氏通史,故其体异耳。"[5][页384]很明显,啖助所谓的"左氏解经浅于《公》《穀》"是就三传阐发义理的深浅而言的。在啖助看来,《公》《穀》重在揭示《春秋》之微言大义,在这一点上《左传》是逊于《公》《穀》的,但就补充史实而言,《左传》较《公》《穀》则具有更为突出的史料价值。因此啖助认为,《公》《穀》应归于"经"的范畴,而《左传》当列入"史"的范畴,两者应属于完全不同的文体。那么,对于《春秋》的"经""史"性质,啖、赵、陆又持怎样的观点呢?与杜预、陈商不同,啖、赵、陆并未对《春秋》的"经""史"性质作明确的划分,在治《春秋》的方法上,三者对三传也未采取扬此抑彼的态度。啖氏曰:"予辄考核三传,舍短取长,又集前贤注释,亦以愚意裨补阙漏,商榷得失,研精宣畅,期于浃洽,尼父之志庶几可见。"[5][页382]啖氏采取了兼采三传、取舍为我所需的治《春秋》之法,显然是对杜预以来形成的专治《左传》而尽弃《公》《穀》治经之法的改造。可以看出,啖、赵、陆在对《春秋》性质的判定问题上采取了较前儒更为开放的态度。

孙复是北宋前期最为重要的《春秋》学者,他在治《春秋》的方法上继承了啖、赵、陆"舍传求经"之法,但与前者不同,孙复明确判断《春秋》大旨集于"尊王"二字,故孙复的"舍传求经"均围绕"尊王"展开,实际是集中于阐发《春秋》的微言大义,而所谓"舍传"也是以"尊王"为依据,倘与"尊王"不相符,即使是史实,孙复也会多作曲解甚或采取弃而不用的态度。孙复对《春秋》旨意的揭示以及采取的治《春秋》的方法表明，他将《春秋》的性质视为"经"而非"史"，孙复对《春秋》性质的判定也导致了其《春秋》学最终走向逞意说经的极端。可见，到了孙复，啖、赵、陆兼采三传的主张已被遗弃，《春秋》学从杜预的以史解经的极端逐渐走向了逞意说经的另一个极端。

二、苏洵的"经""史"观

苏洵对"经""史"问题曾有过深入的探讨，并发表了精卓的见解，对苏辙的《春秋》学思想产生了深刻的影响。苏洵的"经""史"观集中见于他的《杂论》中的《史论上》篇。该文中，苏洵对"经""史"做了明确的界定，不仅论述了"经""史"的不同特征，也论述了"经""史"互为补充且彼此依存的关系。

在《史论上》中，苏洵首先提出了"经史一义"的观点。苏洵曰："史何为而作乎？其有忧也。何忧乎？忧小人也。何由知之？以其名知之。楚之史曰《梼杌》。梼杌，四凶之一也。君子不待褒而劝，不待贬而惩，然则史之所惩劝者独小人耳。仲尼之志大，故其忧愈大。忧愈大，故其作愈大。是以因史修经，卒之论其效者，必曰'乱臣贼子惧'。由是知史与经皆忧小人而作，其义一也。"[36][页212]苏洵认为先贤修史的根本动因起于忧患之心。先贤认为通过修史可以起到对小人的惩劝作用。仲尼忧世之心尤为深广，故据史而修经，以"经"昭示礼法，对春秋时期惑乱世事的"乱臣贼子"予以惩戒。可见，"经""史"虽在着眼点上有大小之分，但在本质上，其创作的根本动因均出于先贤哲人的忧世情怀，他们均希望以笔法褒贬世人、矫正时弊，就这一点而言，"经""史"是完全相同的，也即"其义一也"。

那么，"经""史"的区别又在哪里呢？苏洵认为二者在表现形式上具有明显不同的特点，并提出了"体二"的说法。苏洵曰："其义一，其体二，故曰史焉，曰经焉。大凡文之用四：事以实之，词以章之，道以通之，法以检之。此经、史所兼而有之者也。虽然，经以道、法胜，史以事、词胜。"[36][页212]苏洵指出，文章一般具有四个组成要素：事、词、道、法。"经""史"均兼具这四个组成部分，但"经""史"各自的侧重点却不同。"经"侧重于道与法，"史"侧重于事与词，其文体也表现出不同的特征，也即"其体二"。可见,在苏洵看来,在事、词、道、法上的不同侧重应是判断"经""史"文体类别的根本依据。但对于二者在"体"上的不同,苏洵并未给予过多的强调,他显然更注重"经""史"之间的相互依存性。苏洵曰:"经不得史,无以证其褒贬,史不得经,无以酌其轻重;经非一代之实录,史非万世之常法。体不相沿,而用实相资焉。"[36][页212] 苏洵认为,"经"与"史"在"体"上虽然不同,但在"用"(社会功用)上,二者却是互为补充的关系。他指出,"经"因侧重于褒贬的道德评判,故并不完全反映历史的真实;"史"因侧重于叙述史实,故也并不完全包含揭示规范社会的必然法则。因此,"经"必须以"史"作为依据,才可使褒贬得到证实而不流于主观,"史"也必须结合"经"的内容,方可昭示史实所隐含的大义。

苏洵进而对"经"与"史"所具有的不同特点以及二者的局限做了更为详细的论述。苏洵曰:"夫《易》《礼》《乐》《诗》《书》,言圣人之道与法详矣,然弗验之行事。仲尼惧后世以是为圣人之私言,故因赴告策书以修《春秋》,旌善而惩恶,此经之道也。犹惧后世以为己之臆断,故本周礼以为凡,此经之法也。至于事则举其略,词则务于简。吾故曰'经以道法胜。'史则不然,事既曲详,词亦夸耀,所谓褒贬,论赞之外无几。吾故曰'史以事词胜'。"[36][页212] 苏洵指出,孔子修"经"十分注重"道"与"法"的阐扬,对于"事"与"词"则力求简略;而孔子修"史"则重在对"事"叙述翔实,其用词也十分讲究铺陈,但对于其间的褒贬大义却又很少论及。由此可见,"经"胜于"道"与"法",却疏于"事"与"词","史"胜于"事"与"词"却又疏于"道"与"法"。在苏洵看来,"经""史"必须交相为用,方可弥补阙漏。苏洵曰:"使后人不知史而观经,则所褒莫见其善状,所贬弗闻其恶实,吾故曰'经不得史,无以证其褒贬'。使后人不通经而专史,则称谓不知所法,惩劝不知所祖。吾故曰'史不得经,无以酌其轻重'。"[36][页212] 苏洵指出,若后人通晓"经"而不知"史",那么"经"之褒贬无法得到史实的证实,也会显得虚而不实,难以服膺世人;若后人谙熟"史"却不通"经",则难以把握史实所蕴含的褒贬之义。因此,后人需"经""史"兼通,方可免于偏颇。

"经"何以往往会疏于"事"与"词",而"史"在很大程度上又难以克服疏于"道"与"法"的弊端呢?苏洵认为,这是由"经""史"不同的文体特征决定的。苏洵曰:"经或从伪赴而书,或隐讳而不书,若此者众,皆适于教而已。吾故曰'经非一代之实录'。史之一纪、一世家、一传,其间美恶得失固不可以一二数。则其论赞数十百言之中,安能事为之褒贬,使天下之人动有所法如《春秋》哉?吾故曰'史非万世之常法'。"[36][页213]苏洵指出,"经"的主要功用在于施以教化,故不免存在虚美与曲笔之处,这些笔法虽不尽与史实相符,但却适于教化之用,因此"经"不可等同于"史"。"史"多以纪、世家、传为主要内容,其间对美恶得失也多有评述,但因"史"以记"事"为主,往往就事而发议论,故其论赞之语很难作为普遍的道德标准来加以推行,因此也不可将"史"等同于"经"。

在苏洵看来,"夫规矩准绳所以制器,器所待而正者也。然而不得器则规无所效其圆,矩无所用其方,准无所施其平,绳无所措其直"[36][页213],"规矩准绳"是为制"器"用的,因此没有"规矩准绳",便不成"器",但如果没有"器"的存在,"规矩准绳"也同样没有存在的意义。故而苏洵又说:"史待经而正,不得史经则晦。吾故曰'体不相沿,而用实相资焉'"[36][页213],"经"正如"规矩准绳","史"好比"器","经"必须借助于"史",才能使"经"的意义得到彰显,"史"也必须结合"经"才能免于偏失。故"经""史"虽属不同的文体,但二者就其实际功用来看,却是相辅相成的。

苏洵在"经""史"问题上提出的"其义一"、"其体二"以及"用相资"的观点是对前儒思想的重大超越。从杜预到陈商再到孙复,儒者往往将"经""史"裂为两橛,对《春秋》"经""史"性质的判断也多采取扬此抑彼的做法,这也导致了世儒在对《春秋》的具体阐释中,往往采取或重"史"轻"经"或重"经"轻"史"的做法。苏洵提出"经"与"史""用相资"的观点,实际已从方法论上对传统的《春秋》学阐释思路做了重大改造。在苏洵看来,对《春秋》的阐释显然应从"经义"与"史实"两个方面入手,才可使《春秋》所载史实中包含的义理得到昭示,也可使《春秋》的微言大义得到史实的证明而不流于空疏。苏洵的这种观点对苏辙的《春秋》学思想产生了深刻的影响,苏辙在解经中所采取的一方面发掘经义所包含的史实,另一方面又以史实为依据阐发其中微言大义的解经之法,正是对其父苏洵"经""史""用相资"观点的具体运用。

三、苏辙的"经""史"观

面对北宋前期《春秋》学逞意说经的泛滥之势，苏辙对《春秋》的"经""史"性质做了重新的探讨。苏辙曰："故凡《春秋》之事当从史。左氏史也，《公羊》《穀梁》皆意之也。盖孔子之作《春秋》，事亦略矣，非以为史也，有待乎史而后足也。以意传《春秋》而不信史，失孔子之意矣。"[4][页17] 苏辙首先指出《春秋》在记事上具有明显的"史"的特征。《左传》在本质上是史书，由于《春秋》记事过于简略，因此必须以《左传》的史料作为《春秋》记事的补充。在苏辙看来，《公羊》《穀梁》相较于《左传》，具有明显的主观成分，如果不以史实为依据，而随意发挥《春秋》的义理，就会完全背离孔子修《春秋》的宗旨。苏辙的这一观点实际是对孙复将《春秋》只视为"经"的做法的批驳。但苏辙也并不赞成杜预将《春秋》等同于"史"的做法。他同样注意到了《春秋》作为"经"的特质，并不否认《春秋》字句间蕴含的褒贬之意，因此苏辙对《公》《穀》在义理上的价值也予以了充分的肯定。从苏辙处理三传的方式可以看出，苏辙既未将《春秋》视作完全的"史"，也未将之视作纯粹的"经"，而是认为《春秋》具有"经""史"相融的特征。

苏辙对《春秋》"经""史"性质的认识使他在治《春秋》的方法上采取了不同于前儒的做法，这表现在：他既不沿用孙复摒弃史实、"舍传求经"的解经方法，也未继承杜预独尊左氏而力诋《公》《穀》的做法，而是采取了一种一方面发掘经义所包含的史实，另一方面又以史实为依据来阐发其中微言大义的解经之法。可见苏辙的《春秋》学著作《春秋集解》在阐释方式上具有了明显的"经""史"相结合的特点。

苏辙的"经""史"观具体落实到他对《春秋》传注的处理上则表现为：一方面，苏辙十分重视《左传》的史料价值，在叙史方面大多以《左传》的史实为依据，当然对《左传》史实的欠缺之处，也采用他文作为补充；另一方面，苏辙也十分重视《春秋》所隐含的微言大义，对《公》《穀》阐发的义理也多有采纳，对于《公》《穀》义理的不合之处，苏辙则断以己意。

如苏辙《春秋集解》对隐公元年"春，王正月"所作的注释便采取了"经""史"相结合的阐释思路。下面，我们将三传之文分别录于其下，以具体考察《春秋集解》的阐释思路及其对三传的处理方式。

《左传》曰：

> 惠公元妃孟子。孟子卒，继室以声子，生隐公。宋武公生仲子。仲子生而有文在其手，曰为鲁夫人，故仲子归于我。生桓公而惠公薨，是以隐公立而奉之。元年春，王周正月，不书即位，摄也。[13][页9]

《左传》首先对惠公、隐公、桓公三者之间的关系做了详细的交代，指出隐公因特殊原因，未举行即位大典。依礼，诸侯国君主即位应举行告庙大典，然后以策书赴告于他国诸侯，史官才得据以书策，今隐公既未举行告庙大典，史官也就无从记录。可见，《左传》认为经不书即位是据史直书，并非孔子削笔，故此句也无所谓的微言大义。

《公羊》曰：

> 元年者何？君之始年也。春者何？岁之始也。王者孰谓？谓文王也。曷为先言王而后言正月？王正月也。何言乎王正月？大一统也。公何以不言即位？成公意也。何成乎公之意？公将平国而反之桓。曷为反之桓？桓幼而贵，隐长而卑，其为尊卑也微，国人莫知，隐长而贤，诸大夫扳隐而立之，隐于是焉而辞立，则未知桓之将必得立也，且如桓立，则恐诸大夫之不能相幼君也，故凡隐之立，为桓立也。隐长又贤，何以不宜立？立适以长不以贤，立子以贵不以长。桓何以贵？母贵也。母贵则子何以不贵？子以母贵，母以子贵。[8][页36]

《公羊》提出了与《左传》相反的观点，认为隐公确实已经即位，经不书公即位的原因，正是孔子的削笔。此句所含的微言大义在于，孔子有"成公意"，那么，孔子成隐公何意呢？《公羊》认为，按照周代宗法制，立嫡子只以长而不以贤，立庶子则要凭借其母地位的贵贱来定。桓公当立是因其母贵，而隐公不宜立则是因其母贱，这就是所谓的"子以母贵，母以子贵"，故即位的不应是隐公而应是桓公。但其父惠公娶仲子为夫人的做法本就是不合礼之举，按照婚娶之制，隐公之母的地位应高于仲子，因此即位的应是隐公而不是桓公。但隐公因桓公尚幼，虽已即位，却有让位之心。《公羊》认为孔子笔削正是为了成全隐公的想法而作。

《穀梁》曰：

> 公何以不书即位？成公志也。焉成之？言君之不取为公也。君之不取为公何也？将以让桓也。让桓正乎？曰不正。春秋成人之美，不

成人之恶,隐不正,而成之何也?将以恶桓也。其恶桓何也?隐将让而桓弑之,则桓恶矣。桓弑而隐让,则隐善矣。善则其不正焉,何也?春秋贵义而不贵惠,信道而不信邪,孝子扬父之美,不扬父之恶,先君之欲与桓,非正也,邪也,虽然,既胜其邪心以与隐矣,已探先君之邪志而遂以与桓,则是成父之恶也。兄弟,天伦也,为子受之父,为诸侯受之君,已废天伦,而忘君父,以行小惠,曰小道也。若隐者,可谓轻千乘之国,蹈道则未也。[8][页36]

《穀梁》与《公羊》持同样观点,认为经不书隐公即位,乃孔子笔削之意,其意同样在于"成公志也"。但对于孔子"成公志"的原因,《穀梁》却做了不同于《公羊》的解释。《穀梁》认为,惠公本不欲取隐为公,欲以桓为公。隐公虽即位,但也打算成全父亲的遗志,欲让位于弟桓。按照《春秋》之大义,隐公的这种想法并不值得伸张,那么,孔子何以要"成公志"呢?这是因为桓公后来弑君的行为相较于隐公的想法,其恶更甚,因此孔子采取了扬隐抑桓的笔法。

《春秋集解》首先从史实的角度对隐公、桓公的身世做了详细的交代,并认为隐公虽立,但并未即位,因此经文不书即位并非夫子削笔而是据史而书。《集解》曰:"惠公娶于宋,曰孟子,卒。其媵声子,生隐公。又娶于宋,曰仲子,生桓公而惠公薨,隐公立而奉之,是以未尝即位也。"[4][页15]苏辙此处完全采用了《左传》的说法,但并不仅仅停留于史实的叙述,同时也对经文所包含的义理做了重新的阐发。注文中,苏辙首先对《公羊》《穀梁》之说予以了驳斥。苏辙指出,按照《公羊》的"立适以长不以贤,立子以贵不以长","隐于是焉而辞立,则未知桓之将必得立也。且如桓立,则恐诸大夫之不能相幼君也"的说法,《公羊》是推断孔子主张隐公"自立而奉桓"的。但这在苏辙看来却是对孔子之意的曲解,隐公"自立而奉桓"是不合礼制的。苏辙进而对《穀梁》的观点也进行了批驳,指出照《穀梁》的观点,孔子的笔削之意应当是主张隐公废桓而自立,《穀梁》的观点也是不合礼之说,当然也是对孔子之意的曲解。在苏辙看来,隐公、桓公地位的争议是由惠公的违礼之举造成的,惠公以夫人的名义娶仲子,其子桓也理应为嫡子,那么隐公如自立以待桓成人,再归位于桓的做法就会引起宫廷祸乱。应该如何处理这种关系呢?苏辙认为,隐公应当立桓公,但由自己来辅助桓公处理政事,等到桓公成人之后,再将处理政事的权力归还于桓公。这样就可以做到既合乎礼制，又使祸患得以避免。按照苏辙的观点，经不书即位是对史实的如实记录，若要从经文包含的微言大义来看，苏辙认为《春秋》对隐公的做法是持否定态度的。

通过以上分析，我们可以看到，苏辙一方面对经文所包含的史实做了详细的交代与补充；另一方面，又对经文所蕴含的微言大义予以揭示。在对三传的处理问题上，苏辙对《左传》传"史"的价值给予了充分的肯定，对《公》《穀》所传的"义理"则做了进一步的辨析，并对经文的微言大义做了重新的阐发。可见，《春秋集解》具有明显的"经""史"相融的阐释特点。从"经"与"史"两个角度揭示《春秋》的内涵构成了《春秋集解》最为基本的阐释方式。

又如《春秋集解》注隐公元年"秋，七月，天王使宰咺来归惠公仲子之赗"，曰：

> 鲁之丧，诸侯有来赗者矣，皆以常事不书。书宰咺，尊王命也。天子之宰曰宰周公，曰宰渠伯纠，咺之名，何也？其赗非礼也。天子七月而葬，同轨毕至；诸侯五月，同盟至；大夫三月，同位至；士逾月，外姻至。以赗惠公则缓，以赗仲子则未薨也。使受命于君，出而不如其素，虽正之可也。季文子聘于晋，求遭丧之礼而行，遭丧而以常礼行之不可，未丧而以丧礼行之，可乎？周虽命之，咺不得行也。唯命而行之，以为非使也，故名。仲子之不称夫人，何也？非薨非葬，名有所不必书也。《穀梁》曰："仲子者惠公之母，孝公之妾也。礼，赗人之母则可，赗人之妾则不可。"君子以其可辞而受之。以仲子为惠公之母，疑于僖公成风故也。妇人既嫁从夫，夫死从子。由其夫之丧而赗之，曰惠公仲子；由其子之丧而禭之，曰僖公成风。礼，不可以赗人之妾，而仲子独无子乎？虽从其夫，礼也。故凡《春秋》之事当从史。左氏史也，《公羊》《穀梁》皆意之也。盖孔子之作《春秋》，事亦略矣，非以为史也，有待乎史而后足也。以意传《春秋》而不信史，失孔子之意矣。[4][页17—18]

苏辙的这段注释主要参照了《左传》的观点。《左传》曰："秋七月，天王使宰咺来归惠公、仲子之赗。缓，且子氏未薨，故名。天子七月而葬，同轨必至；诸侯五月，同盟至；大夫三月，同位至；士踰月，外姻至。赠死不及尸，吊生不及哀，豫凶事，非礼也。"[13][页16]《左传》指出宰咺赠送惠公仲子之赗乃为不合礼之举，并引用周代的礼仪制度予以说明。不难看出，《春秋集解》这一处的前部分对于事件缘由的描述与制度史实的交代基本采自于《左传》，即就史实层面而对经文作注。至于经文何以书宰咺之名以及何以不称仲子为夫人，苏辙对经文所含的微言大义则做了重新的阐发，他批驳了《穀梁》将仲子视为惠公之母的说法，指出了《穀梁》判断依据的牵强之处，并对如何取舍《左》《公》《穀》提出自己的看法。

再如，在注庄公二十八年"春，王三月甲寅，齐人伐卫，卫人及齐人战，卫人败绩"之文中，《春秋集解》在前部分首先对与经文有关的史实做了详细交代，苏辙曰："十九年，王子颓作乱，不克，奔卫。卫师、燕师伐周，立子颓。二十七年，王使召伯廖赐齐侯命，且请伐卫。于是齐侯伐卫，败之，取赂而还。"[4][页47]苏辙在此陈述了齐人伐卫的前因后果，这部分属于"史"。而后面的文段则着重于发挥经文的义理，如"书'齐人'，以赂故贱之也。书'卫人及齐人战'，罪其不服也"，[4][页47]苏辙认为，经书齐人则对齐索要了卫国财币这一行为有讥贬之义；至于经书"卫人及齐人战"，则表明齐卫之战罪在卫国。可见，《春秋集解》的这段注释同样采取了"经""义"结合的阐释方式。

当然也有较少例外情况：若经文所载史实较为明晰，注文中便以发挥义理为主；若《公》《穀》所传义理较为牵强，注文便弃而不用或补充己意。

如《左传》解隐公四年《春秋》"夏，公及宋公遇于清"，曰："公与宋公为会，将寻宿之盟，未及期，卫人来告乱。夏，公及宋公遇于清。"[13][页36]《左传》对经文内容做了补充，交代了鲁隐公与宋殇公不期而遇于清地的原因，即鲁隐公和宋殇公原已约定日期会面重修过去在宿地建立的友好盟约，但未到相约的时间，卫国人即派人来报告国内发生了叛乱，故鲁隐公和宋殇公只能临时在清地相见。《公羊》注曰："遇者何？不期也。一君出，一君要之也。"[8][页47]《公羊》就"遇"字作解，认为"不期"即为"遇"。《穀梁》则曰："及者，内为志焉尔，遇者，志相得也。"[8][页47]《穀梁》认为，"遇"字说明两君意志相投。《春秋集解》此处则完全不采《左》《公》《穀》之说，仅对经文作简单说明："礼盛曰会，简曰遇。"[4][页20]但就整部《春秋集解》而言，这样的例子并不占多数。统观全书，"史""义"结合应是其主要的阐释方式。

第三节　以史为据的解经特点

苏辙解经主要采取"经""史"结合的阐释方式，但在对《春秋》"经""史"内涵的揭示以及对三传的具体处理上，苏辙则又采取以史为据、以史求证的更为客观的治学态度，具体表现为：不仅主张解经应以史实作为必要补充，而且务求在解经过程中使所叙事件、所发义理与史实相符。

一、解经应以史为补充

《春秋集解》曰："故凡《春秋》之事当从史。左氏史也，《公羊》《穀梁》皆意之也。盖孔子之作《春秋》，事亦略矣，非以为史也，有待乎史而后足也。以意传《春秋》而不信史，失孔子之意矣。"[4][页17]苏辙明确指出，《春秋》虽为孔子所作，却并非信史。因《春秋》记事简约，故所记事件之本末、其中之曲折均难以尽晓，因此必须参照其他史料作为补充，方可对《春秋》所载事件有全面准确的把握。基于这样的认识，苏辙在《春秋集解》中大量引用三传尤其是《左传》中的史实作为《春秋》经义的补充。

如《春秋集解》注隐公四年"秋，翬帅师会宋公、陈侯、蔡人、卫人伐郑"条时，便依据《左传》所载史实对经文内容做了如下的补充："二年，郑人伐卫。州吁将报之，以宋公子冯之在郑也，使告于宋，帅陈、蔡而伐之。宋公使来乞师，公不义州吁而辞焉。公子翬请以师会之，公弗许，固请而行。"[4][页20—21]《春秋集解》对经文的内容做了大量的补充，交代了事件的始末：隐公二年，郑国曾经讨伐卫国。卫国州吁即位后准备报复郑国。当时正巧宋国的公子冯逃往郑国。卫国便将此事告诉了宋国，并联合宋国及与卫国交好的陈国、蔡国军队一起讨伐郑国。宋国又派使者来鲁国请求援兵，隐公认为州吁乃不义之人，并拒绝出兵。但公子翬却坚决请求出兵相会合，隐公不同意，便擅自带兵前去。交代了这段史实之后，《春秋集解》进而对经文的微言大义进行了阐发，认为经文不称公子翬为"公子"的原因是公子翬不从君命，擅自兴师。

又如《春秋集解》注《春秋》文公九年"晋人杀其大夫先都"，曰：

> 夷之蒐，晋侯将登箕郑父、先都，而使士縠、梁益耳将中军。先克曰："狐、赵之勋不可废也。"从之，先克夺蒯得田于堇阴，故箕郑

父、先都、士谷、梁益耳、蒯得作乱，使贼杀先克。晋人诛之，故皆书曰"晋人杀其大夫"，杀有罪也。[4][页80]

苏辙在此对"晋人杀其大夫先都"的来龙去脉做了详细的交代，指出因先都、士谷等作乱，使贼杀先克，故经书"晋人杀其大夫先都"是表明先都等有罪当诛也。

再如，桓公十一年经曰："九月，宋人执郑祭仲，突归于郑，郑忽出奔卫。"此段经文仅对事件的结果做了简单叙述，并未对事件的原委做必要交代，若无史实补充，很难对经文之义有准确的把握。《春秋集解》首先对经文所涉事件的缘由及始末做了详细的补充，苏辙曰："祭仲有宠于郑庄公，为公娶邓曼，生忽，故祭仲立之。宋雍氏女于郑庄公，曰雍姞，生突。雍氏有宠于宋庄公，故诱祭仲而执之，曰：'不立突，将死。'祭仲与宋人盟，以突归而立之，书曰：'宋人执郑祭仲，'而继之以突之入与忽之出。"[4][页29]《春秋集解》在此详细交代了公子突归国被立为国君，而公子忽又出奔的前因后果。之后，苏辙进一步对经文所包含的微言大义做了阐发。他首先解释了经何以不书突为公子的原因，苏辙曰："突之不称公子，何也？将以为君，非复臣也。其曰'归于郑'，何也？凡反其国，无难曰归，有难曰入，无难而内不喜曰复归，有难而内不喜曰复入。复者，厌之之词也。突从祭仲以归于郑，则无难矣。"[4][页29] 苏辙指出，据史实可知，经不书突为公子，是因为突返国即将称君，其身份不再为臣，因此不书公子。那么，经曰"归于郑"又隐含了怎样的大义呢？苏辙认为经文意在表明突归于郑国并未遭到国人的阻挠。那么，郑忽为未逾年之君，按例，当书子，经文何以不书忽为子呢？苏辙结合史实对此做了分析："不称子何也？不能君也。忽为太子也，齐侯将妻之，忽辞，人问其故，忽曰：'自求多福，在我而已，大国何为？'及其败戎师也，齐侯又请妻之，固辞。或问之，曰：'无事于齐，吾犹不敢，而况以师昏乎！'故其立也，国人不附，大国不援，以至于出奔，盖未尝君也，故不称子。"[4][页29] 苏辙指出，郑忽不以社稷为重，屡拒齐国姻亲，以至于失去国人的拥戴与大国的外援，最终导致失去君位，出奔他国，经不书忽为子表明经文有讥贬之义。

从以上例子可以看到，苏辙解经时十分注意对史实进行梳理，其所发义理也多立足于具体史实，并不主张随意发挥经义，这与孙复等人的治经之法有很大的区别。苏辙这种以史为据的解经之法可以在很大程度上避免

《公》《穀》以及前儒解经存在的逞意说经之弊。

二、以史证经的治学取向

（一）以史证《左传》

北宋之前，对《春秋》"史"的性质给予充分肯定并将《左传》提高到独尊地位的应是杜预。杜预曰："左丘明受经于仲尼，……身为国史，躬览载籍，必广记而备言之，其文缓，其旨远，将令学者原始要终，寻其枝叶，究其所穷。优而柔之，使自求之；餍而饫之，使自趋之。若江海之浸，膏泽之润，涣然冰释，怡然理顺，然后为得也。"[14][页14] 杜预认为左丘明是孔子的亲授弟子，又身兼国史之职，故丘明既能准确把握《春秋》的微言大义，又能为《春秋》补充更为详尽的史实。杜预在作注之时，也多以《左传》之说为是，若遇经、传不合之处，宁可疑经，也不愿指出《左传》的错误。故有学者也称杜预作注有"强经以就传"① 的弊病，结合杜预《春秋经传集解》的传经特点来看，这一评价也不无道理。例如《春秋》昭公八年曰："蒐于红。"《左传》云："大蒐于红。"杜预曰："不言大者，经文阙也。"[7][页1310]《春秋》襄公三年云："六月，公会单子、晋侯、宋公、卫侯、郑伯、莒子、邾子、齐世子光。己未，同盟于鸡泽。陈侯使袁侨如会。戊寅，叔孙豹及诸侯之大夫及陈袁侨盟。"杜注："据《传》，盟在秋，《长历》推戊寅，七月十三日，经误。"[7][页805] 在以上几例中杜预均采取了牵经以就传的解经之法。

苏辙在对《春秋》载史性质的判定上，与杜预不无相似之处。苏辙曰："故凡《春秋》之事当从史。"直接指明《春秋》载"史"的本质特点。基于这种认识，苏辙在解经时对《左传》的史料价值尤为重视，《春秋集解》曰："左氏史也，《公羊》《穀梁》皆意之也。"苏辙指出，《左传》具有较高的史料价值，《公》《穀》对《春秋》微言大义的阐发则具有一定的臆测成分。然而，苏辙也认为："盖孔子之作《春秋》，事亦略矣，非以为史也，有待乎史而后足也。"[4][页17] 在苏辙看来，《春秋》记事简约，因此不能称作严格意义上的史书，要准确地把握《春秋》所载的史实，就必须参考其

---

① 《春秋左传正义》曰："杜注多强经以就传。"见《景印文渊阁四库全书》第1册，卷二十六，台湾商务印书馆1986年版，第527页。

他记史材料方能对《春秋》做出合理的解释，而《左》《公》《穀》三传中，《左传》具有最高的史料价值，故苏辙主张："事之不可以意推者，当从史。左氏，史也。"[4][页31]可见，在对《左传》史料价值的认可方面，苏辙与杜预是持基本相同的观点的。但与杜预不同的是，苏辙并不将《左传》所传史实视作不刊之论，他对《左传》同样采取了以史求证的态度，并对《左传》记史上的谬误也直指不讳。兹举例以示：

《左传》注隐公三年"夏四月辛卯，君氏卒"，曰："夏，君氏卒，声子也。不赴于诸侯，不反哭于寝，不祔于姑，故不曰薨。不称夫人，故不言葬。"[7][页18]左氏认为经不书"薨"的原因是声子死后，既未向同盟诸侯讣告；葬后，隐公又未反哭于祖庙；卒哭后，亦未将其神主配享于祖姑。不书"葬"的原因在于不以夫人看待声子。苏辙对此则做出了完全不同的解释，《春秋集解》曰："声子也。隐公将不终为君，故不称夫人。不称子氏而称君氏，何也？哀公之母曰妫氏卒，哀未君也。隐既君矣，不称子氏而称君氏，著其君也。"[4][页19]苏辙结合哀公母妫氏卒的事例指出，不书声子为夫人的原因是隐公并未终其君位，但隐公也曾为君，因此将声子卒称为君氏卒。在另一段经文的注释中，苏辙也结合史实对《左传》的这一观点做了进一步的驳斥。隐公二年经曰："十有二月乙卯，夫人子氏薨。"《春秋集解》注曰："桓公之母仲子也。凡公母称夫人，薨则曰夫人某氏薨。葬毕而祔于庙，则曰葬我小君某氏；不称夫人，则曰某氏卒，不祔于庙，则不书葬。仲子始娶于宋，故曰'夫人子氏薨'，特立之庙而不祔，故不书葬。左氏曰：'不赴于诸侯，不反哭于寝，不祔于姑，故不曰薨。不称夫人，故不言葬。'考之以事，皆不合，失之矣。"[4][页19]苏辙认为经书隐公二年"夫人子氏薨"也证实了《左传》说法的错误。《春秋集解》指出，此处称仲子为夫人的原因是仲子为桓公之母，不书葬的原因是仲子始娶于宋，死后为之立庙，但未配享祖宗。因此左氏所谓"不赴于诸侯，不反哭于寝，不祔于姑，故不曰薨。不称夫人，故不言葬"是与史实不相符的。

又如《左传》解《春秋》庄公元年"春，王正月"，曰："元年春，不称即位，文姜出故也。"[13][页157]左氏认为，不书庄公即位，是因为文姜离开鲁国，出奔齐国，庄公不忍行即位之礼的缘故。苏辙对《左传》的这一说法提出了批驳，《春秋集解》曰："不书即位，继故也。《左氏》曰：'文姜出故也。'文姜之出，孰与桓公之薨？且出在三月，舍其大而言其细，失之矣。"[4][页34]苏辙指出,不书庄公即位,是因为庄公继桓公之位。《左传》认为庄公因文姜出奔而未行即位之礼,文姜有谋杀君夫之罪,难道文姜之出有甚于桓公之薨给庄公带来的悲痛吗?苏辙进一步指出,按照史实,文姜也非在正月而是在三月才出奔齐国的。《左传》此注显然疏于史实。

再如《春秋》闵公元年曰:"春,王正月。"《左传》注曰:"元年春,不书即位,乱故也。"[13][页256]按常例,元年"春,王正月"下面应当书"公即位",但此处却无,左氏认为这是逢及国乱的缘故。杜预对左氏之说笃信不疑,注曰:"国乱不得成礼。"[7][页214]意即闵公在仓促中被立为君,"即位"之礼故缺而不备,因此是史官未书,并非夫子削笔。再考察《公》《穀》之义,《公羊》曰:"公何以不言即位?继弑君不言即位。孰继?继子般也。"[8][页142]《公羊》认为,经不书即位是由于闵公因继承的是被弑之兄子般的君位。《穀梁》对不书即位的看法与《公羊》较为一致,《穀梁》曰:"继弑君,不言即位,正也。亲之非父也,尊之非君也,继之如君父也者,受国焉尔。"[8][页142]同样认为是因闵公继弑君,故而不言即位。苏辙并不赞成《左传》的说法,而是直接引用了《穀梁》的说法并兼采《公羊》之意作为补充形成全部注文。《春秋集解》曰:"闵公,子般之庶弟。不言即位,继故也。亲之,非父也;尊之,非君也;继之,如君父也者,受国焉耳。"[4][页50]庄公死,立其庶子子般为嗣君,子般继位两月后被庄公弟庆父所杀,庆父又立庄公另一庶子启为鲁公,是为鲁闵公。苏辙据史实得出结论,所谓的弑君应指子般,闵公为子般之庶弟。如若闵公所继为庄公之位,便是父死子继,今子般为闵公庶兄,未有父子之亲,苏辙因此曰"亲之非父也"。子般即位于党氏,庄公未葬,不能称君,闵公也未受其封,故子般、闵公也无君臣之义,苏辙故曰:"尊之非君也。"但闵公确实是继子般之位,故子般于闵公也存在君父之义,因此苏辙注曰:"继之,如君父者,受国焉耳。"从《春秋集解》的这段注解中,我们可以看到,苏辙对《左传》的叙述是完全持否定态度的,相反地,对《公》《穀》的看法却十分认同。

(二)以史证《公》《穀》

前面已经论述了《春秋集解》主要采取"经""史"结合的阐释思路,可见苏辙也非一概否认《春秋》的微言大义,但苏辙在揭示《春秋》义理之时,并不赞成《公》《穀》对经义的主观发挥,他更强调在以史为据的基础上阐发义理,《春秋集解》中,苏辙对《公》《穀》的臆测之说做了大量的辩驳与校正,我们从下面例子可以看出。

如,桓公十五年经曰:"秋九月,郑伯突入于栎。冬十有一月,公会宋公、卫侯、陈侯于袲,伐郑。"《公羊》注曰:"栎者何?郑之邑。曷为不言入于郑?未言尔。曷为未言尔,祭仲亡矣。然则曷为不言忽之出奔?言忽为君之微也。祭仲存则存矣,祭仲亡则亡矣。"[8][页178]《公羊》以为经书"入于栎",即是指郑伯已入郑国,可见,忽已出奔。《公羊》指出,经不书"入于郑"的原因是祭仲之死更为重大,故不书。经何以又不书"忽出奔"呢?《公羊》认为忽作为君主的地位太卑微,祭仲一亡,他便不能自保而逃奔了。《穀梁》注曰:"地而后伐,疑辞也,非其疑也。"[8][页178]《穀梁》则认为经先书三国之君会面之地即袲地,后书征伐一事,表示三国之君对此次讨伐行为是有所犹疑的。故曰:"疑辞也。"但按礼,三国对这次讨伐行为是不应疑虑的。所以又曰:"非其疑也。"《穀梁》的意思十分含糊,它在此处并未指明三国之君所讨伐的对象是忽还是突。为了更为清楚地把握《穀梁》的意思,我们可以参看范宁的注释,范宁曰:"郑突欲篡国,伐而正之,义也,不应疑,故责之。"[3][页67]范宁的注释应能说明《穀梁》之意。因此,我们可以推断,《穀梁》认为三国此次讨伐的应是突而不是忽。

按照这种说法,《穀梁》与《公羊》之意无异,均认为经所书"秋九月,郑伯突入于栎"应指突入于郑国,而忽同时出奔。那么,《公》《穀》之说是否与史实相符呢?我们先将与这段史实相关的经文整理如下:

桓公十一年经曰:

> 五月癸未,郑伯寤生卒。秋七月葬郑庄公。九月,宋人执郑祭仲,突归于郑,郑忽出奔卫。[13][页129]

桓公十五年经曰:

> 五月,郑伯突出奔蔡。郑世子忽复归于郑。……秋九月,郑伯突入于栎。冬十有一月,公会宋公、卫侯、陈侯于袲,伐郑。[13][页142]

《左传》解《春秋》桓公十一年经文,曰:"郑昭公之败北戎也,齐人将妻之。昭公辞。祭仲曰:'必取之。君多内宠,子无大援,将不立。三公子皆君也。'夏,郑庄公卒。初,祭封人仲足有宠于庄公,庄公使为卿。为公娶邓曼,生昭公。故祭仲立之。宋雍氏女于郑庄公,曰雍姞,生厉公。雍氏宗,有宠于宋庄公,故诱祭仲而执之,曰:'不立突,将死。'亦执厉公而求赂焉。祭仲与宋人盟，以厉公归而立之。秋九月丁亥，昭公奔卫。己亥，厉公立。"[13][页129] 又《左传》解《春秋》桓公十五年经，曰："祭仲专，郑伯患之，使其婿雍纠杀之。将享诸郊。雍姬知之，谓其母曰：'父与夫孰亲？'其母曰：'人尽夫也，父一而已，胡可比也？'遂告祭仲曰：'雍氏舍其室而将享子于郊，吾惑之，以告。'祭仲杀雍纠，尸诸周氏之汪。公载以出，曰：'谋及妇人，宜其死也。'夏，厉公出奔蔡。六月乙亥，昭公入。"[13][页143]"秋，郑伯因栎人杀檀伯，而居于栎。冬，会于袲，谋伐郑，将纳厉公也。弗克而还。"[13][页143]

《左传》对经文所记载史实做了详细的解说与补充：郑庄公卒，其卿大夫祭仲拥立太子忽为君，是为郑昭公。宋国雍氏之女雍姞生子突。宋国诱祭仲与之盟，立突为君，是为郑厉公。忽出奔卫。祭仲专权，郑厉公以之为忧，派其婿雍纠杀祭仲。事败露，厉公出奔蔡，昭公回国。同年秋，郑厉公入郑国边邑栎地。同年冬，鲁国、宋国等率军攻打郑国，欲使郑厉公归国，但这场战争未能取胜。《史记·郑世家》的记载与《左传》之说较为一致，《史记·郑世家》曰：

> 四十三年，郑庄公卒。初，祭仲甚有宠于庄公，庄公使为卿；公使娶邓女，生太子忽，故祭仲立之，是为昭公。
>
> 庄公又娶宋雍氏女，生厉公突。雍氏有宠于宋。宋庄公闻祭仲之立忽，乃使人诱召祭仲而执之，曰："不立突，将死。"亦执突以求赂焉。祭仲许宋，与宋盟。以突归，立之。昭公忽闻祭仲以宋要立其弟突，九月（辛）[丁]亥，忽出奔卫。己亥，突至郑，立，是为厉公。
>
> 厉公四年，祭仲专国政。厉公患之，阴使其婿雍纠欲杀祭仲。纠妻，祭仲女也，知之，谓其母曰："父与夫孰亲？"母曰："父一而已，人尽夫也。"女乃告祭仲，祭仲反杀雍纠，戮之于市。厉公无奈祭仲何，怒纠，曰："谋及妇人，死固宜哉！"夏，厉公出居边邑栎。祭仲迎昭公忽，六月乙亥，复入郑，即位。
>
> 秋，郑厉公突因栎人杀其大夫单伯，遂居之。诸侯闻厉公出奔，伐郑，弗克而去，宋颇予厉公兵自守于栎，郑以故亦不伐栎。[46][页1761—1762]

《史记》对这段史实的记载与《左传》基本一致，也可证明《左传》所述基本属实。可见经文所书"郑伯突入于栎"是指郑伯突居于郑边邑栎，而非入主郑国。而郑伯突入于栎之时，郑昭公忽也仍居君位，并未出奔。因此《公羊》以为郑伯已入郑国，忽已出奔的说法与史实并不相符。当然，《穀梁》认为宋、卫、陈侯讨伐的应是突而不是忽的观点也与史实相违背。那么，苏辙对经文又做了怎样的解释呢？《春秋集解》注曰："称入，忽在内，难之也。《公羊》曰：'何以不言忽之出奔？忽之为君微也。祭仲存则存矣，祭仲亡则亡矣。'夫突入于栎，未入于郑，忽未尝奔也，而何以书之？地而后伐，既会而后伐也。《穀梁》曰：'疑词也，非其疑也。'盖以为伐突以正忽也，夫突在栎不在郑，伐郑非伐突也，乃所以救突也。《公羊》《穀梁》之妄若是者众矣，不可胜非也，故各非其一而已。"[4][页32] 苏辙认为，突只是入于栎，并未入于郑，而忽也未曾出奔。《春秋》不书突入于栎与忽出奔正是对史实的直书，并无所谓的笔削之意。苏辙之义与《左传》《史记》之义完全一致，可见苏辙对这段史实的把握是十分准确的。《春秋集解》进而批驳了《公》《穀》的说法，认为《公》《穀》之义与史实完全不符，实属臆断之说。

《春秋集解》中，以史为据纠正《公》《穀》臆断之弊的不乏其例，又如：

《春秋》隐公三年，经曰："夏，四月辛卯，君氏卒。"

《左传》曰：

夏，君氏卒。——声子也。[13][页26]

《公羊》曰：

尹氏者何？天子之大夫也。其称尹氏何？贬。曷为贬？讥世卿，世卿非礼也。外大夫不卒，此何以卒？天王崩，诸侯之主也。[8][页38]

《穀梁》曰：

尹氏者何也？天子之大夫也。外大夫不卒，此何以卒之也？于天子之崩为鲁主，故隐而卒之。[8][页38]

《春秋集解》曰：

声子也。隐公将不终为君，故不称夫人。不称子氏而称君氏，何也？哀公之母曰姒氏卒，哀未君也。隐既君矣，不称子氏而称君氏，著其君也。……《公羊》《穀梁》曰："此尹氏也。尹氏者，天子之大夫也。"天王崩，为鲁主，故卒之。王子虎、刘卷皆天子之大夫也，其卒未尝不名。使尹氏尝为诸侯主矣，则将名之。其曰尹氏而不名，

非尹氏也,盖君氏也。[4][页19]

对比三传之义,可以看出,苏辙此处采用了《左传》的说法,认为君氏应指声子,也即隐公之母。那么,既然哀公之母卒,经曰"妃氏卒",隐公之母卒,经何以不称"子氏"而要称"君氏"呢?苏辙指出,是因为哀公未曾称君,隐公已经称君,因此,称其母卒为君氏卒。苏辙进而批驳了《公羊》《穀梁》将"君氏"视为"尹氏"的说法。《公》《穀》以为尹氏为天子大夫,因周王崩,而为鲁主,于是经曰"尹氏卒",这在苏辙看来与史实并不相符,他指出王子虎、刘卷均为天子的大夫,但二者亡,经仍书其名,如定公四年经书"刘卷卒",这就与《公》《穀》所说的不相符。可见《公》《穀》之说不妥。

(三) 以史证《春秋》

苏辙解经之时不仅以史考证《左传》《公羊》《穀梁》的正误,甚至对《春秋》经文的错误也直指不讳。《春秋集解》曰:"《公羊》《穀梁》以为诸侯之事尽于《春秋》也,而事为之说,则过矣。"[4][页17]苏辙指出《公》《穀》将《春秋》奉为信史,不敢有丝毫的质疑,这就很可能会导致以讹传讹的后果,这种做法实际是违背孔子为经之意的。《春秋集解》中,苏辙对《春秋》的具体批驳见于以下例子:

《左传》注襄公七年"郑伯髡顽如会,未见诸侯。丙戌,卒于鄵。",曰:

> 郑僖公之为大子也,于成之十六年与子罕适晋,不礼焉。又与子丰适楚,亦不礼焉。及其元年朝于晋,子丰欲诉诸晋而废之,子罕止之。及将会于鄵,子驷相,又不礼焉。侍者谏,不听;又谏,杀之。及鄵,子驷使贼夜弑僖公,而以疟疾赴于诸侯,简公生五年,奉而立之。[13][页953]

《左传》认为郑伯在做太子时,对子罕、子丰无礼,即位之后,又不礼于子驷,侍者谏而不受,反杀侍者。子驷积怨于心,伺其往会诸侯,行及于鄵时,遣刺客弑之,并以疟疾赴告诸侯。可见,《左传》认为郑伯死于被弑。《公羊》也持相同的看法,曰:"鄵者何?郑之邑也,诸侯卒其封内,不地,此何以地?隐之也。何隐尔?弑也。孰弑之?其大夫弑之。"[8][页344]《穀梁》也认为郑伯死于被弑,曰:"郑伯将会中国,其臣欲从楚,不胜其臣,弑而死。"[8][页344]可见三传均认为郑伯死于被弑。苏辙在对这段经文的注释中采用了三传的说法,明确指出郑伯死于被弑。《春秋集解》曰:

"郑伯如会而名，何也？名其卒也。郑伯将会于鄾，子驷相，郑伯不礼焉，子驷使贼弑之，而以疟疾赴于诸侯。"[4][页110]那么郑伯既死于被弑，经文又何以书"卒"呢？苏辙认为，《春秋》书"卒"不书"弑"的原因在于《春秋》记载他国史实的依据是他国使者前来报告的内容，即"从赴告"。《春秋集解》曰："然《春秋》从而信之，何也？君子不逆诈、不亿、不信，可欺以其方，不可罔以非其道也。彼以是告我，我从而书之，何病焉？世之治也，内有公卿大夫，外有方伯连率，是将有发其奸者，然后从而治之，何后焉？故《春秋》者，有待于史而后足，非自以为史也。世之为《春秋》而不信史，则过矣。"[4][页110]苏辙指出，按照《左传》所述史实，郑伯髡顽是死于被弑，但《春秋》依"赴告"书，郑伯虽被弑，但却以疟疾告诸侯，故《春秋》书其"卒"，不书其死于"弑"。因此，在苏辙看来，《春秋》受到"书法"的影响，并不能完全视作对史实的实录，故不可将《春秋》作为信史，我们要得到相对客观的史实，还必须参考其他传注尤其是《左传》的记载。

苏辙以史为据对经文进行辩驳的例子还见于《春秋集解》注文公十年"夏，秦伐晋"，曰："是年春，晋人伐秦，取少梁；秦伯伐晋，取北征。秦、晋相攻久矣，无他得失，而独书曰'秦伐晋'，遂以戎狄书之，理不然也。或者书秦伯，阙文也。"[4][页81]苏辙认为，秦、晋互相攻战，并无善恶之分，《春秋》独书"秦伐晋"，显然是将秦视为戎狄，对秦有歧视之意，这是不合理的。因此，苏辙做出了这样的判断：要么是经文不足取，要么就是经文有阙文，其史实应是秦伯伐晋。

三、以史为据的阐释方式

（一）不采《公》《穀》臆断之说

苏辙解经十分反对臆断之弊，他在《春秋集解》中对《公》《穀》以意说《春秋》的弊端多有指责。《春秋集解》曰："故凡《春秋》之事当从史。左氏史也，《公羊》《穀梁》皆意之也。盖孔子作《春秋》，事亦略矣，非以为史也，有待乎史而后足也。以意传《春秋》而不信史，失孔子之意矣。"[4][页18]苏辙认为，《公羊》《穀梁》有很大的臆测成分，儒者解经如若不以史实作为依据而以《公》《穀》之意为《春秋》大旨，则必定违背孔子修《春秋》的本意。又曰："凡诸侯之事，告则书，不然则否。虽及灭国，灭不告败，胜不告克，不书于策。《公羊》《穀梁》以为诸侯之事尽于《春秋》也，而事为之说，则过矣。"[4][页17]苏辙指出，《春秋》记事有一定的常例，诸侯之事，必须是使者前来报告才能记载下来，因此，春秋之事并非都可见于《春秋》，但《公》《穀》却从未虑及这些历史状况，以为《春秋》既然是一部无所不包的史书，若有未见的史实，则必定包含了孔子的笔削之意。但在苏辙看来，《公》《穀》的这种做法是不足取的。苏辙解经十分注重对史实的梳理，对经文的褒贬之意，并不作过多发挥，甚至对《公》《穀》的附会之意直接采取弃而不用的做法。

如《公羊》注桓公十年"冬，十有二月，丙午，齐侯、郑伯来战于郎"，曰："郎者何？吾近邑也。吾近邑，则其言来战于郎何？近也。恶乎近？近乎围也。此偏战也，何以不言师败绩？内不言战，言战乃败矣。"[8][页80]《公羊》认为郎已是邻近国都之邑，说明齐卫郑师几近于围困了鲁国都。《公羊》指出，鲁国在这场战争中是失败了的，而经不书败是由于王者无敌，言战也就是言败，也就有王师败绩的意思了，故经不书败绩而书战是为鲁讳败的意思。《公羊》此处采用了托王于鲁的观点，对经文的解释显得十分牵强。

《穀梁》注曰："来战者，前定之战也。内不言战，言战则败也。不言其人，以吾败也。不言及者，为内讳也。"[8][页80]《穀梁》以为，"来战"是指已有约定的战争。春秋之义，不以外敌内，书"战"，即是敌胜我败。"不言其人"以及"不言及者"均是讳败的说法。

苏辙解经首先对战争的历史原因做了详细说明，其史实材料主要采自《左传》之说，《春秋集解》曰："六年北戎伐齐，郑太子忽救齐，大败戎师。于是诸侯之大夫戍齐，齐人饩之，使鲁为之班，鲁以周班后郑，郑忽以其有功也，怒，故以齐、卫来战于郎。不称侵伐而称来战，无词也。郑虽主兵，而先书齐、卫，犹以周班正之也。"[4][页29]苏辙认为经不书"侵伐"而书"来战"，是因为齐、卫、郑兴师之无名。对于《公》《穀》讳败之说，苏辙认为臆测过重，故一律未予采用，仅立足于史实的陈述。

又如《公羊》注桓公十六年"十有一月，卫侯朔出奔齐"，曰："卫侯朔，何以名？绝。曷为绝之？得罪于天子也。其得罪于天子，奈何？见使守卫朔，而不能使卫小众，越在岱阴齐，属负兹，舍不即罪尔。"[8][页91]《公羊》以为，经直书卫侯朔的名字，是因为朔得罪了天子，为何得罪天子呢？天子委任朔去管理卫国，但朔不能得到卫民的拥戴，而逃奔到泰山之北的齐国，他还推托有病，不去周天子那里承担罪责，这当然是很大的罪过，故经直书其名以示憎恨之极的意思。《公羊》并未对朔何以出奔齐的原因作任何交代，仅就经文字句寓意做了推测，但这些推测于史无证，显得十分牵强。

《穀梁》注曰："朔之名，恶也。天子召而不往也。"[8][页91]《穀梁》与《公羊》之意无太大差异，也是强为解说。苏辙对《公》《穀》之说则完全不予采纳。《春秋集解》曰："卫宣公烝于夷姜，生伋子，属之右公子。为之娶于齐，而宣公取之，生寿及朔，属寿于左公子。宣姜与朔构伋子，使齐盗杀之，并及寿子，故二公子怨惠公而立公子黔牟，惠公出奔。"[4][页32]这段注释基本以《左传》为依据，交代了卫侯朔出奔齐的历史原因，即，卫国的左右公子怨憎卫侯朔继承君位，欲重新拥立公子黔牟为君，并不涉及义理。

（二）重史实，简化描绘性语言

《左传》与《春秋》均是以记史为主的文体，但二者在表述方式上却有很大的不同。相较于《春秋》只言片语的记载，《左传》传史具有更为鲜明的文学色彩。范宁曰："左氏艳而富，其失也巫。"[3][页12]韩愈曰："《春秋》谨严，《左氏》浮夸。"[62][页5256]均说明了《左传》辞采华丽、叙事铺张的特点。最为典型的例子就是《左传》对战争的叙述往往竭尽跌宕曲折之能事。如对晋楚城濮之战的叙述，《左传》先以"取威定霸"为纲，文随战机，时急时缓，几开几合，使情势波澜起伏、跌宕多姿，最终以周王册定晋文公为霸作结。像这样将战争描绘得扣人心魄的例子可以说在《左传》中是随处可见的，如"郑伯克段于鄢""曹刿论战""秦晋殽之战"等。另外，《左传》也十分擅长外交辞令的叙述。如"展喜犒齐师""烛之武退秦师""王孙满论鼎之轻重""子产论毁垣"等，这些文段对人物辞令的记述无不曲折缜密、委婉尽致。可见，《左传》的记事风格具有很强的文学特点。苏辙十分推崇《左传》的史料价值，在《春秋集解》中，也大量引用《左传》的传史材料，但对于《左传》中有关战事、外交、人物等的描绘性语言，苏辙却一概不予采用，仅立足于史实的交代，这表现了苏辙重史的治学取向。兹举例以示：

桓公五年经曰："秋，蔡人、卫人、陈人从王伐郑。"《左传》注曰：

王夺郑伯政，郑伯不朝。秋，王以诸侯伐郑，郑伯御之。王为中军；虢公林父将右军，蔡人、卫人属焉；周公黑肩将左军，陈人属焉。郑子元请为左拒，以当蔡人、卫人；为右拒以当陈人，曰："陈乱，民莫有斗心。若先犯之，必奔。王卒顾之，必乱。蔡、卫不枝，固将先奔。既而萃于王卒，可以集事。"从之。曼伯为右拒，祭仲足为左拒，原繁、高渠弥以中军奉公，为鱼丽之陈。先偏后伍，伍承弥缝。战于繻葛，命二拒曰："旗动而鼓。"蔡、卫、陈皆奔，王卒乱，郑师合以攻之，王卒大败，祝聃射王中肩，王亦能军，祝聃请从之。公曰："君子不欲多上人，况敢陵天子乎？苟自救也，社稷无损，多矣。"夜，郑伯使祭足劳王，且问左右。[13][页104]

左氏对这场具有重大历史意义的繻葛之战进行了详尽的叙述，不仅交代了战争的始末，对战争的布局、进展甚至对人物的语言也进行了生动的刻画。可见，从叙述的特点来看，《左传》的注释具有极强的故事性。但是，对于《左传》所述细节是否属实，后人当然很难做出明确的判断，因为在其他典籍中确也难以找到相应的记载，故也不宜尽数将这类记载视为原本的史实。苏辙对于《左传》这部分描绘性语言，则未予采纳，他对《春秋》记事的注释多停留于史实的介绍，务求简洁明晰。如《春秋集解》注曰："郑世为周卿士，王贰于虢，故周郑交恶。王以诸侯伐郑，不言王及蔡人、卫人、陈人伐郑，君臣之词也。不言王以蔡人、卫人、陈人伐郑，诸侯之师王之所得用也。于是郑人及王战于繻葛，大败王师，射王中肩。不言战，王者无敌，莫敢与之战也。不言败，讳之也。"[4][页27]苏辙在这段文字中，对战争始末进行交代的唯有"于是郑人及王战于繻葛，大败王师，射王中肩"一句，也仅仅是对繻葛之战的史实的简要叙述。

再如僖公二十四年经曰："夏，狄伐郑。"《左传》注曰：

郑人之入滑也，滑人听命。师还，又即卫。郑公子士、泄堵俞弥帅师伐滑。王使伯服、游孙伯如郑请滑。郑伯怨惠王之入而不与厉公爵也，又怨襄王之与卫滑也，故不听王命，而执二子。王怒，将以狄伐郑。富辰谏曰："不可。臣闻之：大上以德抚民，其次亲亲，以相及也。……今周德既衰，于是乎又渝周、召，以从诸奸，无乃不可乎？民未忘祸，王又兴之，其若文、武何？"王弗听，使颓叔、桃子出狄师。夏，狄伐郑，取栎。王德狄人，将以其女为后。富辰谏曰："不

可。臣闻之曰:报者倦矣,施者未厌。狄固贪惏,王又启之,女德无极,妇怨无终,狄必为患。"王又弗听。[13][页419]

《左传》在这段注释中,交代了这样一些史实:"狄伐郑"最初的起因是郑伯两次伐滑,周惠王遂派使者到郑国为滑求情,但郑伯对周惠王积怨已久,反将周惠王派到郑国的两名使者捉拿了。王怒,欲以狄师伐郑,富辰极陈利害,周惠王坚决不听,终以狄师伐郑。《左传》在此交代了"狄伐郑"的始末,但叙述的重点并未落在史实之上,而是集中在富辰对王以狄师伐郑的劝谏之语上。那么,这段苦心之语究竟确是富辰之语,还是左氏借富辰之口书写己意,我们很难得出确切的结论。苏辙《春秋集解》对经文做了这样的注释:"二十年郑人入滑,是岁复伐之。王使如郑请滑,郑不听命,王怒,使颓叔桃子出狄师以伐郑。"[4][页66]苏辙是将《左传》对富辰之语的描述直接去除,仅对相关史实作简要交代,务求立足于史实层面的叙述。

(三)去除灾异、妖详等说

《左传》也有大量文字涉及灾异、鬼神、占卜等神秘文化的记载。这些文字因于史无证,苏辙在《春秋集解》中均不予采纳。

如《左传》注成公十七年"壬申,公孙婴齐卒于貍脤",曰:"初,声伯梦涉洹,或与己琼瑰食之,泣而为琼瑰盈其怀,从而歌之曰'济洹之水,赠我以琼瑰。归乎归乎,琼瑰盈吾怀乎'!惧不敢占也。还自郑,壬申,至于貍脤而占之,曰:'余恐死,故不敢占也。今众繁而从余三年矣,无伤也。'言之,之莫而卒。"[13][页899]《左传》在此追述了公孙婴齐在卒于貍脤之前的一些征兆,并绘声绘色地描述了公孙婴齐临死之前的梦魇与遗言。这些情节于史无证,很明显是出于作者的杜撰。对于这样的文段,苏辙解经一律不予采纳。《春秋集解》:"婴齐从于伐郑,还而道卒。大夫卒不地,其地,在外也。案:下十二月丁巳,朔,则壬申非十一月,失之矣。"[4][页105]苏辙此处仅取《左传》所述史实部分。

又如《春秋》庄公八年曰:"冬十有一月癸未,齐无知弑其君诸儿。"《左传》注曰:

> 齐侯使连称、管至父戍葵丘,瓜时而往,曰:"及瓜而代。"期成,公问不至。请代,弗许。故谋作乱。僖公之母弟曰夷仲年,生公孙无知,有宠于僖公,衣服礼秩如适。襄公绌之。二人因之以作乱。连

称有从妹在公宫,无宠,使间公,曰:"捷,吾以汝为夫人。"冬十二月,齐侯游于姑棼,遂田于贝丘。见大豕。从者曰:"公子彭生也。"公怒,曰:"彭生敢见!"射之。豕人立而啼。公惧,对于车。伤足,丧履。反,诛履于徒人费。弗得,鞭之,见血。走出,遇贼于门。劫而束之。费曰:"我奚御哉?"袒而示之背。信之。费请先入。伏公而出,斗,死于门中。石之纷如死于阶下。遂入,杀孟阳于床。曰:"非君也,不类。"见公之足于户下,遂弒之,而立无知。[13][页174—176]

《左传》详细叙述了公孙无知弒齐襄公的始末,其间也掺杂了妖祥、灾异之说。苏辙对于这些于史无证的部分也采取了弃而不用的做法。《春秋集解》注曰:"齐僖公母弟夷仲年生公孙无知,有宠于僖公,衣服礼秩如适。襄公绌之,故作乱。"[4][页38]苏辙此处完全是立足于史实的陈述。

《左传》也有对某些灾异现象做出合理解释的,苏辙对此则有所采纳。如《左传》注僖公十六年"是月,六鹢退飞,过宋都",曰:"六鹢退飞,过宋都,风也。周内史叔兴聘于宋,宋襄公问焉,曰:'是何祥也?吉凶焉在?'对曰:'今兹鲁多大丧,明年齐有乱,君将得诸侯而不终。'退而告人曰:'君失问,是阴阳之事,非吉凶所生也。吉凶由人,吾不敢逆君故也。'"[13][页369]《左传》首先解释六鹢退飞乃是因为逆风而飞,风力过大,被迫后退。随后又补充了宋襄公与周内史叔兴的一段对话,其内容为:宋襄公问周内史叔兴关于六鹢退飞有何征兆,叔兴列举了一些丧乱之事聊以搪塞,退而言曰六鹢退飞并不能征兆吉凶,仅仅是自然阴阳之事而已。此说显然较灾异妖祥之说更有理据。苏辙则弃灾异说不用,而采用了阴阳之说。《春秋集解》:"鹢,大鸟也。退飞,逆飞也,书失常也。书是月,言非戊申也。何以不日?失之也。"[4][页62]苏辙将"六鹢退飞"完全处理为一种自然现象,在此仅作客观叙述。

三传中,《左传》明显高于《公》《谷》之处就在于它以记史见长,其史料价值颇为珍贵,但其中关于鬼神、灾异、占卜这类神秘主义文化记载的语段却也不乏其例。清人韩芃在《左传纪事本末序》中说《左传》"好语神怪,易致失实。"[69][页2]大量于史无证的灾异之说,必定会在一定程度上削弱《左传》的史料价值。苏辙解经务求客观,立足于史实的叙述,这也使他必然会对《左传》的这类文字采取弃而不用的做法。

北宋初年,儒学兴起革新思潮,由于受到佛道心性之学的影响,宋儒治经往往抛开传注疏释，立足于阐发义理思想，一时义理之学颇为兴盛。孙复《春秋尊王发微》较唐代的《春秋》学著作，已有明显的重义理的倾向。晁公武《读书志》载常秩之言曰："明复为《春秋》，犹商鞅之法，弃灰于道者有刑，步过六尺者有诛。"[25][ ]页112 常秩在此指出了孙复治《春秋》深求"义"与"法"的解经特点。二程治《春秋》也表现了同样的治学取向，程颐曰："后世以史观《春秋》，谓褒善贬恶而已，至于经世之大法则不知也。"[23][页995] 程颐指出，世人将《春秋》视作史，注意到《春秋》中的褒贬之义，这是远远不能揭示《春秋》真正内涵的，《春秋》不仅有褒贬之义，甚至更有经世之大法。二程的观点代表了宋代理学家对《春秋》的普遍看法。当然，北宋这种重视义理阐发的解经方向可以使《春秋》经义得到更为深入的阐发，但又极易造成对《春秋》史实的疏忽，从而走向逞意说经的极端。这一弊端早在孙复的《春秋尊王发微》中已有显露。苏辙敏感地察觉到北宋《春秋》学的这一弊端，并深感忧心。他反复强调的"故凡《春秋》之事当从史"及"以意传《春秋》而不信史，失孔子之意也"，正是对北宋《春秋》学不重史实、以意说经弊端的纠正。他在《春秋集解》中自觉采取的史实与义理相结合的研究方法，对北宋《春秋》学的发展方向也起到了很好的矫正作用，这一治学思想也在很大程度上影响到南宋朱熹的《春秋》学思想。

第四节　苏辙对"例"的认识

所谓"例"是指《春秋》经文在语言与文句运用上所遵循的一些规则。最早提及《春秋》经文有"例"存在的是东汉的何休，他在《春秋公羊注疏序》中曰："往者略依胡毋生条例，多得其正，故遂隐括使就绳墨焉。"[2][页2] 何休称自己按胡毋子都所总结的《春秋》之"例"来释读《春秋》，多能使《春秋》得到合理解释。但何休并未对《春秋》之"例"做出总结，直到晋代的杜预，才开始对《春秋》之"例"作较为系统的整理。杜预曰："其发凡以言例，皆经国之常制，周公之垂法，史书之旧章。"[14][页16] 杜预指出，《春秋》经文中的凡例是周公就已制定的法则，《春秋》是鲁国旧史，必然会按照这样的法则来记事。又曰："诸称'书'、'不书'、'先书'、'故书'、'不言'、'不称'、'书曰'之类，皆所以起新旧，发大义，谓之变例。"[14][页19]杜预认为《春秋》经文如若出现特别的"书法"，那么，其中必定隐含着某种微言大义，这也正是夫子的笔削之意。杜预不仅在《左传》注释中对《春秋》之"例"做了解释，而且还著《春秋释例》十五卷对《春秋》之"例"进行详细阐发，对后世《春秋》学的发展产生了深远的影响。

苏辙在治《春秋》中，也对经文之"例"予以充分的重视，在《春秋集解》的释经体例上，苏辙不仅对三传所言之"例"有所继承，也指出了三传言"例"存在的错误与缺失。

一、对三传所言之"例"的继承

《春秋集解》中，苏辙大量地借鉴了《左传》所总结的例法。如《春秋集解》注隐公三年"八月庚辰，宋公和卒"，曰："《春秋》薨鲁君而卒诸侯，鲁史也。其书，来赴也；其名，与鲁通也。凡诸侯同盟，名于载书。朝聘、会问，皆以名通，故卒则书名，不然则否。左氏曰：'凡诸侯同盟，死则赴以名。'礼，君薨，赴于他国，曰：'寡君不禄。'臣子而名其先君，非礼也。"[4][页20]苏辙在此引用了《左传》在隐公七年"滕侯卒"注文中的凡例："七年春，滕侯卒。不书名，未同盟也。凡诸侯同盟，于是称名，故薨则赴以名，告终、称嗣也，以继好息民，谓之礼经。"杜预注曰："此言凡例，乃周公所制礼经也。"[13][页53-54]按照凡例的意思，春秋时期，如果诸侯国之间是盟友关系，一国之君亡故，向他国报丧时则记录亡君的名字。苏辙认为，隐公三年《春秋》所书"宋公和卒"正是遵循了春秋时期的这种惯例。

又如，桓公三年经曰："大雩。"《春秋集解》引用《左传》之例，曰："凡祀，启蛰而郊，龙见而雩，始杀而尝，闭蛰而烝，过则书。"[4][页27]苏辙依据《左传》之例得出结论认为，经文书"大雩"，表明"大雩"并不是适当的时候。

此外，《春秋集解》对《公》《穀》所言之"例"也有继承。如《公羊》注隐公三年"春，王二月己巳，日有食之"，曰："何以书？记异也。日食，则曷为或日或不日？或言朔或不言朔？曰某月某日朔，日有食之者，食正朔也。其或日或不日，或失之前，或失之后。失之前者，朔在前也；失之后者，朔在后也。"[8][页43]《春秋》记载日食，如果某月某日是初一，这天发生的日食记作"食正朔"。而《春秋》有时注明日期，有时又不注明，是因为日食发生的时间有时靠前，有时靠后，前者则书"朔"于前，后者则书"朔"于后。苏辙对"日有食之"的解释完全采用了《公羊》所总结的《春秋》例法。《春秋集解》曰："凡春而书月，则书'王'，不然则否。日食则曷为或日，或不日，或言朔，或不言朔？曰某月某日朔，日有食之者，食正朔也。不言日，夜食也。不言朔，朔在前也。不言朔与日，朔在后也。"[4][页19]

二、对三传所言之"例"的批驳

（一）对《公》《穀》"日月"之例的批驳

《公羊》《穀梁》以为凡《春秋》书"日月"之处，必包含微言大义，故每每以"日月"为训，深求其义。如《穀梁》注庄公十年"春王正月，公败齐师于长勺"，曰："不日，疑战也。疑战而曰败，盛内也。"[8][页110]又如《穀梁》注庄公十年"二月，公侵宋"，曰："侵时，此其月，何也？乃深其怨于齐，又退侵宋，以众其敌，恶之，故谨而月之。"[8][页110]《公》《穀》中此类以"日月"为例的注释比比皆是。苏辙对《公》《穀》以"日月"为例的做法则持否定态度，认为经文书"日月"并无深意，是依据史书有无记载而定。如，隐公元年经曰："三月，公及邾仪父盟于蔑。"《穀梁》注曰："不日，其盟渝也。"[8][页37]"渝"，改变之意。《穀梁》认为，经文不书"日"是因为蔑之盟出现了变故。苏辙则对《穀梁》此说提出了批驳。《春秋集解》指出：

> 盟必有日月，而不日，失之也。《春秋》以事系日，以日系月，以月系时，以时系年。事成于日者日，成于月者月，成于时者时，不然皆失之也。故崩、薨、卒、弑、葬、郊庙之祭、盟、战、败、入、灭、获、日食、星变、山崩、地震、火灾，凡如此者，皆以日成者也。……惟公即位不书日，有常日也。外杀大夫，不书月与日，卑，不以告也。[4][页16]

苏辙指出，按例会盟必然记载日月时间，但由于史官未对会盟之时日作记载，致使经文不能对具体的时间进行交代，因此经不书日并不涉及义理，《穀梁》之说纯属臆断。苏辙进而指出，《春秋》在日月的记载上有常例，如若经文不书日月，则是史官未作记录，至于"公即位不书日"，是因为"有常日"，"外杀大夫，不书月与日"是因为未得到他国之"赴告"。

在苏辙看来，日月之书法与史官的记载有直接的关系，至于《公》《穀》动辄以"日月"寓褒贬之义应是不足取的。苏辙在后面的注释中对《公》《穀》以"日月、土地"为褒贬的做法均弃而不用。

又如，隐公三年经曰："癸未，葬宋穆公。"《公羊》曰："葬者曷为或日或不日？不及时而日，渴葬也；不及时而不日，慢葬也；过时而日，隐之也；过时而不日，谓之不能葬也；当时而不日，正也；当时而日，危不得葬也。"[8][页46]《公羊》对《春秋》记录葬礼有时注明日期，有时又不注明做了这样的解释：没有等到该下葬的日期就下葬，且记录日期，表明急于下葬；过了该下葬的日期才下葬，也没有记录日期，表明葬礼的礼数不周；超过该下葬的日期，且记录了日期，说明史官替死者感到痛惜；如果超过了该下葬的日期，也没有记录日期，说明有某种原因导致了葬礼的拖延。在该下葬的时间下葬，不记录日期是正常的；在该下葬的时间下葬，并记录日期，说明国家有危难，差点儿无法下葬。《穀梁》曰："日葬，故也，危不得葬也。"[8][页46]《穀梁》也认为，经文记录了宋穆公下葬的日期，是因为当时的宋国遇到了危难，使宋穆公差点儿无法下葬。《公》《穀》皆以经不书日暗示危不得葬，《春秋集解》不采《公》《穀》之说。《春秋集解》曰："鲁往会，故书。《春秋》以鲁，故卒诸侯。及其葬，则虽子男称公，何也？会者在外，信其臣子之词也。"[4][页20]《春秋集解》就事论事"鲁往会，故书"，即是说经文记载了宋穆公下葬的日期，是因为鲁国派人参加了宋穆公的会葬。

（二）对《左传》所言之"例"的批驳

苏辙治《春秋》虽十分重视《左传》的史料价值，对《左传》所言经文之"例"也多有借鉴，但《春秋集解》中也不乏对《左传》所谓之"例"提出批驳。如《左传》注隐公三年"四月辛卯，君氏卒"，曰："夏，君氏卒。——声子也。不赴于诸侯，不反哭于寝，不祔于姑，故不曰薨；不称夫人，故不言葬。"[13][页26]苏辙则在对隐公二年"十有二月乙卯，夫人子氏薨"的注释中，对左氏之"例"予以了否定。《春秋集解》曰："桓公之母仲子也。凡公母称夫人，薨则曰夫人某氏薨。葬毕而祔于庙，则曰葬我小君某氏；不称夫人，则曰某氏卒，不祔于庙，则不书葬。仲子始娶于宋，故曰'夫人子氏薨'，特立之庙而不祔，故不书葬。左氏曰：'不赴于诸侯，不反哭于寝，不祔于姑，故不曰薨。不称夫人，故不言葬。'考之以事，皆不合，失之矣。"[4][页19]苏辙认为，《左传》所谓之"例"与经文记载并不符合。他指出，隐公二年，《春秋》记载"夫人子氏薨"，这里的"夫人"是指仲子，之所以被称作"夫人"，是因为她是鲁桓公的母亲；经文记载仲子的死为"薨"也因为她的身份是"夫人"；那么，经文不书"葬"的原因是，鲁国虽然为仲子的神主建立了宗庙，但却没有让她的神主配享先祖。如果按照《左传》的说法"不祔于姑，故不曰薨。不称夫人，故不言葬"的话，那么《春秋》对于仲子之死的记载就应该书"葬"而不书"薨"。《左传》的解释显然与《春秋》的记载不相吻合。

三、"例"有变通

苏辙虽然承认《春秋》经文存着用例的事实，但许多例法只适用于部分经文，强调对于特殊情况，应具体分析。如，桓公二年经曰："冬，公至自唐。"《左传》以例释之："冬，公至自唐，告于庙也。凡公行，告于宗庙；反行，饮至、舍爵、策勋焉，礼也。特相会，往来称地，让事也。自三以上，则往称地，来称会，成事也。"[13][页91]苏辙认为《左传》所言之例与经文并不完全吻合，还存在例外现象，《春秋集解》补充曰："隐公之不至，何也？将不终为君，不以告也。"[4][页26]苏辙指出，经不书"隐公至"便与《左传》之例不合，何以不书"隐公至"呢？苏辙认为，同样的情况，鲁隐公出行归国，《春秋》不记载"隐公至"是因为隐公被弑，未能终其君位，并不是隐公没有祭告祖庙。《春秋集解》中，类似这样对"例"进行补充说明的还见于下面例子：

  1. 凡弑君称君，君无道也；称臣，臣之罪也。称君则曷为或称人，或称国？称国以弑，大臣弑之也；称人以弑，众人弑之也。称臣则曷为或氏，或不氏？不氏，恶之甚也。且州吁将以为君，非复臣也。[4][页20]

苏辙指出，经文"卫州吁弑其君完"与《左传》所言之例"称臣弑君，臣之罪也"不相符。其原因是，州吁在弑其兄卫桓公（公子完）后便自立为君，故州吁最后的身份是"君"而不是"臣"，这与《左传》称其为臣的说法并不相符。

  2. 凡师能左右之曰以。齐桓、晋文之用诸侯，不言以，何也？公用之也。诸侯而用诸侯则言以，私用之也。用之以公，则人自用也；

用之以私，则我用之也。[4][页31]

苏辙指出，通常情况下，能统率他国之师的，经曰"以"。如，"宋人以齐人、蔡人、卫人、陈人伐郑"，但也存在例外情况，如，齐桓、晋文率诸侯之师则不言"以"，而言"用"。苏辙指出，此则凡例只适用于诸侯是以本国名义而借助他国之师的情况，故书"以"；倘若不以本国名义率领他国之师，则书"用"。

3. 凡弑君称君，君无道也。然《春秋》所书，无道而称臣者六：齐诸儿虽无道，而无知以其私弑之，故称无知；晋夷皋、楚虔虽无道，而赵盾、公子比疑于无罪，故称盾及比；陈平国、蔡固虽无道，而罪不加于国人，故称征舒及般；齐光虽无道，而崔杼之恶甚于光，故称杼。言各有所当已，不必同也。[4][页38]

苏辙指出，一般情况下，"弑君称君，君无道"，但《春秋》中，无道而称臣者有六种特例。对于这些特殊情况，苏辙强调应作具体分析，不能死守例法。同样的例子还见于：

隐公二年，经曰："九月，纪裂繻来逆女。"《春秋集解》注曰：

《春秋》之法，小国之大夫不书，然纪裂繻来逆女则书，以其接我也。接我以礼而书，贵之也。小国之大夫来奔者亦众矣，虽接我而不书，法也。惟以地来奔则书，恶其接我以利也。然鲁人非大夫，而以地出奔者犹不书，何也？以利接我，虽微必书，详内也；以利接外，以微故不书，略外也。略外而详内，此圣人处己之厚也。[4][页117—118]

苏辙在此指出：按照惯例，由于诸侯国大夫的地位较低，《春秋》记事一般不会书写他们的姓名。但也有不少例外的情况，如其他诸侯国大夫以礼交好鲁国的或是带着土地来投奔鲁国的，等等，《春秋》则会记录下大夫的姓名。

又如，昭公二十三年，经曰："吴败顿、胡、沈、蔡、陈、许之师于鸡父。胡子髡、沈子逞灭，获陈夏啮。"《春秋集解》注曰：

《春秋》书诸侯之师未有略而不序者，今略而不序，何也？顿、胡、沈皆君也，蔡、陈、许皆大夫也。将言及其君与大夫战，则未陈也。将言败其君与其大夫，则胡子、沈子灭，陈大夫获，不可止言败也。故略言败其师，而详其灭、获于后，盖亦记事之宜也。且序其败

不以国之大小，而以君、大夫为先后，则亦微见之矣。[4][页133—134]

苏辙在此指出，《春秋》记载战争，按例都应书写"某国师"，但这段经文却不然，只是简写为"顿、胡、沈、蔡、陈、许之师"，其中的缘由是参与此次战争的将领身份比较复杂，其中顿、胡、沈国的是国君，而蔡、陈、许的则是大夫，故《春秋》便不再按照惯例书写，而是笼统地记载这些国家的军队。

此外，苏辙认为《春秋》中还存在一些"特书"之法。如，定公十四年经曰："天王使石尚来归脤。"《春秋集解》曰："石尚，天子之士也。天子之士称王人，石尚之名，以其接我，特书也。"同样的例子还见于：

僖公十八年经曰："冬，邢人、狄人伐卫。"《春秋集解》云："狄之称人，与邢人序，称邢人不可不称狄人也。"[4][页63]

隐公二年经曰："九月，纪裂繻来逆女。"《春秋集解》曰："小国之大夫称人，其名皆特书也。"[4][页18]

僖公元年经曰："冬十月壬午，公子友帅师败莒师于郦，获莒挐。"《春秋集解》曰："莒人责庆父之赂，季友败之而获莒子之弟挐。特书，喜之也。"[4][页54]

定公四年经曰："冬十有一月庚午，蔡侯以吴子及楚人战于柏举，楚师败绩，楚囊瓦出奔郑。"《春秋集解》曰："吴称子而囊瓦称人，何也？吴以夷故不得称人，又不可言以吴，特称吴子，书实也。"[4][页137]

从以上苏辙对三传所言之"例"的态度以及对《春秋》之"例"的补充，我们可以看到，苏辙言"例"更强调以经文与史实作为依据，并不主张死守"例"法，这也充分体现出苏辙以史为据的解经取向。

第三章

苏辙《春秋集解》的历史观

第一节 苏辙的历史变易观

苏辙在《春秋集解》中表现了一种历史的变易观，他认为历史是不断发展变化的，历史发展的进程也不以个人意志为转移；孔子的智慧之处即在于根据历史的需要尽可能地发挥个人的作用。苏辙的这一思想集中体现于《春秋集解》注哀公十四年"春，西狩获麟"的文段中：

> 然则《春秋》始于隐公而终于哀公，何也？自周之衰，天下三变，而《春秋》举其中焉耳。其始也，虽幽、厉失道，王室昏乱，而礼乐征伐犹出于天子，诸侯畏周之威，不敢肆也，虽《春秋》将何施焉？及其中也，平王东迁，而周室不竞。诸侯自为政，周道陵迟，夷于列国。迨隐之世，习以成俗，不可改矣，然而文、武、成、康之德犹在，民未忘周也，故齐桓、晋文相继而起，莫不秉大义以尊周室，会盟征伐以王命为首。诸侯顺之者存，逆之者亡，虽齐、晋、秦、楚之强，义之所在，天下予之，义之所去，天下叛之，世虽无王而其法犹在也。故孔子作《春秋》，推王法以绳不义，知其犹可以此治也。及其终也，定、哀以来，齐、晋既衰，政出于大夫，继之以吴、越、夷、狄之众横行于中国，以势力相吞灭，礼义无所复施，刑政无所复加。虽欲举王法以绳之，而诸侯习于凶乱，不可告语，风俗靡然，日入战国，是以《春秋》终焉。由此观之，则《春秋》起于五伯之始，而止于战国之初，隐、哀适其时耳。……孟子曰："王者之迹熄而诗亡，诗亡然后《春秋》作。"夫二《雅》终于幽王，而《春秋》作于平王，

盖与变《风》止于陈灵,陈灵之后六十余年而获麟,变《风》之所不刺,则《春秋》之所不书也。[4][页147—148]

苏辙对孔子作《春秋》的历史动因进行了分析。他认为孔子作《春秋》始于隐公终于哀公,是由历史发展的必然趋势决定的。苏辙将周衰之后的历史分为三个时期,其中平王东迁之前、东迁之后为前两个时期,五霸衰落到战国期间为第三个时期。按照这个分法,孔子作《春秋》应处于周衰后的第二个时期。其原因何在呢?苏辙用历史变易观做了这样的解释:他认为在周衰的第一个时期,王室虽然昏庸暗弱,但礼乐征伐仍然出自周王室,周天子的威望还足以统领各诸侯国,整个社会仍处于较为有序的统治状态之下,孔子在此时无须为褒贬之说;到了平王东迁之后,诸侯各自为政,周天子名存实亡,蛮夷问鼎中原,但周代礼乐政治的遗风尚存,诸侯征伐仍以周天子为名,齐、晋、秦、楚仍以尊王为义,孔子于此时作《春秋》,重申周代礼法,褒贬时事,就可起到矫正时弊的作用;但到了定哀之后,整个国家礼义大乱,四夷横行,《春秋》已无补于世,故孔子绝笔不作。这段论述直接反映了苏辙的历史变易观。他认为,历史是不断发展变化的,这种发展变化遵循着一定的规律,且不以个人意志为转移。孔子修《春秋》也是特定历史时期的产物,它的始末以及对历史的作用均直接受到整个历史进程的制约,孔子正是认识到这一历史发展的必然规律,才绝笔于定哀时期。

苏辙的历史变易观还表现在他对习俗礼仪的变易并不一味采取否定态度,如,文公五年经曰:"三月辛亥,葬我小君成风,王使召伯来会葬。"对于文公葬成风之事,《左》《公》《穀》均未作详细说明。《左传》注曰:"召昭公来会葬,礼也。"[13][页539]《公羊》注曰:"成风者何?僖公之母也。"[8][页221]《穀梁》注曰:"会葬之礼于鄙上。"[8][页221]按照《左》《穀》对"王使召伯来会葬"之注可知,《左》《穀》认为文公葬成风与周天子派其卿士召伯前来参加葬礼应是合礼之举。但何以有礼,二传未做任何说明。刘敞却对此持否定态度,刘敞曰:"左氏曰:'礼也。'非也。礼,庶子为君为其母无服,不敢贰尊者也。妾母称夫人,王不能正,而又使公卿会葬,何礼之有?"[8][页221]刘敞认为成风为妾,不应以夫人之礼葬之,周天子派遣公卿来参加葬礼也非合礼之举。但苏辙对刘敞的看法却不赞成,《春秋集解》注曰:"仲子虽聘,而非惠公之嫡也,故特为之宫而不祔。不书其葬,盖礼之正也。自成风以来妾母皆葬,盖祔也,鲁礼之变自此始矣。诸侯必有使来会葬者矣,以微故不录。王人虽微必书,石尚归脤是也,而况召伯乎!"[4][页77—78]苏辙指出,成风为妾,按周代礼法,妾母享受葬礼则为不合礼之举,应受到讥贬。但他指出,鲁国自成风受葬之后,妾母皆葬,可见葬妾母已广为国人接受,并成为一种习俗。苏辙认为,成风始葬仅仅是鲁国丧葬礼俗的一个变革而已,既然之后成为一种礼俗,也无所谓褒贬之论。从这段注释可以看到,苏辙对符合历史发展趋势的变革并不持批判态度。

基于对历史变易的认识,苏辙对特定历史时期的社会现象也发表了不同于传统儒者的看法。集中表现为以下几个方面:

一、尊王而又尚霸的思想

总体而言,春秋时期是一个礼崩乐坏、王室衰微、诸侯争霸的历史变革时期,孔子曰:"天下有道,则礼乐征伐自天子出;天下无道,则礼乐征伐自诸侯出。"① 此语正是对这一时期历史现状的揭示。在这个历史的巨变时期,周王室与诸侯的冲突也日渐激烈,如何去评价这种王室衰微、诸侯坐大的特殊现象呢?不同的历史观决定了不同的看法。北宋孙复站在尊王的立场认为,诸侯会盟、齐桓争霸等是对王权的僭越,故他在《春秋尊王发微》中也必讥之。当然,在维护王权方面,苏辙与孙复持有相同的观点,但二者不同的是,苏辙认为,历史发展变化的趋势是必然的,因此他并不对诸侯会盟、齐桓争霸这类威胁王室的历史现象采取一概讥贬的做法,而是肯定其中合理的历史意义,表现出尊王而崇霸的思想特点。

苏辙在《春秋集解》中明确提出了"尊王"的思想,如《春秋集解》注隐公八年"三月,郑伯使宛来归祊。庚寅,我入祊",曰:"祊者,天子巡守,郑人助祭太山之邑也。郑伯曷为以其邑与鲁?将以易许田也。许田者,鲁朝宿于成周之邑也。周衰,天子不巡守,诸侯不朝,祊近鲁,许田近郑,是以易之。天子在焉而私易田,其言'使宛来归祊',郑之罪也。曷为不言以许田与郑?事未定也。宛之不氏,贬之也,或曰郑大夫之未赐族者也。"[4][页23]苏辙在此对郑伯与鲁交换"祊"与"许田"的由来做了

---

① 刘宝楠撰《论语正义·季氏》,中华书局1990年版,第651页。

交代。"许田"本是周成王赐予周公的朝宿之地,鲁因立周公之庙于许而祀之。"祊"乃周宣王为郑伯助祭泰山之便而赐的助祭之汤沐邑。随着周王室的衰微,天子不复祭泰山,因"祊"近于鲁,许近于郑,郑伯遂提议以"祊"易"许田"。苏辙认为,周天子尚在,郑伯力促交换天子所赐领地,这是郑伯对天子的大不敬,并指出《春秋》对郑伯有讥贬之意,这表现了他的"尊王"思想。

又如,桓公五年经曰:"秋,蔡人、卫人、陈人从王伐郑。"经文记载了桓公二年发生的周郑之战。周郑之战是春秋史上的重大事件,在这场战争中,周王以战败而告终,自此以后,周王地位日渐衰落,诸侯势力则日渐膨胀。苏辙在对这段经文的注解中表现了他的"尊王"思想,《春秋集解》曰:"郑世为周卿士,王二于虢,故周郑交恶。王以诸侯伐郑,不言王及蔡人、卫人、陈人伐郑,君臣之词也。不言王以蔡人、卫人、陈人伐郑,诸侯之师王之所得用也。于是郑人及王战于繻葛,大败王师,射王中肩。不言战,王者无敌,莫敢与之战也。不言败,讳之也。"[4][页27] 苏辙首先在注解中对事件的缘由做了如下的交代:郑武公、庄公均为周王卿士,但周王不专任郑伯,又将政权委于虢公,郑伯与周王结下怨仇,最终导致了周郑之战。这场战争以周王的失败而告终。若从战争的起因来分析,主战的两方周王与郑伯均有过错,周王偏袒虢国,也是失信于诸侯之举,但《春秋集解》此处并不指出周王的过错,只是指出《春秋》的这段经文在书法上强调君臣之分,并且为周王讳败,这实际反映了苏辙的"尊王"思想。

再如,《春秋集解》注成公十五年"晋侯执曹伯归于京师",曰:

> 十三年,曹伯卢卒于师,曹人使公子负刍守,使公子欣时逆曹伯之丧,负刍杀其世子而自立,故晋侯会于戚以讨之。称侯以执,执有罪也。归之于京师,礼也。《春秋》之书执诸侯者多矣,惟是为得礼。于是诸侯将见欣时于王而立之,欣时曰:"前志有之:圣达节,次守节,下失节。为君非吾节也,虽不能圣,敢失守乎?"遂逃奔宋。故曹伯虽失国而不名,曹无君故也。[4][页101—102]

苏辙在此盛赞晋侯捉拿篡位之曹伯,将其送归于京师的行为,认为晋侯既讨不义,又尊周王,是得礼之举。苏辙的这番议论也表现了他的"尊王"立场。同样的例子还见于:

《春秋集解》注成公十七年"六月乙酉,同盟于柯陵",曰:"书同盟,郑叛也。齐、晋之盛,天子之大夫会而不盟,尊周也。柯陵之会,尹子、单子始与诸侯之盟。自是习以为常,非礼也。"[4][页104]苏辙认为,周天子地位尊崇,故其大夫也不得与诸侯盟会。苏辙指出,尹子、单子贵为天子之大夫,擅自与诸侯结盟则是对周王的不敬。

又《春秋集解》注僖公二十四年"冬,天王出居于郑",曰:"其曰'居于郑',诸侯不敢有其地也。"[4][页66]苏辙指出,周天子虽被迫离开国都,出奔于郑,但经书"居于郑",则是表明四海之内,莫非王土,诸侯莫敢自为其主。

苏辙的"尊王"思想表现出他对周代王权政治的维护。但在另一方面,苏辙对春秋时期直接瓦解周代王权政治的诸侯会盟与称霸行为并不一味地持否定态度,甚至对其中的合理性予以了肯定。对比孙复与苏辙的思想可以看到这一点:

孙复《春秋尊王发微》注《春秋》隐公元年"三月,公及邾仪父盟于蔑",曰:

> 盟者,乱世之事。故圣王在上,阒无闻焉斯。盖周道陵迟,众心离贰,忠信殆绝,谲诈交作于是,列国相与,始有歃血要言之事尔。凡书盟者,皆恶之也。邾,附庸国,仪父,字。附庸之君未得列于诸侯,故书字以别之。威十七年,公会邾仪父盟于趡庄。二十三年,萧叔朝公是也。春秋之法恶甚者,日其次者,时非独盟也,以类而求,二百四十二年,诸侯罪恶轻重之迹焕然可得而见矣。[10][页3—4]

孙复站在尊王的立场认为,诸侯会盟是乱世之事,故凡《春秋》书会盟之事,必定有讥贬之义。

苏辙却对孙复的看法持否定态度。《春秋集解》云:"或曰:古者礼乐征伐自天子出,诸侯专之,非礼也,凡书皆以讥之。予以为不然。春秋之际,王室衰矣,然而周礼犹在,天命未改,虽有汤、武,未能取而代之也。诸侯之乱,舍此何以治之?要之以盟会,威之以征伐,小国恃焉,大国畏焉,犹可以少安也。孔子曰:'桓公九合诸侯,一匡天下,民到于今受其赐。微管仲,吾其被发左衽矣。'故《春秋》因其礼俗而正其得失,未尝不予也。故曰:'其事则齐桓晋文,其文则史,其义则丘窃取之矣。'"[4][页16]苏辙认为,当历史处于王室衰微、礼义尚存的特殊阶段,诸侯会盟却可以发挥积极的历史作用。通过会盟，大国惧于盟国的势力不敢轻易蚕食小国，小国也可借盟国的力量得到暂时的庇护。整个社会可能在权力制衡的情况下维持相对的稳定。从这个意义来看，会盟是起到一定积极作用的。苏辙指出，《春秋》评判历史现象的标准是"因其礼俗而正其得失"，其意即为，根据具体的历史现状来判断得失，给予褒贬。苏辙认为，春秋会盟曾在特殊的历史时期起到了重要的作用，故经文对之并未全部采取否定的态度。

不仅如此，苏辙甚至对诸侯的称霸行为也并不一味持批判态度，却更多地肯定它的历史必然性。

如《春秋集解》注僖公五年"夏，公孙兹如牟，公及齐侯、宋公、陈侯、卫侯、郑伯、许男、曹伯会王世子于首止"，曰："惠王世子郑也。王以惠后故，将废郑而立带，故齐桓帅诸侯而会之，以定其位。世子不名而殊会，尊之也。首止之会，非王志也。帅诸侯以定世子为义也，然而诸侯不以王命而会世子，世子不以王命而出会诸侯，衰世之事也。"[4][页57]苏辙一方面肯定了经文在书法上有尊崇世子的意思，另一方面又揭示了经文所书事件透露出的历史演变。苏辙指出，从事件表面来看，齐桓是为王室效命，但从本质上看，齐桓大会诸侯于首止，并非出于周王意愿，诸侯朝会世子也不是因为响应周王的号召，甚至王世子会见诸侯也并非遵从王命，这说明齐桓公才是发起首止之会甚至决定世子废立的根本力量，可见周王室已完全为齐桓所掌控。因此，首止之会实际是齐桓公对王权的僭越行为，但苏辙在此却并未对齐桓公的行为有所讥贬，而是指出，这一历史事件反映了周王室的衰微以及诸侯称霸的不可阻挡之势。基于这样的认识，苏辙不仅未对齐桓公称霸的行为表示否定，甚至对于辅助齐桓公称霸的管仲大加赞扬。

例如，庄公三十二年经曰："春，城小谷。"《左传》注曰："三十二年春，城小谷，为管仲也。"[13][页251]《左传》仅陈述史实，并未涉及义理。那么，鲁人为管仲修建私邑是否合于春秋常法呢？苏辙认为"管仲之功加于天下，义之所许也"。[4][页48]苏辙之所以未以春秋常法来评判鲁国的行为，是因为他认为管仲辅佐桓公，九合诸侯，有功于天下，建立了卓越的功勋，故鲁国之举并不为过。可见在苏辙看来，衡量价值的标准不再是遵循常礼，而是看是否有利于历史进程的发展。

我们不得不承认，尊王而又崇霸的思想在本质上是难以调和的，苏辙的这种历史观的矛盾最为集中地体现在他对僖公二十八年"天王狩于河阳"的注释中。《春秋集解》曰：

> 晋文公将帅诸侯以尊事天子，而不敢合诸侯于京师，故召王于河阳，而以诸侯见。其情则顺，而礼则逆也。仲尼曰："以臣召君，不可以训。"然而其情不可不察也，故书曰"天王狩于河阳"，使若巡狩然，尊周，且以全晋也。然则践土之不言王狩，何也？践土之会，王自往耳，非晋之罪也，故为王讳之而足矣。王之会，晋之罪也。晋虽有罪而其情则顺，故为王讳之，为晋解之，而后可也。[4][页70]

从这段注释可以看出，孔子对晋文公召请周王于河阳会诸侯之事是完全持否定态度的，认为以臣召君是违礼之举，不可以训。苏辙对此却发表了不同的看法，他认为晋文公欲称霸于诸侯，但又不敢公然召集诸侯于京师，因此召请周王于河阳以会诸侯，这其实是尊周之举，而且又可以开脱晋文公称霸的罪名。但使王会诸侯却是晋文公对王的大不敬，其罪责不可开脱。因此，苏辙认为经文曰'天王狩于河阳'既为王讳，又为晋开脱，也就是能做到兼顾双方的利益。这段注释充分反映了苏辙在"尊王"与"崇霸"思想上的矛盾，当然，苏辙希望在维持旧有统治秩序的同时又不阻碍新生力量的发展，但这显然是不可能的，从这里也可以看到苏辙历史观的局限性。

二、善"知权"

基于他的历史发展观，苏辙在解经中对春秋时期"因势制利"的权变行为也给予了肯定。

如，庄公十九年经曰："秋，公子结媵陈人之妇于鄄，遂及齐侯、宋公盟。"此段所载事件涉及周代的"媵妾制"，即一国的诸侯娶另一国的女子为妻时，嫁女方还必须有两个同姓国派送的女子和男子去陪嫁，陪嫁的女子称为娣，而陪嫁的男子称为侄。诸侯一般都可以一次娶妻连媵娣共九人，然后便不再娶。《春秋》这段经文讲述的是，陈国娶卫国之女为妻，鲁国派大夫公子结送媵妾至卫国，到了卫国的鄄地，公子结与齐侯、宋公建立盟约。

《公羊》注曰：

> 媵者何？诸侯娶一国，则二国往媵之，以侄娣从。侄者何？兄之

子也。娣者何？弟也。诸侯一聘九女，诸侯不再娶。媵不书，此何以书？为其有遂事书，大夫无遂事，此其言遂何？聘礼，大夫受命不受辞，出竟，有可以安社稷利国家者，则专之可也。"[8][页121]

《公羊》在此详细交代了周代的"媵妾制"，并指出公子结在行聘礼之际，虽无君命，但与齐侯、宋公结为盟国，这是安定社稷国家的行为，因而值得称许。

《穀梁》则注曰："媵，浅事也，不志，此其志，何也？辟要盟也。何以见其辟要盟也？媵，礼之轻者也，盟，国之重也，以轻事遂乎国重，无说。其曰陈人之妇，略之也。其不日，数渝，恶之也。"[8][页12]《穀梁》在此解释说：护送随嫁女子，本来是件小事，经文不必记载，但问题是经文又对之做了记载，原因应该是经文为了要避讳鲁国与齐、宋两国结盟的事。何以如此？因为护送随嫁子女，是诸侯礼仪中的小事情，而国与国之间的结盟，才是重大事件。经文以小事情带出大事件，是说不通的。经文又说是"陈人之妇"，这是一种省略的说法。经文也不记载结盟的日期，是因为盟约多次发生变化，故对此表示出厌恶的态度。但《穀梁》的这一说法十分牵强，既然公子结与齐、宋之盟已成，又何须避盟而书媵呢？

苏辙对《公羊》之说十分认同。《春秋集解》注曰："媵不书，以遂事故书。其曰'陈人之妇'，略言之也。大夫受命以出，共命而不敢专，政也。有可以安国家利社稷，不得已而专之可也；非利而专之，则是擅命者。不称公子翚之伐郑、伐宋，是也。结虽擅命而称公子，盖许之也。"[4][页43] 苏辙在此指出公子结虽专权，但以国家社稷为重，其行为虽不合礼仪，也无可厚非。可见，在苏辙看来，"礼"并不是最高原则，"礼"应适应于国家社稷利益的需要。因此，公子结虽专权，但在特定的历史情况下，这却是一种安国家利社稷的权变行为，值得赞许。苏辙对违礼但利于社稷之举予以认可的例子还见于：

桓公九年经曰："冬，曹伯使其世子射姑来朝。"《左传》注曰："冬，曹大子来朝。宾之以上卿，礼也。享曹大子。初献，乐奏而叹，施父曰：'曹大子其有忧乎！非叹所也。"[13][页126]《左传》认为鲁国以上卿待曹世子，是合礼之举。曹伯年老不能行朝见之礼，而使其世子代朝，正是不以老废礼的表现，故《左传》不以经有讥义。《公羊》《穀梁》均认为经文有讥贬之义。《公羊》注曰："诸侯来曰朝，此世子也，其言朝何？《春秋》有讥父老子代从政者,则未知其在齐与在朝欤?"[8][页79]《公羊》认为朝见即相互拜访,是诸侯相见之礼,世子并非诸侯,不可言"朝",《春秋》认为曹伯因父老而让子代朝的做法,是不合礼之举,因而认为《春秋》有讥贬之义。《穀梁》:"朝不言使,言使非正也。使世子伉诸侯之礼而来朝,曹伯失正矣。诸侯相见曰朝,以待人父之道,待人之子,以内为失正矣。内失正,曹伯失正,世子可以已矣,则是故命也。尸子曰:'夫已多乎道。'"[8][页79]《穀梁》与《公羊》的看法较为一致。苏辙却发表了不同于《公》《穀》的看法,《春秋集解》曰:"诸侯相朝,正也。有故而使世子摄事,畏大国也,盖礼之变也。"[4][页28]苏辙认为,诸侯与诸侯朝见,这是正礼,但如有非常之故,使世子代替其父行朝见之礼,表明曹伯畏于大国之威,不敢废礼,让其子代父行礼是一种特殊情况下所采取的变通之法。礼并非一成不变,亦可在特定时期进行变通,无所谓褒贬之分。

此外,对迫于局势而采取的变通做法,虽是违义之举,苏辙也并不一概讥贬。如《春秋集解》注庄公十六年"冬十有二月,会齐侯、宋公、陈侯、卫侯、郑伯、许男、滑伯、滕子,同盟于幽",曰:"会而不书其人,内之微者也。盟未有不同者也,此其曰同盟,何也?有不同者服也,于是郑始听命。"苏辙指出,因齐襄公与鲁国有不共戴天之仇,故按道义,鲁庄公不应参加此次会盟,推举齐桓公为盟主,但当时的历史状况却并不允许庄公这样行事。这是因为齐国发展至桓公之时,国力十分强大,鲁国远远不能抗衡,倘若庄公不与会盟,鲁国必定遭到战乱之灾。苏辙认为,庄公与盟,也是为救国采取的变通之法,故《春秋》对庄公之举并无讥贬之义。同样的观点还见于:

《春秋集解》注《春秋》成公二年"丙申,公及楚人、秦人、宋人、陈人、卫人、郑人、齐人、曹人、邾人、薛人、鄫人盟于蜀",曰:

> 宣公季年求好于楚庄王,二君卒而不果成。公即位而受盟于晋,又有虫之师,故楚公子婴齐救齐,悉师以行,彭名御戎,蔡景公为左,许灵公为右,侵卫及鲁。楚自城濮之败,不竞于晋。庄王虽入陈,围郑及宋,而未尝合诸侯。及蜀之盟,诸侯从之者十有一国,晋不敢争。自是与晋力争诸侯,其大夫列于聘会,与齐、晋齿。《春秋》之法,公不会大夫,今公会婴齐而不为公讳,以为楚师之强,不从则国病,为国故许之也。然其盟十一国也,诸侯实畏晋而窃与之盟,故

婴齐与秦右大夫说、宋华元、陈公孙宁、卫孙良夫、郑公子去疾、齐大夫皆称人。盖诸侯背晋而窃与楚盟，是以略之也。其后四十二年，晋赵武、楚屈建合诸侯于宋，然后晋楚之从，得交相见。又八年，楚灵王求诸侯于晋，晋人许之，然后诸侯公得与楚盟耳。蔡侯、许男不列于会，乘楚车也；齐后于郑，非卿也。[4][页97]

《春秋集解》在此详细交代了"蜀之盟"的始末及其历史意义。这是一场由楚国主持的，为对抗晋国而建立的会盟，参与者多达十一个诸侯国。但鲁成公过去又曾是晋的盟国，却因惧怕楚国的势力，也参与了这次会盟。《春秋集解》对于鲁成公与楚公子婴齐会盟的事发表了这样的看法："《春秋》之法，公不会大夫，今公会婴齐而不为公讳，以为楚师之强，不从则国病，为国故许之。"苏辙指出，楚婴齐的身份是大夫，鲁公不应与大夫会盟，但此时的鲁成公却迫于形势，不得不和楚婴齐会盟。苏辙认为，楚国的强大是鲁国不可对抗的，成公此举虽不合礼，但也是出于为社稷的安危考虑，故《春秋》经文对成公之举也无讥贬之义。

苏辙对春秋时期出现的不合礼法之事并不轻易持否定态度，而是将之置于具体的历史背景中进行具体考察，因而能做出较为客观的评价。

三、对死守陈法的批驳

苏辙的历史变易观还体现在他对死守陈法、因循守旧做法的反对之上。如《春秋集解》注僖公二十二年"冬十有一月己巳，朔，宋公及楚人战于泓，宋师败绩"，曰："宋公被执见释而犹争诸侯，楚以夷狄而干诸夏，故泓之战虽曲在宋，而《春秋》辞无所予。《公羊》曰：'言日言朔，正也。《春秋》辞繁而不杀者，正也。'楚人涉泓而未毕济，有司请击之，宋公曰：'不可，君子不厄人。'既济而未毕陈，有司请击之，宋公曰：'不可，君子不鼓不成列。'已陈而鼓之，宋师大败。虽文王之战不过此也。夫文王岂以一日不鼓不成列，而为文王哉？其所以服人者远矣。以宋之德而为是，则亦不知战而已。《春秋》何善焉？"[4][页65] 苏辙在这段注释中批驳了《公羊》以日月为例，认为《春秋》对宋襄公以礼作战的做法持褒扬态度的说法。苏辙指出，宋楚之战中，宋襄公以古礼待楚军，可谓恪守古礼，即使是文王作战，所行军礼也不过如此，但苏辙认为，宋襄公之举却并不值得称赞，原因是文王之德体现在以德服人，而不是表现在恪守军礼之上。宋襄公以为恪守军礼便是行文王之德,却又因恪守军礼、不知变通而最终招致宋军惨败、生灵涂炭。可见宋襄公既不知文王之德,也不懂作战之策,不过是欺世盗名之徒而已。在苏辙看来,死守陈法、不知变通的做法不仅不利于安社稷利百姓,甚至会给国家和百姓带来灾难,这种做法必然会阻止历史的发展,是不值得推崇的。

第二节　苏辙的夷夏观

春秋时期,华夏、夷狄之间的冲突与融合是民族关系中的重大问题。《左传》记载鲁襄公十四年戎子驹支在晋国进行辩难的一段话说:"我诸戎饮食衣服不与华同,贽币不通,言语不达。"[13][页1007]这段话反映了华夏与夷狄之间在生活方式与文化习俗方面的巨大差异。由于文化习俗的不同,华夏与夷狄之间的矛盾冲突在春秋时期已日趋激烈。孔子曰:"管仲相桓公,霸诸侯,一匡天下,民到于今受其赐。微管仲,吾其被发左衽矣。"[①]所谓"被发左衽"正是指蛮夷之族的生活习俗。孔子此语盛赞了管仲在辅助齐桓完成"尊王攘夷"大业过程中所建立的卓越功勋。孔子"尊王攘夷"的思想也代表了春秋时期华夏诸国在民族问题上采取的基本态度。历代治《春秋》者均通过经文的书法来揭示春秋之时的夷夏之观。因所处历史时期的不同,各家所阐释的夷夏之观也不尽相同。如流行于汉代的《公羊》学则对夷狄采取了接纳的态度,表现了"别夷夏"与"进夷狄"思想观念。但到了北宋时期,中原一再遭到辽与西夏等少数民族政权的侵袭,皇权受到威胁,百姓惨遭罹祸,这一时期儒生治《春秋》则往往对"尊王攘夷"的思想大加阐发,为北宋抵御外族的侵扰提供思想依据。孙复便是其中最具代表性的人物,孙复力主夷夏大防、"夷狄不得与诸侯进",认为"吴楚之君,狂僭之恶,罪在不赦,固宜终春秋之世贬之",[10][页53]表现出鲜明的"尊王攘夷"思想。欧阳修也力主攘夷之说,欧阳公曰:"《春秋》之法,书王以加正月,言王人虽微,必尊于上,周室虽弱,不绝其王。苟绝而不与,岂尊周乎?故曰王号之存,黜诸侯也。"[61][页473]表达了与孙复相似的观点。可见阐发"尊王攘夷"的思想是北宋《春秋》学的核心部分。苏辙

---

① 刘宝楠撰《论语正义·宪问》,中华书局1990年版,第578页。

在对待夷狄问题上，也基本采取了拒斥的态度。在《春秋集解》中，苏辙通常将"夷"与"中国"并举，并将夷排斥于中原之外，这一点与《公羊》的思想有很大的区别。

如《公羊》注庄公二十三年"荆人来聘"，曰："荆何以称人？始能聘也。"[8][页125]《公羊》认为经文此处称楚人为"荆人"，是因为楚人开始结交于中原诸侯，并逐渐接受中原的礼仪文化。因此，经文书"人"有褒奖之义。苏辙却做出不同的阐发，《春秋集解》曰："荆之称人，以其来聘，特书也。不曰荆子使某来聘，未列于中国也。"[4][页44]苏辙认为，经文此处书"人"，是因为楚国来访问并不是一件平常的事，故书"人"有特别注明之义。苏辙指出，经文不书"荆子使某来聘"，是将楚国排除于诸侯之外，仍将之视为蛮夷之族，与《公羊》之义完全不同。

又如《春秋集解》注文公九年"楚人伐郑"，曰："楚自城濮之败不复侵伐中国，晋文、襄既没，灵公少，自是始复伐郑。"[4][页80]苏辙此处将"楚人"与"中国"并举，显然将"楚"完全排除在中原之外。苏辙不仅将楚排斥于中原文化之外，甚至将楚视为中原政权的对立面甚至仇敌，如若诸侯归附楚，则被认为是对中原政权的背叛，也必采取讥之的态度。

如《春秋集解》注襄公二年"晋师、宋师、卫宁殖侵郑"，曰："郑虽以叛中国为罪，而伐其丧，非礼也。"[4][页108]苏辙认为郑与楚盟是对中原政权的背叛。

又如《春秋集解》注《春秋》襄公七年"陈侯逃归"，曰："楚人以陈叛，故杀公子壬夫，而亟讨陈。虽诸侯救陈，而陈人不敢安也。书曰'逃归'，以其背中国，罪之也。"[4][页110]苏辙认为陈人归附楚国，也是对中原政权的背叛，不可饶恕。

再如《春秋集解》注僖公二十六年"夏，齐人伐我北鄙。卫人伐齐。公子遂如楚乞师"，曰："乞，重辞也。师出不正反，战不必胜，故以乞言之。齐再伐鲁，故乞师于楚。齐虽有罪，而鲁乞师于夷狄以伐中国，亦讥之也。"[4][页67]苏辙认为鲁国请求楚师伐齐师也是对中原政权的背叛行为，经文有讥之之意。

对于楚与中原诸侯国之间进行的战争，即使礼在楚国，曲在诸侯国，《春秋集解》对于楚也往往一概讥贬。

如，僖公二十一年经曰："秋，宋公、楚子、陈侯、蔡侯、郑伯、许男、曹伯会于孟，执宋公以伐宋。"

此段经文简要叙述了楚及中原诸侯讨伐宋公的经过与结局，但要理清事件的是非曲直，还需对宋公被伐的原因作具体考察。《春秋集解》对僖公二十一年"宋人、齐人、楚人盟于鹿上"的一段注文可作为经文的必要补充，《春秋集解》曰："齐桓没，中国无伯，故宋为鹿上之盟，以求诸侯于楚。"[4][页64]结合这段史实可知，宋襄公乃狂妄自大之人，并欲称霸于中原诸侯国，各诸侯国均有征讨之意，楚子捉拿宋襄公而伐宋。可见，宋襄公被捉拿，其曲在己，而楚子捉拿宋襄公也符合各诸侯之意，并立下大功。但苏辙却认为经文在书法上有贬抑楚子的意思。《春秋集解》曰："楚方称人，以执宋公故，特书楚子。楚子实执宋公，其序诸侯以执之，何也？宋公不度德量力，而争诸侯，诸侯之所不予也，故序诸侯以执，且不予楚子专执中国也。楚未尝与诸侯会盟，及齐之盟，序蔡下郑上，盖未能服诸侯，故以爵序。至是而诸侯服之，故遂先诸侯。"[4][页64]苏辙认为，楚子捉拿宋公虽曲在宋，但经文却并不专书楚子捉拿诸侯，其原因是不允许楚子专执中原之诸侯。

又如《春秋集解》注僖公二十二年"冬十有一月己巳，朔，宋公及楚人战于泓，宋师败绩"，曰："宋公被执见释而犹争诸侯，楚以夷狄而干诸夏，故泓之战虽曲在宋，而《春秋》辞无所予。"[4][页65]苏辙虽认为宋公被捉拿，其罪在宋，但同时也指出，这是中原诸侯国的内部事务，楚乃为夷狄之国，无权干涉中原之事。这同样表达了对楚国采取的拒斥态度。

再如《春秋集解》注《春秋》僖公二十一年"楚人使宜申来献捷"，曰："不称楚子，非特书也。特书宜申，以其接我也。不称宋捷，不予楚之捷中国也。"[4][页65]楚国在此虽有意交好于鲁国，但苏辙认为经文在书法上不称"宋捷"，则表明未对楚采取接纳态度。

同样的例子还见于《春秋集解》注昭公十三年"蔡侯庐归于蔡。陈侯吴归于陈"，曰："楚弃疾即位复封陈、蔡，蔡世子有之子庐、陈世子偃师之子吴，皆受封于楚而归。不曰蔡庐、陈吴，而曰蔡侯庐、陈侯吴，既侯于楚也。陈、蔡既灭，天子不能存，诸侯不能救，而楚复之，《春秋》从而君之，则许楚之专封欤？曰：非也。《春秋》书陈、蔡之自复，而不书楚之复封陈、蔡，以为楚虔虽以强灭之，而天下不与，虔既死则其势当自复，故书庐、吴之归，如国未始灭者。使庐、吴未侯于楚，则将书之曰蔡庐、陈吴而已，以其既侯于楚也，故书曰蔡侯庐、陈侯吴，然而不言其自楚归，则未尝予楚之专封也。"[4][页130]《春秋集解》交代了经文所载史实的来龙去脉：陈、蔡两国曾被楚灵王虔灭国。楚平王弃疾即位后，重新恢复了陈、蔡两国，并封蔡世子有之子庐、陈世子偃师之子吴为侯爵，令其回到自己的国家。对于经文所隐含的微言大义，《春秋集解》认为，陈、蔡两个小国被灭，但周天子与诸侯却不能拯救他们。由于陈、蔡两国是依靠楚平王恢复的，其爵位也是楚国封予的，故经文记载"蔡侯""陈侯"是按照楚国的封爵称呼的，但经文又未写"自楚归"，这表现出不愿意承认楚国拥有封侯之权的意思。苏辙在此段注释中对楚国仍然采取了排斥的态度。

楚因国势日益强盛，开始"交通中国""接迹于中国""合诸侯"。对于楚国与中原不断接近与融合的状况，《春秋》据史直书，表现出逐渐接纳楚国的取向，但苏辙对楚国仍以夷狄视之，其拒斥的态度仍未有所改变。如，昭公四年经曰："夏，楚子、蔡侯、陈侯、郑伯、许男、徐子、滕子、顿子、胡子、沈子、小邾子、宋世子佐、淮夷会于申。"从这段经文可以看出，楚国的势力已日益强大，与中原诸侯国也有频繁的结交，并逐渐取得了盟主地位。对于楚国的这种发展势头，苏辙始终是持贬抑态度的。《春秋集解》曰："晋自平公始衰，齐灵公、庄公背之，平公屡合诸侯以讨焉。襄二十五年，齐庄公死，齐与晋平，晋侯自是不复出与会盟。其大夫赵武为政，诸侯少安，然而晋日益衰，政在六卿。故楚灵王合诸侯于申，而晋不敢争，楚自是益肆于中国。"[4][页124]苏辙认为楚国的强大是对中原诸侯国的巨大威胁，并用了"益肆"二字来表达对楚国的反感情绪。由此看到，苏辙对楚国始终采取的是拒斥的态度。

楚国是势力强大且与中原结交频繁的夷狄，苏辙尚且对之采取不接纳的态度，至于吴、越这样与中原结交甚少的诸侯国，苏辙的拒斥态度则表现得更为明显。如苏辙解襄公二十九年"吴子使札来聘"云：

> 吴自成七年伐郯而书之曰吴，终于《春秋》无加焉。唯其卒则称吴子，戚之会则称吴人，柏举之战、黄池之会亦称吴子。其卒也不可以不称子，而戚以鄟，柏举以蔡侯、黄池以晋侯，皆非进之也。今其来聘也，书子书名，进之也。以札之贤而修礼于中国，不可不进也。然终《春秋》曰吴，盖犹以夷终也。[4][页121]

苏辙认为《春秋》因吴公子季札贤良且向中原学习礼仪，故有提升吴国的意思之意，但《春秋》自始至终还是将吴作为夷来看待的。

通过以上例子，我们可以看到，苏辙是十分强调夷夏之别的，并且对夷狄基本采取了拒斥的态度。若将苏辙与孔子的民族观相较，苏辙在民族问题的立场上的狭隘性是显而易见的。孔子虽然对齐桓公的"尊王攘夷"做法十分推崇，但孔子在"夷夏之辨"中仍然带有一定的平等与民主的思想。如《论语·八佾》曰："夷狄之有君，不如诸夏之亡也。"[30][页84]朱熹《四书集注》引程颐说法曰："夷狄且有君长，不如诸夏之僭乱，反无上下之分也。"[50][页62]这说明孔子对夷狄有君臣之别是持有赞赏态度的。正如《论语·子罕篇》所云："子欲居九夷，或曰：陋，如之何？子曰：君子居之，何陋之有？"[30][页344]孔子认为通过教化的作用也可使夷狄逐渐开化。可见，孔子对夷狄采取的是接纳的态度。在孔子看来，夷狄与诸夏的根本区别不在于地理位置，而在于是否具有礼仪文化。如若诸夏弃礼仪于不顾，孔子也会斥之为夷狄。如，昭公十二年经曰："晋伐鲜虞。"《左传》对这段经文的内容做了如下的补充："晋荀吴伪会齐师者，假道于鲜虞，遂入昔阳。秋八月壬午，灭肥，以肥子绵皋归。"[13][页1334]晋军统帅荀吴伪称与齐国会盟，然后"假道"鲜虞，进入昔阳，两月后灭掉了肥国，肥君绵皋成为晋军的俘虏。《春秋》此处特书"晋"，是将"晋"斥为夷狄，认为"晋"的欺诈行为是夷狄之举。可见，孔子所谓的夷夏之辨仅仅是一种文化上的分别，并不是一种狭隘的民族立场。但对孔子在晋伐鲜虞问题上的态度，苏辙却表示了不同的看法。《春秋集解》曰："晋荀吴伪会齐师，假道于鲜虞以灭肥，遂伐鲜虞。晋虽以诈为罪，而书曰'晋伐鲜虞'，以夷狄书之，过矣。晋献公假道于虞以灭虢，因以执虞公。其灭虢也，书晋师；其执虞公也，书晋人。今伐鲜虞，称人若师可也，特书晋，深罪之也。楚灭陈、蔡而晋不救，力诚不能，君子不罪也。能伐鲜虞而不救陈、蔡，力非不足也，弃诸侯也，故以夷书之。"[4][页128]苏辙指出，晋国虽以欺诈的行为讨伐了鲜虞，但《春秋》因此将晋国视为"夷"的做法，似乎太过苛责了。同样的事例，如晋献公向虞国借道攻打虢国，最后晋国也顺带灭掉虢国，还捉拿了虞公，《春秋》则对之记载为"晋师""晋人"。如今，晋国讨伐鲜虞，经文却记载为"晋"，是对之加以重责。其中的原因是什么？苏辙认为，晋国的错误在于，楚国讨伐陈、蔡两国时，晋国完全有能力拯救这两个小国，但却未能施以援手，这种弃中原诸侯国于不顾的行为，经文即将之视为夷蛮之国。苏辙虽然对晋的欺诈行为持贬抑态度，但也表明苏辙对夷是持歧视态度的，同时也表明苏辙在民族立场上是较为狭隘的。当然，我们若结合北宋的政治历史状况来看，苏辙从《春秋》中阐扬"尊王攘夷"思想，也是符合历史所需的。

第三节　苏辙对伦理纲常的维护

一、君臣之义

君臣之义是封建伦理规范的重要内容，"君待臣以礼，臣事君以忠"是君臣之义的基本要求。在《春秋集解》中，我们可以看到，苏辙对君臣关系是十分重视的。首先，苏辙强调在君臣关系中臣应事君以忠。如《春秋集解》注文公十七年"六月癸未，公及齐侯盟于谷，诸侯会于扈"，曰："晋侯为扈之会，将以平宋乱则不能，故书曰'诸侯'而不序，略之也。宋昭公虽以无道弑，而诸侯大夫皆以不讨贼为讥，明君臣之义不可废也。"[4][页86]关于《集解》所谓"宋乱"之事，苏辙在对文公十六年"冬十有一月，宋人弑其君杵臼"的注文中对此有所交代，苏辙曰："宋昭公不能于其大夫、国人，襄夫人亦恶之。公田孟诸，夫人使帅甸攻而弑之。书曰'宋人弑其君'，君无道也。"[4][页85]可见，文公十七年，晋侯集诸侯于扈，是为了治宋乱，也即治宋文公篡弑之罪，但结果却未能如愿。苏辙认为此处经文有讥诸侯大夫未讨弑君之臣的意思。苏辙指出，虽然宋昭公无道，但《春秋》讥讽诸侯也在于强调君臣之义不可废，这实际反映了苏辙的君臣观。再如《春秋集解》注昭公十九年"夏五月戊辰，许世子止弑其君买"，曰："许悼公疟，饮世子止之药而卒，其以弑书之，何也？止虽不志乎弑，其君由止以卒，则亦止弑之也。君由止以卒，而不以弑君书之，则臣将轻其君，子将轻其父，乱之道也，故止之弑君，虽异乎楚商臣、蔡般也，而《春秋》一之，所以隆君父也。今律：过失杀人以赎论，过失杀期尊减杀人二等，过失杀大父母减杀人一等，而和御药误不如法者死。父子之亲许以情论，至于君臣则情不胜法，此盖《春秋》之遗意也。"[4][页131]苏辙在此指出，许世子止并无弑君之意，但却误杀许悼公，《春秋》仍以许世子止有弑君之罪，书曰"许世子止弑其君买"，《春秋》这样处理是为了强调君父的尊崇地位。《春秋》既为万世之法，倘若不以世子止之事为戒，世人便会以君父为轻，从而导致社会秩序大乱。苏辙进而指出，北宋对因过失杀君主、父母的法律规定正是对《春秋》思想的继承。从这段论述可以看到，苏辙是十分推扬忠君尊父思想的。

春秋时期，出现了礼崩乐坏的现象，臣弑君的行为也越来越多。苏辙对这种极端的行为也多持批判态度。

如《春秋集解》注襄公二十五年"夏五月乙亥，齐崔杼弑其君光"，曰："齐侯背晋与楚，且乱崔杼之室，虽无道，而崔杼立光杀光，无君之心不可忍也，故称崔杼。"[4][页119] 苏辙认为，齐侯虽然无道，但崔杼作为臣子以一己之私弑其君，故罪不可赦。

又如《春秋集解》注文公元年"冬十月丁未，楚世子商臣弑其君颊"曰："颊，成王也。商臣称世子，而颊称君者，君之于世子有父之亲，有君之尊。称世子，明其亲也；称君，明其尊也，商臣之于尊、亲尽矣。"[4][页75] 苏辙认为，商臣作为世子弑其君父，已然既失尊君之道，又失亲亲之道矣。

从这些例子可以看出，苏辙对篡弑之罪是尤为痛恨的。特别值得注意的是，"赵盾之事"之事因其关乎君臣大义，历来是儒者论争的焦点。宣公二年经曰："秋九月乙丑，晋赵盾弑其君夷皋。"[4][页88] 据《左传》所述，经文应是对晋大史董狐所记载的"灵公被弑"原文的实录。按照董狐的观点，晋灵公实属无道之君，赵盾也未尝亲弑灵公，但弑灵公的却是赵盾之弟赵穿，赵盾返回之后，也并未讨弑君之贼。董狐认为赵盾作为臣子有不可推卸的罪责，因此书曰"赵盾弑其君"。赵盾认为董狐所书不实，并对此申辩，董狐驳道："子为正卿，亡不越境，反不讨贼，非子而谁？"赵盾难以辩解。孔子则曰："董狐，古之良史也，书法不隐。赵宣子，古之良大夫也，为法受恶。惜也，越境乃免。"孔子认为赵盾越境就可以免去弑君的罪名。那么，究竟应该如何来看待赵盾之事呢？苏辙在《春秋集解》中阐发了他的观点。《春秋集解》曰：

> 晋灵不君，赵盾骤谏，公欲杀之。盾将出奔，而赵穿弑公于桃园。盾未出山而复。晋史书曰："赵盾弑其君。"盾曰："不然。"史曰："子为正卿，亡不越境，反不讨贼，非子而谁？"盾曰："于乎！'我之怀矣，自贻伊戚'，其我之谓矣！"孔子闻之曰："惜也！越境则免。"

> 或曰：弑君，大恶也，不越境，微过也。盾不弑君，而以不越境加之弑君之名，可乎？曰：亡而越境，则盾诚亡也。反而讨贼，则盾诚不知谋也。今亡而不越境，反而不讨贼，孰知非盾之伪亡，而使穿弑君者？如是而以穿居弑君之名，则盾计得矣。弑君之罪，而容以计免乎？故曰：于晋赵盾见忠臣之至，于许世子止见孝子之至。此二者所以为教也，非以为法也。然则今将举弑君之罪而诛盾也，可乎？曰：举弑君之罪以责盾则可，举弑君之罪以诛盾则不可。……故《春秋》以弑君责盾而非以弑君诛盾也。不以弑君责盾，则以不义取之于民者非御也；以弑君诛盾，则以不义取之于民者皆死也，而可乎？故曰此所以为教也，非以为法也。[4][页88—89]

苏辙认为，董狐书"赵盾弑其君"并非诬妄之举。他认为如果赵盾越境，当然与弑君毫无关涉，如果是返国讨贼，那也证明赵盾不知弑君之事，且恪尽臣子的职责。但赵盾逃亡了而未离开国境，便有指使赵穿弑君的嫌疑；返国而不讨贼，便有纵敌的嫌疑。何况，弑君之罪是不可赦免的，赵盾不讨贼，也很难自圆其说。但苏辙也并不主张以弑君之罪诛杀赵盾，原因是赵盾并未亲自弑君，而且赵盾也有忠臣之名见称于世。那么，又应如何来对待赵盾之事呢？苏辙指出，《春秋》的做法是以弑君之罪谴责赵盾，但并不以弑君之罪诛杀赵盾，这就可以对世风起到警示的作用。苏辙因此盛赞《春秋》乃是封建伦理纲常之大法，"礼义之大宗"。从这段论述中，我们也可以看到苏辙对君臣之道是十分重视的。

二、亲亲之道

苏辙不仅维护君臣之间的伦理纲常，也十分重视亲亲之道。例如"郑伯克段于鄢"是春秋史上最为典型的兄弟相杀的事件，苏辙对此也发表了他的看法。《春秋集解》注隐公元年"夏，五月，郑伯克段于鄢"，曰：

> 段，郑伯之母弟也。其母爱之，封之于京。将作乱，大夫请禁之，郑伯不许。及闻其将袭郑而后伐之，段出奔共。段之不称弟及公子，何也？段将为君，非复臣也。不称段之奔，而称郑伯之克，何也？段之乱，郑伯成之也。克者何？能胜也。段之欲为乱久矣，郑人知之而郑伯不禁，非不能也，将养之使至于乱而加之以大戮。故虽逐之，而国人不敢争，母不敢爱，此郑伯之所谓能也。故书曰'郑伯克

段于鄢',以示得其情也。[4][页16—17]

苏辙认为郑伯在鄢之战中应负有重要责任,段作为郑伯之同母胞弟有夺位作乱之心也不在一两日,但郑伯作为兄长既已知之,却故意放纵段的行为,并诱使段作乱以趁机逐段。苏辙认为郑伯完全不顾兄弟之情,使其弟就犯,其用心是极为险恶的。因此苏辙指出,《春秋》书'郑伯克段于鄢'正是要揭示郑伯失亲亲之道的罪过。

苏辙对亲亲之道的重视还可从他对季友的评价中看出。如《春秋集解》注庄公三十二年"秋七月癸巳,公子牙卒",曰:"庄公世子般,公弟庆父、叔牙、季友。公疾,问后于叔牙,牙欲立庆父。问于季友,季友请以死奉般。于是以君命酖叔牙曰:'饮此则有后于鲁,不然死且无后。'牙饮之而卒。立叔孙氏。叔牙将为乱而未成,季友因其未成也诛之,而不名其罪,且不废其后,兄弟之恩、君臣之义至矣,故从而书之曰'公子牙卒',以为得其道也。"[4][页49]苏辙在此详细地交代了事件的起始:庄公病重,叔牙欲立庆父,并欲为乱,季友与鲁公酖叔牙,阻止了这场祸乱,也保全了叔牙之后,因叔牙之乱未成,也不获罪名。苏辙认为季友防患于未然的做法既保全了兄弟之恩,又顾及了君臣之义,因此赞扬季友之举得亲亲之道。苏辙对季友的推崇还见于《春秋集解》注闵公二年"公子庆父出奔莒":

> 庆父之贼子般而奔齐也,书曰"公子庆父如齐";其弑闵公而奔莒也,书曰"公子庆父出奔莒",何也?方其贼般而奔齐也,君臣之义当诛矣。季子推兄弟之恩,因其出奔而缓之,可也。及其复弑闵公也,虽欲以兄弟置之,不可得矣,故正其罪而书"出奔"。于是季友以赂求庆父于莒而杀之,然而《春秋》不书刺公子庆父,何也?季子以兄弟故杀之于隐,不名其罪也。然则叔牙之死也,曰"公子牙卒",而庆父不卒,何也?牙之罪不见,故可以言卒也;庆父之罪见于出奔矣,不可复卒也。盖庄、闵之际,祸发于兄弟,季子处之,义行于不得已,而恩施于不可复加,《春秋》盖善之也。[4][页51]

苏辙认为,庆父弑子般而出奔齐国,季子未诛之,是因为季子顾念兄弟之恩,但当庆父弑闵公,复又犯下弑君之罪时,季子则已不可念及兄弟之情而赦之,因此季子杀兄视为不得已之举。苏辙以为,季子待庆父已尽兄弟亲亲之道,其杀兄也是合礼之举,故而《春秋》有褒扬季子的意思。

又《春秋集解》注庄公三十二年"公子庆父如齐",曰:"庆父既贼子般而奔齐，其曰如，何也？书奔，是名庆父之罪也。书如，则未名庆父之罪也。名庆父之罪，必诛之而后可。以兄弟之故，因其出奔而缓之，且为之讳，亲亲之义也。公子牙今将耳，季子不免，庆父弑君，何故不诛？将而不免，遏恶也。既而不可及，缓追逸贼，亲亲之至也。"[4][页49]苏辙指出，《春秋》书庆父"如"齐，而未书"出奔"，也表明了季子顾及兄弟之情而有意放庆父一条生路，可见，《春秋》对季子重亲亲之道是持肯定态度的，苏辙对不顾亲情的事情，则深责之。如《春秋集解》注《春秋》僖公五年"春，晋侯杀其世子申生"，曰："晋侯之嬖骊姬，生奚齐，将立之，故杀其世子申生。父子兄弟，人之大伦也，而至于相杀，则人伦废矣。故凡杀世子、母弟，必称其君。且世子、母弟之亲，非君杀之，无能杀之者矣，是以责之君也。"[4][页56]苏辙在此对晋侯杀亲子的行为严加斥责，认为此乃废人伦之事。

第四节 苏辙的民本思想

"民本"一词最早见于《尚书·五子之歌》中的"民可近，不可下。民惟邦本，本固邦宁"，①即民众的力量是决定一个国家存亡的根本力量，统治者只有得到民众的支持，才能使自己的统治稳定长久。早在先秦时期，民本思想已成为儒家思想的重要组成部分，孔子提出了以"仁"为核心的政治主张，要求统治者要实行"保民""惠民""富民"的政策。战国时期的孟子在孔子思想的基础上，将民本思想进一步发展，提出了"民为贵，社稷次之，君为轻"的思想，②孟子将人民的地位提高到了君主之上，是先秦时期君权相对论思想发展的高峰。苏辙继承了儒家的民本思想，尤其是孟子的君权相对论思想，这一思想在《春秋集解》中集中体现为：苏辙强调君主应以民生社稷为重，君主只有得到民众的拥戴才能使统治得以维持。苏辙甚至认为，如果君主有害于民众利益，失去民心，百姓也可以推翻君主的统治，对于代表百姓利益而弑君的臣子，苏辙认为他们的罪行也可以得到豁免。

---

① 李民、王健撰《尚书译注》，上海古籍出版社2004年版，第93页。
② 焦循撰《孟子正义·尽心下》卷二十八，中华书局1987年版，第973页。

一、重民思想

苏辙强调君主应以民生社稷为重。如，庄公二十八年经曰："臧孙辰告籴于齐。"所谓"籴"是指以平价购买粮食。经文是说庄公二十八年冬，鲁国大臣臧孙辰为救饥馑而往齐国请购粮食的事情。但《公》《榖》以为，因臧孙辰主政，不能储足三年之粮以御饥，以致一年不熟，即向齐国告籴，因此《春秋》讥之。

《公羊》曰：

> 告籴者何？请籴也。何以不称使？以为臧孙辰之私行也。曷为以臧孙辰之私行？君子之为国也，必有三年之委，一年不熟，告籴，讥也。[8][页134]

《榖梁》曰：

> 国无三年之畜，曰国非其国也，一年不升，告籴诸侯，告请也，籴籴也，不正，故举臧孙辰以为私行也。国无九年之畜曰不足，无六年之畜曰急，无三年之畜曰国非其国也。……一年不艾，而百姓饥，君子非之，不言如，为内讳也。[8][页134]

苏辙不用《公》《榖》之义，他认为臧孙辰告籴于齐，不管齐是否予以鲁粮食，臧孙辰此举都首先反映了他以百姓之饥为忧的爱民之心。《春秋集解》曰："大夫出聘于诸侯曰如，而不曰聘，不必其成礼也。告籴之不言如，何也？告者在我，虽不得籴，犹告也。凶年告籴，急民病也。"[4][页47]苏辙在此对臧孙辰的行为是持褒扬态度的，反映出他以民为重的民本思想。

苏辙认为统治者应以民生社稷为重，另一方面也指出为上者的统治地位倚重于民心的向背。如《春秋集解》注定公十二年"十有二月，公围成。公至自围成"，曰：

> 仲由为季氏宰，将堕三都。于是叔孙氏堕郈，季氏将堕费，公山不狃、叔孙辄帅费人以袭鲁。公与三子入于季氏之宫，登武子之台，费人攻之，入，及公侧。仲尼命申句须、乐颀下伐之。费人北，二子奔齐，遂堕费。将堕成。公敛处父不欲，公围之，弗克。不书三人之乱，皆陪臣也。或曰昭公将去季氏而失国，孔子为鲁而堕三都亦几于乱，孔子之为是何也？曰：昭公之去季氏而失国，失民故也。鲁君

之失民与三桓之得民久矣,故将以治鲁而不得三桓不可为也,能得三桓而道之以礼乐,犹可治也。孔子为鲁,而仲由为季氏宰,三家从之矣,其不从者其家臣也,家臣未能得鲁众也,虽其不从不能为患,此孔子之所以堕三都而无疑也。[4][页139]

在这段注释中,苏辙首先交代了鲁定公围攻孟氏之都成邑无功而返的始末,进而分析了定公围成失败的原因,苏辙指出,孔子为鲁堕三都成功的根本原因在于孔子得到了鲁国三桓的支持,而三桓一直得到百姓的拥戴,因此,孔子得三桓犹得民也,也即最终取得了战争的胜利。而定公之所以失败,其根本原因在于丧失了百姓的支持。可见,在苏辙看来,战争的胜利取决于民心的向背,得民者生,失民者亡。

二、君权相对论

苏辙认为百姓的拥戴与否可以直接决定君主的存废。如《左传》注文公十四年"秋七月,有星孛入于北斗。公至自会,晋人纳捷菑于邾,弗克纳",曰:"晋赵盾以诸侯之师八百乘纳捷菑于邾,邾人辞曰'齐出貜且长',宣子曰:'辞顺,而弗从,不详。'乃还。"[13][页604]左氏在此叙述道,晋国的赵盾率领诸侯联军的八百辆战车送捷菑回邾国,并欲拥立捷菑为君,但邾人此时已拥立貜且为君,并且表现出不接受捷菑为君的态度。于是,赵盾带领军队返回。《左传》仅就史实而言,并不涉及义理。苏辙此处则采用了《左传》所述史实,并分析了晋人不拥立捷菑的原因。《春秋集解》曰:"邾文公元妃齐姜生貜且,二妃晋姬生捷菑。文公卒,邾人立貜且,捷菑奔晋。晋赵盾帅诸侯之师八百乘纳之于邾,邾人词曰:'齐出貜且长。'盾曰:'词顺而弗从,不祥。'乃还。书盾之'弗克纳',善之矣。其称人何也?与诸侯之师,将以废长立少,入邾之境而后知其非,所与者广,所害者众,善未足以覆过也。捷菑之不称公子,将以为君也。"[4][页83]苏辙指出,邾人均反对晋人拥立捷菑为君,赵盾认为如若不顾邾人的意愿而一意孤行地纳捷菑的话,将会引起更大的祸患,因此放弃了这一违背民愿的做法。苏辙认为,经书赵盾"弗克纳"有褒扬赵盾的意思,原因是,赵盾得知邾人不同意拥立捷菑为君,这是不违民意的做法,故经文此处有褒义。苏辙在此对赵盾能认识到百姓的力量并放弃了违背民愿的做法予以了肯定。从这则例子可以看到,苏辙认为百姓的力量是可以左右君主存废的,集中体现了他的君权相对论思想。

在对郑伯突与郑世子忽的评价上，苏辙的君权相对论思想表现得更为明显。如《春秋集解》注桓公十二年"丙戌，公会郑伯，盟于武父"，曰："郑伯，突也。突篡其兄而立，《春秋》以君许之，何也？诸侯虽以篡得，苟能和其民而亲诸侯，内外君之，则以君书之，不没其实也。虽君而实篡，虽篡而实君，皆因其实而已。不然则否，不能君也。卫州吁、陈佗是也。"[4][页30]苏辙认为突虽夺兄之政，有篡位之罪，但《春秋》仍称之为君，这是因为《春秋》以为，诸侯虽然篡位，但若能使国家政事通达，上下和顺，并得到君臣百姓的拥戴，虽不应有君位，《春秋》也可以书之为君。反之，若有违百姓意愿，即使应即君位，《春秋》也可以笔法黜之。如《春秋集解》注《春秋》桓公十五年"郑世子忽复归于郑"，曰："忽尝为君矣。其出也称郑忽，其复归也称郑世子忽，何也？于其出，言其不能君也；于其复归，言其所恃以反国者惟世子也，舍是无足以归者矣。突既出，则忽之归无难矣，然而郑人之所不喜也。"[4][页31—32]苏辙认为，郑世子忽返归郑国，因其为世子，故理应继承君位，但此处《春秋》仍以世子称之，不以为君，这是因为《春秋》以为，郑世子返国依仗的仅仅是他的世子之位，并未得到百姓大臣的拥戴，故仍以世子称之。

苏辙不仅认为百姓的拥戴是君权统治赖以维持的根本力量，他甚至认为如果君主违背民愿，不得民心，百姓废除君位或采取弑君的极端行为也无可指责。弑君之罪历来被视为封建伦理中的首恶之罪，孙复、朱熹无不深疾之。苏辙却并不一概责之，他将弑君的具体原因做了细致的区分。苏辙注隐公四年"戊申，卫州吁弑其君完"条，曰："凡弑君称君，君无道也；称臣，臣之罪也。称君则曷为或称人，或称国？称国以弑，大臣弑之也；称人以弑，众人弑之也。称臣则曷为或氏，或不氏？不氏，恶之甚也。"[4][页20]苏辙认为弑君之罪并不完全在臣子或是百姓。他指出，在《春秋》书法上，如果弑君而称呼君王的名字，则表明这是由君无道而引起的祸端；如果弑君而称呼臣子的名字，则表明这弑君之罪在于臣子。那么，为什么经文有时候既称呼君王的名字，又称呼"人"或"国"呢？苏辙指出，在君无道而被弑的前提下，又有不同情况，也即如果称呼国的话，表明是大臣弑君；称呼臣以弑的话，表明是百姓弑之。同理，在臣无道而弑君的前提下，又可分为以氏称呼臣和不以氏称呼臣，后者表明臣之罪较前者甚恶。可见苏辙对弑君的行为并不一概贬责,对于君无道而招致弑君之祸,苏辙对百姓或是臣子是不持讥贬态度的。如《春秋集解》注隐公四年"九月,卫人杀州吁于濮"条,曰:"州吁未能和其民,使石厚求定于石碏,石碏教之朝陈而求觌于王。厚从州吁如陈,石碏告陈人图之,陈人执之而请莅于卫,卫人杀之于濮。称人以杀,众词也,言卫人皆欲杀之也。州吁既为君矣,其曰'杀州吁',何也?不能君也。"[4][页21]《春秋集解》在此交代了卫人杀州吁的缘由。苏辙指出,《春秋》书"卫人杀州吁"是称呼人杀君的,也即州吁失民心,众人皆欲杀之,故《春秋》书"杀州吁"而不称其为君,表明州吁因失民心,故不能为君。

又如《春秋集解》注文公十八年"莒弑其君庶其",曰:"庶其生太子仆及季佗,爱季佗而黜仆,且多行无礼于国。仆因国人而弑之,故称国以弑。"[4][页86]苏辙认为太子仆弑其君父的原因是莒君庶其多行不义于国人。可见仆弑君父非为一己之私,乃是因国人的利益为之。苏辙认为,经称国以弑是指庶其有罪当诛,非有责仆之意。

再如《春秋集解》注成公十八年"庚申,晋弑其君州蒲",曰:"栾书、中行偃实弑厉公,然而厉公凌虐其臣民,以及于祸,故称国以弑,罪在君也。"[4][页105]苏辙指出,厉公因凌虐百姓而招致栾书、中行偃弑之。经称国以弑,可见其罪在君,厉公当诛。

当然,在君未失民的情况下,臣子却因一己私利弑杀君主的行为,苏辙则认为是罪不可赦的。如《春秋集解》注宣公十年"癸巳,陈夏征舒弑其君平国",曰:"征舒,陈大夫,夏姬之子也。灵公之恶甚矣,其称臣以弑,何也?罪不及民也。君以无道加其臣子,臣子以弑报之而得不名,是臣得雠君,而子得雠父也。故罪不及民者,皆称臣子,陈征舒、蔡般是也。要之,失民而后不称臣子,以民为重也。"[4][页92]苏辙指出,《春秋》此处称陈征舒、蔡般弑君即为称臣以弑,是因为灵公尚未失去民心,陈征舒、蔡般弑君乃是因为君臣之仇而为,弑君的行为当然罪大恶极。这种以民众利益决定君主存废的思想,是苏辙君权相对论思想的集中体现。

第四章

苏辙对啖助、赵匡、陆淳《春秋》学思想的继承与发展

苏辙在《春秋集解引》中述及对前儒《春秋》学成果的取舍时说:"至于孔子之所予夺,则丘明容不明尽,故当参以公、穀、啖、赵诸人。"[4][页13]苏辙在此明确指出,其《春秋集解》对唐中期的啖助、赵匡等人的《春秋》学成果是有所借鉴的。事实上,我们将双方的《春秋》学思想加以对比,就会发现苏辙在很大程度上继承了啖氏三人的《春秋》学思想。双方不仅在治经指导思想上存在一致之处,在部分解经内容上也不乏相同之处。当然,《春秋集解》也不完全是对啖氏等《春秋》学思想的演绎,特别是在治经方法与历史观上,苏辙对啖氏等的思想是有所超越的。

啖助、赵匡、陆淳是唐中后期《春秋》学史上颇有建树的人物。啖助,字叔佐,赵州人,后徙关中。唐天宝末,调临海尉、丹杨主簿,后隐居不仕。啖助研究经术,撰《春秋集传》,十年乃成。《新唐书·儒学传》称啖助:"善为《春秋》,考三家短长,缝绽漏阙,号《集传》,凡十年乃成。复摄其纲条,为《例统》。"[62][页5705]《春秋集传》在唐代并未得到流传,北宋时便已亡佚。啖助去世后,他的《春秋》学思想经由其弟子赵匡和陆淳整理并保存。赵匡字伯循,河东人。官洋州刺史。啖助去世后,赵匡对《春秋集传》做了增删,著有《春秋阐微纂类义统》。《经义考》引章拱之曰:"赵氏集啖氏《统例》《集注》二书及己说可以例举者,为《阐微义统》十二卷,第三、四卷亡逸。"[23][页909]陆淳,字伯冲,唐吴郡人;后避讳,改名质。[62][页5127]淳师事啖助,友赵匡,传其《春秋》之学,著有《春秋集传纂例》十卷、《春秋集传微旨》三卷、《春秋集传辨疑》十卷。三书

中,最为重要的著作是《春秋集传纂例》,陆淳曰:"啖子所撰《统例》三卷,皆分别条疏,通会其义,赵子损益,多所发挥,今故纂而合之。有辞义难解者,亦随加注释,兼备载经文于本条之内,使学者以类求义,昭然易知。其三传义例,可取可舍,啖、赵具已分析,亦随条编附,以祛疑滞。名《春秋集传纂例》,凡四十篇,分为十卷云。"[23][页910] 从陆氏的自述可以看出,《春秋集传纂例》十卷当是集啖、赵、陆三人《春秋》学思想于一体之作,其中犹以啖、赵的观点居多,陆淳仅作补充而已。《春秋集传辨疑》是陆淳的另一重要著作,陆氏云:"《集传》取舍三传之义可入条例者,于《纂例》诸篇言之备矣。其有随文解释、非例可举者,恐有疑难,故纂啖、赵之说著《辨疑》。"[11][页597] 可见《辨疑》也主要是啖、赵的思想。因此啖、赵著作虽亡佚,其思想却可通过陆淳的著作窥其大概。啖、赵、陆三人因是师徒或师友关系,故其《春秋》学思想属一脉相承,并无太大差异,三人思想以啖助《春秋》学思想最为重要。啖氏等的《春秋》学思想对后世产生了深刻的影响。宋初孙复"舍传求经"的治经之法正是对啖氏等《春秋》学思想的直接继承。苏辙也深受啖氏等《春秋》学思想的影响,他对《春秋》学一系列重大问题的认识均是对啖氏《春秋》学思想的继承。

第一节 苏辙对啖氏师徒思想的继承

一、《春秋》何以始于隐公

关于《春秋》何以始于隐公,啖氏做了如下的解释:"夫子之志,冀行道以拯生灵也。故历国应聘,希遇贤王。及麟出见,伤知为哲人其萎之象,悲大道不行,将托文以见意。虽有其德而无其位,不作礼乐乃修《春秋》,为后王法。"[5][页380] 啖氏认为夫子修《春秋》的目的在于推行大道以拯救生灵,这就决定了孔子修《春秋》的时期必定是在礼乐不兴但犹可救世之弊的特殊阶段。啖氏曰:"始于隐公者,以为幽、厉虽衰,《雅》未为《风》。平王之初,人习余化,苟有过恶,当以王法正之。及代变风移,陵迟久矣,若格以太平之政,则比屋可诛,无复善恶。故断自平王之末,而以隐公为始。所以拯薄俗、勉善行、救周之弊、革礼之失也。"[5][页380]

啖氏指出，幽厉之时，周虽已衰，但礼乐之制尚存、大道未灭，孔子无须修《春秋》；到了平王初年，世风日下、礼乐不兴，孔子作《春秋》则可起到革除时弊、矫正礼俗的作用；及至平王之末，陵迟日久、礼崩乐坏，《春秋》已不复救世，孔子也至此而绝笔。啖氏在此将周衰之后的历史划分成了三个阶段，即幽厉之时、平王初年、平王之末。

苏辙对《春秋》始于隐公的认识与啖氏的观点完全一致。《春秋集解》注哀公十四年"西狩获麟"曰："自周之衰，天下三变，而《春秋》举其中焉耳。其始也，虽幽、厉失道，王室昏乱，而礼乐征伐犹出于天子，诸侯畏周之威，不敢肆也，虽《春秋》将何施焉？及其中也，平王东迁，而周室不竞。诸侯自为政，周道陵迟，夷于列国。迨隐之世，习以成俗，不可改矣，然而文、武、成、康之德犹在，民未忘周也，故齐桓、晋文相继而起，莫不秉大义以尊周室，会盟征伐以王命为首。诸侯顺之者存，逆之者亡，虽齐、晋、秦、楚之强，义之所在，天下予之，义之所去，天下叛之，世虽无王而其法犹在也。故孔子作《春秋》，推王法以绳不义，知其犹可以此治也。及其终也，定、哀以来，齐、晋既衰，政出于大夫，继之以吴、越、夷、狄之众横行于中国，以势力相吞灭，礼义无所复施，刑政无所复加。虽欲举王法以绳之，而诸侯习于凶乱，不可告语，风俗靡然，日入战国，是以《春秋》终焉。"[4][页147—148]苏辙同样将周衰后的历史分为三个阶段：幽厉时期、平王东迁之后、定哀之后。这一划分与啖氏的三分法完全一致。苏辙进而对孔子修《春秋》的历史必然性做了这样的分析：幽厉时期，王室虽然昏乱，但天子的统治地位仍十分稳固，礼乐征伐尚出自于天子，天下褒贬自在，孔子也无须修《春秋》，作褒贬之说；到了平王东迁之时，王室黯弱、诸侯坐大、周道衰落，但世人仍缅怀先王遗德，尚存扶助王室、兴复周道之念，这一时期，孔子作《春秋》重申大义王法，便可起到褒贬时事、矫正时弊的作用；到了定哀之后，蛮夷横行、礼义不存、世风日下，孔子知《春秋》之说已无益于世，故至此绝笔。苏辙在此揭示了孔子修《春秋》始于隐公的历史必然性，与啖氏的思想完全相同，二者之间的继承关系十分明显。

二、治《春秋》之法

啖氏师徒对前儒所采取的专守一传、不肯相通的治经之法是持批判态度的，啖子曰：

> 《春秋》之文，简易如天地焉；其理著明如日月焉。但先儒各专守一传，不肯相通，互相弹射，仇雠不若；诡辞迂说，附会本学，鳞杂米聚，难见易滞。益令后人不识宗本。因注迷经，因疏迷注，党于所习，其俗若此。老氏曰：大道甚夷，而人好径。信矣。故知三传分流，其源则同，择善而从，且过半矣。归乎允当，亦何常师！今《公羊》《穀梁》二传殆绝，习《左氏》者皆遗经存传，谈其事迹，玩其文彩，如览史籍，不复知有《春秋》微旨。呜呼！买椟还珠，岂足怪哉！予辄考核三传，舍短取长，又集前贤注释，亦以愚意裨补阙漏、商榷得失，研精宣畅，期于浃洽，尼父之志庶几可见，疑殆则阙，以俟君子。谓之《春秋集传集注》；又撮其纲目，撰为《统例三卷》以辅《集传》，通经意焉。所以剪除荆棘、平易道路，令趣孔门之士方轨康衢，免涉于险难也。[5][页382]

啖氏认为先儒治《春秋》专守一传、力诋他说的治经之法是导致歪曲经文本义、以讹传讹的根源所在。他以老子的思想作为治经的指导思想，指出三传虽然异流，但其成书之初均是圣人之学，具有同源关系。基于这样的认识，啖氏等提出了"择善而从"的治经方法。

苏辙《春秋集解》借鉴了啖氏的治经之法。《春秋集解引》曰："至于孔子之所予夺，则丘明容不明尽，故当参以公、穀、啖、赵诸人。然昔之儒者各信其学，是而非人，是以多窒而不通。"[4][页13]苏辙指出，如若丘明有解经不明的地方，则应参照《公羊》《穀梁》以及啖助、赵匡等人的看法。可见苏辙在对待前人的《春秋》学成果上，同样采取了择善而从的态度，并不主张独守家法、师法的治经之法。

在解经的指导思想上，苏辙与啖氏等的思想也不乏相同之处。啖氏以老氏所谓的"大道甚夷，而人好径"作为解经的指导思想，反对固守一家之说，主张不拘成法的治学方法。苏辙也引用老氏的观点作为解经的指导思想："老子有言：'学不学，复众人之所过，以辅万物之自然而不敢为。'予窃师此语。故循理而言，言无所系；理之所至，如水之流，东西曲直，势不可常，要之于通而已。"[26][页467]苏辙认为凡可以通经者，皆可为我所用。同样采取了不拘一格、博采众家的治学态度。

啖氏解经对三传尤其是《左传》之文做了大量的删减。啖子叙道："至

第四章 苏辙对啖助、赵匡、陆淳《春秋》学思想的继承与发展

于义指乖越、理例不合、浮辞流遁、事迹近诬，及无经之传，悉所不录。其辞理害教、并繁碎委巷之谈，调戏浮侈之言，及寻常小事、不足为训者，皆不录。……谏诤谋猷之言，有非切当，及成败不由其言者，亦皆略之。虽当存而浮辞多者，亦撮其要，凡叙战事，亦有委曲繁文并但叙战人身事义，非二国成败之要、又无诚节可纪者，亦皆不取。凡论事，有非与论之人，而私评其事，自非切要，亦皆除之。其巫祝卜梦鬼神之言皆不录。"[5][页386—387]啖氏解经对三传中出现的上述情况做了大量的删减，避免了传文的冗繁。

考察苏辙的解经体例，《春秋集解》对《左传》中大量的描绘性语言以及灾异、妖详等于史无证的说法也采取了弃而不用的做法。如《左传》注文公六年"晋杀其大夫阳处父，晋狐射姑出奔狄"，曰：

六年春，晋蒐于夷，舍二军，使狐射姑将中军，赵盾佐之。阳处父至自温，改蒐于董，易中军。阳子，成季之属也，故党于赵氏，且谓赵盾能，曰："使能，国之利也。"是以上之。宣子于是乎始为国政，制事典，正法罪，辟刑狱，董逋逃，由质要，治旧洿，本秩礼，续常职，出滞淹。既成，以授大傅阳子与大师贾佗，使行诸晋国，以为常法。[13][页544—546]

贾季怨阳子之易其班也，而知其无援于晋也，九月，贾季使续鞠居杀阳处父。书曰："晋杀其大夫"，侵官也。……十一月丙寅，晋杀续简伯。贾季奔狄。宣子使史骈送其帑。夷之蒐，贾季戮史骈，史骈之人欲尽杀贾氏以报焉。史骈曰："不可。吾闻前志有之曰：'敌惠敌怨，不在后嗣，忠之道也。'夫子礼于贾季，我以其宠报私怨，无乃不可乎？介人之宠，非勇也。损怨益仇，非知也。以私害公，非忠也。释此三者，何以事夫子？"尽具其帑与其器用财贿，亲帅扞之，送致诸竟。"[13][页552—553]

《左传》在此详细交代了晋国贾季与阳处父之间的恩怨以及贾季杀害阳处父与贾季逃亡到狄的来龙去脉。而在贾季已逃亡到狄之后，《左传》还补叙了一段赵盾派臾骈送贾季家眷至北狄的经过。可以看到，《左传》除了叙述事件的来龙去脉外，还对相关人物之间的对话做了详细的描述。啖氏等对这些描绘性的语言则不予采纳。《春秋集传微旨》曰："左氏云：春，晋蒐于夷，舍二军，使狐射姑将中军，赵盾佐之。阳处父至自温，改蒐于董，

易中军。阳子,成季之属也,故党于赵氏,且谓赵盾能,曰:'使能,国之利也,是以上之。宣子于是乎始为国政。'"[12][页569—570]啖氏在此简化了《左传》之说。

苏辙对《左传》这类于史无证的语言描写也同样采取了弃而不用的做法。《春秋集解》曰:"晋人蒐于夷,使狐射姑将中军,赵盾佐之。阳处父至自温,改蒐于董,谓赵盾能而上之。射姑怨之,使续鞫居杀之。晋杀鞫居,射姑奔狄。"[4][页78]苏辙此处完全立足于史实的交代,显然是对啖氏等治经方法的继承。

三、权变思想

权变思想是啖氏等《春秋》学思想的重要组成部分。啖氏认为孔子修《春秋》的一个基本指导思想便是权变思想。啖子曰:

> 吾观三家之说,诚未达乎《春秋》大宗,安可议其深指?可谓宏纲既失,万目从而大去者也。予以为《春秋》者救时之弊,革礼之薄。何以明之?前志曰:夏政忠,忠之弊野。殷人承之以敬,敬之弊鬼。周人承之以文,文之弊僿。救僿莫若以忠,复当从夏政。夫文者忠之末也,设教于本,其弊犹末,设教于末,弊将若何?武王、周公承殷之弊,不得已而用之。周公既没,莫知改作。故其颓弊甚于二代,以至东周王纲废绝,人伦大坏。夫子伤之曰:虞夏之道,寡怨于民;殷周之道,不胜其弊。又曰:后代虽有作者,虞帝不可及已。盖言唐虞淳化,难行于季末,夏之忠道,当变而致焉。是故《春秋》以权辅正,以诚断礼,正以忠道,原情为本,不拘浮名,不尚狷介,从宜救乱,因时黜陟[5][页379]

啖氏指出《春秋》的宏纲大旨在于"救时之弊,革礼之薄"。所谓"救时之弊"是指,《春秋》产生于周道陵迟、王纲不兴的历史时期,可以起到矫正时弊的作用。所谓"革礼之弊"是指《春秋》可以惩戒乱臣贼子,重兴礼乐之制。孔子如何做到"救时之弊,革礼之薄"?按照啖氏历史循环论的观点,啖氏认为孔子不应死守周代尚文的陈规,而应以历史的变化观认识周代的弊端,也即以夏代的忠道来替代周代尚文的礼俗。啖氏将这一思想又概括为"以权辅正,以诚断礼"。啖氏的权变观仍然局限在三代循环论的范围内,其弟子赵匡则对他的权变思想做了进一步发挥,赵子曰:

第四章　苏辙对啖助、赵匡、陆淳《春秋》学思想的继承与发展

"啖氏依公羊家旧说，云《春秋》变周之文，从夏之质。予谓《春秋》因史制经，以明王道，其指大要二端而已。兴常典也，著权制也。故凡郊庙、丧纪、朝聘、蒐狩、昏娶，皆违礼则讥之，是兴常典也。非常之事，典礼所不及，则裁之圣心，以定褒贬，所以穷精理也。精理者，非权无以及之。……然则圣人当机发断，以定厥中，辨惑质疑，为后王法，何必从夏乎？"[5][页382]赵子指出《春秋》本旨在于"兴常典""著权制"。所谓"兴常典"是指有"典礼"可循之事，若依"典礼"而行，则予以褒扬；反之，"则讥之"。对于特定历史条件下的特定事例，又无"常典"可依，则需孔子按照自己的思考做出合理的判断，这就是所谓的权变思想。

权变思想成为啖氏师徒解经的重要指导思想。《春秋集传微旨》中，啖氏师徒以权变思想对历史事件进行的评判不乏其例。如《春秋集传微旨》注隐公四年"冬十有二月，卫人立晋"条，曰：

《左氏》云：州吁未能和其民，厚问定君于石子。石子曰：王觐为可。厚从州吁如陈。九月，卫人使右宰丑莅杀州吁于濮。石碏使宰獳羊肩莅杀石厚于陈。卫人逆公子晋于邢，书曰"卫人立晋"，众也。《公羊》曰：晋者何？公子晋也。立者何？立者不宜立也。其称人何？众立之之辞也。然则孰立？石碏立之。石碏立之，则其称人何？众之所欲立也。众虽欲立，其立之，非也。《穀梁》曰：卫人者，众辞也。立者，不宜立者也。晋之名恶也。其称人以立之，何也？得众也。得众则是贤也，贤则其曰不宜立何也？《春秋》之义，诸侯与正而不与贤也。啖氏云：言立，明非正也。称人，众辞也。所以明石碏之贵忠而善其义也。此言以常法言之，则石碏立晋非正也。盖当时次当立者不贤，石碏不得已而立晋，以安社稷也。故书"卫人立晋"，所以异乎尹氏之立王子朝。即原情之义而得变之正也。[12][页541]

经文记载了州吁不得民心，被卫人所杀，而卫人另立新君公子晋的历史事件。左氏仅立足于史实的陈述，未涉义理。《公羊》则认为公子晋虽得到卫人的拥戴，但晋不当立，故《春秋》此处有否定之意。《穀梁》认为公子晋虽得众，但《春秋》之义，诸侯立嗣，当以嫡长立，不以贤立，晋非嫡长，不当立，故《春秋》此处也有贬责之义。啖氏却做出了完全不同的解释，啖氏认为，拥立公子晋虽不合《春秋》之义，但石碏不得已而立晋，且立晋是卫人所愿，可以使社稷得到稳定，这是石碏在特殊历史条件下采

取的权宜之计，石碏的这一行为也是合乎民心的。因此在啖氏看来，石碏的行为并无不妥之处。

啖氏师徒的权变思想对苏辙产生了深刻的影响，苏辙继承了啖氏等的权变思想，并在《春秋集解》中大量地运用这一思想来评析《春秋》中的人物事件。如隐公元年，惠公薨，周天子理应致丧礼，但因国都距鲁国路途遥远，天子以为惠公与其夫人仲子皆亡，故派宰咺赠送鲁国两份丧礼，但宰咺到达鲁国之时，得知仲子并未死亡，而宰咺却仍以天子所赠的两份丧礼给予鲁国。宰咺的做法是否妥当呢？《春秋集解》曰："季文子聘于晋，求遭丧之礼而行，遭丧而以常礼行之不可，未丧而以丧礼行之，可乎？周虽命之，咺不得行也。唯命而行之，以为非使也，故名。"[4][页17] 苏辙认为宰咺到了鲁国知道实情之后，仍然按照天子之命行事，实际是不知变通之举，故《春秋》对宰咺也有讥贬之义。苏辙在此利用权变思想对宰咺的行为做了不同于《公》《穀》的评价。

《春秋集解》在解经内容上对啖氏等的权变思想也多有借鉴。《春秋集传微旨》注庄公三十二年"春，城小谷"，曰："淳闻于师曰：不系于齐，明非为齐，且无讥尔。管仲德及诸侯，鲁为之城私邑，虽非常礼，亦变之正也。故圣人无讥焉，义与城楚丘。"[12][页555] 啖氏认为鲁国为管仲修筑城邑，本是不合常礼之举，但管仲有功于诸侯，故为之筑私邑也是合于情理的。啖氏认为鲁之举得权变之正。《春秋集解》曰："鲁人德齐桓，而为管仲城邑，非常法也，然而管仲之功加于天下，义之所许也。"[4][页48] 苏辙认为管仲相桓公、九合诸侯，有功于天下，鲁国为管仲修城邑虽不合礼法，但若从天下人的利益来考虑，鲁人的这一违礼之举却无可厚非。苏辙在此以权变思想来看待鲁人的这一做法，与啖氏之意如出一辙。

又如，庄公十六年经曰："冬十有二月，会齐侯、宋公、陈侯、卫侯、郑伯、许男、曹伯、滑伯、滕子，同盟于幽。"此段经文叙述了鲁庄公参与了由齐桓公召集的有中原多国参加的"幽之盟"的历史事件。但按礼，庄公的这一行为应当遭到《春秋》的讥贬。因为其文桓公曾为齐侯所杀，庄公与齐国有不共戴天之仇，却参与了这场承认齐桓公霸主地位的盟会，因此经文当讥之。啖氏却做了不同的解释，《春秋集传微旨》曰："淳闻于师曰：会，公会也。不书公，为公讳也。齐之仇易世矣。桓之霸，诸侯服之矣。不从之，则社稷危矣，故不书公，为公讳，以示变之正也。凡不依常礼而合于权者,皆以讳为善。"[12][页551—552]经文此处不书公,是为公讳。何以为公讳?啖氏认为,由于齐国日益强大,鲁国如不听命,很可能遭到灭顶之灾,庄公因顾及鲁国社稷安危,被迫参与此次盟会。啖氏认为庄公的这一做法是合理之举,《春秋》善之,故为之讳。苏辙同样继承了啖氏的看法,《春秋集解》曰:"桓公之霸,不从则国病;为国,故许之。"[4][页42]苏辙指出,因鲁国与齐襄公有不共戴天之仇,故按道义,庄公不应参加此次会盟,推举齐桓公为盟主。但当时的历史状况却并不允许庄公这样行事。这是因为齐国发展至桓公之时,国力强盛,鲁国是远远不能抗衡的,倘若庄公不与会盟,鲁国必定遭到战乱之灾。故庄公与盟,也是为救国采取的变通之法,《春秋》对庄公之举应无讥贬之义。苏辙此解也与啖氏完全相同。

再如,庄公十九年经曰:"秋,公子结媵陈人之妇于鄄,遂及齐侯、宋公盟。"此段经文记载了鲁国的公子结在护送媵妾到卫邑的同时与齐侯、宋公结盟的史实。与齐、宋结盟乃是国家的大事,经书"遂及齐侯、宋公盟",可见此次结盟是公子结在送媵途中的便宜行事,因此公子结的结盟之举则并未受命于君。公子结此举是否有违礼法呢?《春秋集传微旨》做了这样的解释:"啖氏云媵,卑者之事也。称公子,嘉其忧国之义也。先地而后盟,见出境也。此言结之卒反他处并不见于经,必非命卿也。嘉其既出境外能与齐宋为盟以安社稷,故特书公子。此亦变之正也。"[12][页552]啖氏认为,公子结与齐、宋结盟虽未受命,但经文却书"公子",对之有褒扬之义,这是因为公子结以国家社稷为忧,故在境外与齐宋结盟,立下大功,此举利于国家社稷,故得权变之正。

苏辙在《春秋集解》中也阐发了同样的观点。苏辙曰:"大夫受命以出,共命而不敢专,政也。有可以安国家利社稷,不得已而专之可也;非利而专之,则是擅命者。不称公子翚之伐郑、伐宋,是也。结虽擅命而称公子,盖许之也。"[4][页43]苏辙指出,按礼,大夫必须受命而出,否则便有擅权之罪。但苏辙认为,如果对国家社稷有利,在不得已的情况下,采取灵活处理的办法也是无可厚非的。苏辙指出,经文此处称公子结为"公子"是对其行为有嘉许之意。苏辙此处与啖氏均用了权变思想来看待公子结的行为。

第二节　苏辙对啖氏师徒思想的发展与超越

自晋代杜预解经尽弃《公》《穀》而独标《左传》以来，《左传》遂取得尊崇地位。杜预曰："左丘明受经于仲尼。……身为国史，躬览载籍，必广记而备言之，其文缓，其旨远，将令学者原始要终，寻其枝叶，究其所穷，优而柔之，使自求之，餍而饫之，使自趋之。若江海之浸，膏泽之润，涣然冰释，怡然理顺，然后为得也。"[14][页14]杜预认为左丘明是孔子的亲授弟子，又身兼国史之职，故丘明既能准确把握《春秋》的微言大义，又能为《春秋》补充更为详尽的史实。杜预将《左传》抬高到至尊的地位，在作注之时也多以《左传》之说为是，若遇经、传不合之处，甚至出现了"强经以就传"的情况。到了唐代，孔颖达颁行《五经正义》，其中的《春秋左传正义》以宗杜为主，左氏之学仍处于独尊地位。这种状况到了唐中期以后则出现了变化，啖氏等人开始对《左传》提出异议，甚至认为左氏之学"诬谬实繁"。啖子曰：

> 古之解说，悉是口传。自汉以来，乃为章句。……是知三传之义本皆口传。后之学者，乃著竹帛而以祖师之，目题之。予观《左氏传》，自周、晋、齐、宋、楚、郑等国之事最详，晋则每一出师，具列将佐，宋则每因兴废，备举六卿，故知史策之文，每国各异。左氏得此数国之史，以授门人，义则口传，未形竹帛。后代学者，乃演而通之，总而合之，编次年月，以为传记。又广采当时文籍故，兼与子产、晏子及诸国卿佐家传，并卜书及杂占书、纵横家、小说、讽谏等，杂在其中。故叙事虽多，释意殊少，是非交错，混然难证。其大略皆是左氏旧意，故比余传其功最高，博采诸家叙事尤备，能令百代之下颇见本末。因以求意经文可知，又况论大义得其本源，解三数条大义，亦以原情为说，欲令后人推此以及余事。而作传之人不达此意，妄有附益，故多迂诞，又左氏本未释者，抑为之说，遂令邪正纷揉，学者迷宗也。[5][页380]

啖氏认为，《左传》的成书应分为两个阶段。第一个阶段是左丘明得他国史册，以口耳相传的形式教授门人，但未著录成书；第二阶段是"后代学者"广采他传，增益成书，此为今所见之《左传》。因此在啖氏看来，

《左传》难免存在"叙事虽多,释意殊少,是非交错,混然难证"的弊端,不可不辨。

赵匡则在啖氏的基础上又前进了一步,他甚至从根本上否定了《左传》的作者是左丘明。赵匡曰:

> 啖氏依旧说,以左氏为丘明,受经于仲尼。今观左氏解经,浅于公、穀,诬谬实繁。若丘明才实过人,岂宜如此。推类而言,皆孔门后之门人,但公、穀守经,左氏通史,故其体异耳。且夫子自比,皆引往人,故曰:"窃比于我老彭",又说伯夷等六人,云"我则异于是",并非同时人也。丘明者,盖夫子以前贤人,如史佚、迟任之流,见称于当时耳。焚书之后,莫得详知。学者各信胸臆,见《传》及《国语》俱题左氏,遂引丘明为其人。此事既无明文……自古岂止有一丘明姓左乎?[5][页384—386]

赵匡认为,《左传》解经较《公》《穀》更为浅薄。左丘明乃夫子以前贤人,深得孔子推崇,故《左传》很可能不是出于左丘明之手。赵匡认为,从孔子谈及左丘明的话语来看,丘明所处时代似乎要早于孔子。因此在赵匡看来,左氏并未受经于仲尼,也未作《左传》。

啖赵师徒对《左传》价值以及《左传》作者的质疑,动摇了长期以来《左传》在《春秋》学上的统治地位。在具体解经过程中,啖赵对《左传》更有诸多辩难。如《春秋集传辨疑》解桓公二年"冬,公至自唐",曰:"左氏曰:反行饮至,舍爵策勋焉,礼也。赵子曰:此当移于十六年,至自伐郑之下附之。此非征伐,从君出入乃是常事也,何勋之有?又曰:特相会,往来称地,让事也。赵子曰:按成会而归即非止于让,以会告庙,有何不可?此不达内外异辞之例,妄为异说尔。且诸书至自会者,所会悉非鲁地,故知四处至称地,皆鲁地故也"[11][页610]当然,啖氏师徒对《左传》的攻讦,有利于矫正杜预以来形成的以左氏之学代替《春秋》之学的治学风气,但啖氏师徒不重视《左传》的史料价值,也极易导致逞意说经的弊端。宋晁公武就十分不满啖氏等的做法,他批评道:

> 大抵啖、赵以前学者,皆专门名家,苟有不通,宁言经误,其失也固陋;啖、赵以后学者,喜援经击传,其或未明,则凭私臆决,其失也穿凿。均之失圣人之旨,而穿凿之害为甚。[58][页1568]

晁公武对啖氏等《春秋》学思想的指责是十分中肯的。如北宋孙复继承啖氏等"舍传求经"的治学方法，着力于阐发《春秋》的微言大义，就常常不顾基本史实，逞意说经。

苏辙对北宋《春秋》学的这种发展状况进行了深刻的反思，为了矫正啖氏等带来的"逞意说经"风气。苏辙对啖氏等"舍传求经"的治学方法进行了改造。他在《春秋集解引》中重申了《左传》的史料价值："予以为左丘明鲁史也，孔子本所据依以作《春秋》，故事必以丘明为本。"[4][页13] 苏辙认为，左丘明是鲁国的史官，而孔子修《春秋》所依据的正是鲁国的史书。《左传》应有较高的史料价值，对文字简约的《春秋》应是很好的补充。他说："故凡《春秋》之事当从史。左氏史也，《公羊》《穀梁》皆意之也。盖孔子之作《春秋》，事亦略矣，非以为史也，有待乎史而后足也。以意传《春秋》而不信史，失孔子之意矣。"[4][页17]又说："《公羊》《穀梁》以为诸侯之事尽于《春秋》也，而事为之说，则过矣。"[4][页17] 苏辙明确指出，《春秋》虽为孔子所作，却并非信史，因《春秋》记事简约，故所记事件之本末、其中之曲折均难以尽晓，这就需要参照其他史料作为补充，方可对《春秋》所载事件有全面准确的把握。苏辙批驳了《公》《穀》将《春秋》奉为信史，不敢有丝毫怀疑的做法。他指出，这种做法实际是违背孔子为经之意的，也很可能会导致以讹传讹的后果。

在具体解经过程中，苏辙也基本以《左传》所述史实作为解经的主要依据。

我们将《春秋集解》与《春秋集传辨疑》作一对比，更能清楚地看到二者在这一点上的不同。

如《左传》注隐公四年"秋，翚帅师会宋公、陈侯、蔡人、卫人伐郑"，曰："秋，诸侯复伐郑，宋公使来乞师，公辞之，羽父请以师会之，公弗许，固请而行，故书曰翚帅师，疾之也。诸侯之师，败郑徒兵，取其禾而还。"《左传》在此对经文所载史实做了详细的交代：宋国请求鲁国出师讨伐郑国，但隐公拒绝了宋的请求。羽父请求隐公出师，但隐公未予许可，羽父反复请求而不得便擅自率师讨伐。左氏认为经书"翚帅师"表明对羽父的擅权行为有讥贬之意。但赵匡却对《左传》的说法提出了批驳。《春秋集传辨疑》曰："左氏曰：宋公使来乞师，公辞之，羽父固请以行，书曰'翚帅师'，疾之也。赵子曰春秋之初，公室犹强，若公实不许，臣何敢固请而行。盖左氏不知未命不书族之义，造此事端尔。"[11][页603] 赵匡认为，在春秋初年，公室的地位仍然十分巩固，倘若公有不许之意，臣是绝不敢擅自行为的。赵匡因此而判断《左传》有误。那么春秋初年，各国公室的统治是否一定稳固？各国大臣是否一定无专权的行为？这些问题显然都不能想当然而论，应该依据具体可靠的史实作客观的分析。赵氏此处不以史实为据，仅凭一己推断便将《左传》所述完全否定，显然过于臆断，也并非严谨的治学态度。

与赵氏不同，苏辙则认为《左传》所述较为可据，他采用了《左传》的说法，曰："二年，郑人伐卫。州吁将报之，以宋公子冯之在郑也，使告于宋，帅陈、蔡而伐之。宋公使来乞师，公不义州吁而辞焉。公子翚请以师会之，公弗许，固请而行。故不称公子。"[4][页21]苏辙在《左传》所叙史实的基础上，交代了这场战争的始末，并补充了大量的史实，体现了他注重史实的解经取向。

又如，隐公八年经曰："郑伯使宛来归祊。"此段经文记载了郑伯以泰山之祊易鲁国许田的史实。许田本是周成王赐予周公的朝宿之邑，鲁因立周公之庙于许而祀之。周宣王封其弟于郑，是为郑桓公。为郑伯助祭泰山之便，乃以祊赐之为助祭之汤沐邑。春秋时期，天子已不再祭祀泰山，因祊近鲁，许近郑，故郑庄公欲以祊易许。又恐鲁不愿废周公之祀，于是郑庄公请求免除对泰山的祭祀而祭祀周公，用泰山旁边的祊地交换鲁国在许地的土田。三月，郑庄公派遣宛来送回祊地，表示不再祭祀泰山了。在鲁同意之后，郑于三月派宛来归祊。《左传》注曰："郑伯请释泰山之祀而祀周公，以泰山之祊易许田。三月，郑伯使宛来归祊，不祀泰山。"[13][页58]《左传》在此简要地交代了经文所载史实的原委。啖氏《春秋集传辨疑》却对《左传》所述提出了质疑，曰："左氏曰：郑伯请释泰山之祀而祀周公。啖子曰：郑人请祀周公已不近人情矣。泰山非郑封内，本不当祀，又何释乎？"[11][页604]啖氏认为，郑人请求祭祀周公已是不合情理的事情了。而泰山并不在郑国封地范围，本不应由郑庄公来祭祀，又怎么会出现郑庄公解除祭祀一说呢？啖氏因此判断《左传》的说法是错误的。当然，啖氏提出的"郑人请祀周公不近人情""泰山非郑封内""本不当祀"这几点都是从常理的角度来讲的。但问题是，郑国的这一系列违礼之举都真实地发生了，而这也才是当时礼崩乐坏的真实反映，《左传》只是按照史实记录而已。在此不难看到，啖氏的解释有些臆断的成分，对基本史实并非完全尊重。

苏辙则认为《左传》的说法与史实相符,并在注释中完全采用了《左传》的材料。《春秋集解》曰:"祊者,天子巡守,郑人助祭太山之邑也。郑伯曷为以其邑与鲁?将以易许田也。许田者,鲁朝宿于成周之邑也。周衰,天子不巡守,诸侯不朝,祊近鲁,许田近郑,是以易之。"[4][页23]苏辙此处不仅采用了《左传》的说法,甚至补充了更多的史实,对事件的原委做了清楚的交代。

再如《左传》注桓公十年"冬十有二月丙午,齐侯、卫侯、郑伯来战于郎",曰:"冬,齐、卫、郑来战于郎,我有辞也。初北戎病齐,诸侯救之,郑公子忽有功焉。齐人饩诸侯,使鲁次之,鲁以周班后郑,郑人怒,请师于齐,齐人以卫师助之。故不称侵伐。先书齐卫,王爵也。"[13][页23]《左传》在此对齐国、卫国、郑国联军前来与鲁军作战于郎地的原因做了详细的交代。赵匡《春秋集传辨疑》却对《左传》之说提出了异议,曰:"左氏曰:来战于郎,我有辞。初北戎病齐,诸侯救之,齐人致饩,鲁以周班后郑,郑人怒。赵子曰:据左氏鲁以周班后郑,既是正礼,郑虽小恨,岂至兴师?即合当年构祸,岂有经五年之后,方合诸侯报此小怨乎?夫五年之后,诸侯仇党亦已改矣,怨望之心亦已衰矣。理在目前,不足疑也,但为无过故异耳。左氏遂引往前小隙附会之故,但存其我有辞一句而已。"[11][页614]赵匡认为鲁国按照周室封爵的次序把郑国排在后面乃是合于礼制的行为。即使郑由此而生小恨,也不至于兴师问罪。再者,郑人即使当年有很大的积怨,过了五年之后,也该有所化解,哪有在五年之后又兴师问罪的道理?赵匡的这段议论完全出于主观臆想,并无任何可靠依据。他对《左传》的质疑自然也就难以让人信服。

苏辙则认为《左传》之说较为可据,《春秋集解》曰:"六年,北戎伐齐,郑太子忽救齐,大败戎师。于是诸侯之大夫戍齐。齐人饩之。使鲁为之班,鲁以周班而后郑。郑忽以其有功也。怒,故以齐、卫来战于郎。"[4][页29]苏辙在注释中完全采用了《左传》的说法。

啖氏等建立的"舍传求经"的治经之法在一定程度上纠正了前儒"牵经以就传"的治学弊端,但啖氏等疑传不以史实为据以及对《左传》史料价值的否定,又带来了逞意说经的弊端。苏辙重申《左传》的史料价值,强调解经应以史为据,可以纠正啖氏等形成的逞意说经的治经风气,对北宋《春秋》学的发展起到了积极的作用。

第五章

苏辙与朱熹《春秋》学思想异同比较

据《春秋集解引》所云,苏辙撰《春秋集解》的首要目的在于纠正孙复等"舍传求经"的治经之弊。继苏辙之后,在《春秋》学上颇有建树的尚有胡安国、吕祖谦等人,但从《春秋》学的总体治学取向来看,他们仍然偏重于《春秋》大义的阐发,并不注重史实的考证,其解经内容也多存臆断之弊。可见苏辙之后,宋儒在治经方法上仍延续了孙复"舍传求经"的路径,直到南宋朱熹时代,《春秋》学逞意说经的弊端仍未得到根本改善。可见,朱熹所面临的《春秋》学发展状况与苏辙时代的状况在本质上是有相似之处的。朱熹为宋代理学的集大成者,他遍注群经,也必然会触及宋代《春秋》学存在的弊端。因此从学术源流上来看,朱熹的《春秋》学思想与苏辙的《春秋》学思想必定存在相通之处。当然,作为宋代不同的学术流派,朱熹与苏辙在《春秋》学上也必定会存在诸多不同之处。笔者以为有必要对二者的《春秋》学思想进行一番对比考察,可以进一步窥见苏辙《春秋》学思想的新特点及其对后世《春秋》学的影响。

第一节 苏辙与朱熹《春秋》学思想的相同之处

一、认为《春秋》是"史",反对臆断之弊

苏辙认为《春秋》在本质上是一部记史之书。他指出:"予以为左丘明,鲁史也,孔子本所据依以作《春秋》,故事必以丘明为本。"[4][页13] 苏辙指出,左丘明是鲁国的史官,而孔子修《春秋》所依据的正是鲁国的史书。那么要对《春秋》所载史作全面了解,就应以传史性质的《左传》

作为根本依据。苏辙进而批判了《公》《穀》在解《春秋》上存在的臆断之弊,他说:"故凡《春秋》之事当从史。左氏史也,《公羊》《穀梁》皆意之也。盖孔子之作《春秋》,事亦略矣,非以为史也,有待乎史而后足也。以意传《春秋》而不信史,失孔子之意矣。"[4][页18]苏辙指出,《公羊》与《穀梁》在解经上不以史实为据,多臆测之说,这是对孔子之意的歪曲。他重申《春秋》虽为记史之书,但文字简约,故应参以《左传》详加考订。

苏辙这一思想被朱熹所接受。对比苏辙与朱熹的《春秋》学思想,我们不难看出,二人对《春秋》记史性质的认识是一致的。朱熹曰:

> 问:"《春秋》当如何看?"曰:"只如看史样看。"曰:"程子所谓'以传考经之事迹,以经别传之真伪',如何?"曰:"便是亦有不可考处。"曰:"其间不知是圣人果有褒贬否?"曰:"也见不得。""如许世子止尝药之类如何?"曰:"圣人亦因国史所载而立之耳。圣人光明正大,不应以一二字加褒贬于人。若如此屑屑求之,恐非圣人之本意。"[68][页2148]

朱熹认为,《春秋》经文内容多是孔子依据鲁国的史书裁削而成,故在本质上应被视为一部史书。那么《春秋》既是据史成书,所谓一字褒贬之说便不应是孔子之本意。朱熹对这种一字求褒贬的解经之法是完全持否定态度的。在与门人弟子的对答中,朱熹不止一次地对这种做法进行批驳。他说:"《春秋》所书,如某人为某事,本据鲁史旧文笔削而成。今人看《春秋》,必要谓某字讥某人。如此,则是孔子专任私意,妄为褒贬!孔子但据直书而善恶自著。今若必要如此推说,须是得鲁史旧文,参校笔削异同,然后为可见,而亦岂复可得也?"[68][页2146]又说:"《春秋》是当时实事,孔子书在册子上。后世诸儒学未至,而各以己意猜传,正横渠所谓'非理明义精而治之,故其说多凿',是也。"[68][页2175—2176]朱熹认为,孔子修《春秋》乃据史直书,但所载事件本身既寓褒贬之意,故其中的微言大义并非其有意为之。朱熹曰:"此是圣人据鲁史以书其事,使人自观之以为鉴戒尔。其事则齐威晋文有足称,其义则诛乱臣贼子。若欲推求一字之间,以为圣人褒善贬恶专在于是,窃恐不是圣人之意。如书即位者,是鲁君行即位之礼;继故不书即位者,是不行即位之礼。若威公之书即位,则是威公自正其即位之礼耳。其他崩、薨、卒、葬,亦无意义。"[68][页2145]朱熹指出,后人以为孔子修《春秋》,必定字字褒贬时事,且于解经之时刻意求之，这是极为不可取的做法。朱熹对《春秋》记史性质的肯定以及对后儒穿凿经义的批驳，与苏辙的观点是完全一致的。我们还可以看到，朱熹对苏辙以史解经的做法也不乏赞赏之词，朱熹曰："世间人解经，多是杜撰。且如《春秋》只据赴告而书之，孔子只因旧史而作《春秋》，非有许多曲折。且如书郑忽与突事，才书'忽'，又书'郑忽'，又书'郑伯突'，胡文定便要说突有君国之德，须要因'郑伯'两字上求他是处，似此皆是杜撰。"又曰："苏子由解《春秋》，谓其从赴告，此说亦是。即书'郑伯突'，又书'郑世子忽'，据史文而书耳。定哀之时，圣人亲见，据实而书。隐威之世，时既远，史册亦有简略处，夫子亦但据史册而写出耳。"[68][页2146—2147] 朱熹在此肯定了苏辙《春秋集解》所谓的《春秋》记事从赴告的说法，认为胡文定此处以一字褒贬解经则有杜撰之嫌。此外，在对"日月之例"的看法上，朱熹也与苏辙完全一致。朱熹曰："或有解《春秋》者，专以日月为褒贬，书时月则以为贬，书日则以为褒，穿凿得全无义理！"[68][页2146] 朱熹指出，前儒专在《春秋》"日月"书法上求褒贬之义的做法完全是穿凿之举。苏辙对此也持相同的观点，他说："盟必有日月，而不日，失之也。《春秋》以事系日，以日系月，以月系时，以时系年。事成于日者日，成于月者月，成于时者时，不然皆失之也。"[4][页16] 苏辙认为，《春秋》书"日月"纯属是对史料的实录。史料有记载，则《春秋》录之；无记载，则《春秋》略之，并无褒贬之义。

苏辙和朱熹对《春秋》记史性质的强调与宋代《春秋》学的治学风尚有着直接的关系。自唐代啖氏等开创了"舍传求经"的治经之法后，儒者解《春秋》已出现不重史实的倾向。到了宋代，义理之学兴起，儒者治经更注重于微言大义的阐发，对《春秋》的记史性质却很少顾及，这也导致了宋代《春秋》学的臆说之风十分盛行。苏辙与朱熹二人对《春秋》记史性质的重申从根本上纠正了《春秋》学逞意说经的治学弊端。

二、对《左传》史料价值的肯定

苏辙与朱熹对《春秋》记史性质的肯定，也决定了二人对《左传》的史料价值有一致的认识。

苏辙曰："杜预有言：'丘明受经于仲尼，身为国史，躬览载籍。其文缓，其旨远，将令学者原始要终，寻其枝叶，究其所穷。优而柔之，使自求之；餍而饫之，使自趋之。若江海之浸，膏泽之润，涣然冰释，怡然理顺。'斯言得之。"[4][页13]苏辙认为《左传》的史料价值是他传不可比拟的，故对杜预肯定《左传》的态度十分推崇。这一思想也被朱熹所接受。

朱熹曰："《春秋》之书，且据《左氏》。当时天下大乱，圣人且据实而书之，其是非得失，付诸后世公论。盖有言外之意。若必于一字一辞之间求褒贬所在，窃恐不然。"[68][页2149]朱熹明确指出，《左传》记史详备，是《春秋》经义的必要补充。他说："看《春秋》，且须看得一部《左传》首尾意思通贯，方能略见圣人笔削，与当时事之大意。"[68][页2148]朱熹认为要透彻地理解《春秋》，并能做到对其中微言大义进行较为客观的分析，就必须对《左传》所载史实有全面的把握。唯其如此，方能洞见孔子的笔削之意。朱熹指出："《三传》唯《左氏》近之。或云左氏是楚左史倚相之后，故载楚史较详。"[68][页2147]在朱熹看来，三传之中，《左传》与《春秋》经义最为接近。他认为，《左传》记史详备的原因很可能是由于其作者为楚左史倚相之后人，故楚国史实的记载尤为详细。左传的作者既为史官，那么其史料价值更是毋庸置疑，朱熹曰："左氏所传春秋事，恐八九分是。公穀专解经，事则多出揣度。"[68][页2151]又曰："以《三传》言之，《左氏》是史学。"[68][页2151-2152]朱熹对《左传》史料价值的肯定与苏辙的观点是完全一致的。

三、对三传价值的肯定

苏辙与朱熹虽十分推举《左传》的史料价值，但二人也同样不主张尽弃《公》《穀》二传。在对三传的态度上，二人均采取了择善而从的方法。

朱熹曰："孔子作《春秋》，当时亦须与门人讲说，所以公、穀、左氏得一个源流，只是渐渐讹舛。当初若是全无传授，如何凿空撰得？"[68][页2152]朱熹在此肯定了三传的同源关系，认为三传均出于孔子之口，只是在后世的传承中有所偏失，但朱熹认为三传也绝非完全是后人的杜撰。《朱子语类》载：

> 问："公、穀《传》大概皆同？"曰："所以林黄中说，只是一人，只是看他文字疑若非一手者。"或曰："疑当时皆有所传授，其后门人弟子始笔之于书尔。"曰："想得皆是齐鲁间儒，其所著之书，恐有

所传授，但皆杂以己意，所以多差舛。其有合道理者，疑是圣人之旧。"[68][页2153]

朱熹在此肯定了《公》《穀》的同源关系，认为二传所存的合理之处便是对圣人之说的传承。朱熹进而从"经"与"史"的角度对三传进行了分类。朱熹曰："以《三传》言之，《左氏》是史学，《公》《穀》是经学。史学者记得事却详，于道理上便差；经学者于义理上有功，然记事多误。"[68][页2152]朱熹认为，《左氏》在本质上是史学，因而详于记事，短于说理；《公》《穀》是经学，故长于说理而短于讲史。可见在朱熹看来，三传在解经上是相与为用的关系，不可偏废。他说：

《春秋》难理会。《公》《穀》甚不好，然又有甚好处。如序隐公逊国，宣公逊其侄处，甚好。何休注甚谬。

…………

《公羊》说得宏大，如"君子大居正"之类。《穀梁》虽精细，但有些邹搜狭窄。[68][页2153]

朱熹认为《左》《公》《穀》三传均是解经的重要材料，不可轻易弃之。这些看法显然都是受苏辙的影响。后儒一般多认为苏辙对《公》《穀》完全采取了弃而不用的做法。实际上，苏辙对《公》《穀》二传并未尽弃，而是采取了兼采众家的治学态度。苏辙在论及前儒《春秋》学成果时曰："至于孔子之所以予夺，则丘明容不尽，故当参以公、穀、啖、赵诸人。然昔之儒者各信其学，是而非人，是以多窒而不通。"[4][页13]可见，苏辙对前儒专守一家的治学方法是持否定态度的。在这一点上，朱熹对苏辙的评价却较为客观，他说：

问："今欲看《春秋》，且将胡文定说为正，如何？"曰："便是他亦有太过处。苏子由教人只读《左传》，只是他《春秋》亦自分晓。且如'公与夫人如齐'，必竟是理会甚事，自可见。又如季氏逐昭公，毕竟因甚如此？今理会得一个义理后，将他事来处置，合于义理者为是，不合于义理者为非。亦有唤做是而未尽善者，亦有谓之不是而彼善于此者。且如读《史记》，便见得秦之所以亡，汉之所以兴；及至后来刘项事，又知刘之所以得，项之所以失，不难判断。只是《春秋》却精细，也都不说破，教后人自将义理去折衷。"[68][页2152]

朱熹指出，苏辙解经虽然十分强调《左传》的史料价值，但并未尽弃

《公》《穀》所传之理。朱熹对苏辙评价是较为客观的。二人在对待三传的态度上，也存在极大的相似之处。

第二节 苏辙与朱熹《春秋》学思想的不同之处

一、对《春秋》大义的不同认识

在《春秋集解》中，似乎很难找到苏辙直接论述《春秋》宏纲大旨的文句。苏辙在对哀公十四年"春，西狩获麟"的注释中曰："故孔子作《春秋》，推王法以绳不义。"[4][页147]此说略可视为苏辙对《春秋》宏纲大旨的认识。但在《春秋集解》中，苏辙也并未围绕这一观点来阐发《春秋》的义理。这似乎显示出，苏辙并不愿将《春秋》的大义固定为某种特定的义理，而是更倾向于依据历史的具体状况来探讨事件的特定意义。苏辙的这种治学取向与后来朱熹的观点是有所不同的。

《朱子语类·春秋》中，朱熹明确指出《春秋》大旨在于："正谊不谋利，明道不计功；尊王，贱伯；内诸夏，外夷狄，此《春秋》之大旨，不可不知也。"[68][页2173]"正谊不谋利，明道不计功"是汉代董仲舒提出的观点，其中之"谊"通"义"，朱熹引用此语是说，孔子修《春秋》的目的不在于阐发个人的功利观，而在于宣扬儒家的道义观。由此可见，朱熹是将儒家的"道"与"义"同"功"与"利"完全对立起来了。朱熹曰："《春秋》本是明道正谊之书，今人只较齐、晋伯业优劣，反成谋利，大义都晦了。今人做义，且做得齐威晋文优劣论。"[68][页2173]朱熹认为，儒者若以"功利"评说《春秋》，就必定使儒家之道义晦而不彰。故他批判道："《春秋》之作不为晋国伯业之盛衰，此篇大意失之，亦近岁言《春秋》者之通病也。"[68][页2173]在朱熹看来，宋代治《春秋》的一大弊端就是以"齐晋伯业"为说，这种崇"霸"弃"王"的思想，其实是一种功利主义思想，与儒家思想是背道而驰的。朱熹指出："今之治《春秋》者，都只将许多权谋变诈为说，气象局促，不识圣人之意，不论王道之得失，而言伯业之盛衰，失其旨远矣！"[68][页2173—2174]朱熹认为权变功利之说是对《春秋》大义的歪曲，也是《春秋》学发展的歧途。又曰："今之做《春秋》义，都是一般巧说，专是计较利害，将圣人之经做一个权谋机变之书。如此，不是圣经，却成一个百将传。"[68][页2173—2174]同样表明了朱熹对"权变"思想的否定。

在这一点上，苏辙却与朱熹有很大的不同。苏辙并不赞成以固定不变的义理去评判《春秋》中纷繁芜杂的历史事件，而是主张采取历史的变易观去看待具体的事例，故而权变思想成为苏辙《春秋集解》的一个重要特点。但朱熹则将《春秋》大义视为永恒法则，无论历史有着怎样的发展变化，事件存在的意义和价值必须以"大义"作为评定的依据。可见，苏辙与朱熹在治《春秋》的方法论上是有很大不同的。

二、对《左传》的不同认识

苏辙与朱熹对《左传》史料价值均是持肯定态度的。但我们知道，《左传》却又并非纯粹的史书，它在说史过程中，夹杂着大量的议论，同样体现了作者的义理观。朱熹对《左传》所表现出的义理观却极为不满，他曾多次向其门人弟子痛陈其弊。朱熹曰："左氏之病，是以成败论是非，而不本于义理之正。尝谓左氏是个滑头熟事、趋炎附势之人。"[68][页2149]又曰："左氏有一个大病，是他好以成败论人，遇他做得来好时，便说他好；做得来不好时，便说他不是；却都不折之以理之是非，这是他大病。"[68][页2160]朱熹认为《左传》中充满了以成败论是非的观点，这其实是一种审时度势的权变功利思想。在朱熹看来，权变功利思想与《春秋》大义是完全背道而驰。朱熹曰："左氏是一个审利害之几，善避就底人，所以其书有贬死节等事。其间议论有极不是处；如周郑交质之类，是何议论！其曰：'宋宣公可谓知人矣，立穆公，其子飨之，命以义夫！'只知有利害，不知有义理。此段不如《穀梁》说'君子大居正'，却是儒者议论。……吕伯恭爱教人看《左传》，某谓不如教人看《论》《孟》。伯恭云，恐人去外面走。某谓，看《论》《孟》未走得三步，看《左传》底已走十百步了！人若读得《左传》熟，直是会趋利避害。然世间利害，如何被人趋避了！君子只看道理合如何，可则行，不可则止，祸福自有天命。且如一个善择利害底人，一有事，自谓择得十分利处了，毕竟也须带二三分害来，自没奈何。仲舒云：'仁人正其谊不谋其利，明其道不计其功。'一部《左传》无此一句。若人人择利害后，到得临难死节底事，更有谁做？其间有为国杀身底人，只是枉死了，始得！"[68][页2149—2150]朱熹认为左氏是一个人格卑微的势利小人。他指出《春秋》大义在于"正其谊不谋其利，明其道不计其功"，也即孔子修《春秋》的目的是在于弘扬儒家的道义立场。功利权变观与道义观是截然对立的,凡以权变思想来待人处事,也就不可能再坚守道义观。朱熹在此将权变功利思的权变思想尤为推崇。这表现在他在解经过程中对《左传》的这一思想有大量的借鉴。如《春秋》宣公二年曰:"秋九月乙丑,晋赵盾弑其君夷皋。"《左传》注曰:

> 乙丑,赵穿杀灵公于桃园,宣子未出山而复。大史书曰:"赵盾弑其君",以示于朝。宣子曰:"不然。"对曰:"子为正卿,亡不越竟,反不讨贼,非子而谁?"宣子曰:"呜呼!《诗》曰:'我之怀矣,自诒伊戚。'其我之谓矣。"孔子曰:"董狐,古之良史也,书法不隐。赵宣子,古之良大夫也,为法受恶。惜也,越竟乃免。"[13][页663]

《左传》首先对整个事件的原委做了详细的交代:赵盾乃忠良臣,因晋君无道,屡次进谏而几乎招来杀身之祸。赵盾逃奔,但未越境。后赵穿弑君,赵盾返朝。因未讨贼,史官董狐便书"赵盾弑其君"以示于朝。董狐乃古之良史,却以"弑君"之罪加之于晋之忠臣赵盾。这究竟是董狐的过错还是赵盾的过错呢?《左传》引孔子之语表达了他的观点,认为赵盾如若直接逃奔出境,便与弑君之事毫不相涉,董狐也无由责之,赵盾自然可以保住自己的清名。《左传》此处所引孔子之语是否属实,现已不可考证,但毋庸置疑的是,左氏对"越竟乃免"的看法是十分赞成的。当然,左氏所谓的"越竟乃免"对赵盾来说不失为保住自己清名的上策,但左氏之说确也是完全从个人利益出发的权宜之计,并非是以国家社稷为重的忠臣之道。这集中反映了左氏的权变思想。

苏辙对《左传》的这一思想采取了继承的态度。《春秋集解》注曰:

> 晋史书曰:"赵盾弑其君。"盾曰:"不然。"史曰:"子为正卿,亡不越境,反不讨贼,非子而谁?"盾曰:"于乎!'我之怀矣,自诒伊戚',其我之谓矣!"孔子闻之曰:"惜也!越境则免。"或曰:"弑君,大恶也,不越境,微过也。盾不弑君,而以不越境加之弑君之名,可乎?"曰:"亡而越境,则盾诚亡也。"[4][页88]

苏辙认为赵盾逃亡不越境,返国不讨贼,则难免有串通逆臣的嫌疑,那么董狐所书并不为过。但赵盾如若逃往他国,则与弑君之事无关,也可保全清名。可见,苏辙同样认为《左传》引用孔子所谓的"越境乃免"不失为一种良策。朱熹却对《左传》的这一看法提出了批驳,他说:

左氏见识甚卑，如言赵盾弑君之时，却云："孔子闻之，曰：'惜哉！越境乃免。'"如此，则专是回避占便宜者得计，圣人岂有是意！圣人"作《春秋》而乱臣贼子惧"，岂反为之解免耶！[68][页2150—2151]

朱熹指出左氏所谓的"越境乃免"不过是托孔子之口道出了他自己的想法而已。朱熹认为"越境乃免"其实是一种保全私利的权宜之计，并非忠良之道。圣人作《春秋》旨在惩戒乱臣贼子，如若《春秋》对这种抛家弃国的做法也持褒扬态度，那么乱臣贼子又如何能得到惩戒呢？

苏辙与朱熹对《左传》的不同看法，体现了二人在史学立场上的不同。苏辙认为历史是发展变化的，历史的评判标准也不是一成不变的，故他肯定权变思想。朱熹虽也不否认历史的发展变化，但却强调道德评判标准是永恒不变的。换言之，朱熹认为天地间有一恒常不变的"理"存在，一切历史事件，均应以这个"理"作为评判的根本标准，因此他反对权变的思想。朱熹的观点集中体现了他作为理学家的立场。

结　语

北宋初年,《春秋》学得到一定的发展,孙复、胡瑗、刘敞等人在《春秋》学上已有相当的造诣。但宋儒治《春秋》往往注重儒家义理思想的阐发,对于《春秋》记史的特征却很少重视,这也导致了北宋逞意说经之风渐为流行。苏辙对北宋《春秋》学做了深刻的反思,他撰著的《春秋集解》是对前儒的《春秋》学思想的重大改革。

在治经方法上,前儒多采取"专守一家、力诋他说"的做法,这种治经之法也极易产生歪曲经文本义、以讹传讹的弊端。苏辙提出"择善而从、取舍由经"的治经之法,在解经中对前儒的《春秋》学成果采取了较为开放的态度,纠正了"牵经就传"的弊端。

"经""史"问题是《春秋》学上的重大议题,对《春秋》"经""史"性质的判定决定着《春秋》学发展的方向。前儒各执一端的做法容易导致《春秋》学在"经""史"阐发上的偏废。苏辙继承其父苏洵"经""史"用相资的观点,在解经中采取了梳理史实与阐发义理相结合的阐释思路,不仅是对杜预将《春秋》等同于"史"而摒弃义理的做法的纠正,也是对孙复等将《春秋》等同于"经"而不重史实做法的批判。

宋代初年,义理之学渐趋兴盛,《春秋》学出现重于义理、疏于史实的取向,甚至出现逞意说经的弊端。苏辙治经十分强调以史为据的治学取向,重申《左传》的史料价值,对革除宋代《春秋》学的弊端起到了积极的作用,并对后世《春秋》学的发展产生了深刻的影响。

下 编
苏辙的《诗经》学

第一章

苏辙的《诗经》学著作考述

第一节 苏辙佚文《诗说》考辨

《诗说》与苏辙佚文《春秋说》的情况十分相似。苏辙的《栾城集》《栾城后集》《栾城三集》《栾城应诏集》，以及刘尚荣先生的《苏辙佚著辑考》（陈宏田、高秀芳校点本后附）与曾枣庄、马德富点校本所附的《栾城集拾遗》均未收录此文。但明代茅坤《唐宋八大家文钞》中《颖滨文钞》却录入此文，北京大学图书馆明刻本《三苏先生文粹》卷四十四亦收此篇。那么，《诗说》是否与《春秋说》相同，也是苏辙的一篇佚文呢？下面我们来对此进行一番考察。现将《唐宋八大家文钞》中的《诗说》[①]全文录于下：

《诗说》

《诗序》非诗人所作，亦非一人作之。盖自国史明变，太师达雅，其所作之义，必相授于作诗之时。况圣人删定之后，凡在孔门居七十子之列，类能言之；而邹鲁之士、缙绅先生多能明之。

汉兴，得遗文于战国之余，诸儒相与传授、讲说，而作为之序，其义必有所授之也。于是训诂、传注起焉，相与祖述，而为之说，使后之学者释经之旨而不得，即以序为证。殊不知序之作，亦未为得诗之旨，此不可不辨。

[①] 茅坤：《唐宋八大家文钞》卷一百六十四，载《景印文渊阁四库全书》第1384册，台湾商务印书馆1986年版，第927页。

夫鲁之有"颂",词过于实。《閟宫》之诗有曰:"居常与许,复周公之宇。"以《春秋》考之,许即鲁朝宿之邑也。自桓元年,郑伯以璧假许田,至僖公时,许已非鲁所有。常地无所经见,而先儒以为常即鲁薛地,若难考据。而《诗》称"居常与许",为能"复周公之宇",何也?盖此诗之作,自"俾尔昌而炽,俾尔寿而臧"已下,至"天锡公纯嘏,眉寿保鲁。居常与许,复周公之宇",皆国人祝之之辞,望其君之能如此也。序诗者徒得其言,而未得其意,乃为之言曰:"颂僖公能复周公之宇。"以为僖公果复常、许,若未可信也。

《鱼藻》言:"鱼在在藻,有颁其首。王在在镐,岂乐饮酒。鱼在在藻,有莘其尾。王在在镐,饮酒乐岂。鱼在在藻,依于其蒲。王在在镐,有那其居。"言鱼何在?在藻尔,或颁首,或莘尾,或依蒲,自以为得所也。然特在藻、在蒲而已,焉足恃以为得所?犹之幽王,何在?在镐尔,或岂乐而后饮酒,或饮酒而后乐岂,若无事而那居,自以为乐者,然徒在镐,饮酒湛于耽乐,而不恤危亡之至,亦焉足恃以为至乐?此诗人所刺也。序诗者徒见诗每以鱼言物之多,故于此亦曰"万物失其性";以镐为武王所都,故于此曰"思武王",恐非诗之旨也。

《清庙》之序曰:"周公既成洛邑,朝诸侯,率以祀文王。"昔武王崩,成王幼,周公位冢宰,正百官而已,未尝居摄也。汉儒惑于荀卿与夫《礼记》之说,遂以谓周公实居摄。然荀卿之言好妄,而《礼》所记杂出于二戴之论,于此附会其说曰:"周公既成洛邑,朝诸侯,率以祀文王。"然则"成洛邑"者,周公也;至于"朝诸侯,率以祀文王",使周公为之,不几于僭乎?

《将仲子》之序曰:"小不忍以至大乱。"以《春秋左传》考之,祭仲之谏庄公以"不如早为之所",庄公曰:"多行不义,必自毙。子姑待之。"又曰:"无庸,将自及。"又曰:"不义,不暱。厚将崩。"终至于伐诸鄢。庄公之志,不早为之所,而待其自毙,盖欲养成其恶,而终害之故也。故《春秋》讥之,而左氏谓之"郑志",以郑伯之志在于杀也。《将仲子》之刺,亦恶乎养成其恶而终害之。序诗者曰"小不忍以致大乱",盖不知此。观庄公誓母姜氏于城颍,则庄公之用心岂小不忍者乎?

《召旻》所刺,刺幽王大坏也。始曰"旻天疾威",而卒章曰"昔先王受命,有如召公,日辟国百里",思召公之辟国,特其一事耳。而序诗者遂以旻为闵,"天下无如召公之臣",焉足以尽一诗之义?

《淇澳》所美,美武公之德也。武公之德,如诗所赋,无施不可。序诗者徒见诗言曰"有匪君子",即称其"有文章";武公所以为君子,非止文章而已。见诗言曰"如切如磋,如琢如磨",即称其"又能听其规谏";武公所以切磋、琢磨,非止听规谏而已。是言也,又似非能文者所为。

即此观之,诗之序非汉诸儒相与论撰者欤!不然,何其误诗人之旨尚如此。至如《载驰》《抑》诗称作诗者谥,《丝衣》引高子及灵星以证其说,若此之类,序非诗人作明矣。如《江有汜》言"美媵也,勤而无怨,嫡能悔过也",辞意并足矣;又曰:"文王之时,江汜之间,有嫡不以其媵备数。媵遇劳而无怨,嫡能自悔也。"如《式微》言"黎侯寓于卫,其臣劝以归",而《旄丘》曰"责卫伯",因前篇以见意足矣。又曰"狄人迫逐黎侯,黎侯寓于卫。卫不能修方伯连率之职"云云,何其辞意重复如此。

若此之类,序非一人作明矣。或者谓如《江有汜》之为美媵、《赉》之为锡予、《那》之祀成汤、《商武》之祀高宗,疑非后人所能知而序之者。曰:不然。自诗作已来,必相授于作之之时,况圣人删定之后乎?

该文集中探讨了关于《诗序》作者的问题。传统认为《诗序》为孔子弟子子夏所作。[①]北宋时期,也有《诗序》为诗人自制的说法。[②]该文则针对这两种说法进行了辩驳,指出《诗序》虽授于孔子,但经由汉儒转相祖述、随文发挥之后,已非原貌,故今之《诗序》非成于一人之手。这一观点与苏辙《诗集传》[③]对《诗序》作者的看法是颇为一致的。《诗集传》曰:

---

① 王肃《家语七十二弟子解注》云:"子夏所序诗意,今之《毛诗序》是也。"王肃之说为后人广为接受。见《影宋蜀本孔子家语》(附札记)卷九,台湾中华书局1985年版。

② 《郡斋读书志》卷第二云:"王介甫独谓诗人自制。"见晁公武撰《郡斋读书志校证》,孙猛校证,上海古籍出版社1990年版,第61页。

③ 本文所引苏辙《诗集传》文句均出自曾枣庄、舒大刚点校的《三苏全书》。该书《诗集传》部分以万历二十五年毕氏刊《两苏经解》本为底本,以淳熙七年刊本(简称淳熙本)、万历三十九年重刻本(简称重刻本)、《四库全书》本以及阮元刻《十三经注疏·毛诗正义》等为校本,是目前最为完善的《诗集传》点校本。

"是以其言时有反覆烦重,类非一人之词者,凡此皆毛氏之学而卫宏之所集录也。"[41][页266]《诗集传》认为,《诗序》用语非出于一人之手,应是汉儒毛氏与卫宏集录。《诗集传》也对传统以《诗序》为子夏所作的说法予以批驳,苏辙曰:"世传以为出于子夏,予窃疑之。子夏尝言《诗》于仲尼,仲尼称之,故后世之为《诗》者附之。要之,岂必子夏为之?其亦出于孔子,或弟子之知《诗》者欤?然其诚出于孔氏也,则不若是详矣。"[41][页266]可以看到,《诗集传》与《诗说》对《诗序》作者所持的看法是完全相同的。

如若我们将上文对《诗序》例文的具体分析与《诗集传》的论述加以对比,两文的一致性则更为明显。下面,我们列表进行分析。

	《诗说》	《诗集传》(苏辙)	相似之处
《将仲子》	以《春秋左传》考之,祭仲之谏庄公以"不如早为之所",庄公曰:"多行不义,必自毙。子姑待之。"又曰:"无庸,将自及。"又曰:"不义,不暱,厚将崩。"终至于伐诸鄢。庄公之志,不早为之所,而待其自毙,盖欲养成其恶,而终害之故也。故《春秋》讥之,而左氏谓之"郑志",以郑伯之志在于杀也。《将仲子》之刺,亦恶乎养成其恶而终害之。序诗者曰"小不忍以致大乱",盖不知此。观庄公誓母姜氏于城颖,则庄公之用心岂小不忍者乎?	由是观之,庄公非畏父母之言者也,欲必致叔于死耳。夫叔之未袭郑也,有罪而未至于死,是以谏而不听。谏而不听,非爱之也,未得所以杀也。未得所以杀之而不禁,而且畏我父母,君子知其不诚也,故因其言而记之。夫因其言而记之者,以示得其情也。然毛氏不知其说,其叙此诗以为"不胜其母以害其弟,弟叔失道而公弗禁,祭仲谏而公弗听,小不忍以致大乱",庄公岂不忍者哉?[41][页324]	两文均以史实为据,指出庄公并非畏母之言而终致害其弟。也非小不忍而致大乱,而是蓄意谋害其弟,因此,《诗序》所云与史实不合,其意甚谬。
《式微》	如《式微》言"黎侯寓于卫,其臣劝以归",而《旄丘》曰"责卫伯",因前篇以见意足矣。又曰"狄人迫逐黎侯,黎侯寓于卫,卫不能修方伯连率之职"云云,何其辞意重复如此。	孔子之叙《诗》也,自为一书,故《式微》《旄丘》之叙相因之辞也。而毛氏之叙《旄丘》,则又曰:"狄人迫逐黎侯,黎侯寓于卫,卫不能修方伯连率之职,黎之臣子以责于卫。"其言与前相复,非一人之辞明矣。[41][页293]	两文均认为《旄丘》与《式微》两处之序有重复之义,均推断《诗序》非成于一人之手。

此外,《诗说》对《閟宫》序义的批驳也与苏辙《诗集传》所云完全一致。《閟宫》之序曰:"颂僖公能复周公之宇也。"《诗序》认为该诗是一首颂扬鲁僖公使许地失而复得,立下恢复疆土之功的诗。《诗说》做了完全不

同的解释,《诗说》曰:"以《春秋》考之,许即鲁朝宿之邑也。自桓元年,郑伯以璧假许田,至僖公时,许已非鲁所有。尝地无所经见,而先儒以为尝即鲁薛地,若难考据。而《诗》称'居尝与许',为能'复周公之宇',何也?盖此诗之作,自'俾尔昌而炽,俾尔寿而臧'已下,至'天锡公纯嘏,眉寿保鲁。居尝与许,复周公之宇',皆国人祝之之辞,望其君之能如此也。"《诗说》指出,按《春秋》所云,桓公元年,郑伯已用璧与鲁国交换了许田,此后许田便不再属于鲁国。僖公之时,许田早已不归鲁国所有,僖公也并未使许地失而复得。可见,诗中所云的"居常与许,复周公之宇"只是国人的祝愿之辞而已,并非真有其事。《诗说》进而批驳了《诗序》的说法,曰:"序诗者徒得其言,而未得其意,乃为之言曰:'颂僖公能复周公之宇',以为僖公果复尝、许,若未可信也。"《诗说》指出,《诗序》以"居尝与许,复周公之宇"便认为此诗是颂鲁僖公能复周公之宇之诗,其实是与历史的真实相违背的。《诗集传》中,苏辙同样对《閟宫》之序的说法予以了批驳。苏辙曰:"夫此诗所谓'居尝与许,复周公之宇'者,人之所以愿之,而其实则未能也,而遂以为颂其能复周公之宇,是以知三诗之序皆后世之所增。"[41][页567]苏辙同样指出,"居尝与许,复周公之宇"反映了国人的愿望,许地并非失而复得。苏辙进而提出了《诗序》并非孔子原意,应是后人附益的观点。不难推断,《诗说》与《诗集传》的观点完全一致。

在对《鱼藻》诗句的训释上,《诗说》与《诗集传》之说也颇为相似。《诗集传》注"鱼在在藻,有颁其首。王在在镐,岂乐饮酒。鱼在在藻,有莘其尾。王在在镐,饮酒乐岂。鱼在在藻,依于其蒲。王在在镐,有那其居",曰:"鱼何在?亦在藻耳。其所依者至薄也,然其首颁然而大,自以为安,不知人得而取之也。今王亦在镐耳,寡恩无助,天下将有图之者,而饮酒自乐,恬于危亡之祸,亦如是鱼也。"[41][页467]苏辙认为该诗是说鱼依附于藻上,自以为安然无恙,却不知即将成为他人囊中之物。这正如王居于镐,仍耽于酒乐,却不知国家社稷危机四伏。苏辙进而批驳了《诗序》续申句所谓"言万物失其性,王居镐京,将不能以自乐,故君子思古之武王焉"的说法,指出毛氏因为诗中言"镐"便以为此诗是在表达思念武王之情,又因诗言鱼在藻,便判断鱼的处境安然无恙,其实与诗意并不相符。

《诗说》则对"鱼在藻"做了这样的解释:"言鱼何在?在藻尔,或颁首,或莘尾,或依蒲,自以为得所也。然特在藻、在蒲而已,焉足恃以为得所?"《诗说》认为鱼虽在藻,并自以为得,但藻、蒲均不足为依。此意与《诗集传》之意完全一致。对于"王在在镐,乐岂饮酒",《诗说》又做了如下解释:"犹之幽王,何在?在镐尔,或岂乐而后饮酒,或饮酒而后乐岂,若无事而耶居,自以为乐者,然徒在镐,饮酒湛于耽乐,而不恤危亡之至,亦焉足恃以为至乐?"《诗说》指出王虽在镐,自以为居得其所,社稷无忧,湛于耽乐,其实国家已离覆亡不远矣。此说也与《诗集传》之义极为相似。此外,《诗说》也批驳了《诗序》续申句以为诗句言"镐"便判断此诗为思武王之诗的错误说法,与《诗集传》之义也如出一辙。由此可以推断,《诗说》应是苏辙的一篇佚文。

第二节 《诗集传》的成书过程

据苏籀《栾城先生遗言》记载:"公解《诗》时,年未二十,初出《鱼藻》《兔罝》等说,曾祖编礼以为先儒所未喻。"[28][页1841]可见,苏辙着手于《诗》学研究之时尚不足二十岁。又据《栾城先生遗言》"年二十,作《诗传》",[28][页1840]可知苏辙在二十岁时便已开始正式著述《诗集传》。

其实,苏辙撰述《诗集传》的时间与《春秋集解》大略相同,主要集中于元丰年间(1078—1085)。苏辙在《颍滨遗老传上》中自叙道:"居二年,子瞻以诗得罪,辙从坐,谪监筠州盐酒税。五年不得调。平生好读《诗》《春秋》,病先儒多失其旨,欲更为之传。……功未及究,移知歙绩溪,始至而奉神宗遗制。"[28][页1283—1284]苏辙谪居高安时期为元丰二年。这一时期,苏辙将全部精力集中于撰著《诗集传》与《春秋集解》之上。元丰四年,《诗集传》初成。《苏辙年谱》载:"元丰四年频与兄轼简。时了却《诗传》,又成《春秋集解》。"孔凡礼注曰:"《苏轼文集》卷五十二《与王定国》第十简:'子由在高安,不住得书。'简作于本年之秋。同上第十一简:'子由亦了却《诗传》、又成《春秋集解》。闲知之,为一笑耳。'作于第十简同时。……'此所成者乃初稿,以后尚不断完善,见本谱以后叙事。'"[54][页236]据孔凡礼推断,《诗集传》应在元丰四年已成初稿。

此后,苏辙对《诗集传》的增删修改从未间断。绍圣初年,苏辙再遭贬谪。谪居期间,苏辙乃整饬旧文,详加删改。《苏辙年谱》曰:"绍圣四年兄轼论辙作《诗传》《春秋传》《古史》三书，以为皆古人所未至；论辙解《老子》差若不及。"[54][页562]绍圣四年（1097），苏辙以《诗集传》示其兄轼，轼颇为赞赏。据《年表本传》载："及归颍昌，时方诏天下焚灭元祐学术，辙敕诸子录所为《诗》《春秋传》《古史》，子瞻《易》《书传》《论语说》以待后之君子。"[28][页1815]据《年表》所载，苏辙还归颍昌应在崇宁三年（1104），[28][页1811]苏辙于此年对《诗集传》做了全面整理。但苏辙并未就此搁笔。据孔凡礼《苏辙年谱》补录《再题老子道德经后》①所载："予昔南迁海康，与子瞻兄邂逅于藤州，相从十余日，语及平生旧学，子瞻谓予：'子所作《诗传》《春秋传》《古史》三书，皆古人所未至，惟解《老子》，差若不及。'予至海康，闲居无事，凡所为书，多所更定。……然予自居颍川十年之间，于此四书复多所删改，以为圣人之言，非一读所能了，故每有所得，不敢以前说为定，今日以益老，自以为足矣，欲复质之子瞻而不可得，言及于此，涕泗而已。十二月十一日，子由再题。"[54][页651—652]政和二年（1112）为苏辙卒年，可见苏辙在去世之前，从未停止过对《诗集传》的修改。

综上可知，苏辙《诗集传》自初创至修订完稿，历时达五十年之久。

---

① 此题乃本谱撰者所加。

第二章

苏辙治《诗》的文化背景

第一节 唐中后期《诗经》学的发展

自唐代孔颖达等修撰的《五经正义》颁行于天下，经学遂得到统一。《毛诗正义》又名《毛诗注疏》，为《五经正义》之一，由三部分组成。第一部分为其主体，由《毛诗故训传》（简称《毛传》）、《毛诗传笺》（简称《郑笺》）加上孔颖达的疏文构成，《毛传》《郑笺》被称为"注"，孔颖达等所作的"正义"被称为"疏"，合称《毛诗正义》。"孔疏"全部保留《毛传》《郑笺》的注文，也基本采取了"疏不破注"的解诗原则，故《毛诗正义》与《毛传》《郑笺》所建立的"《诗经》汉学"的解诗体系有着一脉相承的关系。此外，《毛诗正义》还汇集了汉魏时期学者对《诗经》的各种解释以及两晋、南北朝学者研究《诗经》的成果。《毛诗正义》的第二部分是陆德明的《毛诗释文》。第三部分是以颜师古考定的《五经定本》的文字为定本。由此可见，《毛诗正义》实现了说解、音训、文字三者的统一，是"《诗经》汉学"的集大成之作。《毛诗正义》的颁行对唐朝文化的统一起到了重要的作用，但同时也对学术的发展形成了一定的桎梏，这也是终唐一代《诗经》学不兴的根源所在。

中唐时期，儒学的复兴运动提上日程，文坛领袖韩愈便是促使儒学由汉学向宋学转化的先驱。韩愈不仅在文学上颇具建树，在经学上也不乏革新精神。《升菴集》载韩愈驳子夏作《诗序》之语曰："子夏不序《诗》有三焉：知不及，一也；暴扬中冓之私，《春秋》所不道，二也；诸侯犹世，不敢以云，三也。汉之学者欲显其传，因籍之子夏。"[39][页296]韩愈认为

《诗序》应是汉儒托子夏之名而作，非成于子夏之手，并列举了三条理由作为说明。韩愈对《诗序》作者的质疑是对传统《诗经》学的重大挑战。

继韩愈之后，在《诗经》学史上颇有建树的人物是唐中后期的成伯玙。《毛诗指说》代表了他在《诗经》学方面的最高成就。《毛诗指说》凡四篇，四库馆臣云："一曰兴述。明先王陈诗观风之旨，孔子删诗正雅之由。二曰解说。先释诗义，而'风'、'雅'、'颂'次之，周又次之，诂传序又次之，篇章又次之，后妃又次之，终之以《鹊巢》《驺虞》，大略即举《周南》一篇櫽括、论列、引申以及其余。三曰传受。备详《齐》《鲁》《毛》《韩》四家授受世次及后儒训释源流。四曰文体。凡三百篇中，句法之长短、篇章之多寡、措辞之异同、用字之体例，皆胪举而详之，颇似刘氏《文心雕龙》之体，盖说经之余论也。"[31][页169] 成伯玙的《毛诗指说》对传统《诗经》学做了较大改造，如在解诗上，成伯玙并不完全遵从毛亨、郑玄之说，往往以己意求之，这也直接开启了宋代求《诗》之本义的解经取向。当然，成伯玙最具影响的观点还是他关于《诗序》作者的创见。成伯玙曰："今学者以为大〔小〕序皆是子夏所作，未能无惑。① 如《关雎》之序，首尾相结，冠束二南，故昭明太子亦云《大序》是子夏全制，编入文选。其余众篇之《小序》，子夏唯裁初句耳，至'也'字而止。《葛覃》后妃之本也，《鸿雁》美宣王也，如此之类是也。其下皆是大毛自以诗中之意而系其辞也。后人见序下有注，又云东海卫宏所作，事虽两存，未为允当。……毛公作传之日，汉兴，已亡其六篇，但据亡篇之小序，惟有一句，毛既不见诗体，无由得措其辞也。"[31][页174] 成伯玙在此提出了《大序》与《小序》首句为子夏作，其下由毛公申足其辞的说法。这是对传统认为《诗序》成于子夏一人之手说法的重大改造。四库馆臣对成伯玙关于诗序的创见给予了充分的肯定："然定《诗序》首句为子夏所传，其下为毛苌所续，实伯玙此书发其端则决别疑，似于说诗，亦深有功矣。"[31][页169] 四库馆臣认为，成伯玙对《诗序》作者的看法直接开启了宋代的疑序、废序之风，对宋代《诗经》学革新运动产生了深刻的影响。

---

① 按上下文意来看，成伯玙认为《大序》与《小序》首句应为子夏所作，其后为毛公补益，那么原文此处如"今学者以为大序皆是子夏所作，未能无惑"与文意不符，推测此处应是脱文现象。故在此将之改为"今学者以为大〔小〕序皆子夏所作，未能无惑。"

第二节　宋初《诗经》学的变革思潮

北宋初年，新王朝的建立，需要建立与之相适应的思想文化体系。唐朝政权的瓦解也引起了士人对传统文化的反思，这也使得唐中后期兴起的疑辨精神在宋代得到了相当的发展。这种疑辨精神在文化领域里的集中表现便是宋儒掀起了普遍的疑经改经活动。欧阳修在《读书》诗中曰："篇章异句读，解诂及笺传。是非自相攻，去取在勇断。"[51][页354]苏轼评王安石曰："网罗六艺之遗文，断以己意；糠秕百家之陈迹，作新斯人。"① 程颐曰："学者要先会疑。"② 宋儒在疑辨风气的推动下，更相发明、自创新说，由疑传进而疑经，由谨守传注转为议古非圣。宋初，乐史、刘敞、欧阳修、李觏诸家的疑经辨伪思潮更是影响了整个宋代的治学风尚。庆历以后，疑经辨伪思潮已然成风。王应麟《困学纪闻》曰："自汉儒至于庆历间，谈经者守训故而不凿。《七经小传》出而稍尚新奇矣。至《三经义》行，视汉儒之学若土埂。"③ 清人皮锡瑞评王应麟之语曰："据王应麟说，是经学自汉至宋初未尝大变，至庆历始一大变也"。④ 北宋初年的经学革新运动也孕育了《诗经》学的划时代变革，宋人治《诗》更倾向于对旧有传统的质疑，《诗经》学走上了革新之路。

作为文坛巨擘的欧阳修（1007—1072），不仅是北宋诗文革新运动的先驱，也是经学革新运动的发起者与实践者。他的《诗经》学著作《诗本义》堪称北宋《诗经》学革新运动的奠基之作。《四库全书总目·〈诗本义〉提要》评曰："自唐以来，说《诗》者莫敢议毛郑，虽老师宿儒亦谨守《小序》。至宋而新义日增，旧说几废，推原所始，实发于修。"[31][页181]这充分肯定了欧阳修在北宋《诗经》学史上的地位。

《诗本义》是欧阳修《诗经》学思想的代表著作。欧阳修在《诗本

---

① 苏轼：《苏轼文集》，载《三苏全书》第十一册，语文出版社2001年版，第138页。
② 程颐、程颢：《二程集·河南程氏外书》卷十一，中华书局2004年版，第413页。
③ 皮锡瑞：《经学历史》，周予同注释，中华书局2004年版，第156页。
④ 同上。

义·诗解统序》中明确提出《诗本义》的主旨在于指正毛、郑传笺之失。欧公曰："五经之书，世人号为难通者，《易》与《春秋》。夫岂然乎？经皆圣人之言，固无难易，系人之所得有深浅。今考于诗，其难亦不让二经。然世人反不难而易之，用是通者亦罕。……毛、郑二学，其说炽辞辨，固已广博，然不合于经者，亦不为少。或失于疏略，或失于缪妄。……予欲志郑学之妄，益毛氏疏略而不至者，合之于经。"[40][页294—295] 欧公认为毛、郑之说疏漏之处不在少数，故《诗本义》的根本宗旨在于指正郑氏谬误、弥补毛氏疏漏，使传义与经义相符。"本义说解"是《诗本义》的主体部分。欧公在"本义说解"中列举《诗经》"一百十四篇"，均对毛、郑传笺之失做了详细的辨证。欧阳修《诗本义》这样集中地大范围地评议毛、郑之失，对北宋《诗经》学的发展无疑起到了极大的推动作用。

不仅如此，北宋首开删序之风的也是欧阳修。《诗本义》"一义解"部分录《诗序》首句的有《甘棠》《七月》《南山有台》《苤苢》《板》《召旻》《有客》《閟宫》八篇，占"一义解"二十篇的五分之二。其中，《板》篇小序原为"凡伯刺厉王也"，而欧阳修仅录"刺厉王也"四字，省去"凡伯"二字；《閟宫》序"颂僖公能复周公之宇也"十字，欧阳修删去"能复周公之宇"，只取"颂僖公也"四字。欧阳修在此已开创了仅存《诗序》首句与增减《诗序》首句文字的先例，对后世废序之风，尤其是对苏辙的《诗经》学思想产生了深刻的影响。其后，王安石、二程、苏辙、张载等继续推动北宋《诗经》学改革的进一步发展。朱熹曾对汉以来《诗经》学的发展史做了这样的总结：

> 《诗》自《齐》、《鲁》、《韩》氏之说不得传，而天下之学者尽宗毛氏。毛氏之学传者亦众，而王述之类今皆不存，则推衍说者又独郑氏之《笺》而已。唐初诸儒为作疏义，因讹踵陋，百千万言而不能有以出乎二氏之区域。至于本朝刘侍读、欧阳公、王丞相、苏黄门、河南程氏、横渠张氏，始用己意有所发明。虽其浅深得失有不能同，然自是之后，三百五篇之微词奥义乃可得而寻绎。①

朱熹对北宋《诗经》学在整个《诗经》学发展史上的地位做了充分的

---

① 朱熹：《晦庵先生朱文公文集》卷七十六，载《朱子全书》第二十四册，上海古籍出版社2002年版，第3655页。

肯定。他认为汉唐《诗经》学尽宗毛氏、以讹传讹，致使诗义本旨尽失；宋代治经者力诋毛、郑，以己意解诗，《诗经》之本旨才逐渐得到揭示。因此北宋是《诗经》学史上的一个重要革新时期。

北宋的疑古思潮与《诗经》学的变革运动对苏辙产生了深刻的影响，苏辙的《诗经》学著作《诗集传》正孕育于这个经学变革的特殊时期。苏辙曰："平生好读《诗》《春秋》，病先儒多失其旨，欲更为之传。"[28][页1283—1284] 可见，革先儒之失正是苏辙创作《诗集传》的根本动因。《诗集传》中，苏辙在前儒基础上对传统《诗经》学做了更进一步的改造，四库馆臣云："其说以《诗》之小序反复繁重，类非一人之词，疑为毛公之学，卫宏之所集录，因惟存发端一言，而以下余文悉从删汰。……厥后王得臣、程大昌、李樗皆以辙说为祖，良有由也。"① 四库馆臣概述了苏辙《诗集传》在《诗序》上所做的重大革新，并指出苏辙的删序、废序思想对王得臣、程大昌等人的《诗经》学思想产生的重大影响。对于苏辙的治学态度，四库馆臣也给了了充分的肯定，《四库全书总目提要》评曰："辙《自序》又曰：'独采其可见于今传，其尤不可者，皆明著其失'，则辙于毛氏之学亦不激不随，务持其平者。"② 四库馆臣认为苏辙在对待前儒《诗经》学成果上采取了较为客观的做法。苏辙对毛氏之说并不完全采取一概否定的方式，充分显示了他在学术上的理性。应该说，四库馆臣的评价是较为公允的。南宋朱熹是《诗经》学的集大成者，他虽对苏氏多有微词，但对苏辙的《诗集传》评价却甚高。朱熹曰："子由《诗解》好处多。"[68][页2090] 朱熹甚至在其《诗经》学著作《诗经集传》中对苏辙的解经原文也加以频繁征引，足见朱熹对苏辙《诗集传》的推崇态度。但苏辙《诗集传》的意义在后世却并未得到充分的阐扬，后世学者注重的往往是二苏的文学才华，对其经学思想则留意甚少。因此，全面详细地探讨苏辙的《诗经》学思想就显得十分必要。

---

① 永瑢等撰《四库全书总目》卷十五，中华书局1983年版，第121页。
② 同上。

第三章

苏辙《诗集传》的解诗特点

第一节 求诗本义

北宋初年，务去陈言、探求诗之本义是儒者治诗的共同取向。南宋楼钥曰：

> 由汉以至本朝，千余年间，号为通经者，不过经述毛、郑，莫详于孔颖达之疏，不敢以一语违忤。二家自不相侔者，皆曲为说以通之。韩文公，大儒也，其上书所引《菁菁者莪》，犹规规然守其说。惟欧阳公《本义》之作，始有以开百世之惑，曾不轻议二家之短长，而能指其不然以深持诗人之意。其后王文公、苏文定公、伊川程先生各著其说，更相发明，愈益昭著，其实自欧阳氏发之。[23][页563]

楼钥指出，欧阳修《诗本义》虽未力指毛、郑之失，但却在一定程度上使诗之本义得到揭示。在欧阳修的影响下，王安石、苏辙、程颐等人均废弃旧解，各创新说，使诗本义得到了进一步的阐扬。楼钥的评述揭示了宋初《诗经》学发展的基本走向。在北宋《诗经》学发展的这一背景之下，探求诗本义也成为苏辙解经的重要原则。苏辙《诗集传》对诗本义的探求具体表现在：批驳《序》义、改造传统"兴"法、简化传义等几个方面。

一、对《序》的批评

（一）提出《诗序》是毛公所作、卫宏集录的观点

今本《毛诗》各篇之首，有一简短的序文，主要用于阐释诗的主旨、功用或时代、作者等内容，这段文字一般被后人称作"小序"。《毛诗》的

第一篇《周南·关雎》的序文，除了对本篇主旨进行说明外，还有一大段总结整本《诗》的创作经验与表现方法的文字，一般被后人称作"大序"。至于《诗序》为何人所作，在宋代以前已是众说纷纭，莫衷一是。较具代表性的说法有以下几种：

1.《大序》为子夏所作，《小序》为子夏、毛公合作。

梁人沈重述郑玄《诗谱》云："《大序》是子夏作，《小序》是子夏、毛公合作，卜商意有不尽，毛更足成之。"①

2. 子夏所作。

王肃《家语七十二弟子解注》云："子夏所序诗义，今之《毛诗序》是也。"②

3. 卫宏所作。

范晔《后汉书·儒林列传》云："卫宏字敬仲，东海人也。……好古学。初，九江谢曼卿善《毛诗》，乃为其训。宏从曼卿受学，因作《毛诗序》，善得《风》《雅》之旨，于今传于世。"③

4. 子夏所创，毛公、卫宏又加润益。

《隋书·经籍志》云："后汉有九江谢曼卿善《毛诗》，又为之训，东海卫敬仲受学于曼卿。先儒相承，谓《毛诗序》子夏所创，毛公及卫敬仲又加润益。"④

在以上四种说法中，为学者广泛认可的是王肃的说法。梁代萧统《文选》与唐代孔颖达《毛诗正义》均主此说，二者对后世学者也产生了深刻的影响。尤其是唐代《五经正义》颁行天下之后，《毛诗正义》成为官方经学，《诗序》为子夏所创的说法更是深入人心。在北宋疑古思潮的影响下，苏辙对《诗序》为子夏所作的传统说法提出了大胆的批驳，他在《周南·关雎》篇的注文中指出：

> 孔子之叙《书》也，举其所为作《书》之故；其赞《易》也，发其可以推《易》之端，未尝详言之也。非不能详，以为详之则隘，是

---

① 徐文靖：《管城硕记》卷六，中华书局2006年版，第96页。
② 王肃注《家语七十二弟子解注》，见《影宋蜀本孔子家语》（附札记）卷九，台湾中华书局1985年版。
③ 范晔撰《后汉书》，中华书局1965年版，第2575页。
④ 魏徵等撰《隋书·经籍志》，中华书局1982年版，第918页。

以常举其略，以待学者自推之，故其言曰："仁者见之谓之仁，智者见之谓之智。"夫唯不详，故学者有以推而自得之。今《毛诗》之叙何其详之甚也？世传以为出于子夏，予窃疑之。子夏尝言《诗》于仲尼，仲尼称之，故后世之为《诗》者附之。要之，岂必子夏为之？其亦出于孔子，或弟子之知《诗》者欤？然其诚出于孔氏也，则不若是详矣。孔子删《诗》而取三百五篇，今其亡者六焉。《诗》之叙未尝详也。《诗》之亡者，经师不得见矣，虽欲详之而无由，其存者将以解之，故从而附益之以自信其说。是以其言时有反覆烦重，类非一人之词者，凡此皆毛氏之学而卫宏之所集录也。《东汉·儒林传》曰："卫宏从谢曼卿受学，作《毛诗叙》，善得《风》《雅》之旨，至今传于世。"《隋·经籍志》曰："先儒相承，谓《毛诗叙》子夏所创，毛公及卫敬仲又加润益。"古说本如此，故予存其一言而已，曰：是《诗》言是事也，而尽去其余，独采其可者见于今传，其尤不可者皆明著其失。以为此孔氏之旧也。[41][页266—267]

苏辙认为，从孔子解《书》《易》的行文风格来看，孔子的解经语言是极其简略而富概括性的，可见孔子并不主张对经义作过于详细的阐发。这是因为在孔子看来，太过详细的阐释很可能会使经义受到局限，并不利于后世学者对其作进一步的开掘与补充。苏辙指出，相较于孔子解《书》《易》的行文风格来看，《诗序》解诗显得过于详密，这种解诗之法应为孔子所不取。那么传统认为《诗序》成于子夏之手的说法是否可信呢？苏辙推断《诗序》也不是出于孔氏门下。苏辙认为子夏为孔门弟子，对《诗》学有颇高的造诣。《论语》对孔子与子夏进行的《诗》学探讨有一段记载："子夏问曰：'巧笑倩兮，美目盼兮，素以为绚兮，何谓也？'子曰：'绘事后素。'曰：'礼后乎？'子曰：'起予者商也！始可与言诗已矣。'"①可见子夏在《诗》学上的造诣是深得孔子赞赏的，那么《诗序》语言如此详密也应不为子夏所取。苏辙又从《诗序》语言"反覆烦重"上，指出《诗序》并非成于一人之手。那么，《诗序》应为何人所作？苏辙认为《隋书·经籍志》所云"先儒相承，谓《毛诗叙》子夏所创，毛公及卫敬仲又加润益"较为可据，并进一步得出《诗序》首句应为子夏所创，续申句为毛公及卫宏附益的结论。

---

① 刘宝楠撰《论语正义·八佾》，中华书局1990年版，第89页。

事实上，传统认为《诗序》为子夏所作的说法，给《诗经》研究带来了极大的弊端。子夏为孔门高足，其解诗思想必定深得孔子真传，故《诗序》也被后人奉为解诗圣经。东汉郑玄所著《毛诗传笺》（以下简称《郑笺》）与唐代孔颖达所著《毛诗正义》（以下面简称《正义》）均为汉、唐《诗经》学的集大成之作，然二者对《诗序》仍是亦步亦趋，不敢越雷池一步。但《诗序》是否就为不刊之论呢？事实并非如此，《诗序》与诗义多有不合，甚至与诗义相去甚远。如《木瓜》本是一首男女互相赠答的情诗，《诗序》却云："美齐桓公也。卫国有狄人之败，出处于漕，齐桓公救而封之，遗之车马器服焉。卫人思之，欲厚报之，而作是诗也。"[32][页289]《诗序》将之解为一首政治美刺诗，与诗本义完全不符。后人因尊奉《诗序》，逢及序义与诗义的不合之处，又往往采取曲解诗义的办法来附会《诗序》。如《郑笺》为融通序义与诗义，对《木瓜》首句"投我以木瓜，报我以琼琚。匪报也，永以为好也"做了这样的解释："我非敢以琼琚为报木瓜之惠，欲令齐长以为玩好，结己国之恩也。"[32][页290]不难看到，郑玄为将《木瓜》首句证成序义之说，又强加了许多附会之处。因此，《诗序》反成为后人认识诗本义的重大障碍。苏辙批驳了《诗序》为子夏所作的传统说法，并提出了《诗序》为毛公、卫宏附益而成的观点，彻底否定了《诗序》传圣人之意的权威论断，破除了世人对《诗序》的迷信思想，将《诗序》置于世人的重新审视之下，这也使得研究者对诗本义的探求成为必然之势。此外，苏辙对《诗序》传圣人之意的批驳还见于《诗说》，他说："汉兴，得遗文战国之余，诸儒相与传授、讲说，而作为之序，其义必有所授之也。于是训诂、传注起焉，相与祖述，而为之说，使后之学者绎经之旨而不得，即以序为证。殊不知序之作，亦未为得诗之旨，此不可不辨。"[1]苏辙认为，《诗序》虽出于孔子之手，但历经战乱秦火，到了汉代，圣人之言已残存甚少，更加之汉儒转相祖述、随文发挥，故今之《诗序》已非原貌，其义与诗旨也多有背离，不可尽从。

对《诗序》作者的质疑，并非始于苏辙，早在唐代已有先声。韩愈首先对《诗序》为子夏所作的说法表示了怀疑。成伯玙更是明确提出了《大

---

① 茅坤：《唐宋八大家文钞》卷一百六十四，载《景印文渊阁四库全书》第1384册，台湾商务印书馆1986年版，第927页。

序》为子夏所作，其下为毛公补益的说法。北宋欧阳修则在《诗本义》中贯穿了他的疑序、废序思想，他在《诗本义》的"本义说解"中论小序之失者屡见，如《螽斯》《麟趾》等达十一处之多。

苏辙在前贤基础上对《诗序》做了更为大胆的革新。在《诗集传》中，苏辙对解诗体例进行了重大改造，采取了仅存《诗序》首句，弃续申句不用的做法。苏辙曰："是《诗》言是事也，而尽去其余，独采其可者见于今传，其尤不可者皆明著其失。以为此孔氏之旧也。"[41][页266]苏辙认为《诗序》首句对整首《诗》的大旨做了交代，很可能是子夏所作，是我们解读诗义不可缺少的部分，因此将其一并录用。对于续申句，苏辙认为极有可能是毛公、卫宏所作的补充，因此在《诗集传》中不予录用，但却将这一部分放在了后面的注疏中，并对其错误做了详细的考辨，对于其中序义与诗义的不合之处，《诗集传》则予以彻底的批驳与摒弃。苏辙的这一做法极大地剥离了《诗序》对诗本义的遮蔽，使探求诗本义成为必然之势。可以说，苏辙对《诗序》续申句的废除已为后来朱熹完全摒弃《诗序》而直接探求诗本义做了最为充分的准备。

（二）以诗本义批驳序义

1."以序证诗"的解诗传统

《毛诗序》（以下简称《诗序》）是较早对《诗》进行系统阐释的传世文献。《诗序》与《诗》之间存在怎样的阐释关系呢？下面我们以具体诗篇对此进行一番考察。

《邶风·雄雉》

雄雉于飞，泄泄其羽。我之怀矣，自诒伊阻！
雄雉于飞，下上其音。展矣君子，实劳我心！
瞻彼日月，悠悠我思！道之云远，曷云能来？
百尔君子，不知德行。不忮不求，何用不臧？[32][页160—162]

从《雄雉》的诗本义来看，此诗应是一首思妇诗，反复述说的是对久役在外的丈夫的思念之情。但是《小序》首句云："刺卫宣公也。"显然并不是在对诗本义进行解释，而是就《诗》所起到的"观政治"作用而言的。"刺卫宣公"是指观此诗可以看到卫宣公时期的政事状况。又因卫宣公失政而致使男女多旷怨之情，故此诗可以起到讽刺卫宣公的作用。《小序》续申句云:"淫乱不恤国事,军旅数起,大夫久役,男女怨旷,国人患之而作是诗。"[32][页159]续申句对卫宣公如何失政以及导致了怎样的后果做了详细的交代,犹如将主题与背景串联起来的解说词,将首句之意与历史背景结合起来。续申句指出由于卫宣公的失政而引起了男女旷怨之情,这当然是就《诗》产生的社会背景而言的,实际是在说明"风"诗出现的历史原因。因此,《小序》首句与续申句均是在说明《诗》的政教意义,并未对诗本义进行阐释。

《邶风·静女》

> 静女其姝,俟我于城隅。爱而不见,搔首踟蹰。
> 静女其娈,贻我彤管。彤管有炜,说怿女美。
> 自牧归荑,洵美且异,匪女之为美,美人之贻。[32][页204—207]

从诗本义而言,此诗叙述了男女两情相悦、互相赠物的事情。《小序》首句云"刺时也",是指这是一首批评时政的诗。续申句云"卫君无道,夫人无德",[32][页204]则将对时政的批评落实到了具体的史实之上。此处《诗序》也未对诗本义进行阐释。

《卫风·木瓜》

> 投我以木瓜,报之以琼琚。匪报也,永以为好也。
> 投我以木桃,报之以琼瑶。匪报也,永以为好也。
> 投我以木李,报之以琼玖。匪报也,永以为好也。[32][页290—291]

此诗之义是说对方赠我以木瓜之物,我则以美玉回赠于他,不是为了报答相赠之情,而是为了永结连理。可见此诗应是一首男女互相赠答的情诗。《小序》首句云"美齐桓公也",认为此诗是一首赞美齐桓公的诗。续申句云:"卫国有狄人之败,出处于漕,齐桓公救而封之,遗之车马器服焉。卫人思之,欲厚报之,而作是诗也。"[32][页289]续申句则结合具体史实对此诗赞美齐桓公的原因做了分析,并指出这首诗的创作动因是卫人感念齐桓公的救亡之恩,希望报答桓公的恩德,故而写下这首诗来表达他们的感激之情。相较于《雄雉》《静女》两篇,续申句对首句做了更加详细的补充,其中的"卫人思之,欲厚报之,而作是诗"甚至对诗本义直接作解,认为"投我以木瓜,报之以琼琚"的意思是说卫人希望报答桓公的恩德。

可见续申句已将首句之义视为是对诗本义的解释，这显然是与诗本义相违背的。

结合上文对《小序》首句的分析，我们可以看出首句是就《诗》所具有的政教意义而言的，续申句则是对首句之义进行补充说明。但其补充说明的重点却又集中在将指义宽泛的首句之义落实为具体的史实，续申句甚至直接将首句之义视为对诗本义的阐释，如续申句认为《木瓜》的《小序》首句就揭示了诗人在诗中所表达的情感。当然，在今天看来，续申句将《小序》首句之义直接视为对诗本义的阐释，并用诗义来附会首句之义的解诗方法是完全错误的。但续申句的这种解诗法却直接影响到后人对《诗》的理解。《毛传》《郑笺》正是对《小序》续申句解诗方式的继承与发展。如对《静女》的解释，《诗序》曰："刺时也。卫君无道，夫人无德。"《毛传》对《诗序》做了这样的补充："以君及夫人无道德，故陈静女遗我以彤管之法德，如是可以易之为人君之配。"[32][页204]通过对比，可以看出《诗序》首句、续申句、《毛传》之间的递进关系是十分明显的，首句所谓"刺时"指义较为宽泛，并未确指。续申句则将首句之义与史实结合起来，认为"刺时"即是指刺卫君与其夫人的无德，使序义得到进一步的落实。《毛传》则将《诗序》与诗文本结合起来阐释，既采用序义"卫君无道，夫人无德"的说法，又采用诗中"静女其娈，贻我彤管"的本义，其间附会之处昭然若揭。

《郑笺》在以诗义附会序义的解诗方式上完全继承了《毛传》的做法，为使诗义与序义符合，《郑笺》对诗义又进行了更多的曲解。如《郑笺》解《静女》之诗云："女德贞静，然后可畜；美色，然后可安。又能服从，待礼而动，自防如城隅，故可爱之。""志往谓踟蹰，行正谓爱之而不往见。"[32][页204－205]唐孔颖达《毛诗正义》在《郑笺》宗毛的基础上，对诗义又做出了更多的附会与曲解。如对《静女》前二句的解释，《正义》云："言有贞静之女，其美色姝然，又能服从君子，待礼而动，自防如城隅然，高而不可踰。有德如是，故我爱之，欲为人君之配。心既爱之，而不得见，故搔其首而踟蹰然。"[32][页205]为使诗义与序义融通，《正义》甚至将《诗》中每一句解释都落实到序义上来。如《正义》云："言静女，女德贞静也。俟我于城隅，是有法度也。女德如是，乃可悦爱，故下云'爱而不见'是也。姝、娈皆连静女，静既为德，故姝为美色也。"[32][页205]

通过上面的分析我们可以看到,《诗》的《大序》与《小序》首句主要是就《诗》所具有的教化意义而言的,而《小序》续申句则是将首句之义落实为具体的史实,并表现出将史实与诗本义相结合的倾向。《毛传》则又在《小序》续申句的基础上将首句之义与史实结合得更为紧密,并将序义逐渐落实为诗本义。《郑笺》沿袭此路,对诗意多作附会,而到了《正义》,更是将序义落实到每一句诗义之上。

通过以上对汉唐《诗经》学发展主脉的梳理,我们可以清楚地看到,《诗序》建立的《诗经》学解释体系是如何一步步地得到巩固与发展的。与此同时,我们也可以清楚地看到诗本义是如何在这种解释的重重翳障中被遮蔽以至于失落的。直至宋代,宋儒才开始对《诗序》展开广泛的批判,《诗序》建立起的《诗经》学解诗体系始遭到巨大的摇撼,而宋儒的反序、废序运动,也正是一个努力回复诗本文、重现诗本义的运动。

2. 苏辙对《诗序》的批驳

《小序》续申句建立了以史实甚至以诗本义附会序义的解诗方式,加之后人奉《诗序》为解诗圣经,因此可以说,《小序》续申句便已开了"以序说诗"的祸端。苏辙对这一弊端的认识是极为深刻的。在苏辙看来,"以序证诗"的解诗之法正是传统《诗经》学在方法论上所犯的根本错误。那么,又应如何来革除传统《诗经》学的弊端呢?苏辙认为,儒者解诗必须从《诗序》的樊笼中解脱出来,立足于诗文本探求诗本义。对于如何认识《诗序》与诗义之间的关系,苏辙认为《诗序》首句之义与诗义多相吻合,应为孔子所传,可作为解读诗义的重要辅助,而续申之句多为毛公、卫宏之所补益,非孔子原意,也与诗本义多有不合,故不可作为解诗之凭据。基于这样的认识,苏辙一反传统的"以序证诗"的解诗之法,在《诗集传》中采取了仅存首句,尽弃续申句的体例,强调从诗文本出发来探求诗之本义,并以诗本义考辨《诗序》之正误,以此来决定对于《诗序》的取舍。苏辙的这一解经方法极大地瓦解了《诗序》开创的《诗经》学解释体系,从根本上纠正了传统"以序说诗"的本末倒置的解诗方法,确立了诗文本在研究中的主体地位,使解诗的重点重新回归到求诗本义之上。

下面,我们对《诗集传》中的以诗本义驳《序》的文段作具体的分析,以此考察苏辙求诗本义的解诗原则。

《召南·羔羊》

羔羊之皮，素丝五紽。退食自公，委蛇委蛇。
羔羊之革，素丝五緎。委蛇委蛇，自公退食。
羔羊之缝，素丝五总。委蛇委蛇，退食自公。[32][页99—103]

《诗序》曰："《鹊巢》之功致也。召南之国，化文王之政，在位皆节俭正直，德如羔羊也。"[32][页98]《诗序》首句认为此诗是《鹊巢》之德化行所致。续申句认为此诗是说，文王之德化行召南之国，其在位之卿大夫均能做到居身节俭、为人正直，其德犹如羔羊。

苏辙则批驳了《诗序》续申句的说法。《诗集传》曰："《毛诗》之叙曰：'召南之国化文王之政，在位皆节俭正直，德如羔羊。'夫君子之爱其人，则乐道其车服，是以诗言'羔羊之皮'而已，非言其德也，言其德则过矣。"[41][页277]苏辙注"羔羊之皮，素丝五紽"曰："古者大夫羔裘以居，素丝以英裘。紽，组丝，以饰缝也，皆妇人所为置功也。"苏辙认为"羔羊之皮，素丝五紽"是指大夫的车服。诗人何以反复言及"羔羊之皮"呢？苏辙指出这是因为君子敬重卿大夫，故对其车服也心生喜爱之情。他进而批驳了《诗序》续申句的将君子之德比作"羔羊之德"的说法，认为全诗并未提及"羔羊之德"，《诗序》所言与诗本义无关。

至于《诗序》首句，苏辙在注释诗句"羔羊之皮，素丝五紽。退食自公，委蛇委蛇"中论证了它的合理之处。《诗集传》曰："言召南之大夫服其羔裘，自公而退食于私家，无所不自得也。夫君子能治其外，而内无良妻妾以和其室家，虽欲委蛇，而不可得也，此所以为《鹊巢》之功致也。"[41][页278]苏辙指出，大夫服羔裘之衣而退居于室家，感到悠闲自得。大夫能有如此的心境，是由于夫人的贤德而致，这正是《鹊巢》之诗风化天下的原因。故首句与诗旨是可以对应的。

《邶风·雄雉》

雄雉于飞，泄泄其羽。我之怀矣，自诒伊阻！
雄雉于飞，下上其音。展矣君子，实劳我心！
瞻彼日月，悠悠我思！道之云远，曷云能来？
百尔君子，不知德行。不忮不求，何用不臧？[32][页160—162]

《诗序》曰:"刺卫宣公也。淫乱不恤国事,军旅数起,大夫久役,男女怨旷,国人患之而作是诗。"[32][页159]《诗序》首句认为此诗是刺卫宣公之诗,续申句则补充说明了此诗创作的原因是由于卫宣公淫乱,不顾及国家政事,致使国家征战频繁。大夫常年出征在外,男女不得团聚,故多怨词。

《诗集传》批驳了《诗序》续申句的说法,曰:"《毛诗》之叙曰:'宣公淫乱,不恤国事,军旅数起,大夫久役,男女怨旷。'夫此诗言宣公好用兵,如雄雉之勇于斗,故曰'不忮不求,何用不臧'。以为军旅数起,大夫久役是矣,以为并刺其淫乱、怨旷,则此诗之所不言也。"[41][页289]苏辙认为,就诗本义而言,"雄雉于飞"是以雄雉勇而好斗来比喻卫宣公好用兵,故诗句有刺卫宣公"不恤国事,军旅数起"之义,但诗中并无一处提及卫宣公的淫乱之事,可见《诗序》所谓刺宣公淫乱之义与诗本义并不相符。

《周南·麟之趾》

> 麟之趾,振振公子,于嗟麟兮!
> 麟之定,振振公姓,于嗟麟兮!
> 麟之角,振振公族,于嗟麟兮!

《诗序》曰:"关雎之应也。关雎之化行,则天下无犯非礼,虽衰世之公子,皆信厚如麟趾之时也。"[32][页71]《毛传》对《诗序》之意做了说明:"《关雎》之时,以麟为应,后世虽衰,犹存《关雎》之化者,君之宗族犹尚振振然,有似麟应之时,无以过也。"据《毛传》所云,续申句所谓"麟趾之时"应指《关雎》化行于天下的太平盛世。而《麟之趾》所言之公子却已处于衰世之时,但由于受到《关雎》之教的影响,仍然具有信厚的美德,犹如身处太平盛世一般。那么,《诗序》首句所谓"关雎之应"则是说在《关雎》之德的教化之下,周南之公子具有信厚之美德。

苏辙对整首诗的诗旨做了完全不同于《诗序》的解释,曰:"麟,仁兽也,其于仁也非有意为之,其资之也天矣。《关雎》之时,人君与其后妃皆贤,故其生子无不贤者。夫公子之贤非其身则为之,父母之所以资之者远矣,是以信厚振振而不自知,犹麟之于仁也。"[41][页273]苏辙认为麟是一种仁兽,它的"仁"是先天既有的资质,不是得自于后天的修养。在《关雎》之诗化行天下之时,人君与后妃皆有贤德,而其子也无有不贤之人。可见,其子之所以为贤,是因为继承了父母之资质,因此其子的这种贤德亦非后天教化而成，此与麟得先天之仁厚是有一致性的。苏辙进而对《诗序》之意做了辩驳，曰："《毛诗》之叙曰：'《关雎》之化行，则天下无犯非礼，虽衰世之公子，皆信厚如《麟趾》之时。'夫《关雎》之化行，则公子信厚，公子之信厚如麟之仁，此所谓应矣，未尝言其时也。舍麟之德而言其时，过矣。"[41][页273]苏辙指出，公子之信厚与麟之仁均得之于礼教之兴隆、后妃之淳德，并非后天修养而成，故两者有对应关系，这正是所谓"应"的含义，可见，《诗序》首句所谓"关雎之应也"与诗本义相合。但苏辙指出，诗篇反复咏叹了"麟之趾"，并未言及"麟之时"，续申句以"麟之时"释诗义，则与诗义相去甚远。

从上面两例，我们可以看到，苏辙解诗往往立足于诗本义的阐发，他对《诗序》采取的态度，也是以诗本义来考察它的正误，决定它的取舍，这充分体现出苏辙求诗本义的解诗原则。

《卫风·竹竿》

籊籊竹竿，以钓于淇。岂不尔思？远莫致之。
泉源在左，淇水在右。女子有行，远兄弟父母。
淇水在右，泉源在左。巧笑之瑳，佩玉之傩。
淇水滺滺，桧楫松舟。驾言出游，以写我忧。

《诗序》曰："卫女思归也。适异国而不见答，思而能以礼者也。"[32][页277]《诗序》首句认为这是一首抒写卫女思念故土的诗篇。续申句对卫女思归的原因做了说明，指出卫女因嫁往他国，遭到丈夫冷落，而产生思归之情，但尚能以礼节之。

苏辙则认为《诗序》续申句之说有误。《诗集传》曰："此诗叙与《泉水》叙同，皆父母终不得归宁者也。毛氏不知泉源、淇水、桧楫、松舟之喻，以为此夫妇不相能之辞，故叙此诗为适异国而不见答，思而能以礼者，失之矣。"[41][页312]苏辙指出，这首诗与《泉水》之诗的旨意相同，均是写女子嫁于他国，父母终，却不能返国的诗篇。苏辙指出诗中"泉源、淇水、桧楫、松舟"并不是比喻夫妇不能和睦共处之义，而是比喻父母离世却不得归宁之义。他在《诗集传》中分别对"泉源、淇水、桧楫、松舟"的寓意做了重新的解释，如对"淇水"寓意的解释："淇近则卫近矣，非不欲归也，不可得归，盖亦父母终而不得归宁者也。"[41][页312]苏辙认为淇水是比喻故土虽近却不得归宁之意。对"桧楫、松舟"则做了如下的解释:"二木之相为舟楫也,不自从其类而从非其类,物则固有然者。何独女子也?所以深自解也。"[41][页313]同样认为二者之意是比喻女子嫁于他国,不得回归故土之意。可见全诗并无"夫妇不相能"之意。苏辙在此从诗本义出发批驳了续申句的说法。

《诗集传》中,苏辙以诗本义对序义进行了大量的批驳,除上举四例外,还有十八例,包括《周南·鹊巢》《邶风·简兮》《郑风·将仲子》《郑风·山有扶苏》《郑风·蘀兮》《郑风·野有蔓草》《齐风·东方之日》《齐风·东方未明》《魏风·十亩之间》《小雅·庭燎》《小雅·雨无正》《小雅·裳裳者华》《小雅·鱼藻》《大雅·荡》《大雅·召旻》《周颂·丝衣》《周颂·酌》《鲁颂·閟宫》。在这些篇章的注释中,苏辙从诗本义出发对《诗序》做了大量的辨析。总的来说,苏辙是对《诗序》首句持肯定态度,而对续申句持批判态度的。但苏辙也并未将《诗序》首句视为不刊之论,对于其中与诗本义的不合之处,苏辙也同样予以批驳。

如《诗序》注《秦风·终南》曰:"戒襄公也。能取周地,始为诸侯,受显服,大夫美之,故作是诗以戒劝之。"[32][页497]《诗序》首句认为这是一首劝诫襄公的诗。续申句对劝诫襄公的原因做了解释,指出襄公建立卓越功勋,有狐裘、佩玉加身,因以劝诫之,令其修德无倦,劝弃务立功业。苏辙则认为这是一首赞美襄公的诗。《诗集传》曰:"此诗美襄公耳,未见所以为戒者,岂以寿考不忘为戒之欤?"[41][页361]苏辙指出诗篇并无劝诫襄公之义,并从诗本义出发对序义进行了批驳。苏辙注《终南》"君子至止,锦衣狐裘。颜如渥丹,其君也哉",曰:"襄公既为诸侯,受服于周,其人尊而悦之,故曰:'终南则有草木以自衣被而成其深,君子则有服章以自严饰而成其尊。'"[41][页361]苏辙认为诗句是说襄公位列诸侯,身着天子赏赐的锦衣狐裘,其颜色容貌如厚渍之丹,有人君之德貌。又《诗集传》注"佩玉将将,寿考不忘"条,云:"君子之佩玉,非以为容好而已,将使寿考而不忘礼也。"[41][页361]苏辙指出诗句是说襄公注重衣服礼秩,不忘寿考之礼。可见,从全诗之意来看,此诗应是赞美襄公的诗。苏辙从诗本义出发批驳了《诗序》所谓的"劝诫襄公"之义。

又如《诗序》注《陈风·墓门》曰:"刺陈佗也。陈佗无良师傅,以至于不义,恶加于万民焉。"[32][页524]《诗序》认为这是一首刺陈佗的诗,是说陈佗因无德行高尚的师长教导,最终做出危害百姓的事情。

《诗集传》在注"墓门有棘,斧以斯之。夫也不良,国人知之。知而不已,谁昔然矣"条中批驳了《诗序》的说法。苏辙曰:"陈佗,陈文公之子而桓公之弟也。桓公疾病,佗杀其太子免而代之。桓公之世,陈人知佗之不臣矣,而桓公不去,以及于乱,是以国人追咎桓公,以为桓公之智不能及其后,故以《墓门》刺焉。夫墓门而生棘,亦以斧析之则已,不然吾恐女死而棘盛,以害女墓也。斯,析也。夫,陈佗也。佗之不良,国人莫不知之者,知而不之去,昔者谁为此乎?盖归咎桓公也。然毛氏不知《墓门》之为桓公,而以为陈佗,故以斧、鸮皆为佗之师傅,其序此诗亦曰:'佗无良师傅,以至于不义,恶加于万民。'失之矣。"[41][页368]苏辙认为,从诗本义来看,此诗是说,桓公无能,未能于在位之时除去其弟陈佗,致使陈佗为乱于国。可见此诗是一首刺桓公的诗。但《诗序》首句却将之视作刺陈佗的诗,与诗本义不相符。

此外,苏辙对《毛传》与诗本义的抵牾之处也做了批驳。《诗序》解《小雅·采薇》曰:"遣戍役也。文王之时,西有昆夷之患,北有猃狁之难,以天子之命,命将率遣戍役,以守卫中国。故歌《采薇》以遣之,《出车》以劳还,《杕杜》以勤归也。"[32][页687]《毛传》对序义有一段说明:"文王为西伯,服事殷之时也。昆夷,西戎也。天子,殷王也。戍,守也。西伯以殷王之命,命其属为将,率将戍役,御西戎及北狄之难,歌《采薇》以遣之。《杕杜》勤归者,以其勤劳之故,于其归,歌《杕杜》以休息之。"[32][页687]《毛传》认为,《诗序》中的"天子"应指殷王。此诗是说文王为西伯之时,受命于殷王出征西戎与北狄。《毛传》此处以"殷王"称天子,可见它认为此诗创作的时间应在文王之世。但苏辙却认为此说不妥。他指出:"然此诗之作,则非文王之世矣,故其诗曰'王命南仲,往城于方',王谓文王也。文王未王而称王,后世之所追诵也。而毛氏以王为纣,故叙以为文王之世,歌此诗以遣劳之。夫纣得命文王,而不得命南仲,故王得为文王而不得为纣。王不得为纣,则此诗非文王之世之诗明矣。"[41][页396]苏辙认为《出车》"王命南仲,往城于方"之"王"是指文王无疑,原因是南仲乃文王之属,①殷王不可能对南仲进行调遣,故"王"

---

① 《诗集传》注《出车》"王命南仲,往城于方",曰:"仲,文王之属也。"(见《诗集传》,载《三苏全书》第二册,语文出版社2001年版,第398页。)

是指"文王"。又据《采薇》《出车》《杕杜》的三诗之义来看,均是在叙述文王为西伯之时的事情,可见当时文王尚未称王,而"王命南仲,往城于方"之"王"所指又为文王,那么可以推断,文王应是后人的追称,三诗所创作的时间也应在文王后世。苏辙在此结合了诗本义批驳了《毛传》所谓"王为殷王"的说法,进而指出《毛传》认为三诗成于文王之世的说法也不能成立。

从以上例子可以看出,苏辙解诗并不以《诗序》为主要依据,而是立足于诗文本来对诗本义进行揭示。《诗集传》中,苏辙一反世儒视《诗序》为解诗圣经的做法,而是将《诗序》置于考察的对象,并以诗本义为依据指出了《诗序》续申句甚至首句存在的谬误。

苏辙的这一解经之法在很大程度上破除了自汉代始便已形成的"以序证诗"的解诗传统,确立了从诗文本出发以求诗本义的解诗原则。

二、对传统"兴"法的改造

"兴"的说法最早见于《周礼·春官·大师》:"大师掌六律六同,以合阴阳之声。……教六诗:曰风,曰赋,曰比,曰兴,曰雅,曰颂,以六德为之本,以六律为之音。"①《诗大序》也有相似的记载:"故诗有六义焉:一曰风,二曰赋,三曰比,四曰兴,五曰雅,六曰颂。"[32][页13]《周礼》与《诗大序》所述"兴"的含义是否相同,自来莫衷一是,而略无异议的是,在《毛传》中,"兴"已作为解诗的常用手法。《毛传》标"兴"者,凡一百一十六篇,占《诗经》总数约三分之一。如《邶风·旄丘》:"旄丘之葛兮,何诞之节兮。"《毛传》曰:"兴也。前高后下曰旄丘。诸侯以国相连属,忧患相及,如葛之蔓延相连及也。"[32][页184]《王风·兔爰》首章:"有兔爰爰,雉离于罗。"《毛传》曰:"兴也。爰爰,缓意。鸟网为罗。言为政有缓有急,用心之不均。"[32][页308-309]《毛传》所谓之"兴"似乎包含着一种譬喻之义,但对于"兴"的具体所指,《毛传》并没有作确切的交代。《郑笺》继承了《毛传》的"兴"法,并大体采取了"兴者……喻(犹)……"的方式,将《毛传》指义不确的"兴"解为了诗的譬喻之义,"兴"法实际成为一种比喻的修辞手法。《正义》也在很大程度上沿袭了

---

① 孙诒让撰《周礼正义》,中华书局2000年版,第1832页。

《郑笺》的释"兴"之法，基本采取了"……兴（喻）……"的解"兴"之法。可见自《毛传》始，"兴"法便成为儒者解诗的重要手法，以"喻"解"兴"也成为传统解诗的重要模式。

到了宋代，苏辙《诗集传》在解诗方式上却出现了重大的变化，那就是《诗集传》既未标注所谓的"兴"诗，也未采取"兴者……喻……"等解诗模式，甚至完全不提及"兴"法。

如《毛传》注《召南·鹊巢》"维鹊有巢，维鸠居之"，曰："兴也。鸠，鸤鸠，秸鞠也。鸤鸠不自为巢，居鹊之成巢。"[32][页75]《毛传》认为首句用了"兴"法。《郑笺》曰："鹊之作巢，冬至架之，至春乃成，犹国君积行累功，故以兴焉。兴者，鸤鸠因鹊成巢而居有之，而有均一之德，犹国君夫人来嫁，居君子之室，德亦然。"[32][页75]郑玄采用"兴者……喻……"的方式对首句进行了解释。《正义》曰："言维鹊自冬历春功著，乃有此鹊巢，鸤鸠往居之，以兴国君积行累功勤劳乃有此爵位，维夫人往处之。今鸤鸠居鹊之巢，有均一之德，以兴夫人亦有均一之德，故可以配国君。"[32][页75—76]孔颖达采用了"……以兴……"的方式对首句作解。三者均以"兴"作为了解诗的基本方法。

苏辙在《诗集传》中却完全不提"兴"法，直接进入到诗义的阐释之中，曰："鸠性拙，不能自为巢，而居鹊之成巢。国君积行累功以致爵位，夫人起家而居有之，如鸠之托鹊巢，非有德谁能安之？"

再如《毛传》注《摽有梅》"摽有梅，其实七兮"，曰："兴也。摽，落也。盛极则隋落者，梅也。尚在树者七。"[32][页109]《毛传》注明此句为"兴"诗。《郑笺》继承了《毛传》的说法，曰："兴者，梅实尚余七未落，喻始衰也。谓女二十，春盛而不嫁，至夏则衰。"[32][页109]《郑笺》在此采用了"兴者……喻……"的方式对首句作解。《正义》曰："毛以为隋落者是有梅，……兴女年十六七，亦女年始衰。"[32][页109]孔颖达同样继承了《毛传》的"兴"法。苏辙在注释中完全不提"兴"法，曰："盛极则落者梅也，女子之盛时，犹是梅也。方其七存也，迨其吉而后嫁焉可也。及其三也，及今焉嫁之可也，失今则过矣。"[41][页279]

考察整部《诗集传》，苏辙无一处提及"兴"的说法。那么，苏辙是在解诗中彻底摒弃了毛郑之"兴"法，还是对其进行了改造呢？从本质上讲，毛郑所谓之"兴"法具有两个特点：其一是"标兴"，即指明使用

"兴"法的诗句（以下简称"兴"诗）；其二是以譬喻之义解释"兴"诗。结合这两个特点来考察《诗集传》，我们不难看出，苏辙在《诗集传》中彻底取消了对所谓"兴"诗的界定，但对于毛郑所谓的"兴"诗的解释，苏辙在部分篇章中则仍然采用了以譬喻之义释诗的做法。如《毛传》认为《邶风·旄丘》首句"旄丘之葛兮，何诞之节兮"为"兴"诗。《郑笺》则揭示了"兴"诗的譬喻之义，曰："土气缓，则葛生阔节。兴者，喻此时卫伯不恤其职，故其臣于君事亦疏废。"[34][页184]《郑笺》认为"旄丘之葛兮，何诞之节兮"之句是在比喻卫伯不修方伯连率之职，故诸侯也不以国事为急。《诗集传》曰："旄丘之葛，其节虽甚阔也，然而无以其阔节而谓患不相及，苟断其一节，而百节废矣。譬如诸侯，虽异国而相为蔽，苟黎亡则卫及矣，奈何久而不救哉！"[41][页293]苏辙在此完全未采用"兴"的说法，但在对诗的具体解释中，却仍然采用了以譬喻之义说诗义的方法。他同样将首句之义比喻为诸侯荒于国家政事，与《郑笺》之义基本一致。这实际是对《郑笺》"兴"法中的以喻释诗的方式的继承。可见，苏辙并未彻底摒弃传统的"兴"法，那么苏辙取消"兴"诗之说的用意又何在呢？笔者以为苏辙的用意在于：破除传统"兴"诗的界定，改造以"兴"说诗的传统模式，以建立求诗本义的解诗模式。

（一）对传统"兴"诗的重新解释

我们知道，自《毛传》开创了标"兴"之法后，"兴"便作为了解诗的常用手法。郑玄、孔颖达继承了《毛传》之"兴"法，并认为诗人创作"兴"诗的目的在于取其譬喻之义为用，二者对所谓"兴"诗的阐释也通常采取了以"喻"说诗的方式。因此，"兴"法实际上成了一种比喻的修辞手法，所谓"兴"诗之本义（诗的字面义）也被视做了一个比喻结构中的喻体，与诗之本旨（诗的主题思想）并无直接关系。基于这样的认识，毛、郑等解诗也并不对"兴"诗本义作解。苏辙却对毛、郑的观点提出了不同看法，他认为在毛、郑所谓的"兴"诗中，有一部分并非采用了比喻的修辞手法，而是站在诗人的角度直接描写与之关联的场景或是情感，这些诗句的字面义与诗之本旨有直接的关系。对于这样的诗句，苏辙在《诗集传》中，则相应采取了直解诗意的方式。

如《葛覃》："葛之覃兮，施于中谷；维叶萋萋。黄鸟于飞，集于灌木；其鸣喈喈。"

《毛传》注曰:"兴也。覃,延也。葛所以为絺绤,女功之事烦辱者。施,移也。中谷,谷中也。萋萋,茂盛貌。""黄鸟,抟黍。灌木,丛木也。喈喈,和声之远闻也。"[32][页36—37]《毛传》认为此句用了"兴"法,但并未对句义作解。《郑笺》注曰:"葛者,妇人之所有事也,此因葛之性以兴焉。兴者,葛延蔓于谷中,喻女在父母之家,形体浸浸日长大也。叶萋萋然,喻其容色美盛。""葛延蔓之时,则抟黍飞鸣,亦因以兴焉。飞集丛木,兴女有嫁于君子之道。和声之远闻,兴女有才美之称达于远方。"[32][页36—37]《郑笺》也并未就诗本义作解,但却用了"兴者……喻……"的方式将葛蔓延于谷中的场景比喻为女子在父母之家,逐渐长大成人;又将"维叶萋萋"解为女子初成,容貌美盛之义。《郑笺》之说完全着眼于譬喻之义的阐发。

苏辙则认为诗句描绘了诗人所闻见到的真实场景。《诗集传》曰:"葛者,妇人之所有事也。方葛之盛时,黄鸟出于谷而集于木,鸣喈喈矣。咏歌其所有事而又及其所闻见,言其乐从事于此也。覃,延也。萋萋,茂盛貌也。黄鸟,搏黍也。灌木,丛木也。喈喈,和声也。"[41][页267—268]苏辙认为黄雀聚于灌木、喈喈鸣叫的美好景象是诗人采葛织衣之时所闻见到的真实场景,并指出诗句反映了诗人愉悦松快的心情。苏辙在此以生动优美的语言对诗句所描绘的这一场景做了形象的再现,这显然已是在对诗本义进行解释。

再如《野有蔓草》:"野有蔓草,零露漙兮。有美一人,清扬婉兮。邂逅相遇,适我愿兮。"

《毛传》曰:"兴也。野,四郊之外。蔓,延也。漙漙然盛多也。"《毛传》认为首句用了"兴"法,但对于此句之义并未作解。《郑笺》曰:"零,落也。蔓草而有露,谓仲春之时,草始生,霜为露也。"此处《郑笺》不用毛说,未将首句视为"兴"诗,并对诗句之义采取了直译的方式。孔颖达则继承了《毛传》的说法,认为首句用了"兴"法。《正义》曰:"毛以为,郊外野中有蔓延之草,草之所以能延蔓者,由天有陨落之露,漙漙然露润之兮,以兴民所以得蕃息者,由君有恩泽之化养育之兮。"[32][页375]孔颖达在此对《毛传》所谓之"兴"做了明确的解释,将"野有蔓草,零露漙兮"比喻为君以恩泽化育百姓,百姓得以蕃息之义。可见孔颖达认为此句也是一种比喻的修辞手法,并非是对真情实景的描绘,故而在解诗之时,孔颖达仅取譬喻义，不求诗本义。

苏辙却认为"野有蔓草，零露漙兮"并非用了比喻的修辞手法，而是诗人对真情实感的抒写。《诗集传》注曰："郑人困于乱政，感蔓草之得露零以生，而自伤不及也，故思得君子以被其膏泽。思之而不可得，故深思之，曰：'苟有是人也，必婉然清扬美人也，郑无是人矣。然犹庶几邂逅而见之，以适其愿。'"[41][页334]苏辙在此做了完全不同于前儒的解释。他指出诗人因长期遭受乱政之灾，感叹蔓草尚能得到雨露的滋润而得以生长，自己却长久地得不到国君的恩泽，想到这些，诗人不免生发出许多伤感之情，又是何等地期盼能与国君相遇，希望能蒙受国君的恩惠。苏辙此处已将"野有蔓草，零露漙兮"视为诗人的所思所感，而非诗人借以表达譬喻之义的一种创作手法，并将诗句本义融入到诗义的解释之中。

再如《小雅·斯干》："秩秩斯干，幽幽南山。如竹苞矣，如松茂矣。"《毛传》认为首句用了"兴"法。《郑笺》曰："兴者，喻宣王之德，如涧水之源，秩秩流出，无极已也。国以饶富，民取足焉，如于深山。"[32][页797]《郑笺》继承了《毛传》的说法，并对"兴"义做了具体的解释，认为"秩秩斯干，幽幽南山"比喻了宣王之德如流水不断惠泽国民，国民富足犹如深山。

苏辙则认为首句是对真实场景的生动描绘，并非用了比喻的修辞手法。《诗集传》注曰："干，涧也。犹，图也。涧流秩秩，穷之而益深。南山幽幽，入之而益远。既言宫室之盛如此，则又言其下之固如竹之苞，其上之密如松之茂。宣王与其兄弟居之又皆相好而无相图者，是以居之而安也。"[41][页420]苏辙指出，"秩秩斯干，幽幽南山"的幽美风景正是宣王兄弟所居之地。二人居于是处，兄弟无相诟病、其乐融融。苏辙在此已完全摒弃了郑玄所谓的譬喻之义。

再如《陈风·东门之杨》："东门之杨，其叶牂牂。昏以为期，明星煌煌。"《毛传》指出首句用了"兴"法，并认为首句之义是说"男女失时，不逮秋冬"之义。《郑笺》继承了《毛传》的说法，曰："杨叶牂牂，三月中也。兴者，喻时晚也，失仲春之月。"《郑笺》认为首句之义是在比喻男女已错过婚配时期。[32][页522]苏辙则认为"东门之杨，其叶牂牂"正是当时男女举行婚配之礼的具体时间。《诗集传》曰："昏礼以岁之隙，杨叶牂牂则春夏之交也。时既已晚矣，幸其成礼而昏以为期，至于明星煌煌而又不至,是以怨之也。"[41][页368]苏辙指出,杨叶牂牂,已是春夏之交,在此时成婚本已失时,加之天色已晚,对方还未出现,等待之人不免心生怨气。可见苏辙认为诗篇首句交代了事情发生的时间及地点,是与诗本旨不可分割的内容。

传统认为,诗人创作"兴"诗是为取其譬喻之义为用,所谓"兴"诗实际相当于一个比喻结构中的喻体。但从苏辙在以上例句中对毛、郑所谓"兴"诗所作的重新解释来看,苏辙对毛、郑"兴"诗的归类是不完全赞同的。在他看来,毛郑所谓"兴"诗并不全为譬喻而用,其中有一部分的诗句字面义便与诗本旨直接相关,在解释诗义的时候,也必须着眼于诗句的本身含义而不是它的譬喻义进行阐发。可见这类诗是不可归为毛、郑所谓之"兴"诗的。由此看来,苏辙对毛郑"兴"诗的归类是并不满意的,这也很可能是他在《诗集传》中彻底取消"兴"说的根源所在。与此同时,苏辙对部分所谓"兴"诗采取直解的方式,也表现出他求诗本义的解诗取向。我们知道,《毛传》对所谓"兴"诗的特点并未做明确的揭示,因此"兴"义带有很大的不确定性,可以将它视为一种创作手法,这就是后来朱熹所云的"先言他物,以引起所咏之物"之义;也可以将它视为一种解诗手法,也即《郑笺》所谓的"兴者,喻……"的意思。《诗序》本不传诗本义,甚至与诗本义相去甚远,但汉儒却从不敢对《诗序》产生任何的怀疑,那么如何在《诗序》与诗本义之间找到结合点呢?汉儒便开始在"兴"法上大做文章。因此到了《郑笺》,"兴"法便成为融通《诗序》与诗句之义的重要手法。《郑笺》是如何用"兴"法将序义落实到诗句之上的呢?这就是它将《毛传》中指义不确的"兴"改造成了"兴者,喻……"的解释方式,"兴"实际成了连接诗句与传义之间的重要手段。如《郑风·山有扶苏》:"山有扶苏,隰有荷花。"《毛传》曰:"兴也。扶苏、扶胥,小木也。荷花,扶渠也,其花菡萏。言高下大小各得其宜也。"《郑笺》:"兴者,扶胥之木生于山,喻忽置不正之人于上位也。荷花生于隰,喻忽置有美德者于下位。此言其用臣颠倒,失其所也。"[32][页350—351]《毛传》认为此句用了"兴"法,但并未指明"兴"所指为何,其下所述也仅就"山有扶苏,隰有荷花"的字面意思作解。但《郑笺》却明确指出,此处所谓之"兴",是以"扶胥之木生于山"来比喻郑忽予小人以重位;以"荷花生于隰"来比喻郑忽置有德之人于下位之义。

从以上例句可以看出，《毛传》本是对序义的附会，也不解诗本义，而《郑笺》以"喻"释"兴"的方法却将传义直接解为诗句的喻义，使诗句与附会义之间建立起了一一对应的关系，这就使得《毛传》对诗义的附会进一步落实到诗句之上，而诗之本义也愈加为它的附会义所掩没。可见《毛传》标"兴"，尚未完全使诗本义在它的"兴"法中失落，到了《郑笺》采取以"喻"释"兴"的方法后，诗本义则在"兴"法的运用中逐渐失落。郑玄以"兴"法融通诗本义与序义的解诗方法也为后世所宗。唐孔颖达《毛诗正义》云："《传》言'兴也'，《笺》言'兴者喻'，言《传》所兴者欲以喻此事也。'兴'、'喻'名异而实同。"[32][页52—53]孔颖达认为"兴""喻"名异而实同，《毛诗正义》也沿袭了《郑笺》的解诗方法。

传统"兴"法的运用打通了《诗序》与诗本义之间的对应关系，使《诗序》传诗本义的思想得到进一步的论证，"以序证诗"的解诗之法成为解诗之必然途径。但与此同时，诗本义却在"兴"法的运用中为政教寓意所重重淹没。苏辙解诗将传统所谓用"兴"的诗句视作诗人对真实场景的描写，并采取了从诗句本义出发解诗的方式，这就使阐释的对象由政教寓意回归到诗本义之上，在很大程度上革除了传统解诗的附会之弊。

（二）建立新的阐释模式

以"兴"解诗是传统《诗经》学著作的基本阐释模式。如《毛传》解《周南·樛木》"南有樛木，葛藟累之"曰："兴也。南，南土也。木下曲曰樛。南土之葛藟茂盛。"[32][页50]《毛传》在此主要采取了标"兴"与词训的解诗方式。《郑笺》曰："木枝以下垂之故，故葛也藟也，得累而蔓之，而上下俱盛。兴者，喻后妃能以意下逮众妾，使得其次序，则众妾上附事之，而礼仪亦俱盛。南土谓荆、扬之域。"[32][页50]《郑笺》则主要采取了"兴者……喻……"的解诗方式。通过这种方式，《郑笺》便将"南有樛木，葛藟累之"的含义解作后妃和谐众妾的政教寓意。《正义》曰："今此樛木言南，不必己国。何者？以兴必取象，以兴后妃上下之盛，宜取木之盛者，木盛莫如南土，故言南土也。"[32][页50]《正义》采用了"……以兴……"的方式作解，仍然将"兴"诗比喻成了后妃之德。从《郑笺》《正义》的解诗方式来看，二者主要围绕说明"兴"诗有何种譬喻之义为解。按照这种方式解诗，诗句之义当然很难得到连贯清晰的表述。加之《毛传》《郑笺》通常采取对每句诗单独作解的方式，也极易造成诗义的支离破碎。《正义》虽多以一章诗作为解释的对象，但因对"兴"诗仍然沿袭了《郑笺》的解释方式，基本采用了"……（以）兴（喻）……"的句式结构，使得解诗的重点落在了说明"兴"诗有何寓意之上，同样使得诗句之义含混不清。

苏辙则对这种传统的解诗模式进行了改造，他在《诗集传》中彻底取消了"兴"的说法，并不将释"兴"作为阐释的根本，而是直接进入到诗义的疏通之上，这就使得诗义成为一个连贯的整体，诗之本旨也可得到清晰的呈现。

如对"维鹊有巢，维鸠居之"的解释，《郑笺》曰："鹊之作巢，冬至架之，至春乃成，犹国君积行累功，故以兴焉。兴者，鸤鸠因鹊成巢而居有之，而有均一之德，犹国君夫人来嫁，居君子之室，德亦然。"《郑笺》在此用了"……犹……，故以兴焉"及"兴者……犹……"的解释方式，并未从整体上对诗句之义进行疏通。《正义》曰："言维鹊自冬历春功著，乃有此巢窠，鸤鸠往居之，以兴国君积行累功勤劳乃有此爵位。维夫人往处之。"[32][页75—76]《正义》则用了"……以兴……"的解释方式。与《郑笺》无异，《正义》也以说明"兴"诗何以有譬喻之义为阐释的指归，并未从整体上对诗句之义进行疏通。苏辙则采取了完全不同的方式。《诗集传》曰："鸠性拙，不能自为巢。而居鹊之成巢。国君积行累功以致爵位，夫人起家而居有之，如鸠之托鹊巢，非有德谁能安之？"[41][页274]苏辙在此直接取消了"兴"的说法，对诗句进行了全面的疏通。至于首句所含的譬喻之义，苏辙则直接将之融通于诗句的解释之中，并不格外作解，这就使阐释的重点从释"兴"回复到诗文本之上，使诗义得到了清晰的表述。

又如《毛传》注《王风·扬之水》"扬之水，不流束薪。彼其之子，不与我戍申。怀哉怀哉！曷月予还归哉"，曰："兴也。扬，激扬也。""戍，守也。申，姜姓之国，平王之舅。"[32][页304]《毛传》的解诗内容主要在于指出首句用了"兴"法以及对个别字词进行了训释，并未对诗句本身作解。《郑笺》曰："激扬之水至湍迅，而不能流移束薪。兴者，喻平王政教烦急，而恩泽之令不行于下民。""之子，是子也。彼其是子，独处乡里，不与我来守申，是思之言也。""怀，安也。思乡里处者，故曰今亦安不哉，安不哉！何月我得归还见之哉！思之甚。"[32][页304]《郑笺》对于诗的首句之义也未进行梳理，主要采用了"……兴者，喻……"的方式对诗句的"兴"义作解。至于余下二句，《郑笺》采取了分别作解的方式，这种方式也使得前后句义难以衔接。

苏辙同样在解诗中取消了"兴"的说法，直接进入到对诗义的阐发之中。《诗集传》曰："扬之水非自流之水也，水不能自流，而或扬之，虽束薪之易流，有不流矣，水之能自流者物斯从之，安在其扬之哉！周之盛也，诸侯听役于王室，无敢违命。及其衰也，虽令而不至。平王未能使诸侯宗周，而强使戍申焉，宜诸侯之不从也。"[41][页318]苏辙此处并未采取对每句诗作解的方式，而是以一个章节作为解释的对象，并将首句的譬喻之义完全融入到对整个句群的解释之中，使得整章诗义明白通畅。

又如《毛传》解《甫田》"无田甫田，维莠骄骄。无思远人，劳心忉忉"，曰："兴也。甫，大也。大田过度，而无人功，终不能获。""忉忉，忧劳也。"[32][页404-405]《毛传》此处除了指明首句是"兴"诗之外，基本停留于词训之上，并未对诗句之义作解。《郑笺》曰："兴者，喻人君欲立功致治，必勤身修德，积小以成高大。""言无德而求诸侯，徒劳其心忉忉耳。"[32][页405]《郑笺》在释首句之时仍然采取了"兴者，喻⋯⋯"的方式，主要在于揭示诗句的譬喻之义，又因两句分开作解，故句意很难连贯。

苏辙同样取消了"兴"的说法，并直接将首句的比喻义融汇于诗句的整体解释之中。《诗集传》："甫，大也。襄公无礼义而求大功，不修德而求诸侯，故告之曰：'无田甫田，田甫田而力不给，则莠盛矣。无思远人，思远人而德不及，则心劳矣。'田甫田则必自其小者始，小者之有余，而甫田可启矣。思远人则必自其近者始，近者之既服，而远人自至矣。"[41][页340]苏辙在此甚至将"无田甫田，维莠骄骄"的譬喻之义安排到一段话语之中，使得诗句之义浑然一体、畅通无碍。

通过上面的分析可以看到，《毛传》《郑笺》等对"兴"法的运用以及分句作解的解诗方式极易造成诗义的支离破碎，致使诗句本旨很难得到清晰的呈现。苏辙摒除"兴"的说法，将传统所谓"兴"诗之义完全融入到诗句的整体解释之中，对诗句之义做了细致的梳理，使诗之本旨得到了清晰的表述。苏辙对传统解诗模式的改造反映了他立足于诗文本求诗本义的解诗取向。

三、简化传意，重现诗本义

汉儒治经，已开始脱离经文本，而以《序》作为解诗的依据。到了魏晋，更转为以注为主。许多注文，不是为解经，而是对经义的补充与说明。南北朝时期，学者多数谨遵汉魏诸家注文，不敢越雷池一步。解经者为阐释经义，广征博引多作发挥，致使注文越加烦琐。此时的经学实已变成了注学，这就是所谓的六朝"义疏"之学。"义疏"的产生，是经学由简约到烦琐的重大转变。六朝之后，"义疏"之学日渐兴盛，到了唐代，"义疏"之学发展至鼎盛。皮锡瑞云："夫汉学重在明经，唐学重在疏注；当汉学已往，唐学未来，绝续之交，诸儒倡为义疏之学，有功于后世甚大。"①《诗经》学发展至唐代，"义疏"的成就已达到了高峰。唐孔颖达著《毛诗正义》即是《诗经》"义疏"的集大成之作。《毛诗正义》全部保留《毛传》《郑笺》的注文，并给这些注文再作疏解，坚持"疏不破注"的原则，所作疏释都必须符合毛、郑的《传》《笺》，不合的就不予采取。《毛诗正义》综合吸取汉魏六朝以来《诗经》研究成果，可谓集汉魏六朝《诗经》学之大成。在保存《诗经》学研究成果方面，《毛诗正义》做出了重大的贡献；但在探究诗本义方面，《毛诗正义》对《毛传》《郑笺》的亦步亦趋以及对注文的附会发挥，又使诗本义进一步失落。如：

《邶风·静女》"静女其姝，俟我于城隅。爱而不见，搔首踟蹰"，本是以男子的口吻抒写与女子幽期密约的心理感受。

《毛传》云：

> 静，贞静也。女德贞静而有法度，乃可说也。姝，美色也。俟，待也。城隅，以言高而不可踰。……言志往而行正。[32][页204—205]

《郑笺》云：

> 女德贞静，然后可畜；美色，然后可安。又能服从，待礼而动，自防如城隅，故可爱之。……志往谓踟蹰，行正谓爱之而不往见。[32][页204—205]

《正义》云：

> 言有贞静之女，其美色姝然，又能服从君子，待礼而后动，自防如城隅然，高而不可踰。有德如是，故我爱之，欲为人君之配。心既爱之，而不得见，故搔其首而踟蹰然。……言静女，女德贞静也。俟我于城隅，是有法度也。女德如是，乃可悦爱，故下云"爱而不见"

---

① 皮锡瑞：《经学历史·经学分立时代》，中华书局2004年版，第130页。

是也。姝、娈皆连静女，静既为德，故姝为美色也。《东方之日》传："姝者，初昏之貌。"以彼论初昏之事，亦是美色，故笺云："姝姝然美好之子。"《干旄》传曰："姝，顺貌。"以贤者告之善道，不以色，故为顺，亦谓色美之顺也。城隅高于常处，以喻女之自防深故。《周礼》："王城高七雉，隅九雉"，是高于常处也。[32][页205]

通过以上对比可以看到，《正义》在承袭《毛传》《郑笺》之说的基础上，为说明《传》《笺》之义，又多方引证，往往在解字释词上纠缠不清，致使注疏烦琐累赘，其解经主旨离诗本义也越来越遥远。

苏辙注诗一反唐代盛行的"义疏"之风。在《诗集传》中，苏辙尽可能地剔除烦琐的注疏征引，在极大程度上简化了传义，使对诗本义的探求成为解诗的根本。《诗集传》简化注疏的特点十分明显，兹举例以示：

《周南·螽斯》："螽斯羽，诜诜兮。宜尔子孙，振振兮。"《正义》注曰：

> 螽斯之虫不妒忌，故诸蚣蝑皆共交接，各各受气而生子。故螽斯之羽诜诜然众多，以兴后妃之身不妒忌，故令众妾皆共进御，各得受气而生子，故后妃子孙亦众多也。非直子多，则又宜汝之子孙，使之振振兮无不仁厚也。此以螽斯之多，喻后妃之子，而言羽者，螽斯羽虫，故举羽以言多也。……此言螽斯，《七月》云斯螽，文虽颠倒，其实一也。故《释虫》云："蜙螽，蚣蝑。"舍人曰："今所谓春黍也。"陆玑《疏》云："幽州人谓之春箕。春箕即春黍，蝗类也，长而青，长角，长股，股鸣者也。或谓似蝗而小，班黑其股，似玳瑁叉，五月中，以两股相切作声，闻数十步是也。"此实兴也。传不言兴者，《郑志》答张逸云："若此无人事，实兴也，文义自解，故不言之。"凡说不解者耳，众篇皆然，是由其可解，故传不言兴也。传言兴也，笺言兴者喻，言传所兴者欲以喻此事也，兴、喻名异而实同。或与传兴同而义异，亦云兴者喻，《摽有梅》之类也。亦有兴也，不言兴者，或郑不为兴，若"厌浥行露"之类。或便文径喻，若"绿衣"之类。或同兴，笺略不言喻者，若《邶风》"习习谷风"之类也。或述传之文，若《葛覃》笺云"兴焉"之类是也。然有兴也，不必要有兴者，而有兴者，必有兴也。亦有毛不言兴，自言兴者，若《四月》笺云"兴人为恶有渐"是也。或兴喻并不言，直云犹亦若者。虽大局有准，而应机无定。郑

> 云喻者，喻犹晓也，取事比方以晓人，故谓之为喻也。……昭十年《左传》曰："凡有血气，皆有争心。"是有情欲者无不妒也。序云"若螽斯不妒忌"，则知唯蚣蝑不耳。……言宜尔子孙，明子孙皆化。后妃能宽容，故为仁厚，即宽仁之义也。《麟趾》、《殷其雷》传曰"振振，信厚"者，以《麟趾》序云"虽衰世之公子皆信厚"，《殷其雷》其妻劝夫以义，臣成君事亦信，故皆以为信厚也。……此止说后妃不妒，众妾得生子众多，而言孙者，协句。且孙则子所生，生子众则孙亦多矣。此言后妃子孙仁厚，然而有管、蔡作乱者，此诗人盛论之，据其仁厚者多耳。[32][页52—54]

《正义》为说明"螽斯"为何物，引证了《七月》、《释虫》、陆玑《疏》的说法；为了解释此句用了"兴"法，又列举了《诗》中相似的大量例子，为说明人有嫉妒之心，又引用《左传》之语。如此频繁征引，致使整段文字绝大部分都成了解词释字的内容，而且这些内容又多是为了附会《传》《笺》之义，在对诗义的探求方面毫无突破。在烦琐注疏的重重遮蔽之下，诗本义几乎丧失殆尽。相较于《正义》，《诗集传》则明显去掉了烦琐的引证，直接进入到对诗本义的解释之中。《诗集传》曰："螽斯，蚣蝑也。不妒而多子，一生八十一子。诜诜，众多也。振振，仁厚也。言后妃子孙众多如螽斯也。"[41][页270]

又如《正义》注《邶风·静女》"静女其姝，俟我于城隅。爱而不见，搔首踟蹰"云：

> 言静女，女德贞静也。俟我于城隅，是有法度也。女德如是，乃可悦爱。故下云"爱而不见"是也。姝、娈皆连静女，静既为德，故姝为美色也。《东方之日》传："姝者，初昏之貌。"以彼论初昏之事，亦是美色，故笺云："姝姝然美好之子。"《干旄》传曰："姝，顺貌。"以贤者告之善道，不以色，故为顺，亦谓色美之顺也。城隅高于常处，以喻女之自防深故。《周礼》"王城高七雉，隅九雉"，是高于常处也。[32][页205]

《正义》为解释"姝"的含义，大量地引用了《东方之日》《干旄》《周礼》的语句作解，使解诗的重点完全落在烦琐的注疏之上。《诗集传》直接对诗本义进行解释。《诗集传》云："卫君内无贤妃之助，故卫之君子思得静一之女，既有美色又能待我以礼者，而进之于君。思而不可得，是以踟

蹢而求之城隅，言高而不可逾也。"[41][页298]

简化注疏成为《诗集传》解诗的显著特点，这也体现出苏辙解诗重在探求诗本义的取向。

第二节　以史证诗

宋代初年，儒者治学十分强调疑辨的精神。张载曰："学则须疑，譬之行道者，将之南山，须问道路之出自；若安坐，则何尝有疑。"① 程子曰："学者要先会疑。"② 疑经惑古之风一时盛行，陆游对此盛况有一概述："唐及国初，学者不敢议孔安国、郑康成，况圣人乎？自庆历后，诸儒发明经旨，非前人所及。然排《系辞》，毁《周礼》，疑《孟子》，讥《书》之《胤征》《顾命》，黜《诗》之序，不难于议经，况传注乎？"[23][页1518]北宋的疑经惑古思潮对苏辙的治学思想也产生了深刻的影响。《诗集传》中，苏辙对《诗序》续申句做了大量的批驳，这些篇章有：《麟之趾》《鹊巢》《羔羊》《雄雉》《简兮》《竹竿》《将仲子》《山有扶苏》《蘀兮》《东方未明》《十亩之间》《采薇》《庭燎》《雨无正》《裳裳者华》《鱼藻》《荡》《召旻》《丝衣》《酌》《閟宫》。苏辙对《诗序》首句也提出异议，如《终南》《墓门》。此外，苏辙还对传统《诗经》学中的一些重大议题提出了质疑，如：《诗序》的作者，《国风》的编诗次序，《周南》《召南》之说，"诗三百"产生的时代，二雅部分的分什以及《诗经》的分类等，苏辙对这些问题也提出了一些新见。

可以看到，苏辙的疑辨精神是贯穿于整部《诗集传》始终的。但苏辙在发扬宋儒的疑辨精神的同时，也十分反对臆断之弊，这使他在治《诗》时尤为强调以史求证的治学方法。

一、以史驳序

《诗小序》是对每一诗篇所作的题解，《小序》解诗主要采取了"史诗比附"的解诗手法（前文已有论述）。但《诗》本是抒情表意的文学作品，

---

① 张载：《张子全书》卷七，载《景印文渊阁四库全书》第697册，台湾商务印书馆1986年版，第175页。

② 程颐、程颢：《二程集·河南程氏外书》卷十一，中华书局2004年版，第413页。

并非是对历史事件的实录,因此,《诗小序》解诗必然会存在附会史实的弊端。苏辙则以史实为据对《小序》尤其是续申句的诬妄之处进行批驳,进一步证明了《小序》续申之句非为孔子所作的观点。如苏辙在《诗说》中便以史实批驳了《诗序》在《閟宫》之诗解释上存在的附会之处。原文如下:

> 《閟宫》之诗有曰:"居尝与许,复周公之宇"。以《春秋》考之,许即鲁朝宿之邑也。自桓元年,郑伯以璧假许田,至僖公时,许已非鲁所有。尝地无所经见,而先儒以为尝即鲁薛地,若难考据。而《诗》称"居尝与许",为能"复周公之宇",何也?盖此诗之作,自"俾尔昌而炽,俾尔寿而臧"已下,至"天锡公纯嘏,眉寿保鲁。居尝与许,复周公之宇",皆国人祝之之辞,望其君之能如此也。序诗者徒得其言,而未得其意,乃为之言曰"颂僖公能复周公之宇",以为僖公果复尝、许,若未可信也。[57][页927]

鲁郑易地的史实在《春秋》与《左传》中均有记载。许田本为周成王赐予周公之地,以作为鲁军朝见周王的朝宿之邑。隐公八年,郑先以祊(郑祀泰山之邑)归鲁,欲易许田。桓公元年,《春秋》曰:"郑伯以璧假许田。"苏辙《春秋集解》注曰:"许田所以易祊,以祊为未足,而益之以璧耳。"[4][页25]可见,在桓公元年,许田已归于郑,而到僖公之时,许田早已不为鲁地了。《閟宫》之序曰:"颂僖公能复周公之宇也。"认为此诗是赞颂僖公恢复疆土而作的诗。苏辙在此则以《春秋》所载史实为据批驳了《诗序》的说法,认为这只是鲁人的祝愿之辞,僖公并未"复周公之宇",以此证明了《诗序》说法存在的谬误之处。

苏辙对《将仲子》之序的批驳也采取了以史为据的做法。关于《郑风·将仲子》,《诗序》做了这样的说明:"刺庄公也。不胜其母,以害其弟。弟叔失道而公弗制,祭仲谏而弗听,小不忍以致大乱焉。"苏辙认为这段说明欠妥。他列举了"庄公克段于鄢"的史实对《诗序》的说法做了辩驳。《诗集传》云:

> 武公夫人姜氏,生庄公及共叔段,爱段,为请于庄公而封之京。祭仲谏曰:"都城过百雉,国之害也。"公不听,曰:"多行不义必自毙。"既而太叔命西鄙北鄙贰于己,公子吕又谏,公曰:"不义不暱,厚将崩。"及太叔完聚,缮甲兵,具卒乘,将以袭郑,夫人将启之,则曰:

"可矣。"命子封帅车二百乘以伐京而逐之。由是观之，庄公非畏父母之言者也，欲必致叔于死耳。夫叔之未袭郑也，有罪而未至于死，是以谏而不听。谏而不听，非爱之也，未得所以杀之也。未得所以杀之而不禁，而曰畏我父母，君子知其不诚也，故因其言而记之。夫因其言而记之者，以示得其情也。然毛氏不知其说，其叙此诗以为"不胜其母以害其弟，弟叔失道而公弗禁，祭仲谏而公弗听，小不忍以致大乱"，庄公岂不忍者哉？[41][页324]

苏辙分析了《左传》中"庄公克段于鄢"的一段史实，认为庄公并不是因为畏惧母亲而容忍其弟段的扩张行为，而是蓄意纵容段的行为，以待时机成熟，将之一举歼灭。苏辙的说法是很有说服力的，他以史实说话的论证方法使《诗序》的臆测之说不攻自破。

《诗序》续申句解《墓门》之诗曰："陈佗无良师傅，以至于不义，恶加于万民焉。"续申句认为，《墓门》之诗是说陈佗因无良师教导，不明大义，以至于祸国殃民，故这是一首刺陈佗的诗。苏辙则认为此说有误，并结合史实批驳了续申句的说法。苏辙曰："陈佗，陈文公之子而桓公之弟也。桓公疾病，佗杀其太子免而代之。桓公之世，陈人知佗之不臣矣，而桓公不去，以及于乱，是以国人追咎桓公，以为桓公之智不能及其后，故以《墓门》刺焉。夫墓门而生棘，亦以斧析之则已，不然吾恐女死而棘盛，以害女墓也。斯，析也。夫，陈佗也。佗之不良，国人莫不知之者，知而不之去，昔者谁为此乎？盖归咎桓公也。然毛氏不知《墓门》之为桓公，而以为陈佗，故以斧、鸮皆为佗之师傅，其序此诗亦曰：'佗无良师傅，以至于不义，恶加于万民。'失之矣。"[41][页368]苏辙在此首先交代了与桓公、陈佗的相关史实。苏辙认为按史实来看，桓公对陈佗的篡位之心早有所察，但却并未采取果断措施，仍然将陈佗留在国内，以至于桓公病时，佗杀太子而称君。可见陈佗的罪恶与桓公的纵容有直接的关系。苏辙因此判断续申句之说有误，《墓门》之诗是刺桓公的诗。

苏辙不盲目遵从《诗序》，利用史实考证《诗序》的治诗方法，体现出他求实严谨的治学精神。

二、以史求证

苏辙在《诗集传》中对传统观点虽多有批驳，但却并未采取主观臆测的做法,而是强调以史求证的更为客观的治学态度。

如《毛传》与《正义》在对《周颂·烈文》的序文"成王即政,诸侯助祭也"作注的时候,提出了周公摄位的看法。毛公曰:"新王即政,必以朝享之礼祭于祖考,告嗣位也。"[32][页1515]明确指出"新王即政",意指成王在此时才行即位礼,开始执政。很明显,毛公认为在成王即王位之前,应是周公摄王位,行天子之职。孔颖达也持相同的观点。《正义》曰:"《烈文》诗者,成王即政,诸侯助祭之乐歌也。谓周公居摄七年,致政成王,成王乃以明年岁首,即此为君之政,于是用朝享之礼祭于祖考,有诸侯助王之祭。"[32][页1515]孔颖达在此明确提出了"周公居摄七年"的看法,认为周公曾经在武王驾崩之后,摄政七年。苏辙对此提出了不同的看法,他认为周公只是代成王执政,并未摄位。《诗集传》曰:

> 古之儒者皆言武王崩,成王幼不能践阼,周公摄天①天子位,以为政七年而后反。余考于《诗》《书》,无之。古者君薨,世子即位,谅暗而听于冢宰三年,盖免丧而复。成王之终丧也,以幼不能听政,而听于周公七年而复,故《书》称武王崩,三监及淮夷畔,周公相成王以黜商,有大政令未尝不称王命也,然则成王既已即位矣。成王既已即位而周公摄,则是二王者也。盖武王崩,成王无所复父,不得称子,则逾年即位而称王。虽称王矣,而不能治王事,故未尝即政,是以周公当国而治事,非摄其位,盖行其事也。其后七年,退而复辟,则成王于是即政,亦非复其位,盖复其事也,故此诗之《序》曰:"成王即政。"即政非即位也。苟成王有即位、有即政,则周公之未尝摄位明矣。或曰:即政亦即位也。然则未终丧而为诗以作乐,可乎?[41][页542]

苏辙在此并不盲目遵从前儒之说法,也不停留于对前儒说法作字面上的辨伪,而是将传世典籍与史实结合起来对"周公居摄七年"的观点进行了重新的考证。苏辙指出,首先,《诗》《书》中并没有关于"周公居摄七年"的说法;其次,按照古礼,武王驾崩之后,世子就应即位,因此成王

---

① 据曾枣庄、舒大刚点校本《三苏全书》注曰:"据文意,此句衍一'天'字。淳熙本不衍。"

在君薨之后，即已即位称王；再次，因成王年幼，不能执政，因此由周公代为执政。为了论证这一观点，苏辙又以《书》所记史实作为论据，使整个论证过程显得充分有据。

关于文王是否称王，历来也聚讼颇多。按照传世典籍的记载，一般认为文王在生前便已称王。《尚书大传》曰："文王受命一年断虞芮之质。"认为文王受命的时间与断虞、芮的时间都在同一年里。《史记·周本纪》也说："诗人道西伯，盖受命之年称王而断虞芮之讼。"① 可见，文王生年称王应是史实。但前人又有从君臣之义的角度对文王称王的说法提出质疑，认为殷纣尚存，文王又岂能称王？若文王自称王改正朔，则是功业成矣，武王何复得云大勋未集，欲卒父业也？那么文王究竟是否称王呢？苏辙在《诗集传》中也对此做了深入的探讨。《诗集传》在对《大雅·文王》之《序》的一段注文中，明确指出文王生前即已称王应是史实，并对这段史实进行了梳理。《诗集传》曰："文王在位五十年。其始也，三分天下有其二，以服事商，其政行于西南而不及于东北。其后虞、芮质成于周，文王伐黎而戡之，东北咸集。诗曰：'商之孙子，其丽不亿。上帝既命，侯于周服。'文王于是受命，称王九年而崩。《书》曰：'诞膺天命。'维九年大统未集，此所谓'受命作周'也。"[41][页481]《诗集传》所述史实内容，苏辙大致采自《尚书大传》与《史记·周本纪》等传世典籍的记载，他认为文王称王的结论也较为可信。那么又应如何看待前人所谓"纣犹在上，则王号无所施之"的观点呢？苏辙以史实为据对此进行了说明，他说："文王之治西南，诸侯之大者也，故犹可以事人。及其行于四方，则天子之事也，虽欲复为诸侯而不可得矣，是以即其实而称王。纣虽未服而天下去之，其所以为王之实亦亡矣。故文王之得此名也，以其有此实也；纣之失此名也，以其无其实也。空名虽存而众不予，其存无损于周之称王，而其亡不为益矣，是以文王之世置而不问。至于武王，纣日长恶不悛，于是与诸侯观政于商，以为纣将改欤，则固将释之。释之，非复以周事之矣，存之而已。若其不改，则将伐之。伐之，非以成周之王也，为不忍民之久于涂炭而已。不然，岂文王独能事纣而武王不能哉？从世俗之说，必将有一人受其非者，此不可不辩也。"[41][页481-482] 苏辙认为当文王势力遍及四

---

① 司马迁：《史记·周本纪》，中华书局1982年版，第119页。

方之时,文王已是实际的统治者,纣虽然未臣服于文王,但百姓不再听命于他的统治。可见文王已有天子之实,纣王则徒有天子之虚名。但文王却并未彻底铲除纣王的统治,原因是纣王之恶尚未引起百姓的震怒。到了武王之时,纣之恶已日益加剧,百姓不堪,武王不忍百姓涂炭,故灭纣以集大统于周。苏辙指出,文王称王事纣与武王称王灭纣,二者并无是非曲直之分,均无可置疑。苏辙在此以史实为据批驳了世儒对文王称王的否定看法。

基于对文王称王问题的认识,苏辙对《小雅·采薇》之序的续申句也进行了批驳。《诗序》续申句曰:"文王之时,西有昆夷之患,北有狁之难。以天子之命,命将率遣戍役,以守卫中国。故歌《采薇》以遣之,《出车》以劳还,《杕杜》以勤归也。"[32][页687]《毛传》对序义有一段说明:"文王为西伯,服事殷之时也。昆夷,西戎也。天子,殷王也。戍,守也。西伯以殷王之命,命其属为将,率将戍役,御西戎及北狄之难,歌《采薇》以遣之。《杕杜》勤归者,以其勤劳之故,于其归,歌《杕杜》以休息之。"[32][页687]按照《毛传》所言,续申句所谓"天子"应指"殷王",既然称商君为"王",可见《毛传》以为此诗应成于文王之世,而非周代。苏辙则对《毛传》的这一观点提出了不同的看法。苏辙曰:"然此诗之作,则非文王之世矣,故其诗曰'王命南仲,往城于方',王谓文王也。文王未王而称王,后世之所追诵也。而毛氏以王为纣,故叙以为文王之世,歌此诗以遣劳之。夫纣得命文王,而不得命南仲,故王得文王而不得为纣。王不得为纣,则此诗非文王之世之诗明矣。"[41][页396]苏辙指出,以史考之,南仲乃文王之属,因此文王可命之,殷王却不得命之,那么按照《出车》"王命南仲,往城于方"之说,此"王"必定是指文王。可见,《采薇》《出车》《杕杜》三诗应成于文王后世。据《史记·周本纪》记载:"诗人道西伯,盖受命之年称王而断虞芮之讼。"据此可知,文王听命于殷王得以征伐之时,仍称西伯,并未称"王"。那么,《诗》中所谓"文王"当为后人追诵之称。苏辙在此结合史实与诗本义批驳了《毛传》的说法,并得出《采薇》《出车》《杕杜》三诗非成于文王之世的结论。

苏辙在解诗中,对于于史无证的问题也往往采取阙疑的方式,并不妄加臆测。如《诗集传》解《小雅·四牡》曰:"《皇皇者华》以遣使臣,《四牡》以劳其来,以事言之,当先遣后劳,今先劳而后遣,何也?《鹿鸣》

之三常施于礼乐，不独用于劳遣，故燕礼乡饮酒歌焉，意者以其声为先后欤？"[41][页390] 苏辙指出若按事情发生的先后来安排诗的话，《皇皇者华》应排在《四牡》之前。但苏辙随即又指出，《鹿鸣》之三不独用于劳遣，也常用于燕礼乡饮酒歌的场合，那么《四牡》与《皇皇者华》的顺序很有可能是按照乐章的次序来排列的，但苏辙认为这一说法也没有足够史实可以证明，只是自己的推测而已，因此仍在注释中采取了存疑的态度。

又《诗集传》解《小雅·天保》曰："人君以《鹿鸣》之五诗宴其群臣，《天保》者岂以答是五诗，于其宴也皆用之欤？其言皆臣下所以愿其君，然古礼废矣，不可得而知也。"[41][页395]《诗序》解《天保》之义为"下报上也。君能下下以成其政，臣能归美以报其上焉"[32][页682]，而《诗集传》也用此义。苏辙推测，人君以《鹿鸣》之五诗宴其群臣，而《天保》是否也在宴礼中用于答谢《鹿鸣》五诗的呢？苏辙指出，因古礼已不可考，所以也不能得出确切的结论。

再如《诗集传》解《小雅·由仪》曰："三诗皆亡，乡饮酒燕礼亦用焉。燕礼，升歌《鹿鸣》，下管《新宫》。射礼，诸侯以《狸首》为节，《新宫》《狸首》皆正诗，而词义不见，或者孔子删之欤，不然后世亡之也。"[41][页405]

苏辙提出疑问，《由庚》《崇丘》《由仪》三首诗均用于乡饮酒燕礼，但其内容均已亡逸，仅余下题名，这是什么原因造成的呢？同样地，《新宫》《狸首》分别用于燕礼、射礼，可见两首诗均为正诗，为何也不见词意，仅存诗名？这些诗文究竟是被孔子删去了，还是后世亡逸了呢？苏辙对此也采取了阙疑的态度。苏辙的阙疑做法表现了他严谨的治学态度。

三、梳理史实

苏辙解诗十分重视对史实的梳理。我们以《诗集传》对《邶风·日月》的注释为例作说明。

历代注家均将《日月》解为政治讽喻诗，认为此诗抒写了卫庄姜的伤悼之情。卫庄姜何以伤悼呢？《诗序》续申句对隐藏于诗文之后的历史背景做了这样的交代："遭州吁之难，伤己不见答于先君，以至困穷之诗也。"[32][页146] 后儒通常对于《诗序》的解释也持认同态度。《郑笺》与《正义》在解诗时又结合诗句对《诗序》交代的史实做了一些补充。如，对于"日居月诸,照临下土。乃如之人兮,逝不古处。胡能有定?宁不我顾"的解释,郑笺云:"日月喻国君与夫人也,当同德齐意以治国者,常道也。""之人,是人也,谓庄公也。其所以接及我者,不以故处,甚违其初时。""宁犹曾也。君之行如是,何能有所定乎?曾不顾念我之言,是其所以不能定完也。"[32][页146—147]《正义》在此基础上又做了更多的补充:"言日乎,日以照昼,月乎,月以照夜,故得同曜齐明,而照临下土。以兴国君也,夫人也,国君视外治,夫人视内政,当亦同德齐意以治理国事,如此是其常道。今乃如是人庄公,其所接及我夫人,不以古时恩意处遇之,是不与之同德齐意,失月配日之义也。公于夫妇尚不得所,于众事亦何能有所定乎?适曾不顾念我之言而已,无能有所定也。"隐三年《左传》曰:'公子州吁有宠而好兵,公不禁。石碏谏曰:"将立州吁,乃定之矣。若犹未也,阶之为祸。"'是公有欲立州吁之意,故杜预云:'完虽为庄姜子,然太子之位未定。'是完不为太子也。《左传》唯言庄姜以为己子,不言为太子,而《世家》云'命夫人齐女子之,立为太子',非也。"[32][页147]《郑笺》与《正义》虽然对史实多作补充,但这些史实却显得十分散乱,很难让人对这首诗的历史背景有清晰的把握。苏辙《诗集传》曰:"庄姜贤妃也,庄公惑于嬖妾而不礼焉。及完立而不能终,故其自伤曰:'君夫人日月也,奈何舍我而逝,不复我故处乎?虽然,舍我而能有所定,尚可也。苟为无定,何用不顾我哉?'石碏之谏庄公曰:'将立州吁,乃定之矣。若犹未也,阶之为乱。庄公不从,故及于祸?'①此胡能有定之谓欤?"[41][页286]苏辙认为《日月》之诗的创作源于这样的历史背景:卫庄公夫人庄姜十分贤德,但庄公还是冷落了她而宠幸了嬖妾。庄姜之子公子完虽然继承了君位,但最终还是被嬖妾之子州吁所弑。庄姜曾极为感伤地说:"国君与夫人就如同日月一般,你为何要舍弃我,而不能像往昔一样与我相处呢?倘若舍弃我,能够使家国安定,也还可以接受。如若不能,你又何必不顾念我呢?"石碏也曾劝谏卫庄公说:"如果准备立州吁做太子,那就应该定下来;如果还不定来下,则会逐渐酿成祸乱。"但是庄公不听劝谏,所以带来了祸患。《诗集传》对诗歌所涉及的史实做了详细的交代,使诗义得到了更为清晰的呈现。

---

① 《诗集传》原文将石碏谏语断句到"故及于祸。"笔者认为应断句到"阶之为乱"为止,即"庄公不从,故及于祸"是作者的叙述。

《诗集传》解《大雅·绵》"虞芮质厥成，文王蹶厥生。予曰有疏附，予曰有先后，予曰有奔奏，予曰有御侮"时对文王平虞、芮之讼的史实做了详细的梳理。苏辙曰：

> 大王肇基王迹，至于文王，其始犹国于岐山之下，其地甚狭，故孟子言文王方百里起。其后，既克密须而国于岐、渭之间，既克崇然后涉渭，作都于丰。丰在京兆长安，而崇在鄠。其地既广，其所服从之国亦众，三分天下而有其二，然其政犹行于西南而已，未能及于东北。其后虞、芮之君相与争田，久而不平，乃皆朝周而质焉。入其境，耕者让畔，行者让路。入其邑，男女异路，班白不提挈。入其朝，士让为大夫，大夫让为卿。二国之君愧焉，乃以其所争为间田而去。虞在陕之平陆，芮在同之冯翊，平陆有间原焉，则虞、芮之所让也。虞、芮之讼既平，其傍闻之，相帅而归周者四十余国。东北既集，文王于是受命称王。"[41][页488]

苏辙在这段文字中梳理了文王由百里之主而发展至西南之地的统帅，再至受命称王的历史过程。他将这段历史分成了三个时期进行叙述。第一个时期为文王的发迹时期，文王于岐山建国，其地不过百里；到了第二个时期，文王相继克密须、崇而据有渭地，其领地扩充至天下之三分之二。到了第三个时期，文王以德平虞、芮之讼之后，又得四十余国归附，东北之地归于文王统领，文王于此时受命称王。苏辙在交代了这段史实之后，对诗句之义做了解释："虞、芮欲质其成，而文王有以动之，使其礼义廉耻之心油然而生。君子曰：'文王之所以能至于此者，何哉？'予以为其臣无所不具，其臣无所不具者，文王之盛德也。率下亲上曰疏附，相道前后曰先后，喻德宣誉曰奔奏，武臣折冲曰御侮。"[41][页488] 苏辙在此对诗句本义做了阐释，并指出诸侯国之所以归附于文王，是因为文王能"修文德以来之"。苏辙采取了以史实为依据的方式来阐发义理，这就避免了义理思想的空疏之弊。

综上所述，可以看到，苏辙的辨疑精神贯穿于《诗集传》的始终，这体现了宋初儒者的治学取向。北宋初年是理学兴起的时代，宋儒解经也往往偏重于义理的发挥，对于史实与考证则很少顾及。苏辙解经十分反对臆断之弊，并采取以史求证与阙疑的治学方法，表现出冷静而客观的学术态度。这对于纠正宋代义理之学带来的空疏之弊是有积极作用的。

第三节 文学与经学的相融

一、对先秦至唐《诗经》学发展主脉的回顾

（一）先秦时期，《诗》的缘起与表现形式

前文已经论述，《诗大序》认为诗歌创作的根本动因在于"吟咏性情"的需要，而结合《诗》文本所反映的主题来看，《国风》与《小雅》的绝大多数篇章，均是为抒发个人情感而作。例如，《周南·汉广》抒发了一位男子思慕女子而不能如愿的情感，《召南·草虫》表达了一位女子欲见情人的急迫心理，《邶风·绿衣》是诗人睹物怀念亡妻的诗。诸如此类，不胜枚举。"吟咏性情"成为"诗三百"的主要特征，那么《诗》在本质上应是文学作品。但"诗三百"作为一部诗歌总集，它的结集和流传又与周代礼乐制度密不可分。周是礼乐文明的国度，礼乐制度也是周兴邦治国的政治制度。《诗》作为礼乐制度的附属，自编纂入乐，其政治功用便成为它主要的表现形式。对于《诗》的这一特征，《诗大序》做了理论上的溯源。但《大序》虽认为诗起源于"吟咏性情"的需要，却将论述的重点放在了诗的政教功能之上。《大序》认为，诗因起源于"吟咏性情"的需要，故也能很好地反映百姓的悲喜忧乐之情，为上者也可借助诗的抒情特征来考察政治的得失，感化百姓，淳化民风。因此发扬诗之政教功能便成为先王推行德教政治的重要手段。

结合传世典籍考察，上古时期，《诗》也广泛运用于国家政事与世族生活中，具体表现为以下几个方面：

其一，天子观政、行教化之用。

《左传》《国语》对《诗》用于观政的功能均有记载。如《左传·襄公十四年》记载："自王以下各有父兄子弟以补察其政。史为书，瞽为诗，工诵箴谏，大夫规诲，士传言，庶人谤，商旅于市，百工献艺。故《夏书》曰：'遒人以木铎徇于路。官师相规，工执艺事以谏。'正月孟春，于是乎有之，谏失常也。"[13][页1018]

《国语·周语上》："故天子听政，使公卿至于列士献诗，瞽献曲，史献

书,师箴,瞍赋,矇诵,百工谏,庶人传语,近臣尽规,亲戚补察,瞽、史教诲,耆、艾修之,然后王斟酌焉,是以事行而不悖。"①

另一方面,天子也将《诗》作为教化世家子弟的典籍,如《礼记·王制》曰:"乐正崇四术,立四教,顺先王《诗》《书》《礼》《乐》以造士。春、秋教以《礼》《乐》,冬、夏教以《诗》《书》。"②

其二,诸侯、卿大夫、世家子弟赋诗言志之用。从《礼记》《左传》《国语》引诗均可看出《诗》也是诸侯、卿大夫、世家子弟研习礼仪、阐发思想的重要凭据。如《左传·襄公二十七年》:"郑伯享赵孟于垂陇,子展、伯有、子西、子产、子大叔、二子石从。赵孟曰:'七子从君,以宠武也。请皆赋,以卒君贶,武亦以观七子之志。'子展赋《草虫》。赵孟曰:'善哉,民之主也!抑武也,不足以当之。'伯有赋《鹑之贲贲》。赵孟曰:'床笫之言不踰阈,况在野乎?非使人之所得闻也。'"[13][页1134]

其三,用于配合仪式乐歌,通过仪式乐歌宣扬政教思想以达到治理国家的目的。如《左传·襄公二十九年》:"吴公子札来聘,见叔孙穆子,说之。……请观于周乐。使工为之歌《周南》《召南》,曰:'美哉!始基之矣,犹未也,然勤而不怨矣。'为之歌《邶》《鄘》《卫》,曰:'美哉渊乎!忧而不困者也……'"[13][页1161]再如《礼记·射义》:"……其节,天子以《驺虞》为节,诸侯以《貍首》为节,卿大夫以《采蘋》为节,士以《采蘩》为节。"③

可以看出,《诗》的采集、编定以及运用均带有明显的政治目的,它是统治者宣扬政教思想、治理国家社会的重要工具。

(二)《孔子诗论》的解诗特点

就《诗》的本质而言,《诗》是文学作品,它的创作起源于人"吟咏性情"的需要。但《诗》的采集与编订又有着明显的政治目的,因此"诗教"功能又成为《诗》的重要特点。如何来认识与处理《诗》的文学性与"诗教"功能之间的关系,这决定着《诗经》学的发展方向。

其实从孔子开始,《孔子诗论》已经把《诗》的抒情特征与"诗教"功

---

① 《国语·周语上》,上海古籍出版社1988年版,第9页。
② 孙希旦:《礼记集解》,中华书局1989年版,第364页。
③ 同上书,第1439页。

能结合起来。

《孔子诗论》第一简:"孔子曰:'诗亡(无)隐志,乐亡(无)隐情,文亡(无)隐意。'"①

上古之时,诗、乐、文往往相与为用、不可分割,"情""志""意"三者之义也无必然分别。《左传·昭公二十五年》太叔答赵简子问礼曰:"民有好恶、喜怒、哀乐,生于六气。是故审则宜类,以制六志。"[13][页1458] 传世文献中,"志""意"二字也常以词组的形式出现,如《礼记·乐记》曰:"故听雅颂之声,志意得广焉。"②《荀子·荣辱篇》曰:"夫天生蒸民,有所以取之。志意致修,德行致厚,智虑致明,是天子之所以取天下也。"③ 可见,"情""志""意"三者是相互关联的,那么这段简文的意思便可译为:诗、乐、文不能隐藏人的真实情志,必须以反映人的"志""情""意"为基本内容。这就从总体上揭示了《诗》的本质特征在于抒发情志。此外,在对《诗》具体篇章的评述中,揭示《诗》抒情特征的简文也俯拾皆是:

第十六简:

《绿衣》之忧,思古(故)人也。《燕燕》之情,以其独也。

第十八简:

因木瓜之保(报),以俞(抒)其愿者也。《杕杜》则情,喜其至也。

第十九简:

《木瓜》有藏愿而未得达也。

以上几简均立足于诗本义探讨了《诗》所表达的喜怒哀乐、悲忧愁苦之情,揭示了《诗》作为文学作品的本质特征。但孔子论诗并不仅仅停留于纯粹意义上的文学评论,而是将《诗》的指归落在了教化意义之上。如:

第十六简:

吾以《葛覃》,得氏初之诗(志)。民性固然:见其美,必欲反其本。夫葛之见歌也……

---

① 本文所引《孔子诗论》简文内容均采自黄怀信先生的《上海博物馆藏战国楚竹书〈诗论〉解义》,社会科学文献出版社 2004 年版。

② 孙希旦:《礼记集解》,中华书局 1989 年版,第 1034 页。

③ 王先谦撰《荀子集解》,中华书局 1988 年版,第 59 页。

第二十简：

　　[《木瓜》，得]币帛之不可去也。民性固然：其隐志，必有以俞（抒）也。其言有所载而后内（纳），或前之而后交，人不可干也。吾以《杕杜》，得雀（爵）□□□□□□□□

第二十四简：

　　吾以《甘棠》，得宗庙之敬。民性固然：甚贵其人，必敬其位；悦其人，必好其所为，恶其人者亦然。

孔子在以上几简中反复论及"民性固然"，所谓"民性"即指人之自然性情。简文指出，由于"民性固然"，故可得"氏初之诗（志）"、"宗庙之敬"与"币帛之不可去"，这实际说明了人之自然性情正是通向仁义礼乐的重要途径。可见，孔子所谓的"诗教"并不是空洞抽象的说教，它与《诗》反映的"人之常情"有着密不可分的关系。此外，《论语》对孔子的"诗教观"也有所记载。"子曰：'小子何莫学夫诗。诗可以兴，可以观，可以群，可以怨，迩之事父，远之事君。'"[①] 这句话也表明了孔子"诗教"的内涵：其中诗"可以怨"的情感特质正是"迩之事父，远之事君"的重要途径。换言之，诗可以愉情悦志、缓释幽愤的特点正是通往儒家"仁义"的途径。因此阐扬"诗教"精神与揭示《诗》文学本质的融合是孔子《诗经》学思想的重要特点。

（三）汉、唐《诗经》学的特点

西汉毛公所传《毛诗序》与《毛传》是对《诗经》系统论述的较早文献，二者对《诗经》的阐释主要集中在它的仪式功能与美刺意义之上，显然与《诗经》上古时代的"诗教"功用有着一脉相承的关系。兹举例以示：《周颂·维天之命》，其序云："大平告文王也。"[32][页1508]《丰年》，其序云："秋冬报也。"[32][页1556] 可见，对诗歌仪式功能的说明是《诗序》解诗的主要模式。同样的以揭示诗歌美刺意义为指归的也不乏其例，如："《江有汜》，美媵也。"[32][页114]"《何彼襛矣》，美王姬也。"[32][页120] 相较于孔子论诗立足于诗本义的特点，我们不难发现《诗序》论诗更倾向于阐发诗本义之外的政教意义。如《小雅·采绿》本言少女思嫁，其序云："《采绿》，刺怨旷也。"[32][页1075]《邶风·静女》本述两情相悦、相会赠物之事，

---

① 刘宝楠撰《论语正义》，中华书局1990年版，第374页。

其序云:"《静女》,刺时也。"[32][页204]《郑风·大叔于田》本为美"叔"之勇武,其序云:"《大叔于田》,刺庄公也。"[32][页333]从这些例子可以看出,《诗序》解诗往往立足于发挥诗的政教意义甚至弃诗之本义于不顾。

东汉郑玄为《毛诗》作笺、作谱。郑玄云:"注《诗》宗毛为主,其义若隐略,则更表明,如有不同,即下己意,使可识别也。"① 故郑玄作笺也以尊毛为主,其解诗指归仍然放在《诗经》的仪式功用与美刺意义之上。唐孔颖达著《毛诗正义》,为唐时政府所颁布的官书,是汉至唐代《诗经》学的集大成之作。《毛诗正义》基本保留了《毛传》与《郑笺》的注文,并坚持了"疏不破注"的解诗原则。可见《毛诗正义》仍然沿袭了毛、郑的解诗传统,将解诗指归放在了诗的政教意义之上,对诗本义则往往弃之不顾。下面,我们举例说明《毛诗正义》与毛、郑之学的传承关系。如对《关雎》的解释:

《毛传》曰:"雎鸠,王雎也,鸟挚而有别。水中可居者曰洲。后妃说乐君子之德,无不和谐,又不淫其色,慎固幽深,若关雎之有别焉,然后可以风化天下。夫妇有别则父子亲,父子亲则君臣敬,君臣敬则朝廷正,朝廷正则王化成。"[32][页25—26]"后妃有关雎之德,是幽闲贞专之善女,宜为君子之好匹。""后妃有关雎之德,乃能共荇菜,备庶物,以事宗庙也。"[32][页26、29]《郑笺》则又发掘出更多的后妃之德,曰"怨耦曰仇。言后妃之德和谐,则幽闲处深宫贞专之善女,能为君子和好众妾之怨者,言皆化后妃之德,不嫉妒,谓三夫人以下。""后妃觉寐,则常求此贤女,欲与之共己职也。"[32][页27]《正义》则沿用并对《郑笺》之说加以补充:"所以得有怨者,以其职卑德小,不能无怨,故淑女和好之,见后妃和谐,能化群下,虽有小怨,和好从化,亦所以明后妃之德也。"[32][页29]

从上面例子可以看到,《毛传》《郑笺》《正义》解诗的指归均在于发挥诗的政教寓意。到了《正义》,"诗教"内容已发挥到了烦琐、冗杂的程度,《诗》完全成为载道的经学。

洪湛侯先生对《诗经》学发展的主脉做了这样一段概述:"《小序》说诗,已将《大序》提出之'诗教'发挥尽致。《诗序》借重历史,将诗篇与诗篇联系起来,勾画出一个时代背景,以建立有系统的'诗教',真可

---

① 郑玄:《六义论》,引自《毛诗正义》,《十三经注疏》(整理本),北京大学出版社2000年版,第4页。

谓用心良苦。《毛诗》援举史实尚少，《郑笺》则几乎以史证诗，纠缠史实而刺刺不休，终于又回到春秋赋诗、断章取义的老路上去，胶柱鼓瑟，迂曲之处甚多，而'诗教'却得以发挥，以至影响我国文化达一千多年之久。"①

可见，自汉代始，《诗经》学发展的主流已与孔子的《诗经》学思想有很大的区别。孔子论《诗》往往立足于诗本义，对《诗》抒发性情的本质多有揭示，体现出阐扬"诗教"精神与揭示《诗》文学本质相融合的解诗特点；而从《毛传》《郑笺》《正义》的解诗路径来看，儒者已将《诗》视为载道的经学，其解诗之重点在于揭示《诗》的政教寓意，《诗》作为文学作品的本质已完全被它的经学功能所淹没。因此，从《诗经》学发展的脉络我们可以看到，自汉代《诗序》建立了"诗教"系统后，《诗经》学的发展逐渐走上分裂道路。经学家将《诗经》视为载道工具，逐渐弱化《诗经》抒发情志的特征，以阐发"诗教"功能为指归。文学家则将《诗经》抒发情志的特征视为文学创作的源泉，这也使《诗经》抒发情志的特征在文学领域里得到了继承和发扬。汉乐府发扬《诗》抒发情志的特征而成为继《诗》之后一度兴盛的诗歌形式即是明证。《诗经》学走着经学和文学分离的道路。

二、《诗集传》文学与经学相融的阐释特点

（一）《诗集传》对《诗》文学特征的重视

1. 苏辙对《诗》抒情性的认识

北宋时期，疑经惑古思潮盛行，文坛领袖欧阳修首先开始对传统《诗经》学进行改造。欧阳修不仅是名重一时的经学家，也是屈指可数的一代文豪。文学家的特质使欧阳修注意到《诗经》抒情表意的文学特征。欧阳修在《诗本义》卷十四《本末论》中曰："诗之作也，触事感物，文之以言，美者善之，恶者刺之，以发其揄扬怨愤于口，道其哀乐喜怒于心，此诗人之意也。"[40][页290]这是典型的"诗缘情"理论，是对孔子《诗经》学思想的继承。他的《诗本义》十分注重揭示《诗经》各诗吟咏性情的特征。如：

---

① 洪湛侯：《诗经学史》，中华书局2002年版，第169页。

《诗本义》解《周南·汉广》云:

南方之木高而不可息,汉上之女美而不可求,此一章之义明矣。其二章云,薪刈其楚者,言众薪错杂,我欲刈其尤翘翘者,众女杂游,我欲得其尤美者。既知不可得,乃云之子既出游而归,我则愿秣其马,此悦慕之辞,犹古人言虽为执鞭犹忻慕焉者是也。既述此意矣,末乃陈其不可之辞,如汉广而不可泳,江永而不可方尔。盖极陈男女之情虽有而不可求,则见文王之政化被人深矣。[40][页187]

《诗本义》解《邶风·击鼓》云:

州吁以弑君之恶自立,内兴工役,外兴兵,而伐郑国。数月之间,兵出者再,国人不堪,所以怨刺,故于其诗载其士卒将行与其室家诀别之语,以见其情……因念与子死生勤苦无所不同,本期偕老而今阔别,不能为生。[40][页195]

《诗本义》中这样的例子还很多,欧阳修对《诗经》抒情性的阐发表明宋儒已开始注意到《诗》作为文学作品的特质,这就使得宋代《诗经》学具有不同于汉代《诗经》学的重要特征。

欧阳修的《诗经》学思想对苏辙产生了深刻的影响。特别是在对《诗》抒情性文学特征的揭示上,苏辙在欧阳修的基础上有了更大的突破。《诗集传》中,出现了对《诗》与"情"之间的关系进行集中论述的语段。苏辙在《陈风·泽陂》的注释中做了如下的阐发:

《诗》止于陈灵,何也?古之说者曰王泽竭而诗不作,是不然矣。予以为陈灵之后,天下未尝无诗,而仲尼有所不取也。盍亦尝原诗之所为作者乎?诗之所为作者,发于思虑之不能自已,而无与乎王泽之存亡也。是以当其盛时,其人亲被王泽之纯,其心和乐而不流,于是焉发而为诗,则其诗无有不善,则今之正诗是也。及其衰也,有所忧愁愤怒不得其平,淫泆放荡不合于礼者矣,而犹知复反于正,故其为诗也,乱而不荡,则今之变诗是也。及其大亡也,怨君而思叛,越礼而忘反,则其诗远义而无所归向。由是观之,天下未尝一日无诗,而仲尼有所不取也,故曰变《风》发乎情,止乎礼义。发乎情,民之性也;止乎礼义,先王之泽也。先王之泽尚存,而民之邪心未胜,则犹取焉以为变诗。及其邪心大行,而礼义日远,则诗淫而无度,不可复取。故《诗》止于陈灵,而非天下之无诗也,有诗而不可以训焉耳。

故曰"陈灵之后,天下未尝无诗",由此言之也。[41][页371]

在这段文字中,苏辙首先对汉儒关于"王泽竭而诗不作"的解释予以了批驳。汉儒认为所谓"诗止于陈灵"是指,陈灵之时,社会大乱,淫逸之风盛行,先王所推行的仁义教化已为世人抛弃,仁义礼乐不行于世,故《诗》也至此而绝迹。对于这一自汉代便已形成的传统说法,苏辙给予了彻底的否定。苏辙曰:"诗之所为作者,发于思虑之不能自已,而无与乎王泽之存亡也。"苏辙明确指出,《诗》产生的根源是由于吟咏性情的需要,它的起源与消亡均与"王泽"无关。这就揭示了《诗》的本质特征在于抒发情志。这一观点显然是对《诗大序》"诗缘情"思想的直接继承。那么,《诗》与"王泽"存在怎样的关系呢?苏辙并不否认它们之间有密切的关系,并将"王泽"对于《诗》的影响分作三个阶段。在第一个阶段中,先王为政清明,仁义礼乐大行于世之时,整个社会处于和平有序的状态。诗人处在这样的环境之中深受盛世礼仪教化的影响,他的身心因此变得愉悦而平和,诗人此时所写出的诗也必定远离荒淫邪癖,表现出更多美好的特征。这一时期的诗就被称作"正诗"。当历史进入到第二阶段,国家政事衰落,仁义礼乐遭到陵迟,淫逸放荡之风盛行,社会处于动荡无序的状态,身处其间的诗人所写出的诗,必定更多地表现出忧愤怨艾甚或淫逸放荡的一面。不过这一时期,先王施行的仁义教化的影响还未完全消失,故诗人所作的诗虽不乏忧愤淫逸之情,但其宗旨还是可以回归于"仁义"的。这一时期的诗通常被称作"变诗"。等到社会大乱之时,仁义礼乐已为世人彻底抛弃。这一时期的诗则淫逸散乱,不复有"仁义"的宗旨,因此仲尼对这一时期的诗则完全不予选取。苏辙的这段论述阐明,"王泽"对诗的内容和指归均起到决定性的作用。

苏辙在此基础上对"变《风》发乎情,止乎礼义"的说法做了重新的解释。苏辙认为"变《风》"产生的根源仍是吟咏性情的需要。在苏辙看来,"情"即是"性","变《风》"的产生实与个人生而有之的本性密不可分。故人性不灭,诗歌产生的动因就不会消亡,诗歌也会源源不断地出现。那么"止乎礼仪"又当作何解释呢?苏辙强调了"诗止于陈灵"并不是指陈灵之后,《诗》的创作就戛然而止,而是指先王之泽不复存在,诗人作诗全然不顾礼法、"淫而无度",因这一时期的诗于"仁义"已无所取,故"诗三百"不再选取。

这段文字中，苏辙已将《诗》作为诗歌的本质特征与"诗三百"所具有的载道的经学特征做了严格的区分。苏辙一方面指出"诗三百"的采集是以"王泽"也即"仁义"教化作为依据的，这说明"诗三百"具有明显的政教功能。至于"正《诗》""变《诗》"的说法，苏辙认为，这是完全从《诗》与政教之间的关系来隶定的。这一思想显示了他对汉代《诗经》学思想的继承。但在另一方面，苏辙又将《诗》所具有的文学特征从载道的经学特征中区分出来，肯定了《诗》吟咏性情的文学特征。这一观点的确立不仅纠正了汉代以来形成的以《诗》为"经"的错误认识，而且为回复《诗》作为文学作品的本来面目提供了理论依据，标志着宋代《诗经》学的发展走向。

2.《诗集传》对《诗》抒情性的揭示

苏辙基于对《诗》抒情性特征的认识，在具体解诗中，他从以下几个方面对《诗》的这一特质予以了揭示。

(1)《诗集传》对"诗缘情"观点的继承

《诗大序》对《诗》的创作动因有过经典的论述。《大序》曰："诗者，志之所之也，在心为志，发言为诗。情动于中而形于言，言之不足，故嗟叹之，嗟叹之不足，故永歌之，永歌之不足，不知手之舞之、足之蹈之也。情发于声，声成文谓之音。"[32][页7—9]《大序》在此提出了"诗缘情"的观点，这一观点揭示了《诗》的创作与抒发性情之间密不可分的关系。《孔子诗论》对《诗》的这一特点也有论及。但自《诗序》解诗建立了"诗教"体系之后，《诗》的这一特点便逐渐被遗弃。因此，充分认识到《诗》的这一特点，便可以在解诗时站在创作主体的立场上考察《诗》的本身含义。苏辙在解诗中充分体现了"诗缘情"的思想。例如：

《诗集传》解《卫风·河广》之诗曰："宋桓公之夫人、卫文公之妹也，生襄公而出，思之而义不得往，故作此诗以自解。"[41][页314]苏辙在此指出，宋襄公母亲因思宋之心难以得到排解，故写下这首诗来抒发她的思乡之情。这就指出了诗的创作动机是源于"吟咏性情"的需要。

《诗集传》解《卫风·伯兮》首句"伯兮朅兮，邦之桀兮。伯也执殳，为王前驱"，曰："君子上从王事，不得休息，妇人思之而作是诗。"[41][页314]苏辙指出此诗是写君子忙于国事，为王前驱，不得归家。夫人因思念丈夫而创作了这首诗。

《诗集传》解《小雅·楚茨》首句"楚楚者茨,言抽其棘。自昔何为?我艺黍稷。我黍与与,我稷翼翼。我仓既盈,我庾维亿。以为酒食,以享以祀,以妥以侑,以介景福",曰:"《楚茨》伤今而思古之诗也,故称古之人去其茨棘,以艺黍稷,以实仓廪,以为酒食,以享先祖。于其享也,主人拜尸而安之,祝劝尸而食之,所以事之无不至者,故于余章详言之。凡详言之者,皆思而不得见之辞也。"[41][页452]苏辙认为诗人在诗中详言某事,必是诗人思之而又不得见的缘故,诗人因而借诗以抒发思念之情。

《诗集传》解《大雅·公刘》"笃公刘!于胥斯原。既庶既繁,既顺乃宣,而无永叹。陟则在巘,复降在原。何以舟之?维玉及瑶,鞞琫容刀",曰:"公刘之相其田原也,其民则已繁庶矣,公刘又能顺其所欲而后导之以事,故其民劳而不怨。公刘则与之陟巘而降原,民滋爱之,于是相与进其玉、瑶、容刀之佩以带之,爱之至也。"[41][页507]苏辙指出,诗人抒写"维玉及瑶,鞞琫容刀"是为了表达对公刘的无比爱戴之情。

《诗集传》解《邶风·燕燕》首句"燕燕于飞,差池其羽。之子于归,远送于野。瞻望弗及,泣涕如雨",曰:"燕将飞而差池其羽,犹戴妫之将别而不忍也。礼,妇人送迎不出门,远送至野,情之所不能已也。"[41][页285]苏辙指出,诗人以抒写"之子于归,远送于野"来表达送别戴妫时难分难舍之情。

《诗集传》解《王风·中谷有蓷》首句"中谷有蓷,暵其湿矣。有女仳离,啜其泣矣。啜其泣矣,何嗟及矣",曰:"故其以艰难而见弃者则叹之,叹之者知其不得已也。以不善而见弃者则条条然而啸,啸者怨之深矣。及其无故而见弃也则泣而已,泣者穷之甚也。"[41][页319]苏辙认为诗中所云"啸""泣"均表达了诗人哀怨至深的情感。

苏辙在以上例句中揭示了"诗缘情"的特点,从本质上肯定了《诗》是文学作品,使阐释的主体回归到诗文本之上。

(2)从诗歌抒情主体的角度阐发诗义

站在抒情主体的立场上解读诗句是揭示诗本义的重要途径。苏辙对"诗缘情"的文学本质的认识,也使得他能从诗歌抒情主体的角度阐发诗义。我们可以将《郑笺》与《诗集传》作对比来看苏辙的这一解诗特点。

如《葛覃》:"葛之覃兮,施于中谷;维叶萋萋。黄鸟于飞,集于灌木;其鸣喈喈。"

《郑笺》云:"葛者,妇人之所有事也,此因葛之性以兴焉。兴者,葛延蔓于谷中,喻女在父母之家,形体浸浸日长大也。叶萋萋然,喻其容色美盛。""葛延蔓之时,则抟黍飞鸣,亦因以兴焉。飞集丛木,兴女有嫁于君子之道。和声之远闻,兴女有才美之称达于远方。"[32][页36—37]《郑笺》站在第三人称立场上对诗义进行了阐释,认为诗句并非是对诗人所见景物的直接描写,而是用了"兴"法。用生长越来越繁茂的葛覃,比喻女子在父母家逐渐成长;用黄鸟飞翔,降落于灌木丛林,歌声婉转悠扬,比喻女子能够凭借自己美好的品德选择道德高尚的人作为丈夫以及女子的贤德美名远播四方。

苏辙则直接取消了对"兴"法的判定与说解,直接进入诗本义的阐释中。《诗集传》:"葛者,妇人之所有事也。方葛之盛时,黄鸟出于谷而集于木,鸣嗜嗜矣。咏歌其所有事而又及其所闻见,言其乐从事于此也。"[41][页267—268]苏辙认为此句是在抒写诗人当时所见到的真实场景。《诗集传》不仅对这一场景进行了生动的描绘,而且对诗人当时的心境进行了揣摩,认为诗句表明了诗人对自己所从事的事情是感到愉悦的。苏辙的解释显然是站在了诗歌抒情主体的立场上对诗人当时的所见所感进行体会与描摹,这实际也是在对诗歌本身的含义进行解释,与《郑笺》的解释角度完全不同。

又如《郑笺》注《召南·殷其雷》"殷其雷,在南山之阳。何斯违斯?莫敢或遑。振振君子,归哉归哉",曰:"雷以喻号令于南山之阳,又喻其在外也。召南大夫以王命施号令于四方,犹雷殷殷然发声于山之阳。""何乎此君子,适居此,复去此,转行远,从事于王所命之方,无敢或闲暇时。闵其勤劳。""大夫信厚之君子,为君使,功未成,归哉归哉!劝以为臣之义,未得归也。"[32][页104]《郑笺》在此用雷来比喻君子行号令于南山之阳或在远方之国,指出后句"何斯违斯,莫敢或遑。振振君子,归哉归哉"是说妇人怜恤君子在外勤劳,劝其返国之意。《郑笺》完全站在第三人称的角度对诗句进行解释。

《诗集传》一反传统解释,将诗句视为诗人直抒胸臆的语句。《诗集传》曰:"雷声隐然在南山之阳耳,然而不可得见。召南之君子远行从政。其室家思一见之而不得,如是雷也,故曰:'何哉!吾君子去此而从事于四方,不敢安也。'既而知其义不得归也,则曰:'振振君子,归哉归哉!'言不可归也。"[41][页278]苏辙认为整句诗均在抒发召南君子之室家对他的思念之情。他在对诗句的解释中,以妇人的口吻述说了对君子的思念之情。《诗集传》显然是站在诗歌抒情主体的立场上来阐发诗人的所思所感。

再如《郑笺》注《陈风·东门之杨》"东门之杨,其叶牂牂。昏以为期,明星煌煌",曰:"杨叶牂牂,三月中也。兴者,喻时晚也,失仲春之月。""亲迎之礼以昏时,女留他色,不肯时行,乃至大星煌煌然。"[32][页522]《郑笺》认为,"杨叶牂牂"并不是对真实场景的描写,而是一种"兴"法,用来比喻婚期已逾时。"昏以为期,明星煌煌"是指亲迎时间本应在黄昏时期,但到了傍晚时间,新人还未出现。《郑笺》站在第三人称立场上对事情进行了交代。

《诗集传》注曰:"昏礼以岁之隙,杨叶牂牂则春夏之交也,时既已晚矣,幸其成礼而昏以为期,至于明星煌煌而又不至,是以怨之也。"[41][页368]苏辙则认为"杨叶牂牂"是诗人成婚时的具体时节,诗人因对方迟迟未到而产生了埋怨之心。《诗集传》完全站在创作者的立场解释诗义,并将诗义的指归落实到诗人流露的情感"是以怨之"之上。

通过以上对比,我们可以看出《诗集传》与传统《诗经》学在解诗角度上的不同,《诗集传》往往站在诗歌抒情主体的立场上考察诗义,其叙述方式也往往采取了以第一人称直抒胸臆的方式,因此对诗本义多有揭示。

(3)从"人之常情"的角度解释诗意

苏辙对《邶风·泉水》整首诗的阐释最能体现《诗集传》以"人之常情"来推断诗义的特点。

《邶风·泉水》在《诗经》中归于《国风·邶风》列下,但《诗序》首句认为这是卫女所作之诗,苏辙也从此说。那么,何以判断此诗为卫女所作之诗呢?《诗集传》做了这样的解释:"凡诗皆系于所作之国,故《木瓜》虽美齐桓而在《卫》,《猗嗟》虽刺鲁庄而在《齐》,《泉水》《载驰》《竹竿》皆异国之诗而在《卫》者,以其声卫声欤?《记》曰:'郑音好滥淫志,宋音燕女溺志,卫音促数烦志,齐音傲辟骄志。'盖诸国之音未有同者。卫国之女思卫而作诗,其为卫音也固宜,犹庄舄之病而越吟,人情之所必然也。"[41][页295]苏辙认为,上古时期《诗》与音乐是密不可分的,不同的地域也存在不同的音乐类型,《诗序》判断此诗为卫女所作,乃是因为此诗之音为卫音的缘故。那么,此诗何以为卫音呢?苏辙认为,卫女嫁于他国,思念家乡，乃以故国之音作诗，这是由"人之常情"而决定的。苏辙不仅以"人之常情"对此诗的作者进行了说明，也以"人之常情"作为解读全诗的根本出发点。

苏辙解"毖彼泉水，亦流于淇。有怀于卫，靡日不思。娈彼诸姬，聊与之谋"条，曰："泉水出于他国而流于淇，女子嫁于异国，父母终，思归宁而不得，是以思卫之诸姬，将见而与之谋也。夫思归情之所当然也，不归，法之不得已也。圣人不以不得已之法而废其当然之情，故闵而录之也。"[41][页295] 苏辙认为女子嫁于异国产生思乡之情是合乎情理的事，然而女子思乡却又不得归宁，其中原因很可能是由于当时礼法不许。因此若从礼法而言，既不许归宁，思乡实是违背礼法之举。然而孔子却将这首诗录入"诗三百"，其中原因又是什么呢？苏辙指出，这是因为孔子能充分地体察到常人的思乡之苦，故不以礼法的存在而无视人情的合理性。苏辙在此指出，对"人之常情"的重视乃是孔子编《诗》的重要原则。

又如苏辙注"出宿于泲，饮饯于祢。女子有行，远父母兄弟。问我诸姑，遂及伯姊"条，曰："卫女思归而不获，故言其所由以归之道，以致其思之至也。既言其所由以归之道，则又言其可以归之义，曰：'妇人有出嫁之道，远于其宗，故礼缘人情，使得归宁。'因以问其姑、姊，今曷为不得哉？"[41][页295] 苏辙在此从"人之常情"的角度体察了作者在诗句中所表达的思乡之情，对诗义的阐释完全回复到了诗本义之上。

（4）从《诗》的抒情性特征出发批驳《诗序》

以诗本义批驳《诗序》之失是《诗集传》的重要特点，前文对此已有论述。此外，从《诗》的抒情性特征出发批驳《诗序》的谬误之处，也是《诗集传》的特点之一。下面，我们以《郑风·萚兮》为例来考察《诗集传》的这一解诗特点。例：

《郑风·萚兮》："萚兮萚兮，风其吹女！叔兮伯兮，倡予和女！"[32][页355]

《诗序》注曰：

刺忽也。君弱臣强，不倡而和也。[32][页354]

《毛传》：

兴也。萚，槁也。人臣待君倡而后和。……叔、伯言群臣长幼也。君倡臣和也。[32][页355]

《郑笺》：

> 槁，谓木叶也。木叶槁，待风乃落。兴者，风喻号令也，喻君有政教，臣乃行之。言此者，刺今不然。……叔伯，群臣相谓也。群臣无其君而行，自以强弱相服。女倡矣，我则将和之。言此者，刺其自专也。叔伯，兄弟之称。[32][页355]

《正义》：

> 毛以为，落叶谓之萚。诗人谓此萚兮萚兮，汝虽将坠于地，必待风其吹女，然后乃落，以兴谓此臣兮臣兮，汝虽职当行政，必待君言倡发，然后乃和。汝郑之诸臣，何故不待君倡而后和？又以君意责群臣，汝等叔兮伯兮，群臣长幼之等，倡者当是我君，和者当是汝臣，汝何不待我君倡而和乎？"[32][页355]

《诗集传》：

> 萚，落也。木槁则其萚惧风，风至而陨矣。譬如人君不能自立于国，其附之者亦不可以久也。故惧而相告曰："叔兮伯兮，子苟倡也，予将和女。"盖有异志矣。[41][页329]

对比三者之义，可以看到《毛传》解诗与《诗序》之义大略相同，均是站在第三人称立场上叙述诗义。《郑笺》主要是对《毛传》进行补充，着眼于政教寓意的阐发，并不涉及诗本义。因此即使诗句带有明显的抒情特征，《郑笺》对此也没有做任何的阐发。《正义》则沿袭了《毛传》与《郑笺》的解释方式，也是从诗的政教意义入手，但有了一些不同。《正义》注意到了诗句的抒情特征，因此对诗人的情感略有阐发，但解诗的重点仍然落在了诗句的政教意义之上。《诗集传》也将前一句解为譬喻意义，但在对两句诗整体解释上，《诗集传》则站在诗歌抒情主体的立场上考察诗义，《诗集传》所谓的"故惧而相告曰……"是完全以诗人的口吻来解释诗义的。

由于解诗角度的不同，《诗集传》对诗义做了不同于前儒的解释，这又使得苏辙重新考察《诗序》的解释，并指出了《诗序》的谬误之处。《诗集传》："《毛诗》之叙以为君弱臣强，不倡而和，故曰：'君倡而臣和，犹风起而萚应也。'夫'萚兮萚兮，风其吹女'，此忧惧之辞，而非倡和之意也。"[41][页329]《诗集传》对《诗序》的否定，显示了二者解诗角度的不同。《诗集传》正是站在诗歌抒情主体的地位解释诗本义并对《诗序》提出了批驳。

(二)《诗集传》对《诗》经学特征的重视

求诗之本义是北宋《诗经》学发展的主流。朱熹云:"至于本朝刘侍读、欧阳公、王丞相、苏黄门、河南程氏、横渠张氏,始用己意,有所发明,虽其浅深得失有不能同,然自是之后,三百五篇之微词奥义,乃可得而寻绎。"① 朱熹此语揭示了宋儒探求诗本义的治经取向。但宋儒也并不否认《诗》的经学特征,同样通过对《诗》的阐发来发挥儒家义理思想。这使得宋代《诗经》学出现了文学与经学相融的阐释特征,而苏辙的《诗集传》也体现了这一鲜明的特征。

苏辙解诗十分注重对《诗》的文学性质的揭示,但在另一方面,他也同样将《诗》视为经学作品,并在很大程度上继承了"《诗经》汉学"以"诗教"为指归的解诗思路,这使得《诗集传》表现出鲜明的经学特征。

1. 废序的不彻底性

北宋时期,苏辙认为《诗序》续申句为毛公及卫宏附益,并在《诗集传》中采取了废除《诗序》续申句的体例,这是对传统《诗经》学的重大改造。但苏辙对首句的价值是颇为认可的,认为它是对诗主旨的揭示,并在解诗时多遵照《诗序》首句之义。我们知道《诗序》首句实际也并不解诗本义,其说诗指归仍在于诗的政教寓意。那么苏辙依照这样的思路解诗,必定很难对汉儒以诗义附会政教意义的解诗体系有本质的突破,因此《诗集传》在解诗时同样表现出明显的经学特征。朱熹对此有过精辟的论述:

> 王德修云:"《诗序》只是'国史'一句可信,如'《关雎》,后妃之德也'。此下即讲师说,如《荡》诗自是说'荡荡上帝',《序》却言是'天下荡荡';《赍》诗自是说'文王既勤止,我应受之',是说后世子孙赖其祖宗基业之意,他《序》却说'赍,予也',岂不是后人多被讲师瞒耶?"曰:"此是苏子由曾说来,然亦有不通处。如《汉广》'德广所及也',有何义理?却是下面'无思犯礼,求而不可得'几句却有理。若某,只上一句亦不敢信他。旧曾有一老儒郑渔仲更不信《小序》,只依古本与叠在后面。某今亦只如此,令人虚心看正文,久之其义自见。盖所谓《序》者,类多世儒之误,不解诗人本意处

---

① 朱熹:《吕氏家塾读诗记后序》,载《晦庵先生朱文公文集》卷七十六,《朱子全书》第二十四册,上海古籍出版社 2002 年版,第 3655 页。

甚多。且如'止乎礼义',果能止礼义否?《桑中》之诗,礼义在何处?"[68][页2068]

朱熹在此指出,苏辙所谓《诗序》首句为孔子之言,续申句为后人附益,并采取了将首句作为解诗依据,尽弃续申之句的做法,也存在诸多不妥之处。朱熹以《汉广》为例指出,《诗序》首句便与诗义相去甚远,但续申之句却与诗义有相合之处。因此在朱熹看来,苏辙的做法也并非完全可取。又《朱子语类》曰:

> 《诗序》,东汉《儒林传》分明说道是卫宏作。后来经意不明,都是被他坏了。某又看得亦不是卫宏一手作,多是两三手合成一序,愈说愈疏。浩云:"苏子由却不取《小序》。"曰:他虽不取下面言语,留了上一句,便是病根。[68][页2074]

朱熹明确指出苏辙对传统《诗经》学的改造是不够彻底的。在朱熹看来,《诗序》不仅续申句值得怀疑,甚至首句也存在很大的问题,因此应当完全抛弃《诗序》之义,立足于文本自身来求得诗本义。可以看到,朱熹在反序的道路上比苏辙走得更远。

其实,苏辙在具体解诗过程中不仅基本依据了《诗序》首句说诗,并且对《诗序》续申句也非采取了完全摒弃的态度。事实上,苏辙解诗在多数情况下是沿用《诗序》续申句说法的。如:

> 《诗序》解《周南·兔罝》云:"后妃之化也。《关雎》之化行,则莫不好德,贤人众多也。"[32][页58]苏辙《诗集传》在体例上采取了保留"后妃之化也",尽弃续申句的做法。但在具体的解诗过程中,苏辙仍沿用了续申句的意思。《诗集传》注《兔罝》首句"肃肃兔罝,椓之丁丁。赳赳武夫,公侯干城",曰:"罝兔之人,野之鄙人也。野之鄙人,礼之所不及也。礼之所不及者,其心无所不易。人而无所不易,则其于妻妾也无所复敬矣。今妇人能以礼自将,敬而不可慢,故其夫虽罝兔之鄙人,而犹知敬之。夫人知敬其妻妾,则无所不敬,是以至于椓杙而犹肃肃也。赳赳,有力之貌也。罝兔之人则赳赳之武夫也,世未尝患无武夫,独患其不知敬而不可近,今武而知敬,故可以为公侯干城也。《桃夭》言后妃能使妇人不以色骄其夫,而《兔罝》言其能使妇人以礼克君子之慢,故《桃夭》曰致,而《兔罝》曰化。夫致者可以直致,而化者其功远矣。"[41][页271]

《诗序》首句云:"后妃之化也。"对照诗文本,不难看出,此语也并非就诗本义而言，而是在对诗产生的社会背景做交代，认为此诗是产生于后妃之德化行天下的社会背景。续申句云："《关雎》之化行，则莫不好德，贤人众多也。"是将首句之义更加明确化，指出在后妃之德的影响之下，世人无不追求美好的品德，世之贤人也日益层出。考察诗句"赳赳武夫，公侯干城"可以看到，续申句已将首句之义与诗本义连接起来。当然，就本质而言，《诗序》首句与续申句均在发扬《兔罝》之诗的政教意义，并未对诗本义进行解说。对比《诗集传》的解释，可以看到，苏辙解诗也并未直接进入到诗本义的阐发之上，而是仍停留于对诗句如何体现后妃之德化行天下之义的阐发之上，即《诗集传》所谓的"罝兔之人则赳赳之武夫也，世未尝患无武夫，独患其不知敬而不可近，今武而知敬，故可以为公侯干城也"，正是对《诗序》续申句"《关雎》之化行，则莫不好德，贤人众多也"的注释。由此可见，苏辙对整首诗的解释仍未能突破传统的"以序说诗"的樊笼。

苏辙的这种解诗方式在《诗集传》中不乏其例，如《周南·卷耳》，《诗序》首句曰："后妃之志也。"续申句曰："又当辅佐君子，求贤审官，知臣下之勤劳。内有进贤之志，而无险诐私谒之心，朝夕思念，至于忧勤也。"[32][页44]《诗集传》解题曰："妇人知勉其君子求贤以自助，有其志可耳。若夫求贤审官，则君子之事也。"[41][页268]《诗集传》完全采纳了《诗序》首句与续申句之义。在具体的解诗过程中，《诗集传》也基本遵循"以序说诗"的阐释思路。如《诗集传》解"采采卷耳，不盈顷筐。嗟我怀人，置彼周行"句，曰："卷耳易得之物，顷筐易盈之器，而不盈焉，则志不在卷耳也。今将求贤，置之列位，而志不在，亦不可得也。"[41][页268]苏辙此处完全按照《诗序》续申句来解释诗意。

"依序说诗"是汉唐诸儒解诗的重要手法。《诗序》说诗往往侧重于它的政教意义，故汉唐儒者说诗实际是将作为文学作品的《诗》当作载道的经学。苏辙废《序》的不彻底性，特别是对《诗序》首句的维护，使得他很难摆脱《诗序》阐扬政教意义的根本立场。可见《诗集传》仍在很大程度上沿袭了汉儒的解诗思路，表现出鲜明的经学家的立场。

2. 对毛、郑解诗之法的继承

我们知道，自《毛传》始，"兴"法便成为解诗的重要手法，也成为儒者将《诗》变为载道的经学的重要方式。苏辙在解诗体例上采取了直接废除"兴"法的做法，这无疑是对传统《诗经》学的重大改造。但苏辙在具体解诗时，也在部分篇章的训释中继承了毛、郑以譬喻之意说诗的方法，也将所谓的譬喻之意放在了政教寓意之上。如《周南·汉广》："南有乔木，不可休息。汉有游女，不可求思。汉之广矣，不可泳思。江之永矣，不可方思。"[32][页64]

《郑笺》注首句云："不可者，本有可道也。木以高其枝叶之故，故人不得就而止息也。兴者，喻贤女虽出游流水之上，人无欲求犯礼者，亦由贞洁使之然。"[32][页64]《郑笺》认为"南有乔木，不可休息"用了"兴"法，诗句之义是以乔木之不可依靠而止息比喻贤女贞洁不可犯礼。可见，《郑笺》采用了以"喻"释"兴"的方法，将解诗的重点放在了政教寓意之上。

《诗集传》注曰："文王之化行于南国，虽江汉之游女皆有廉洁之行，不可犯以非礼，譬如乔木不可就以休息，江汉不可得而方泳也。"[41][页272]《诗集传》虽取消了"兴"说，但仍认为诗句是以乔木之不可休息比喻江汉之游女的廉洁之行。此处，苏辙的解诗之法与《郑笺》释"兴"之法并无本质上的区别，二者均将解诗的指归落在了诗的政教寓意之上。

又如《郑笺》注《召南·草虫》"喓喓草虫，趯趯阜螽。未见君子，忧心忡忡。亦既见止，亦既觏止，我心则降"，云："草丛鸣，阜螽跃而从之，异种同类，犹男女嘉时以礼相求呼。"[32][页82]《郑笺》认为，"喓喓草虫，趯趯阜螽"是比喻男女以礼婚配。

《诗集传》曰："草虫鸣则阜螽跃而从之，妇人之于君子，犹二物之相从，其性然矣。然其未见也，常自忧不得见君子，故每以礼自防，至于既见而后心降也。"[41][页275]苏辙在此虽取消了"兴"法，但仍以草虫与阜螽的相随关系比喻妇人应从于君子，并以礼自防。此意与《郑笺》完全相同，均将解诗的重点放在妇德的教化意义之上。

再如《秦风·蒹葭》："蒹葭苍苍，白露为霜。所谓伊人，在水一方。溯洄从之，道阻且长。溯游从之，宛在水中央。"[32][页494]此诗通常被视为一首情诗，表达对恋人的思念之情。

《郑笺》云："蒹葭在众草之中苍苍然强盛，至白露凝戾为霜则成而黄。兴者，喻众民之不从襄公政令者，得周礼以教之则服。"[32][页494]《郑笺》认为"蒹葭苍苍，白露为霜"用了"兴"说，并将"蒹葭苍苍，白露为霜"

的自然景观用来比喻襄公治理国家的方略。

《诗集传》曰:"蒹葭之方盛也苍苍,其强劲而不适于用,至于白露凝戾为霜,然后坚成,可施于用矣。襄公兴于西戎,知以耕战富国强兵,而不知以礼义终成之,非不苍然盛也,而君子以为未成,故告之曰:'有贤者于是不远也,在水之一方耳,胡不求与为治哉?维不以其道求之也,则道阻且长,不可得而见矣。如以其道求之,则宛然在水之中耳。'"[41][页360]《诗集传》的解释与《郑笺》之意十分接近,二者均将解诗的重点放在了政教寓意之上。

郑玄以"喻"释"兴"的解诗方法是将诗本义转化成政教寓意的重要手法,《诗集传》虽废除了"兴"的说法,但在部分篇章的训释中仍继承了郑玄以"喻"释"兴"的解诗方法,因此《诗集传》也在一定程度上通过譬喻之法将这些作为文学作品的诗篇转换成了载道的经学作品。

此外,苏辙解诗虽十分重视诗的抒情性特征,但在对部分诗篇的阐释上,仍将解诗之指归放在了政教意义之上。

如在对《唐风·羔裘》首句的解释中,苏辙虽然站在抒情主体的立场上解释了诗意,但他也指出此句的"诗教"意义在于:"君之处于民上,犹豹袪之在羔裘耳,豹虽甚贵,而以羔为本。君虽甚尊而由有民以安其居,舍羔则豹无所施,而无民则君无所托矣。"[41][页353]苏辙在此阐发了"民为君本"的儒家思想。

再如《诗集传》解《郑风·萚兮》首句"萚兮萚兮,风其吹女!叔兮伯兮,倡予和女!",曰:"萚,落也。木槁则其萚惧风,风至而陨矣。譬如人君不能自立于国,其附之者亦不可以久也。故惧而相告曰:'叔兮伯兮,子苟倡也,予将和女。'盖有异志矣。"[41][页329]《诗集传》虽然站在诗歌抒情主体的立场上考察了诗义,并以诗人的口吻来解释了诗句,但总体而言仍将此句解释为譬喻意义,阐发《诗》的政教意义。

从以上苏辙解诗所表现出的废序的不彻底性以及对毛、郑以政教意义为指归的阐释思路的继承等几个方面来看,《诗集传》在一定程度上仍然沿袭了汉儒将《诗》作为载道经学的解诗传统。但与此同时,苏辙解诗也十分重视《诗》作为文学作品的特征,并对《诗》的抒情性特征多有揭示,体现了明显不同于汉儒的解经取向。因此,《诗集传》充分表现出揭示《诗》的经学性与文学性相结合的解诗特征。

苏辙《诗集传》的解诗模式基本奠定了宋代《诗经》学的发展走向，宋代《诗经》学的集大成之作——南宋朱熹的《诗经集传》同样遵循了文学与经学相融的阐释思路。

第四节　义理思想

儒家经学正式确立于汉武帝时期，《汉书·武帝纪》赞曰："孝武初立，卓然罢黜百家，表章六经。"①《诗经》被尊为"六经"之一，成为儒家经学思想的重要典籍。苏辙在《诗集传》中也同样表现出其儒学的治经取向。他通过对《诗经》的诠释，阐发了儒家君臣之道与心性思想。

一、"君臣之道"的政治观

君臣关系是封建王朝的政治大纲，它不仅体现了封建国家的伦理纲常，也决定着一个国家的治乱兴衰。然而，由于君臣之间存在着权力与利益的分配，君臣关系也成为朝政生活中敏感而棘手的事情。苏辙对于如何处理君臣关系提出了自己的看法。《诗集传》注《小雅·南有嘉鱼》"翩翩者鵻，烝然来思。君子有酒，嘉宾式燕又思"，曰："父子之相亲，物无不然者，故择木之鸟常怀其亲，来而不去。君子之事君，如子之养父母，义有不可已者，故曰：'长幼之节不可废也，君臣之义如之何其废之？'盖孔子历聘于诸侯，老而不厌，乃所谓'烝然来思'者。惟莫之用，是以终舍而去。古之君子于士之至也，则酒食以燕乐之，故士可得而留也。"[41][页403] 苏辙认为，理想的君臣关系应当从两个方面来讲：一方面，臣子事君要尽忠，如同对待自己的父母一样，不忠则为不义；另一方面，君待臣子应尽礼，如君主不礼遇臣子，臣子也可离开君主。在君臣关系的处理上，苏辙对君主提出了更多的要求，表现出他在政治上的君权相对论思想，具体体现在以下几个方面：

（一）修德以求诸侯

反对君主的绝对专权，所以他认为君主应提高自己的道德修养，并以美好的品德来招纳贤才。在《小雅·甫田》的注释中，苏辙集中阐述了这

---

① 班固：《汉书》，中华书局1983年版，第212页。

一思想。下面以苏辙对《齐风·甫田》的注释为例进行分析：

《甫田》："无田甫田，维莠骄骄。无思远人，劳心忉忉。"

《诗集传》注曰：

> 襄公无礼义而求大功，不修德而求诸侯，故告之曰："无田甫田，田甫田而力不给，则莠盛矣。无思远人，思远人而德不及，则心劳矣。"田甫田则必自其小者始，小者之有余，而甫田可启矣。思远人则必自其近者始，近者之既服，而远人自至矣。[41][页340]

《甫田》："无田甫田，维莠桀桀。无思远人，劳心怛怛。婉兮娈兮，总角丱兮。未几见兮，突而弁兮。"

《诗集传》曰：

> 夫欲得诸侯而求之，则失诸侯之道也。庄子曰："君自是为之，则殆不成。"夫总角之童，而至于突然弁也，岂其求之哉？其道则有所必至也。君子之得诸侯，亦未尝求之矣。苟修其身而治其政令，诸侯不来而将安往？故夫诸侯之来，非求之也，不得已而受之也。不得已而受之，故其来也无忧，而其既来也不去。此求之至也。[41][页340]

苏辙在以上注文中指出，为上者要招纳贤才，就必须要提高自己的道德修养，从而以美好的品德来吸引贤才的归附。苏辙的这一观点还见于《诗集传》注《小雅·渐渐之石》"渐渐之石，维其高矣。山川悠远，维其劳矣。武人东征，不皇朝矣"句，曰："幽王之乱，下国背叛，王将以力征服之而不得，故告之曰：'渐渐之石，而欲以力平之乎？吾见其高而已，不可平也。山川之悠远，而欲以行尽之乎？吾见其劳而已，不可尽也。今诸侯背叛，而欲以武人征之，吾亦见其益乱而已，不暇使之朝也。'孔子曰：'远人不服，则修文德以来之。'远人可以德怀而不可以力胜，武人非所以来之也。"[41][页478]苏辙在此继承了孔子的观点，反对以武力的方式征服他国诸侯，主张修文德以吸引其归附。

（二）以诚心和推恩礼遇贤士

苏辙认为君主应当以诚心来招纳贤士。如《诗集传》注《小雅·南有嘉鱼》"南有嘉鱼，烝然罩罩。君子有酒，嘉宾式燕以乐"，曰："鱼之在水，至深远矣。然人未尝以深远为辞而不求，虽不可得，犹久伺而多罩之，是以鱼无有不得也。苟君子之求贤，心诚好之而不倦，如是人之于鱼，则亦岂有不可得者哉？"[41][页403]苏辙在此指出只要"心诚好之而不倦"，为上者就可以求得天下贤士。

又《诗集传》注《小雅·南有嘉鱼》"南有樛木，甘瓠累之。君子有酒，嘉宾式燕绥之"，曰："鱼非有求于人，而人则取之。以为贤者亦如是，而吾则强求之欤？非也。瓜蔓于地，是岂可强使从人哉？然其遇樛木也，未尝不累之而上。物之相从，物之性也。岂有贤者而不愿从人者哉，独患不之求耳。孔子曰：'未之思也，夫何远之有？'"[41][页403] 苏辙指出，贤者本愿跟随君主，施展自己的才能，因此君主只要诚心招纳贤者，贤者自会依附于君主。

再如《诗集传》注《大雅·卷阿》"凤凰鸣矣，于彼高冈。梧桐生矣，于彼朝阳。菶菶萋萋，雍雍喈喈。君子之车，既庶且多。君子之马，既闲且驰。矢诗不多，维以遂歌"，曰："山东曰朝阳。凤之性非梧桐不栖，非竹实不食，故凤凰鸣于高冈。将欲得而畜之，则植梧桐于朝阳以待之。使梧桐之盛至于菶菶萋萋也，则凤凰鸣于其上，雍雍喈喈矣。维君子亦然，其德有以绝于众人，而众人待之则将不至。故其所以载之者车必庶而多，马必闲而驰，以此待之，庶曰苟至焉。成王之朝盖有是人，而王不知欤？故召公为此诗，其所陈者不多也，维告以遂用之而已。"[41][页511—512] 苏辙在此指出，贤者因为有超越于常人的才能，故不会与常人一般轻易屈尊归附，为上者如能以殊礼加之于贤士，贤士也必然会效忠于为上者。苏辙强调推恩礼遇贤士的观点还见于《诗集传》注《小雅·蓼萧》"蓼彼萧斯，零露湑兮。既见君子，我心写兮。燕笑语兮，是以有誉处兮"，曰："诸侯来朝，其众且贱如萧蒿，然王者推恩以接之，无所不及，如零露之于萧然。故其既见天子也，莫不思尽其心之所有以告之。天子又申之以燕礼，于其燕也，极其笑语之乐而无间，诸侯是以乐处于是也。"[41][页405] 苏辙在此指出，君以礼待臣，臣事君以忠，君臣欢然无间的关系正是君臣之间最为理想的状态。

（三）事君以道、去君以道

在君臣关系中，苏辙一方面强调为君之道，另一方面也十分注重贤者的事君之道。他认为贤者应该以"道"事君，并以"道"来决定去留。

如《诗集传》注《桧风·羔裘》"羔裘逍遥，狐裘以朝。岂不尔思，劳心忉忉"，曰："缁衣、羔裘，诸侯之朝服也。锦衣、狐裘，所以朝天子之服也。桧君好盛服，故以其朝服燕，而以其朝天子之服朝。夫君之为是也则过矣,然而非大恶也,而大夫以是去之,何哉?孔子之去鲁,为女乐故也,而曰膰肉不至,盖讳其大恶而以微罪行。桧大夫之羔裘,则孔子之膰肉也欤?此所谓以道去其君也。"[41][页372] 苏辙认为贤者事君也应有自己的原则,即所谓的"道"。如果自己不能按照自己的原则来辅佐国君,那么贤者就应该舍弃自己的职位。

从以上分析可以看出,苏辙的君臣观充分体现了他的君权相对论思想。苏辙认为国君希望贤臣为自己效力是国君有求于贤臣,因此贤臣要向君主效忠也并非是无条件的,如若国君不道,或是对贤臣疏于礼数,贤臣也可舍弃国君而去。那么,这就要求君主必须修养自己的品德,并以诚心来招纳或是对待贤臣。唯其如此,才能使国家人才云集、政事清明。苏辙的君臣观显然与传统的强调臣子要绝对服从君主的君权专制主义思想有很大的区别。苏辙的思想实际是对先秦孔、孟君臣观的继承与发挥。孔子曰:"君使臣以礼,臣事君以忠。"① 孟子继承了孔子这一思想,明确指出:"君之视臣如手足,则臣视君如腹心;君之视臣如犬马,则臣视君如国人;君之视臣如土芥,则臣视君如寇仇。"② 在孔孟看来,君臣关系中,君处于主动地位,上行下效,君对臣的态度决定了臣对君的态度,因此要处理好二者的关系,君主首先要礼遇贤臣。到了北宋时期,我们可以看到苏辙对孔、孟的君权思想有了继承与发挥。一方面,苏辙主张在处理君臣关系中,君主要以礼待臣,这是对孔孟思想的继承;另一方面,苏辙还主张君主应加强自己的德性修养,不仅要以礼待臣,还要以诚心待臣,这一思想则是对孔孟君权相对论的发挥,体现出北宋儒学思想往心性学纵深发展的特点。

(四)君权相对论

苏辙的君臣观在一定程度上代表了北宋时期部分知识分子的政治诉求。他们希望在政治上取得一定的地位,也希望保持自己相对独立的人格,故而对君主的道德与权限提出了一些要求。苏辙的这种意识表现得相当强烈,早在仁宗嘉祐六年(1061),苏辙便在策论中极言时弊,以至批评宋仁宗"今陛下无事则不忧,有事则大惧",引起朝臣的争议。《诗集传》中,苏辙也同样表现出敢于对为上者提出指责的胆识。他除了在君臣关系上对君

---

① 刘宝楠撰《论语正义·八佾》,中华书局1990年版,第116页。
② 焦循撰《孟子正义·离娄下》,中华书局1987年版,第546页。

主对待贤士的态度提出要求，还对君主的德行方面的修养做了反复的强调。《诗集传》在对《大雅·抑》"无竞维人，四方其训之。有觉德行，四国顺之。訏谟定命，远犹辰告。敬慎威仪，维民之则"的注释中集中地论述了这一观点，如下：

> 为国者得人则强，失人则弱。循道者民之所顺，而背理者民之所叛也。故人君必先任贤臣，内秉直德以服天下，然后先事而大谋以定政命，远图而时告之。政事既修，又能敬其威仪以为民则，则所以为国者略备矣。[41][页519]

苏辙认为国君要使国家变得强盛，就必须得到人民的拥戴，而要得到人民的拥戴，国君就必须任用贤臣，加强自己的德性修养，然后励精图治，修明政事，国家方可走向强盛。

《诗集传》注《大雅·抑》"质尔人民，谨尔侯度，用戒不虞。慎尔出话，敬尔威仪，无不柔嘉。白圭之玷，尚可磨也。斯言之玷，不可为也"，曰："质，成也。侯度，天子所以御诸侯之度也。天子苟内失其人民，而外慢其诸侯，则将有不虞之祸起。夫怨不在大，言语之不慎，威仪之不敬，与人失和，而祸之所从起也。"[41][页519]苏辙指出，国家出现祸乱，国君首先应担负重大的责任。这是因为，国君怠慢诸侯，不修德行，以至于失去百姓的拥戴，而致使国家陷于祸乱。

《诗集传》注《大雅·抑》"辟尔为德，俾臧俾嘉。淑慎尔止，不愆于仪。不僭不贼，鲜不为则。投我以桃，报之以李。彼童而角，实虹小子"，曰："辟，法也。虹，溃也。人君苟修其德而慎其容止，无僭伪残贼之行，则民鲜不可以为法矣。譬如投之以桃而报之以李，不可诬也。今王无其实，而欲求民之法之，则亦譬如童羊而求有角之用，人谁信汝哉？徒自溃而已。"[41][页520]苏辙在此指出，如果国君注意修养自己的道德品性，礼贤下士，就必然会得到百姓的拥戴。

苏辙继承了先秦儒家的德治思想，认为国君的德行修养是关系国家治乱兴衰的重要因素。封建君主专制的深刻弊端在于整个国家的命运左右于一人之手，而在封建专制主义的体制下，君主至高无上的君权不受到任何外界力量的制约，那么，如何能够减小因君主的个人行为而导致的国家与百姓的灾难呢？那就只能通过道德的力量来约束君主的行为。对于这一点，早在先秦时期，儒家思想就有所论及。孔子曰："其身正，不令而行；其身不正，虽令不从。"①"政者，正也。子帅以正，孰敢不正？"②孟子认为，"君仁莫不仁，君义莫不义，君正莫不正，一正君而国定矣。"③荀子也说："君贤者其国治，君不能者其国乱。"④在儒家看来，为政者只有正己才能正人，也即，最高统治者的"正"即道德品行端正是臣下"正"的前提，是政令畅通的条件。君主是否按照道德的原则行事决定了臣、民是否遵守道德秩序以及国家兴盛与否。先秦儒家思想从"正""仁""义"等方面对君主的道德修养提出了要求，但自西汉设立了取士制度后，儒生参与到国家政治生活中，成为封建统治的有力支柱，儒生对于权势的屈服使他们逐渐丧失了独立的精神而成为封建君主专制的附庸，先秦儒家敢于以道德评谏君主的精神也逐渐被后世儒生所遗弃。苏辙敢于针对封建君主提出德治的要求，不可不谓有过人的胆识与勇气。

二、心性之学

宋代初年，经学逐渐向义理化发展，"理学"开始勃兴。其中的心性之学是理学的重要特点。苏辙在《诗集传》中深入地阐发了他的"心性之学"，表现出宋初理学家的鲜明特点。

苏辙在《桧风·鸤鸠》《卫风·淇奥》《小雅·小宛》《大雅·旱麓》等篇章中阐发了他的心性学思想。苏辙认为"人性"即是"仁性"，具有德善具足的特点，是人达到君子理想人格所应具备的条件。《诗集传》注《淇奥》曰："君子平居所以自修者亦至矣，如切如磋，如琢如磨，日夜去恶迁善，以求全其性。"[41][页308-309]苏辙在此指出，君子应不断修行，去恶迁善，以保全自己的本性。可见苏辙认为，人之本性应是尽善无恶的。在《小宛》篇中，苏辙阐述了同样的观点："君子之不为不义，出于其性，犹窃脂之不食粟，虽欲食而不可得也。特以其居于乱世，而填尽寡弱无以行赂，则其陷于岸狱也固宜。曷不握粟而往试之？彼桑扈何自能食谷哉？"[41][页436]苏辙指出，君子之所以不为不义的事情是由他的"本性"

---

① 刘宝楠撰《论语正义·子路》，中华书局1990年版，第527页。
② 刘宝楠撰《论语正义·颜渊》，中华书局1990年版，第505页。
③ 焦循撰《孟子正义·离娄上》，中华书局1987年版，第526页。
④ 王先谦撰《荀子集解·议兵》，中华书局1988年版，第260页。

决定的,这是因为这个"本性"是善的。苏辙这种"人性尽善"的观点也可在他的《论语拾遗》中得到印证。《论语拾遗》曰:"性之必仁,如水之必清,火之必明。然方土之未去也,水必有泥;方薪之未尽也,火必有烟。土去则水无不清,薪尽则火无不明矣。人而至于不仁,则物有以害之也。'君子无终食之间违仁,造次必于是,颠沛必于是'。非不违仁也,外物之害既尽,性一而不杂,未尝不仁也。"[28][页1538]苏辙认为"人性"即是"仁性",虽然人有时会表现出不仁的方面,但这并不表明"人性"就是恶的,只是由于人在外物的影响下蒙蔽了他的"人性"而已,倘若这些影响被去除,人仍旧会恢复美好的人性。那么,人在外物的驱动下所表现出来的趋利避害的行为,又是不是"人性"的另一种表现形式呢?苏辙在解释孟子的"天下之言性者,则故而已矣"的时候对此进行了阐发。苏辙曰:

> 所谓天下之言性者,不知性者也。不知性而言性,是以言其故而已。故非性也。无所待之谓性,有所因之谓故。物起于外,而性作以应之,此岂所谓性哉?性之所有事也。性之所有事之谓故。方其无事也,无可而无不可。及其有事,未有不就利而避害者也。知就利而避害,则性灭而故盛矣。故曰:故者,以利为本。夫人之方无事也,物未有以入之。有性而无物,故可以谓之人之性。及其有事,则物入之矣。或利而诱之,或害而止之,而人失其性矣。譬如水,方其无事也,物未有以参之,有水而无物,故可以谓之水之性。及其有事,则物之所参也,或倾而下之,或激而升之,而水失其性矣。故曰:所恶于智者,为其凿也。如智者若禹之行水,则无恶于智矣。禹之行水也,行其所无事也。如智者亦行其所无事,则智亦大矣。水行于无事则平,性行于无事则静。方其静也,非天下之至明无以窥之。及其既动而见于外,则天下之人能知之矣。天之高也,星辰之远也,吾将何以推之?惟其有事于运行,是以千岁之日可坐而致也。此性、故浅深之辨也。[28][页1206]

苏辙认为人的"本性"是静一恒定的,人在日常生活中,会在外物的干扰下而表现出趋利避害的行为,但这些行为并不是人的"本性",而是所谓的"故"。苏辙将"性"与"故"做了严格的区分,实际上已确立了他的"性善"本体论思想。

苏辙确立了"性善"的前提,进而指出,人的言行要达到君子的人格标准，做到不违"仁义"、均一恒定，就必须依靠长期的修养以保全尽善之人性。《诗集传·淇奥》曰："君子平居所以自修者亦至矣，如切如磋，如琢如磨，日夜去恶迁善，以求全其性，然亦不可得而见也，徒见其见于外者瑟然僩然、赫然喧然，人之见之者皆不忍忘也，是以知其积诸内者厚也"。[41][页308—309]苏辙指出君子通过长期的修养，使日常言行不断地得到完善，旁人虽仅看到他的行为表现，但却会为他的行为所感染、不忍忘怀。原因何在呢？苏辙指出，这是因为旁人感受到这些言行并非出自于偶然，而是人在经过长期的内在修行之后，使得"人性"达到了德善具足的境界，从而外化为日常的行为，故常人虽只看到他的所作所为，却会为他的内在德性修养所感动。《诗集传》在对《桧风·鸤鸠》的注解中表述了类似的观点："君子之于人，其均一亦如是也。仪，其见于外者，有外为一而心不然者矣。君子之一也，非独外为之，其中亦信然也，故曰：'其仪一兮，心如结兮。'……君子之行，无不充足者，故周旋反复视之，而无不如一，譬如丝带而充之以璊弁耳。夫无一不然者，一之至也。德未充而求其能一，不可得也；既已充矣，而求其有一不然，亦不可得也。"[41][页376]苏辙同样指出，"德性"是决定人之行为处事的根本前提。

那么是否通过长期的内省功夫就可以使自己的"性"恢复到至善的境界呢？苏辙认为还必须以"诚"贯穿于始终。《诗集传》注《淇奥》云："《记》曰：'富润屋，德润身，心广体胖，故君子必诚其意'。《诗》云：'瞻彼淇奥，绿竹猗猗。'"[41][页309]苏辙指出，要使"人性"得到修养，生命因此而受到润泽，就必须去除偏邪之心，怀抱着诚心去修养。苏辙认为诚心是洞悉道的根本。他在《大雅·旱麓》中论述了这一观点，《诗集传》曰："道在我而物无不咸得其性，鸢以之飞于上，鱼以之跃于下，而况于人乎！或曰：天之高也，以为不可及矣，然鸢则至焉；渊之深也，以为不可入矣，然鱼则跃焉。夫鸢、鱼之能至此也，必有道矣，岂可以我之不能不信哉？君子推其诚心以御万物，虽幽明上下无不能格。小人不能知而或疑之何以异，不信鸢、鱼之能飞跃哉！《记》曰：君子之道费而隐，夫妇之愚可以与知焉。及其至也，虽圣人亦有所不知焉。夫妇之不肖可以能行焉。及其至也，虽圣人亦有不能焉。天地之大也，人犹有所憾。故君子语大，天下莫能载焉；语小，天下莫能破焉。诗云：鸢飞戾天，鱼跃于渊，言其上下察也。"[41][页490]苏辙认为在世间万事万物的运行之中必定有一个

"道"存在。倘若我们洞察到了"道"的奥秘,就能明白万事万物都离不开其本性,并在本性的支配下运行的道理。那么如何能洞察"道"的奥秘呢?苏辙指出,必须秉着诚心来求索,只要有诚心,即使是玄奥难测的道理也可以由此而被洞悉。

"诚"是儒家思想中一个重要的概念,历代儒者对它均有阐发,但各自的理解却不尽相同,苏辙的"诚"又具有怎样的内涵呢?他在《孟子解》中对这一概念做了明确的阐述。苏辙曰:"孟子学于子思,子思言'圣人之道出于天下之所能行',而孟子言'天下之人皆可以行圣人之道';子思言'至诚无敌于天下',而孟子言'不动心'与'浩然之气'。凡孟子之说皆所以贯通于子思而已。故'不动心'与'浩然之气','诚'之异名也。'诚'之为言,心之所谓诚然也。心以为诚然,则其行之也安。是故心不动而其气浩然无屈于天下,此子思、孟子之所以为师弟子也。子思举其端而言之,故曰'诚';孟子从其终而言之,故谓之'浩然之气'。一章而三说具焉:其一论养心以致浩然之气,其次论心之所以不动,其三论君子之所以达于义。达于义所以不动心也,不动心所以致浩然之气也,三者相须而不可废。"[28][页1200]苏辙认为,孟子与子思在思想上有着一脉相承的关系,孟子所谓的"不动心"与"浩然之气"即是子思所说的"诚"。只有心诚,才能做到行为的正直,只有心不为外物所动,浩然之气才不会有所折损。因此子思所谓的"诚"是孟子所谓"不动心""浩然之气"的根本前提,而"不动心""浩然之气"则是"诚"的必然结果。苏辙由此得出结论,人要使"浩然之气"充盈身心就要通过养心的功夫。而"浩然之气"又是达于"义"的根本途径,因此养心也是达于"义"的根本。反之,人若达于"义"之后可以做到心不动,进而又可以充盈浩然之气。因此,养心、充实浩然之气、达于义三者之间是相辅相成的关系。由此可以看出,苏辙的"诚"所具内涵十分宽泛,它应包含了"不动心""充盈的浩然之气",甚至也具有"义"等内涵。

综上所述,苏辙主张人性在本质上是尽善无恶的,并强调怀抱诚心进行长期的道德修养实践,以此来保全人的尽善之本性。苏辙《诗经》学中的心性论思想体现了宋代理学家的鲜明特点。

三、对"思无邪"的创造性解释

"思无邪"一语出于《诗经·鲁颂·駉》:"駉駉牡马,在坰之野。薄言駉者,有驈有皇,有骊有黄,以车祛祛。思无邪,思马斯徂。"[32][页1636—1638]孔子将它引用来作为对《诗》三百的总体评价。《论语·为政》曰:"《诗》三百,一言以蔽之,曰'思无邪。'"① 孔子的"思无邪"之说在先秦诗论中占有举足轻重的地位,并在后世形成了一个独立的诗论范畴。但孔子所谓的"思无邪"所指为何? 后人却很难根据《论语》中对孔子言行只言片语的记录来推断它的具体含义。我们知道,孔子说诗往往十分重视诗教的内涵(前文已有论述),而《诗序》的指归也重在阐扬"诗教"的内涵。因此后世儒者多认为孔子之意应与《诗序》之义有相承之处,故通常按照《诗序》之义来推测"思无邪"的具体含义。《诗经·鲁颂·駉》之《序》云:"颂僖公也。僖公能遵伯禽之法,俭以足用,宽以爱民,务农重谷,牧于坰野。鲁人尊之,于是季孙行父请命于周,而史克作是颂。"[32][页1627]郑玄结合《诗序》之义,于"思无邪"下云:"思遵伯禽之法,专心无复邪意也。"[32][页1638] 不难看出,郑玄此处是将"思"字解为实词,把"邪"字与"专心"对立起来,因此所谓"无邪"便指专一、无二心的意思。可见,在郑玄那里,"思无邪"是指对伯禽勤政爱民政治的虔诚追随态度,与《诗序》阐扬教化之义完全一致。

刘勰《文心雕龙·明诗》则做了这样的解释:"诗者,持也,持人之情性;三百之蔽,义归'无邪',持之为训,有符焉尔。"② 刘勰认为孔子此语之义应侧重诗教功用,"思无邪"即是指"义归无邪"。其中的"无邪"应有"正"的意思,可见刘勰基本将"思无邪"解为了"义归正"的意思。

宋真宗咸平年间,邢昺为《论语》作疏,对"思无邪"做了新的注释:"诗之为体,论功颂德,止僻防邪,大抵皆归于正,故此一句可以当之也。"③ 邢昺明确了"思无邪"一语所指称的对象与范围,认为孔子是根据诗歌的社会效用立论。可见邢氏接受了汉儒以美刺言《诗》的观念,认为"思无邪"是指人的思想道德观念应符合儒家伦理与政教规范。邢昺的阐释

---

① 刘宝楠撰《论语正义·为政》,中华书局1990年版,第39页。

② 周振甫:《文心雕龙今译》,中华书局2005年版,第55页。

③ 程树德撰《论语集释》,中华书局1990年版,第65页。

对后世影响极大。

苏辙在《诗集传》中则从全新的角度对"思无邪"做了创造性的解释。《诗集传·駉》云:"孔子曰:'《诗》三百,一言以蔽之,曰:思无邪。'何谓也?人生而有心,心缘物则思,故事成于思,而心丧于思,无思其正也,有思其邪也。"[41][页564]苏辙指出,人的思考来自于心对外物的反应,但人的本心却常常因外物的影响而迷失。苏辙进而指出人心迷失的原因:倘若人在对外物进行思考的时候,使自己的思考为外物所束缚,那么他的思考就会失去正确的方向,他的心也会丧失本来的面目。苏辙在此已将"思"有"邪"的说法提出,根据前后句意推断,苏辙所谓的"正"是指人处在"无思"的状态,保持着自己的"本心"。因为人的本心是德善具足的,所以人在无思的状态下,他的心思也是纯正的。与之相对,"邪"是指人在对外物进行思考的时候,心思为外物所束缚,因此而丧失了原有的纯正。由此可以推断,苏辙所认为的"思无邪"应是指人在对外物进行思考的时候,其心思不为外物所束缚,仍然处于一种纯正的本初状态。

既然人不可避免地要对外物进行思考,又如何能做到"思无邪"呢?苏辙曰:"有心未有无思者也,思而不留于物,则思而不失其正。"[41][页564]苏辙认为,只有在思考的时候,不为外物所束缚,人的心思才不会在外物的影响下丧失本来的面目。那么人又如何能做到思考外物而又不被外物所束缚呢?苏辙做出了这样的回答:"正存而邪不起,故《易》曰:'闲邪存其诚。'此思无邪之谓也。然昔之为此诗者,则未必知此也。孔子读《诗》至此而有会于其心,是以取之,盖断章云尔。"[41][页564]苏辙指出,只要人保持纯正的本心,邪心就不会萌生。如何保持本心呢?苏辙指出,人必须使自己的心做到"诚"。他认为《周易》中的"闲邪存其诚"正可视作对"思无邪"的注释,所谓"闲邪存其诚"应指,人的心思出现偏差与否在于他是否使自己的心做到"诚"。与此同理,人要在对外物的思考中保持自己的本心,就要使自己的心保持"诚"的状态。

苏辙在《论语拾遗》中对孔子所谓的"思无邪"做了更为集中的阐释。苏辙认为《周易》所谓的"无思无为,寂然不动,感而遂通天下之故"与《诗》所谓之"思无邪"之义并无二致。苏辙指出:"惟无思,然后思无邪,有思则邪矣。火必有光,心必有思。圣人无思,非无思也。外无物,内无我。物我既尽,心全而不乱。物至而知可否,可者作,不可者止。因其自然，而吾未尝思，未尝为，此所谓无思无为而思之正也。若夫以物役思，皆其邪矣。如使寂然不动，与木石为偶，而以为无思无为，则亦何以通天下之故也哉？故曰：'思无邪，思马斯徂。'苟思马而马应，则凡思之所及，无不应也。此所以为感而遂通天下之故也。"[28][页1536]苏辙认为，人只有在不对外物进行思考的状态之下，才可能保存自己的本心，使自己的思考不会偏离本心所愿，这就是"思无邪"。而人一旦进行思考，他的本心与思考均会受到外物的干扰而失去本来的面目，这便是"思有邪"。圣人之所以能做到思而无邪，并不是圣人不对外物进行思考，而是圣人在思考外物的时候，能够摆脱外物的束缚和一己之偏见，做到"外无物，内无我"。如能这样，人就可以做到按照事物本身的规律去思考。从这个意义上讲，人虽然因外物而思考，但实际又不为外物所缚。这就是"因其自然，而吾未尝思，未尝为，此所谓无思无为而思之正也"。反之，如果人在思考的时候使自己的心思为外物所束缚，那么人心也不会处于本有的纯正状态，这就是所谓的"邪"。因此人要做到"思无邪"，就必须使自己的心不被外物束缚，从而使自己的心保持"寂然不动"的状态，唯其如此，方能做到"感而遂通天下之故"，洞悉万事万物存在的奥秘。

苏辙对"思无邪"的解释从本质上来讲仍然是从诗教方面而言的，但与前儒不同，苏辙更偏重于从心性学的角度对"思无邪"进行解释，这也使得此句的内涵较之于前儒的解释更为丰富与深入。

第四章

苏辙对朱熹《诗经》学思想的影响

南宋朱熹的《诗经集传》在辩驳《诗序》、揭示诗本义、阐扬义理之学等方面,均代表了宋代《诗经》学的最高成就,堪称宋代《诗经》学的集大成之作。当然,朱熹也在很大程度上吸收了前儒的《诗经》学成果。朱熹曰:"子由解诗好处多,欧公《诗本义》亦好。"[68][页2090] 可见苏辙的《诗经》学思想对朱熹的影响是颇为深刻的。下面,我们就来对此作一番具体的考察。

第一节 苏辙的反序思想对朱熹的影响

苏辙仅取《诗序》首句,不取续申句的解诗之法对宋代的《诗经》学发展产生了深远的影响。《四库全书总目》对宋代《诗经》学发展的状况有一概述:"自北宋以前,说《诗》者无异学。欧阳修、苏辙以后,别解渐生。郑樵、周孚以后,争端大起;绍兴、绍熙之间,左右佩剑,相笑不休。迄宋末年,乃古义黜而新学立。"① 从这段叙述可以看到,苏辙在宋代《诗经》学革新运动中具有举足轻重的地位。南宋朱熹是主张废序者中最为彻底的,他甚至采取了完全废弃《诗序》,而直接从《诗》文本探求诗本义的解诗之法。但在朱熹彻底废除《诗序》之前,苏辙的《诗集传》已对《诗序》做了较大程度的突破,苏辙仅存《诗序》首句的思想为朱熹更为彻底地舍弃《诗序》寻求诗本义,并建立"《诗经》宋学"新体系做了充分的准备。事实上,朱熹在具体解经中,对苏辙的反序思想是多有继承的。我们可以通过解经文段的对比来考察二者思想的相承之处。如《周南·麟之趾》,《诗序》曰:"关雎之应也。关雎之化行,则天下无犯非礼,虽衰世之公子,皆信厚如麟趾之时也。"《诗集传》解《麟之趾》首句"麟之趾,

---

① 永瑢等撰《四库全书总目》卷十六,中华书局1983年版,第342页。

第四章　苏辙对朱熹《诗经》学思想的影响　195

振振公子,于嗟麟兮"曰:

> 麟,仁兽也,其于仁也非有意为之,其资之也天矣。《关雎》之时,人君与其后妃皆贤,故其生子无不贤者。夫公子之贤非其身则为之,父母之所以资之者远矣,是以信厚振振而不自知,犹麟之于仁也。《毛诗》之叙曰:"《关雎》之化行,则天下无犯非礼,虽衰世之公子,皆信厚如《麟趾》之时。"夫《关雎》之化行,则公子信厚,公子之信厚如麟之仁,此所谓应矣,未尝言其时也。舍麟之德而言其时,过矣。[41][页273]

苏辙《诗集传》的解释与《诗序》首句"关雎之应也"之义十分吻合,但对于《诗序》续申句"皆信厚如麟趾之时"的说法,苏辙却提出了批驳意见。苏辙认为诗句是在说"公子之信厚如麟之仁",并未谈及"麟趾之时",因此弃《诗序》续申句而不用。对比朱熹《诗经集传》的解释,我们不难发现,朱熹对此句的注释与苏辙的说法完全一致,他在《诗经集传》中说:

> 兴也。麟,麇身,牛尾,马蹄,毛虫之长也。趾,足也。麟之足不践生草,不履生虫。振振,仁厚貌。于嗟,叹辞。文王后妃德修于身,而子孙宗族皆化于善,故诗人以麟之趾兴公之子。言麟性仁厚,故其趾亦仁厚。文王后妃仁厚,故其子亦仁厚。然言之不足,故又嗟叹之。言是乃麟也,何必麇身牛尾而马蹄,然后为王者之瑞哉。[42][页10]

朱熹解释此句时,对《诗序》首句之义也有所照应,但对"皆信厚如麟趾之时"的说法则不予采用,这显然是采纳了苏辙的意见。

此外,朱熹采用苏辙反序思想的篇章还见于如下例证:

《诗经》篇名	苏辙《诗集传》的解释	苏辙论《序》得失	朱熹《诗经集传》的解释	评论
《竹竿》	……淇近则卫近矣,非不欲归也,不可得归也,盖亦父母终而不得归宁者也。 思归而不可得,则以自解曰:"女子生而有远父母兄弟之道矣,譬如泉源、淇水之不得相入也。"[41][页312—313]	此诗叙与《泉水》叙同,皆父母终不得归宁者也。毛氏不知泉源、淇水、桧楫、松舟之喻,以为此夫妇不相能之辞,故叙此诗为适异国而不见答,思而能以礼者,失之矣。[41][页312]	卫女嫁于诸侯,思归宁而不可得,故作此诗。言思以竹竿钓于淇水,而远不可至也。[42][页51]	《诗序》续申句认为此诗为夫妇不相能之诗,二者对此均不采纳,均认为是卫女思归宁之诗。

续表

《诗经》篇名	苏辙《诗集传》的解释	苏辙论《序》得失	朱熹《诗经集传》的解释	评论
《终南》	锦衣狐裘，诸侯之服也。《记》曰："君衣狐白裘，锦衣以裼之。"渥丹，赤而泽也。襄公既为诸侯，受服于周，其人尊而悦之，故曰："终南则有草木以自衣被而成其深，君子则有服章以自严饰而成其尊。""颜如渥丹，其君也哉"，严惮之辞也。[41][页361]	此诗美襄公耳，未见所以为戒者，岂以寿考不忘为戒之欤？[41][页361]	锦衣狐裘，诸侯之服也。《玉藻》曰：君衣狐白裘，锦衣以裼之。渥，渍也。其君也哉，言容貌衣服称其为君也。此秦人美其君之词，亦《车邻》《驷骥》之意也。[42][页98]	《诗序》认为此诗为戒襄公之诗，二者均解为美襄公之诗。
《庭燎》	……宣王将视朝，不安于寝而问夜之蚤晚，曰："夜如何矣？"则对曰："夜未央，庭燎光，朝者至而闻其鸾声矣。"[41][页414]	宣王不忘夙兴，而问夜之早晚，足以为无过矣，非所可讥也。毛氏犹谓鸡人不修其官，故叙曰"因以箴之"，过矣。[41][页414]	王将起视朝，不安于寝，而问夜之早晚曰：夜如何哉？夜虽未央，而庭燎光矣。朝者至而闻其鸾声矣。[42][页155]	二者不仅不采《诗序》续申句之说，甚至在解诗语言上也多有雷同。

从上面例子可以看出，朱熹不仅对苏辙的废序思想多有采纳，甚至在解诗语言上也颇多借鉴，足见苏辙对朱熹《诗经》学思想的深刻影响。

第二节 《诗集传》解诗特点对朱熹《诗经》学思想的影响

苏辙解诗一方面十分注重对《诗》文学性特征的揭示，另一方面也继承了汉唐以《诗经》寓政教意义的阐释方向。因此，《诗集传》具有文学与经学相融的阐释特征。这一解诗模式也奠定了宋代《诗经》学的发展走向。朱熹深受苏辙《诗经》学思想的影响，他的《诗经集传》在阐释结构上正是经学与文学相结合的典范之作。

在《诗经集传》中，朱熹十分重视《诗经》的抒情性特质。朱熹云："读《六经》时，只如未有《六经》，只就自家身上讨道理，其理便易晓。"[68][页188]"大率古人作诗,与今人作诗一般,其间亦自有感物道情,吟咏情性,几时尽是讥刺他人?只缘序者立例,篇篇要作美刺说,将诗人意思尽穿凿坏了!且如今人见人才做事,便作一诗歌美之,或讥刺之,是甚么道理?如此,亦似里巷无知之人,胡乱称颂谀说,把诗放雕,何以见先王之泽?何以为情性之正?"[68][页2076]朱熹认为诗歌的产生是由于吟咏情性的需要,而非全然为附会美刺之用。在阐释《诗经》的具体方法上,朱熹对《诗》的文学性特征也多有揭示,最为典型的例子就是,朱熹提出所谓"淫诗"的说法。马端临云:"以文公之《诗传》考之,其指以为男女淫佚奔诱而自作诗以叙其事者,凡二十有四:如《桑中》《东门之墠》《溱洧》《东方之日》《东门之池》《东门之杨》《月出》,则《序》以为刺淫,而文公以为淫者所作也;如《静女》《木瓜》《采葛》《丘中有麻》《将仲子》《遵大路》《有女同车》《山有扶苏》《蘀兮》《狡童》《褰裳》《丰》《风雨》《子衿》《扬之水》《出其东门》《野有蔓草》,则《序》本别指他事,而文公亦以为淫者所自作也。"①马端临指出,朱熹认为"淫诗"乃"男女淫佚奔诱而自作诗以叙其事"之诗,而《诗序》往往将这类诗视为刺时之作,可见《诗序》注重的是《诗》的教化意义,但朱熹将此类诗视为男女自作之诗,则已完全从创作主体的立场出发,肯定了《诗》抒情表意的文学特征,使此类"淫诗"从政教寓意中摆脱出来,回复了其作为文学作品的本来面目。

此外,朱熹对"兴"的解释也做了重大的改造。朱熹曰:"兴者,先言他物以引起所咏之词。"②朱熹在此并不将所谓"兴"诗中运用"兴"法的诗句与后之诗句之间的关系视作比喻关系,而是将二者处理为语义上的承接关系,这就使得对于"兴"诗的训释脱离了政教寓意的比附而回归到了诗本义的阐发之上。朱熹也认为"兴"诗可以起到感发人心的作用,朱熹曰:"古人独以为'兴于诗'者,《诗》便有感发人底意思。今读之无所感发者,正是被诸儒解杀了,死着《诗》义,兴起人善意不得。"[68][页2084]可见,朱熹在此已将"兴"诗的本质视为文学作品。因此,揭示《诗》的文学性特征成为朱熹《诗经》学思想的重要特点,但在另一方面,作为理学家的

---

① 马端临:《文献通考·经籍考五》,商务印书馆1936年版,第1540页。
② 朱熹:《诗经集传》卷一,吉林人民出版社1999年版,第2页。

朱熹同样将《诗经》视为儒家思想的经典,他同样强调通过《诗经》来阐释儒家义理,发扬"诗教"传统。《朱子语类》云:"读《诗》正在于吟咏讽诵,观其委曲折旋之意,如吾自作此诗,自然足以感发善心。"[68][页2086]朱熹通过学《诗》来感发善心,重人格的修养,认识到文学的熏陶感染功用。《诗集传》注《鲁颂·駉》第四章云:"孔子曰:'诗三百,一言以蔽之,曰思无邪。'盖《诗》之言善恶不同,或劝或惩,皆有以使人得性情之正。然其明白简切,通于上下,未有若此言者。故特称之,以为可当三百篇之义,以其要为不过乎此也。学者诚能味其言,而审于念虑之间,必使无所思而不出于正,则日用云为,莫非天理之流行矣。"①

由上可知,朱熹的《诗经》学思想具有鲜明的文学与经学相融的阐释特征。我们知道,汉代《诗经》学不同于宋代的特点主要表现在:汉儒不顾《诗经》本义,将《诗经》附会为"政治美刺诗",而宋儒则强调从诗本义出发阐释诗义,这就恢复了对《诗》作为文学作品的本质的认识。此外,汉儒解诗基本上是从取义的角度来认识"兴",宋儒解诗则往往从艺术修辞的角度来认识"兴"。但与此同时,宋儒同样将《诗》视为儒家经典,注重从《诗》中发掘儒家义理,因此,宋代《诗经》学具有经学与文学相融的特征,而在北宋早中期,苏辙的《诗经》学思想已具有了明显的文学与经学相融的特点,这就为宋代《诗经》学的发展道路奠定了方向,并直接影响到朱熹的《诗经集传》的解诗模式。

---

① 朱熹:《诗经集传》卷十二,第 305 页。

结　语

　　北宋初年，疑经惑古之风盛行，传统的《诗经》学遭到重大质疑。文坛巨擘欧阳修是北宋时期首先掀起《诗经》学革新运动的领袖人物。欧阳修的《诗本义》在求《诗》之本义以及从文学角度认识《诗》等方面做出了卓越的贡献。

　　在欧阳修《诗经》学思想的影响下，苏辙对传统《诗经》学进行了更为大胆的革新。"以序说诗"是传统《诗经》学不解诗本义，并以序义附会诗义的根本症结所在，苏辙提出《诗序》非为子夏一人所作，其续申句乃为毛公所作、卫宏集录的观点彻底地动摇了《诗序》的神圣地位，使得从遵序转为从诗文本求《诗》之本义的解诗方法成为必然之势。苏辙不仅在理论上批驳了《诗序》的谬误之处，并在具体篇章的解释中对《诗序》内容作了大量的批驳，从根本上否定了自汉儒始便已形成的"以序说诗"解诗传统。

　　传统"兴"法基本上采取了以"喻"释"兴"的形式，这是儒者将《诗》从文学作品转为载道经学的根本途径。苏辙《诗集传》在解诗体例上彻底废除了"兴"的说法，并对传统所谓的"兴"诗做了创造性解释，使对传统"兴"诗的解释回归到诗本义之上，在一定程度上革除了传统解诗的附会之弊。

　　我们知道，《诗》起源于"吟咏性情"的需要，故《诗》在本质上是文学作品，但自汉儒始，《诗》便逐渐被视为载道的经学，成为阐扬儒家思想的经典，其作为诗歌的抒情性本质则逐渐弱化。苏辙解诗强调从抒情主体的立场阐发诗义，并从"人之常情"的角度揣摩诗中蕴含的情感，便从本质上肯定了《诗》作为文学作品的特质，使阐释的主体回归到了诗文本之上。

　　当然，苏辙《诗集传》对传统《诗经》学的革新也存在很大的不彻底性，这表现在：废序的不彻底性、废"兴"的不彻底性，以及在阐释思路上对传统《诗经》学的沿袭。因此从整体而言，《诗集传》在阐释特点上具有明显的文学与经学相融的特征。《诗集传》的这种阐释特征对宋代的《诗经》学发展方向产生了深刻的影响，应该说，文学与经学相融的阐释特点是宋代《诗经》学的基本特征，南宋朱熹是宋代《诗经》学的集大成者，他的《诗经》学著作《诗经集解》正是文学与经学相融的典范之作。

北宋初年，儒学复兴运动兴起，儒者解经已从汉唐的章句训诂之学转为宋代的义理之学，但由于不注重考证与史学，义理之学也极易出现空疏之弊。苏辙解诗十分强调以史求证的治学方法，表现出冷静、客观的治学态度，对纠正义理之学带来的浮泛学风起到了积极的作用。

附录一：

文学与经学的相融
——论二苏的《诗经》学思想*

内容摘要：北宋时期，《诗经》学发生重大变革，二苏《诗经》学思想则是其中颇具特色的一支。二苏《诗论》[①]揭示了《诗》作为文学作品的"吟咏性情"的特质，并对"兴"义进行了创造性诠释，为从文学角度认识《诗》并使其最终脱离经学的附庸地位提供了理论和方法的依据。《诗论》中，二苏提出了"仁义不离于人情"的观点，将《诗》抒发情志的特质纳入到儒家"仁义"观中，使北宋《诗经》学具有了文学与经学相融的特征。苏辙的《诗集传》则成为北宋《诗经》学走上文学与经学相融的发展道路的典范之作。

关键词：《诗论》；《诗经》学；仁义观；"比"、"兴"

北宋初年，疑经惑古之风盛行，《诗经》学孕育着划时代的变革。陆游云："唐及国初，学者不敢议孔安国、郑康成，况圣人乎！自庆历后，诸儒发明经旨，非前人所及。然排《系辞》，毁《周礼》，疑《孟子》，讥《书》之《胤征》《顾命》，黜《诗》之序，不难于议经，况传注乎？"[②]传统的《诗经》学遭到重大质疑，欧阳修著《诗本义》开疑《诗》风气之先，王安石、程颐等继之，一时疑经之作迭出。宋儒更相发明、各阐己说，二苏《诗经》学则是其中颇具特色的一支，其"五经论"中的《诗论》对传统《诗

---

* 原文刊载于《文学遗产》2008 年第 5 期。

① 关于《诗论》的归属颇有争议。陈宏天、高绣房点校《苏辙集·栾城应诏集》卷五将《诗论》列于苏辙名下；孔凡礼点校的《苏轼文集》卷二将《诗论》归于苏轼名下。因《诗论》归属目前尚未得到确证，故此处称二苏《诗论》。

② 转引自王应麟：《困学纪闻》卷八，《景印文渊阁四库全书》，台湾商务印书馆1983年版。

经》学做了重大革新。二苏《诗论》揭示了《诗》作为文学作品的"吟咏性情"的特征,并对"兴"义进行了创造性诠释,为从文学角度认识《诗》并使其最终脱离经学的附庸地位提供了理论和方法的依据。《诗论》中,二苏提出了"仁义不离于人情"的观点,将《诗》抒发情志的特质纳入到儒家"仁义"观中,使北宋《诗经》学具有了文学与经学相融的特征。苏辙的《诗集传》则成为北宋《诗经》学走上文学与经学相融的发展道路的典范之作。

"仁义不离于人情"——二苏对《诗》文学性的认识

二苏是北宋文坛的杰出之士,也是儒学中蜀学一派的代表人物。独特的文学家、艺术家气质使二苏极为重视个体生命的体验,他们以不同于传统儒者的文化视角,对汉唐经学展开了广泛的批判。《诗论》是集中反映二苏《诗经》学思想的重要著作,它在开篇既从整体上指出世儒解经之道的误区:"自仲尼之亡,六经之道,遂散而不可解。盖其患在于责其义之太深,而求其法之太切。"[①] 二苏认为,六经之道自仲尼之后便逐渐偏离圣人为经之本义,其原因就在于世儒过于追求其中的"义"与"法",致使经义扞格难通。那么六经之道传之不灭的真正原因又在哪里呢?《诗论》指出:"夫六经之道,惟其近于人情,是以久传而不废。"二苏在此提出了其经学思想的核心观点——六经之道本于人情,这一观点在其余经论中也得到了反复的论述,[②] 其中对《诗》"抒发情志"特质的揭示也成为二苏《诗经》学思想的重要特点。《诗论》说:"而况《诗》者,天下之人,匹夫匹妇羁臣贱隶悲忧愉佚之所为作也。夫天下之人,自伤其贫贱困苦之忧,而自述其丰美盛大之乐,上及于君臣、父子,天下兴亡、治乱之迹,而下及于饮食、床笫、昆虫、草木之类,盖其中无所不具,而尚何以绳墨法度区区而求诸其间哉!"二苏指出,《诗》的创作不仅出自于公卿贵族之手,也起源于平民百姓之口,他们通过《诗》或抒发贫贱困苦产生的忧闷愁苦之

---

① 本文中引用的《诗论》《易论》《韩愈论》《杨雄论》语段均选自孔凡礼点校本《苏轼文集》,中华书局1986年版。以下不再特别标注。

② 如二苏《易论》:"夫《易》本于卜筮,而圣人开言于其间,以尽天下之人情。"

悲，或叙述丰美盛大带来的欢畅愉悦之乐，所言内容也无所不及，其间又何尝存在一定的规则与法度呢？二苏此语实已指明《诗》的本质在于抒发情志，而不在于反映抽象的"义"与"法"。苏辙在《诗集传》(《陈风·泽陂》)中阐述了相同的观点，他说："诗之所为作者，发于思虑之不能自已，而无与乎王泽之存亡也""天下未尝一日无诗，而仲尼有所不取也，故曰变《风》发乎情，止乎礼义。发乎情，民之性也；止乎礼义，先王之泽也。先王之泽尚存，而民之邪心未胜，则犹取焉以为变诗。及其邪心大行，而礼义日远，则诗淫而无度，不可复取。故《诗》止于陈灵，而非天下之无诗也，有诗而不可以训焉耳。"①苏辙批驳了汉儒所谓的"王泽竭而诗不作"的观点，指出《诗》产生于"吟咏性情"的需要，与先王的遗德并无必然关系。因抒发情感是人的本性所致，故陈灵之后，即使"邪心大行""礼义日远"，人倘有抒发性情的需要，《诗》的创作仍然不会终止。

二苏的这一观点显然是对《诗序》"诗缘情"思想的继承。《大序》曰："在心为志，发言为诗。情动于中而形于言，言之不足，故嗟叹之，嗟叹之不足，故永歌之，永歌之不足，不知手之舞之、足之蹈之也。"《大序》从本质上肯定了《诗》的文学特质，指出"吟咏性情"乃是《诗》的根本创作动因。当然《诗》的这一特质也使其具有了特殊的教化功能，如《礼记·经解》明确记载："孔子曰：入其国，其教可知也。其为人也，温柔敦厚，诗教也……"孔子将《诗》列于"六义"之首，可见先秦时期"诗教"功能已为儒者所重。汉以后，《诗》列于官学并成为儒家思想的教化之本，儒者解诗往往以阐发儒家义理为指归。在《诗序》作者和毛、郑等人的影响下，汉唐《诗经》学者甚至直接把诗本义附会为经义，致使《诗》逐渐成了经学作品，其文学本质也为它的经学功能所掩没。二苏在此重申"吟咏性情"乃是《诗》的本质特征，实际已将《诗》从经学作品中分离出来，恢复了它作为文学作品的本来面目。

二苏在《诗论》中进而对汉以后形成的《诗经》学研究体系提出了批驳，指出儒者追求抽象的"义"与"法"，将《诗》"抒发情志"的文学特

---

① 本文所引苏辙《诗集传》内容均选自曾枣庄、舒大刚主编的《三苏全书》第二册，语文出版社2001年版。以下不再特别标注。

征与儒家仁义思想裂为两橛,其实是对儒家原始思想的歪曲。《诗论》曰:"夫圣人之于《诗》,以为其终要入于仁义,而不责其一言之无当,是以其意可观,而其言可通也。"二苏指出,圣人认为《诗》产生于抒发性情的需要,因此可以起到排遣忧愤、通导人情的作用。换言之,因《诗》"其意可观""其言可通",其宗旨也必定会通向"仁义"。因此,圣人之"仁义"并非抽象的"义"与"法",而是一种与世情紧密相连的道德情感。二苏在此提出了迥异于世儒的"仁义观",即"仁义不离于人情"的观点,这一观点在苏轼的《韩愈论》和《杨雄论》中得到了进一步的阐发。《韩愈论》说:"儒者之患,患在于论性,以为喜怒哀乐皆出于情,而非性之所有。夫有喜有怒,而后有仁义,有哀有乐,而后有礼乐。以为仁义礼乐皆出于情而非性,则是相率而叛圣人之教也。"苏轼在此指出:情即性也,人之喜怒哀乐既出自于与生俱来之情感,也发端于普遍存在之本性。人因有喜怒之情,方可生发出兼爱无私的仁义之情;因有哀乐之情,方可形成和融性情的礼乐之制。因此,喜怒哀乐之情是形成仁义礼乐必不可少的条件。同样的,苏轼在《杨雄论》中说道:"苟性而有善恶也,则夫所谓情者,乃吾所谓性也。人生而莫不有饥寒之患,牝牡之欲,今告乎人曰:饥而食,渴而饮,男女之欲,不出于人之性也,可乎?是天下知其不可也。圣人无是,无由以为圣;小人无是,无由以为恶。圣人以其喜怒哀惧爱恶欲七者御之,而之乎善;小人以是七者御之,而之乎恶。"苏轼认为:情即性也。人之七情六欲是小人通往恶、圣人通往善的根本起点。饮食男女是人所共具的自然本性,它与人之喜怒哀惧爱恶欲七情相生相融。圣人正是通过不断的修养,将人的自然性情升华为善的道德境界;小人则对自然性情不加绳墨,从而走向恶的深渊。因此人之常情是圣人达到至善境界不可或缺的条件。

按照二苏的观点,圣人所谓之"仁义"乃是一种源于人情而又超越于人情的道德情感,它与人之常情有着密不可分的关系。那么,在二苏看来,世儒解诗若"以绳墨法度区区而求诸其间",弃却《诗》所反映的人之常情,则是对圣人仁义之道的歪曲,也是解经之道在认识论上所犯的一大错误。二苏"仁义不离于人情"观点的确立是对汉以后形成的《诗经》学研究体系的重大革新。抒发情志是《诗》作为文学作品的根本特征,但自《诗》在汉代成为官方正经之后,这一特征便从未在经学领域里得到过阐扬。苏轼"仁义不离于人情"的观点指明《诗》抒发情志的特点是实现"诗教"功能的必备条件,这就使得《诗》抒情表意的文学特质成为儒家经学思想中必不可少的部分,为《诗》恢复其作为诗歌的文学特质进一步清除了障碍。

二 苏对"比""兴"之法的区分以及对"兴"的新诠释

"比""兴"是《诗经》阐释中的重要方法,二说最早见于《周礼·春官·大师》:"教六诗,曰风,曰赋,曰比,曰兴,曰雅,曰颂。以六德为之本,以六律为之音。"《毛诗序》也有相似的记载:"故诗有六义焉:一曰风,二曰赋,三曰比,四曰兴,五曰雅,六曰颂。"《周礼》与《毛诗序》所述"比""兴"含义是否相同,自来莫衷一是,而略无异议的是,自《毛传》释《诗》始,"兴"便作为了《诗》的表现手法,同时也开启了独标"兴"体,不标"比""赋"的解诗传统。如《邶风·旄丘》云:"旄丘之葛兮,何诞之节兮。"《毛传》释曰:"兴也。前高后下曰旄丘;诸侯以国相连属,忧患相及,如葛之蔓延相连及也。"再如《王风·兔爰》云:"有兔爰爰,雉离于罗。"《毛传》释曰:"兴也。爰爰,缓意。鸟网为罗。言为政有缓有急,用心之不均。"可以看出,对于"兴"的确切含义,《毛传》多未阐明,但却隐含着与譬喻之意相连的取向。按照今天的将"比"视为譬喻之法①的观点来看,在《毛传》那里,"比""兴"之义就已存在含混不清的情况了。郑玄《毛诗笺》对"兴"做了更为明确的阐释,基本上采取了"兴者,喻……"的结构,所喻之意必不离于教化之用,如《陈风·东门之池》云:"东门之池,可以沤麻。"《笺》补充云:"于池中柔麻,使可绩作衣服。兴者,喻贤女能柔顺君子,成其德教。"又如《小雅·节南山》云:"节彼南山,维石岩岩。"《毛传》只云:"兴也。节,高峻貌。岩岩,积石貌。"《笺》补充说明道:"兴者,喻三公之位,人所尊严。"郑玄解"兴"均用《诗》的譬喻之意,实际采用了以"比"释"兴"的手法。此外,郑玄注《周官》以"六义"释"六诗"时,对"比""兴"之义做了这样的

---

① 朱熹曰:"以彼物比此物也",将"比"解为一种譬喻之法,后世多沿用之,此处也取其说(引自《诗经集传》,上海古籍出版社1987年版,第3页)。

阐释:"比,见今之失,不敢斥言,取比类以言之。兴,见今之美,嫌于媚谀,取善事以喻劝之。"按照郑玄的说法,"比""兴"均是一种用《诗》来讽谏君臣、托言时政的譬喻之法,二者的区别只在于"比"用于"刺",而"兴"用于"美",但郑玄在解诗时,却又并不将《诗》的美刺用法作一区分,而是直接继承《毛传》的做法,一律贯之以"兴"法。可见在郑玄那里,"比""兴"之义仍旧是一笔糊涂账。毛、郑的解诗之法对汉以后的《诗经》学产生了深远的影响,唐孔颖达《正义》云:"《传》言'兴也',《笺》言'兴者喻',言《传》所兴者欲以喻此事也。'兴'、'喻'名异而实同。"①孔颖达认为"兴""喻"并无本质区别,显然是对郑玄思想的继承。程颐云:"'《关雎》乐得淑女以配君子',淑女即后妃也,故言配荇菜以兴后妃之柔顺。"②此处之"兴"也是"喻"的意思,可知程颐也宗郑说。

　　二苏则从源头上直指前儒解诗之法的谬误,《诗论》指出"比""兴"不辨,且以"比"释"兴",这是前儒解诗之症结所在。《诗论》首先列出《毛诗》标"兴"之数例:"今之《诗传》曰:'殷其雷,在南山之阳'、'出自北门,忧心殷殷'、'扬之水,白石凿凿'、'终朝采绿,不盈一匊'、'瞻彼洛矣,维水泱泱',若此者,皆比也。而至于'关关雎鸠,在河之洲'、'南有樛木,葛藟系之'、'南有乔木,不可休息'、'维鹊有巢,维鸠居之'、'喓喓草虫,趯趯阜螽',若此者,又皆兴也。"二苏针对《毛传》的"兴"法做了深刻的批判,《诗论》曰:"其意以为兴者,有所象乎天下之物,以自见其事。故凡《诗》之为此事而作,其言有及于是物者,则必强为是物之说,以求合其事,盖其为学亦已劳矣。"《诗论》指出,按毛、郑的观点,所谓标"兴"之句均具有以诗中物象喻指某种政教内容的特点,因此在诗所言物象与所反映的政教内容之间找到某种对应之处便是释"兴"之关键所在。但在二苏看来,毛、郑所谓之"兴"法却存在着极大的谬误。《诗论》曰:"且彼不知夫《诗》之体固有比矣,而皆合之以为兴。"二苏指出,《诗》本就存在着用"比"的现象,毛郑将用"比"的诗句一律视作"兴",实际是犯了"比""兴"不辨的错误。那么所谓之"比"应为何意呢?《诗论》说:"若夫'关关雎鸠,

---

① 孔颖达:《毛诗正义》,阮元校刻《十三经注疏》本,中华书局1980年版,第279页。
② 程颢、程颐:《二程集》,中华书局2004年版,第256页。

在河之洲'，是诚有所取于其挚而有别，是以谓之比而非兴也。"二苏指出，"关关雎鸠，在河之洲"不是毛、郑所谓之"兴"，而是"比"。这是因为，诗人创作此句的目的在于取关雎"挚而有别"的特点来比附女子"有和德而无淫僻之行"的美德，而且从"关关雎鸠，在河之洲"与"窈窕淑女，君子好逑"的关系来看，前后诗句也存在着明显的比附关系，因此应将此句视为"比"。很明显，在二苏那里，"比"是指一种譬喻之法，且用"比"之诗句与以下诗句应存在某种比附关系，因此在探求"比"义之时，找到诗所言物象与所喻内容之间存在的对应关系便是关键之所在。那么，按照二苏的观点，毛、郑所谓之"兴"均应称作"比"，而毛、郑所谓释"兴"之法，也应视为释"比"之法。可见，自毛、郑以来，"兴"仅仅是"比"的一个误称而已，它的真正内涵却从未得到过揭示。那么"兴"应为何意？《诗》中是否存在"兴"法呢？《诗论》中，二苏对"兴"义做了创造性诠释，《诗论》说："夫兴之为言，犹曰其意云尔。意有所触乎当时，时已去而不可知，故其类可以意推，而不可以言解也。"二苏认为，凡用"兴"的诗句均是在抒写诗人彼时彼地所萌生的情感与意想，诗人的这种感想是因受到彼时彼地所见物象的触动而产生的，"兴"诗与以下诗句也应存在情感与意想上的连贯性。至于如何求得"兴"义，《诗论》提出了"意推"的方法。二苏认为，因时过境迁，后人对诗人彼时彼地的真情实感已不可能做出确切的描述，因此只能通过意测的方法来推想诗人彼时彼地的所思所感。《诗论》以"殷其雷，在南山之阳"为例对"兴"法做了更为具体的阐释。二苏认为"殷其雷，在南山之阳"正是用了"兴"法。当然，从这一判断来看，二苏与郑玄似乎并无分别，但两者对"兴"义内涵的揭示却完全不同。《郑笺》说："雷以喻号令于南山之阳，又喻其在外也。召南大夫以王命施号令于四方，犹雷殷殷然发声于山之阳。"郑玄直接用政教寓意来解释"兴"义，实际采用了以"比"释"兴"的方法。二苏则在《诗论》中提出了不同的看法："此非有所取乎雷也，盖必其当时之所见而有动乎其意，故后之人不可以求得其说。"二苏明确指出，诗人创作此句的目的并不在取雷以比喻某种政教意义，而是在抒写诗人因闻见到雷声轰鸣的景象而生发出的某种感想。至于如何来体察诗人的感想，《诗论》指出："天下之人，欲观于《诗》，其必先知夫兴之不可与比同，而无强为之说，以求合其当时之事。则夫《诗》之意，庶乎可以意晓而无劳矣。"欲求得"兴"义，必不可将其强作比附，而需尽可能站在抒情主体的立场来揣摩诗人彼时彼地的所思所感。二苏的这一思想在《诗集传》中得到了具体的实践。如《葛覃》首章云："葛之覃兮，施于中谷，维叶萋萋。黄鸟于飞，集于灌木，其鸣喈喈。"《诗集传》解释说："葛者，妇人之所有事也。方葛之盛时，黄鸟出于谷而集于木，鸣喈喈矣。咏歌其所有事而又及其所闻见，言其乐从事于此也。"苏辙认为黄雀聚于灌木、喈喈鸣叫的美好景象是诗人采葛织衣之时所闻见到真实场景，并且认为诗句也反映了诗人愉悦松快的心情。这段解释显然是站在了诗歌抒情主体的立场对诗人当时的所见所感进行体会与描摹，这实际是在对诗歌本身含义进行解释。

毛、郑以来，"比""兴"不辨且以"比"释"兴"的手法是儒者将抒情表意的诗歌转化为载道的经学的重要手法。二苏对传统"比""兴"之说的批驳是从方法论上对世儒的解诗之法予以否定。他们将兴义与比义做了严格的区分，认为"兴"诗是对诗人彼时彼地的真情实感的描绘，强调从抒情主体的立场来体会诗人彼时彼地的所见所感，这就将"兴"义从政教寓意中分离出来，为从文学角度认识《诗》并使其最终脱离经学的附庸地位在方法上提供了依据。

文学与经学的相融

就《诗》的本质而言，《诗》是文学作品，它的创作起源于"吟咏性情"的需要，这在《诗大序》中早有论述。但《诗》的采集与编订又有着明显的政教目的。《汉书·艺文志》云："古有采诗之官，王者所以观风俗、知得失、自考正也。"《国语·周语上》记邵公谏厉王语云："故天子听政，使公卿至于列士献诗，瞽献曲，史献书，师箴，瞍赋，矇诵，百工谏，庶人传语，近臣尽规，亲戚补察，瞽史教诲，耆艾修之，而后王斟酌焉。是以事行而不悖。"可见上古之时，采诗、献诗的根本目的在于天子观政、百官讽谏之用，因此"诗教"功能又成为《诗》主要的表现形式。[①] 如何来认识与处理文学性与"诗教"功能之间的关系，这决定着《诗经》学发展的

---

① 概言之，《诗经》的政治功用有三：其一，天子观政；其二，配合仪式乐歌；其三，诸侯、卿大夫、世家子弟赋诗言志。

方向。

其实从孔子开始,已经把《诗》的抒情特征与"诗教"功能结合起来。如《孔子诗论》第一简:"……孔子曰:'诗亡(无)隐志,乐亡(无)隐情,文亡(无)隐意。'"[①]上古之时,诗、乐、文往往相与为用、互为一体,"情""志""意"三者之义也无必然分别。《左传·昭公二十五年》太叔答赵简子问礼曰:"民有好恶、喜怒、哀乐,生于六气。是故审则宜类,以制六志。"孔颖达《正义》注曰:"此六志,《礼记》谓之六情。在己为情,情动为志,情、志一也。"[②]传世文献中,"志""意"二字也常以词组的形式出现。如《礼记·乐记》曰:"故听其雅颂之声,志意得广焉。"又如《荀子·荣辱篇》曰:"夫天生蒸民,有所以取之。志意致修,德行致厚,智虑致明,是天子之所以取天下也。"可见,"情""志""意"三者是相互关联的。那么这段简文的意思便可译为:诗、乐、文不能隐藏人的真实情志,必须以反映人的"志""情""意"为基本内容。这就从总体上揭示了《诗》的本质特征在于抒发情志。此外,在对《诗》具体篇章的评述中,简文揭示《诗》抒情特征的也俯拾皆是:

第十六简:"……《绿衣》之忧,思古(故)人也。《燕燕》之情,以其独也。……"

第十八简:"因木瓜之保(报),以俞(抒)其愿者也。《杕杜》则情,喜其至也。"

第十九简:"……《木瓜》有藏愿而未得达也。"

以上几简均立足于诗本义探讨了《诗》所表达的喜怒哀乐、悲忧愁苦之情,揭示了《诗》作为文学作品的本质特征。但孔子论诗并不仅仅停留于纯粹意义上的文学评论,而是将《诗》的指归落在了教化意义之上。如:

第十六简:"……吾以《葛覃》,得氏初之诗(志)。民性固然:见其美,必欲反其本。夫葛之见歌也……"

第二十简:"[《木瓜》,得]币帛之不可去也。民性固然:其隐

---

① 本文所引《孔子诗论》简文内容均引自黄怀信:《上海博物馆藏战国楚竹书〈诗论〉解义》,社会科学文献出版社2004年版。

② 杜预注、孔颖达疏:《春秋左传正义》,阮元校刻《十三经注疏》本,中华书局1980年版,第2108页。

志，必有以俞（抒）也。其言有所载而后内（纳），或前之而后交，人不可干也。……"

第二十四简："……吾以《甘棠》，得宗庙之敬。民性固然：甚贵其人，必敬其位；悦其人，必好其所为，恶其人者亦然。……"

孔子在以上几简中反复论及"民性固然"，所谓"民性"即指人之自然性情。简文指出，由于"民性固然"，故可得"氏初之诗（志）"、"宗庙之敬"与"币帛之不可去"，这实际说明了人之自然性情正是通向仁义礼乐的重要途径。可见孔子所谓的"诗教"并不是空洞抽象的说教，它与《诗》反映的"人之常情"有着密不可分的关系。孔子论诗体现出阐发《诗》的文学性与"诗教"精神相结合的特点。

《毛诗序》与《毛传》是《孔子诗论》之外系统阐释《诗》的重要著作。《诗大序》虽继承了先秦"诗言志"的理论，揭示了诗歌抒发情志的本质特征，但《大序》却并未将《诗》的文学特征作为阐释的指归。《大序》曰："治世之音，安以乐，其政和。乱世之音，怨以怒，其政乖。亡国之音，哀以思，其民困。故正得失，动天地，感鬼神，莫近于诗。先王以是经夫妇，成孝敬，厚人伦，美教化，移风俗。"《大序》在论述"诗言志"的基础上进一步指出《诗》具有不可替代的政教功能，这是因为《诗》抒发情志的文学性质能够很好地起到校正时弊、淳化风俗的教化作用，这就揭示了《诗序》阐释的根本在于《诗》的政教意义。在《诗》的具体阐释上，《诗序》也明显地停留在了所谓"美""刺"的政教功能之上。如《小雅·采绿》本言少女思嫁，其序云："《采绿》，思怨旷也。幽王之时，多怨旷者也。"《邶风·静女》叙述了两情相悦、相会赠物之事，抒发了男子对女子的爱慕之情，其序云："《静女》，刺时也。卫君无道，夫人无德。"对比《孔子诗论》，不难看到《诗序》解诗并不揭示诗本义，而是以《诗》来附会某种政教寓意，这与《孔子诗论》立足于诗本义将《诗》的文学性与"诗教"精神相结合的阐释思路是完全不同的。其后的《郑笺》《孔疏》更将《诗序》揭示的教化精神进一步发扬，《孔子诗论》建立的解诗传统也逐渐被后儒遗弃。《诗经》学的发展在汉代开始出现分裂倾向：一方面，经学家将《诗》视为载道的工具，逐渐弱化《诗》抒发情志的特征，以阐扬"诗教"意义为指归；另一方面，文学家将《诗》抒发情志的特征视为文学创作的动力与源泉，《诗》的这一特征在文学领域里得到阐扬。

《诗经》学在汉以后形成的这种经学和文学分离的发展局面一直延续到了宋初。

北宋时期首先注意到《诗》抒情表意特征并以此作为依据来探求诗本义的是文坛领袖欧阳修。他在其《诗经》学著作《诗本义》中提出了"以情论诗"的观点并对"兴"的解释做了创造性发挥。欧阳修在《诗本义》卷十四《本末论》中说:"诗之作也,触事感物,文之以言,善者美之,恶者刺之,以发其揄扬怨愤于口,道其哀乐喜怒于心,此诗人之意也。"这是典型的诗缘情理论。在对《诗经》的具体阐释中,欧阳修《诗本义》"以情论诗"之处不乏其例①。但与此同时,欧阳修在《诗本义》中又表现出经学家的特点,如欧阳修虽然对《关雎》首句做了文学性的描绘,但在对整首诗的定性上,他仍然沿袭了毛、郑的解诗传统,将之视为政治讽喻诗。可见《诗本义》对《诗》的阐释已表现出经学与文学相融的特点,但欧阳修并未将其《诗经》学思想提高到理论的高度,完成这一任务的是其后的苏氏昆仲。二苏《诗论》对"仁义不离于人情"观点的阐发是对传统儒家"仁义"观的补充与深化,这显示了二苏经学家的立场;但与一般经学家不同,二苏对《诗》"吟咏性情"特征的揭示与对"兴"意的创造性诠释则体现了他们文学家的立场。与此同时,《诗》所具有的文学性与经学性双重特征在二苏那里得到了进一步的的融合。"仁义不离于人情"的观点将《诗》抒发情志的特质纳入到儒家的"仁义"观中,打破了自汉代形成的《诗经》学在文学与经学发展道路上分离的局面,从理论上为《诗经》学走上文学与经学相融的发展道路提供了依据。《诗集传》则成为文学与经学相融的典范之作。这一特征集中表现在苏辙解诗方面十分重视《诗》的文学特征,可以从以下几个点看出:

其一,《诗集传》继承了"诗缘情"的观点。如:

《诗集传》(《卫风·河广》):"宋桓公之夫人、卫文公之妹也,生襄公而出,思之而义不得往,故作此诗以自解。"

《诗集传》指出,宋襄公母因自己的思宋之心难以得到排解,因此写下这首诗。这就揭示了诗的创作动机是源于"吟咏性情"的需要。同样的例子还见于:

---

① 笔者拟撰《论欧阳修的〈诗经〉学思想》一文对此专门讨论,兹不赘。

《诗集传》(《卫风·伯兮》):"君子上从王事,不得休息,妇人思之而作是诗。"

《诗集传》(《邶风·燕燕》):"……燕将飞而差池其羽,犹戴妫之将别而不忍也。礼,妇人送迎不出门,远送至野,情之所不能已也。"

其二,从诗歌抒情主体的角度阐发诗意。如:

《唐风·羔裘》云:"羔裘豹袪,自我人居居。岂无他人,维子之故。"

《诗集传》解释说:"……今奈何不吾恤乎?且吾之所以不去,非无他人也,特以故旧念子耳,子岂反谓我不能去而苦我哉!"

苏辙认为诗人在诗中抒发了臣子忠于为上者,却又不被理解的苦衷。从《诗集传》的这段解释中,我们可以看到,苏辙完全站在抒情主体的立场并以第一人称的口吻对诗意进行了阐发,这是将《诗》视为了抒发情志的文学作品。

其三、解诗语言的文学化。如:

《大雅·卷阿》云:"凤凰鸣矣,于彼高冈。梧桐生矣,于彼朝阳。菶菶萋萋,雍雍喈喈。"

《诗集传》解释说:"……凤之性非梧桐不栖,非竹实不食,故凤凰鸣于高冈。将欲得而畜之,则植梧桐于朝阳以待之。使梧桐之盛至于菶菶萋萋也,则凤凰鸣于其上,雍雍喈喈矣。……"

《诗集传》以生动形象的语言对诗中的物象进行描绘,展现了诗的意境之美。

相较于前儒,苏辙在《诗集传》中对《诗》的文学特质给予了充分的重视。但在另一方面,苏辙解诗仍以发扬儒家"诗教"精神为指归,体现出经学家的立场。如在对《唐风·羔裘》首句的解释中,苏辙虽然站在抒情主体的立场解释诗义,但他也指出此句的"诗教"意义在于:"君之处于民上,犹豹袪之在羔裘耳,豹虽甚贵,而以羔为本。君虽甚尊,而由有民以安其居,舍羔则豹无所施,而无民则君无所托矣。"由此而阐发了"民为君本"的儒家思想。

在对"兴"义的理解上,苏辙虽有创造性发挥,但仍将其本义与政教寓意加以融合。如《召南·殷其雷》云:"殷其雷,在南山之阳。何斯违斯,莫敢或遑。振振君子,归哉归哉。"《诗集传》解释说:"雷声隐然在南山之阳耳,然而不可得见。召南之君子远行从政,其室家思一见之而不得,如是雷也,故曰:'何哉!吾君子去此而从事于四方,不敢安也。'既而知其义不得归也,则曰:'振振君子,归哉归哉!'言不可归也。"从苏辙的解释可以看出,《诗集传》虽对郑玄、孔颖达等不顾诗本义,直接将"兴"义附会为政教意义的解诗之法做了很大的改造,但在一定程度上仍然沿袭了以"诗教"精神为指归的解诗方向。

由此可见,汉宋《诗经》学走着明显不同的发展路径:汉儒不顾诗本义,将《诗》附会为"政治美刺诗",《诗》成为发挥儒家抽象义理的经典。宋儒一方面继承汉儒将《诗》视为儒家经典并从中阐发儒家义理的传统,另一方面也对诗本义与文学性给予了充分的重视,在很大程度上克服了汉儒的附会之弊。宋代《诗经》学表现出显著的文学与经学相融的特征[①],而在理论与实践上奠定这一发展模式的正是苏氏昆仲。二苏在探求诗本义、揭示《诗》的抒情性特征以及"兴"义的解释上表现出大胆的革新精神,为恢复《诗》的文学性做出了卓越的贡献;《诗论》中"仁义不离于人情"的观点直接继承了孔子的仁义思想,这一观点将《诗》抒发情志的特点纳入到儒家仁义观中,从理论上为诗经学走上文学与经学相融的道路提供了依据,并在《诗集传》中具体实践了这一解诗体式,对整个宋代《诗经》学的发展走向产生了深远的影响。

---

① 笔者在2007年博士学位论文下编《苏辙的〈诗经〉学思想》中论述了南宋朱熹的《诗经集传》正是文学与经学相融的集大成之作。

附录二：

论苏洵的经史观及苏辙《春秋集解》的阐释特征 *

摘　要：《春秋》的"经""史"性质问题是《春秋》学史上的重大议题，历代治经者对《春秋》经史性质的判定决定着《春秋》学的发展方向。先秦时期，载史的《春秋》被列为儒家"六经"之一，集经史之性于一体。从西汉董仲舒到晋代杜预再到宋初孙复，儒者往往将《春秋》的经史之性分裂为二，对其阐释也多采取扬此抑彼的做法。北宋时期，苏洵对经史问题做了深入的理论探讨，提出了经史"义一"、"体二"以及"用相资"的观点，从方法论上对传统的《春秋》学阐释思路做了重大改造。苏辙继承其父思想，他的《春秋集解》正是对苏洵经史观的实践之作。该书采取了经史相结合的阐释方式，并在对《春秋》经史内容的判定方面采取了较为客观的以史求证的做法。苏氏父子的经史观及其治经之法不仅对北宋时期《春秋》学逞意说经的弊端起到了纠正作用，也对后世经史观的发展产生了深远的影响。

关键词：苏洵；苏辙；经史观；《春秋集解》

《春秋》的"经""史"性质问题是《春秋》学史上的重大议题，历代治经者对《春秋》经史性质的判定决定着《春秋》学的发展方向。北宋时期，蜀学一派的代表人物苏洵、苏辙对《春秋》学发展中存在的种种弊端做了深刻的反思，二者从理论和实践上对前代《春秋》学进行了重大改造。

---

* 本文的删减版刊载于《哲学研究》2017年第3期。

苏洵发前人之未发，提出了全新的经史观，重申了《春秋》经史兼具之双重属性。苏辙阐扬其父思想，在其《春秋集解》中采取了经史相结合与以史求证的阐释方式。苏氏父子的《春秋》学思想对后世《春秋》学乃至经史观的发展产生了深刻的影响。

一、前儒对于《春秋》"经""史"性质问题的态度

据传世文献与出土资料显示，《春秋》早在先秦时期便已成为儒家经学。《礼记·经解》载曰：

> 孔子曰："入其国，其教可知也：其为人也，温柔、敦厚，《诗》教也。……属辞、比事，《春秋》教也。故《诗》之失愚，……《春秋》之失乱。……属辞、比事而不乱，则深于《春秋》者也。"①

这里的《春秋》虽未加上"经"字，但由于位列《经解》之中，故实已作为"六经"之一被正式提出。《礼记》的成书年代颇有争议，但结合郭店简、上博简等出土文献来看，今本《礼记》的绝大多数篇章应不晚于战国中期②，而《礼记·经解》也应为先秦旧文。③又据出土于湖北省荆门市郭店一号楚墓的竹简《六德》篇记载：

> 夫夫、妇妇、父父、子子、君君、臣臣，六者客（各）行其戠（职）而独舎亡繇（由）迮（作）也。藋（观）者（诸）旹（诗）、箸（书）则亦才（在）壴（矣），藋（观）者（诸）豊（礼）、乐则亦才（在）壴（矣），藋（观）者（诸）易、春秋则亦才（在）壴（矣）。④

这里不但列出了《诗》《书》《乐》《易》《礼》《春秋》，还提出了"夫夫、妇妇、父父、子子、君君、臣臣"的儒家伦理观念。另郭店楚简《语

---

① 孙希旦：《礼记集解》，中华书局1989年版，第1254-1255页。
② 在郭店简和上博简的儒家作品中，有不少与二《记》（大小戴《礼记》）有关之篇。郭店简和上博简抄写的著作，其撰成时间都不会晚于战国中期；二《记》中各篇的撰成时间，也应有不少是不晚于战国中期的。参见裘锡圭：《出土文献与古典学重建》，载《出土文献》第四辑，中西书局2013年版，第11页。
③ 徐复观也认为《礼记·经解》的"'孔子曰'必出于先秦传承之说"。参见徐复观：《徐复观论经学史》（二种），上海书店出版社2002年版，第51页。
④ 荆门市博物馆：《郭店楚墓竹简·六德》，文物出版社1998年版，第188页。

丛一》也有"六经"并称之语。① 据考古报告显示，郭店一号墓下葬的年代是在战国中期偏晚，即约于公元前 300 年左右，故《六德》《语丛一》的成书及流传年代应更早。因而，《春秋》至迟在战国之时已成为儒家阐扬其政治理想与政治主张的"六经"之一。而另一方面，《春秋》又是一部史书，其书以鲁国十二公为序，记载了鲁隐公元年至鲁哀公十四年间的史实。孟子云："王者之迹熄而《诗》亡，《诗》亡然后《春秋》作晋之《乘》，楚之《梼杌》，鲁之《春秋》，一也。其事则齐桓晋文，其文则史。孔子曰：'其义则丘窃取之矣。'"② 又云："《春秋》，天子事也；是故孔子曰：'知我者其惟《春秋》乎！罪我者惟《春秋》乎！'"③ 这里明确指出《春秋》本为鲁国史书，孔子据史修经④，而寓微言大义。综上可知，早在先秦时期，《春秋》便被认为兼具经史之属性。

西汉之时，经学得到迅速发展并日渐兴盛。武帝立五经博士，"《书》唯有欧阳，《礼》后，《易》杨，《春秋》公羊而已"，⑤ 专以阐发义理为务的《春秋公羊》学被立为了通经致用、以施教化的官学。《史记·儒林列传》云："汉兴至于五世之间，唯董仲舒名为明于《春秋》，其传公羊氏也。"⑥ 董仲舒的《春秋公羊》学在西汉盛极一时，其《春秋繁露·俞序》云："仲尼之作《春秋》也，上探正天端王公之位，万民之所欲，下明得失，起贤才，以待后圣。故引史记，理往事，正是非，见王公。史记十二公之间，皆衰世之事，故门人惑。孔子曰：吾因其行事而加乎王心焉。以为见之空言，

---

① 该篇虽有残损，但据廖明春先生所言，若按楚简《六德》篇所列六经的顺序，将其第 38、39、44、36、37、40、41 简拼合，则得：《诗》所以会古含意之也者，[《书》者所以会]□□□□者也，[《礼》所以会]□□□□[也，《乐》所以会]□□□□[也]，《易》所以会天衍人衍也。《春秋》所以会古含之事也。参见廖明春：《论六经并称的时代兼及疑古说的方法论问题》，《孔子研究》2000 年第 1 期。

② 杨伯峻：《孟子译注》，中华书局 1960 年版，第 192 页。

③ 同上书，第 155 页。

④ 孟子明确提出《春秋》为孔子所作，而孟子生活的年代距孔子仅一百年左右。司马迁《史记》也多次论及孔子作《春秋》一事。西汉经学与三传之学皆以《春秋》为孔子所作。再结合郭店简、上博简等出土资料的记载，本文认为在没有充分的证据证明《春秋》非孔子所作的情况下，我们还是应该相信距离孔子较近的先秦两汉时人的说法。

⑤ 班固：《汉书》，中华书局 1962 年版，第 3620-3621 页。

⑥ 司马迁：《史记》，中华书局 2011 年版，第 2715 页。

不如行事博深切明。"①董仲舒站在经学家的立场指出，孔子修《春秋》的目的乃是借历史事实昭示合乎统治秩序的政治大纲。董氏这一观点的提出，凸显了《春秋》作为"经"的性质。董仲舒解《春秋》也重于微言大义的发挥，如其在解《春秋》"春王正月"时说："臣谨按《春秋》之文，求王道之端，得之于正。正次王，王次春。春者，天之所为也；正者，王之所为也。其意曰，上承天之所为，而下以正其所为，正王道之端云尔。然则王者欲有所为，宜求其端于天。"②董仲舒在此阐发了他"王者上谨承天意"③的政治思想，而《春秋》载史的意义则被忽视。西汉一朝，《公羊》最盛，《穀梁》次之，《左传》之学仅在平帝时立于学官。东汉光武帝仍尊《公羊》。章帝之后，《左传》之学出现了明显的复苏之势，但其中原因更多的却是其与《公羊》《穀梁》同样具有圣人垂教后世的微言大义，④而其在解《春秋》中所具有的史学价值并未受到真正的重视。当然，汉代《春秋》学的这一发展趋势与汉代的政治制度也有直接的关系。

  值得一提的是，孔子据史修经的《春秋》学精神虽未在汉代经学领域中得到全面阐扬，但却在汉代史学领域尤其是在司马迁的《史记》中得到了继承与发展。司马迁效《春秋》作《史记》，⑤其"考之行事"的实录精神与于史载中寓王道思想的政治理念正是对孔子《春秋》经史之性的继承。清代章学诚曾赞曰："史迁绝学，《春秋》之后，一人而已。其范围千古、牢笼百家者，惟创例发凡，卓见绝识，有以追古作者之原，自具《春秋》家学耳。"⑥

---

① 苏舆：《春秋繁露义证》，中华书局1992年版，第159页。

② 班固：《汉书》，第2501-2502页。

③ 同上书，第2502页。

④ 杨伯峻：《春秋学史》，山东教育出版社2004年版，第195-198页。

⑤ 《史记·太史公自序》曾载司马迁与其父的一段对话："幽厉之后，王道缺，礼乐衰，孔子修旧起废，论《诗》《书》，作《春秋》，则学者至今则之。自获麟以来四百有余岁，而诸侯相兼，史记放绝。今汉兴，海内一统，明主贤君忠臣死义之士，余为太史而弗论载，废天下之史文，余甚惧焉，汝其念哉！"可见，司马迁创作《史记》的一个重要动因乃是要完成其父效《春秋》以作《史记》的遗愿。司马迁又云："先人有言：'自周公卒五百岁而有孔子。孔子卒后至于今五百岁，有能绍明世，正《易传》，继《春秋》，本《诗》《书》《礼》《乐》之际？'意在斯乎！意在斯乎！小子何敢让焉。"也表明了他欲效《春秋》以作《史记》的志向。参见司马迁《史记》，第2854-2855页。

⑥ 叶瑛：《文史通义校注》，中华书局2014年版，第430页。

继汉之后真正将《春秋》作为史书对待，并在解经中实践这一思想的是晋代的杜预。他在《春秋左氏传序》中说道：

> 《春秋》者，鲁史记之名也。记事者，以事系日，以日系月，以月系时，以时系年，所以纪远近、别同异也。……周德既衰，官失其守。上之人不能使《春秋》昭明，赴告策书，诸所记注，多违旧章。仲尼因鲁史策书成文，考其真伪，而志其典礼，上以遵周公之遗制，下以明将来之法。其教之所存，文之所害，则刊而正之，以示劝戒。其余则皆即用旧史，史有文质，辞有详略，不必改也。①

杜预开宗明义地提出了《春秋》为鲁史、经承旧史等说法，明确了其作为"史"的性质，使《春秋》的阐释由微言大义转向了史实层面。而对《春秋》性质的评定，也决定着治经者对"三传"的取舍。杜预注经采取了尊《左》而诋《公》《穀》的做法。杜预认为"左丘明受经于仲尼"②且"身为国史，躬览载籍"③，故左丘明乃孔子嫡传弟子，而《左传》才是真正的解经之作。杜预将《左传》抬至极高位置，甚至遇到经传不合之处，宁可疑经，也不非《左》。杜预治《春秋》虽在很大程度上纠正了汉代《春秋》学空言大义、不重史实的弊端，但又不免走向了"强经以就传"的另一极端。杜预的《左传》之学在两晋南北朝到唐代前期这五百年间始终居于主流地位，其影响不可谓不深。当然，《春秋》学的这一转向与这一时期今文经学的衰落及古文经学的复兴也有直接的关系。

到了中唐时期，《春秋》学的发展出现了新的趋向。陈商对杜预的《春秋》学思想提出了异议。据令狐澄所撰《大中遗事》曰：

> 大中时，工部尚书陈商……立《春秋左传》学议；以孔圣修经，褒贬善恶，类例分明，法家流也；左丘明为鲁史，载述时政，惜忠贤之泯灭，恐善恶之失坠，以日系月，修其职官，本非扶助圣言、缘饰经旨，盖太史氏之流也。举其《春秋》，则明白而有实；合之《左氏》，则丛杂而无征。杜元凯曾不思夫子所以为经，当以《诗》《书》《周易》等列；丘明所以为史，当与司马迁、班固等列。取二义乖刺

---

① 杜预注、孔颖达疏：《春秋左传正义》，《十三经注疏》（整理本），北京大学出版社2000年版，第3-13页。

② 同上书，第14页。

③ 同上书，第15页。

不侔之语。参而贯之，故微旨有所不周，宛章有所未一。①

陈商在此对《春秋》与《左传》的性质进行了严格的区分。他认为《春秋》与《左传》旨意完全不同。孔子修《春秋》旨在扬善恶、明礼法，故其在本质上应归于"经"；而丘明著《左传》则旨在修职官、存史实，故其应归于"史"。陈商认为杜预并未对《春秋》的"经""史"性质作严格的区分，而是将《春秋》完全视做了"史"。他批判了杜预尽弃《公羊》《穀梁》，甚至以《左传》代替《春秋》的做法。陈商将《春秋》归于"经"、《左传》归于"史"的思想是对杜预的《春秋》学思想的反动。

此后的啖助、赵匡、陆淳在《春秋》的"经""史"问题上基本沿袭了陈商的观点。啖助曰：

> 今《公羊》《穀梁》二传殆绝，习《左氏》者皆遗经存传，谈其事迹，玩其文彩，如览史籍，不复知有《春秋》微旨。呜呼！买椟还珠，岂足怪哉！②

啖助同样批驳了杜预尽弃《公》《穀》，专习左氏的做法。啖助指出，杜预独标《左传》的解经之法实际是把《春秋》当作了"史"，其结果是使《公羊》《穀梁》二传几为世人所弃，也导致《春秋》大义不兴于世的后果。啖氏进而对"三传"的性质做了明晰的区分。赵匡曰：

> 啖氏依旧说以左氏为丘明受经于仲尼，今观左氏解经浅于《公》《穀》，诬谬实繁，若丘明才实过人，岂宜若此？推类而言，皆孔门后之门人，但《公》《穀》守经，左氏通史，故其体异耳。③

很明显，啖助所谓的"左氏"解经浅于《公》《穀》是就阐发义理的深浅而言的。在啖助看来，《公羊》《穀梁》重在揭示《春秋》微言大义，应归于"经"的范畴；《左传》记事详备，应归于"史"的范畴。《左》《公》《穀》则各有长短。与杜预、陈商不同，啖、赵、陆并未对《春秋》的"经""史"性质作明确的划分。而是在具体的治《春秋》实践中采取了兼采三传、取舍为我所需的治经之法。啖氏曰：

> 予辄考核三传，舍短取长，又集前贤注释，亦以愚意裨补阙漏，

---

① 陶宗仪编《说郛三种》第五册，卷四十九，上海古籍出版社1988年版，第2274页。
② 陆淳：《春秋集传纂例》，《景印文渊阁四库全书》第146册，台湾商务印书馆1986年版，第382页。
③ 同上书，第384页。

商榷得失，研精宣畅，期于浃洽，尼父之志庶几可见。①

啖氏等的这一治经之法是对杜预以来形成的专治《左传》，尽弃《公羊》《穀梁》治经之法的改造。可以看出，啖氏等在对《春秋》性质的判定问题上采取了较前儒更为开放的态度。

孙复是北宋前期最为重要的《春秋》学者，其治经取向则在于阐发《春秋》的"尊王"大旨，他在《春秋尊王发微》中指出"孔子之作《春秋》也，以天下无王而作也，非为隐公而作也。然则《春秋》之始于隐公者，非他，以平王之所终也。"②孙复对经义的阐发也主要落在了"尊王"二字，如《春秋尊王发微》在解"元年春王正月"中指出：

> 《春秋》自隐公而始者，天下无复有王也。夫欲治其末者，必先端其本；严其终者，必先正其始。元年书王，所以端本也；正月，所以正始也。③

倘与"尊王"不相符，即使是史实，孙复也会多作曲解甚或弃而不用。孙复对《春秋》旨意的揭示及其治经之法表明他将《春秋》完全视为了"经"而非"史"。当然，孙复的这一治经取向与北宋时期社会政治环境及理学的兴起也有直接的关系，但他对《春秋》经史性质的判定也最终导致了其《春秋》学走向了逞意说经的极端。

二、苏洵的经史观

北宋时期，苏洵成为蜀学一派的代表人物，在经学上也颇有造诣。面对前儒治《春秋》所存在的弊端，苏洵对经史问题做了深入的理论探讨，他的经史观集中见于其《杂论》篇。④苏洵在文中发前人之未发，提出了经史"义一"、"体二"及"用相资"的观点。

在《杂论》中的"史论（上）"部分，苏洵首先提出了经史"义一"的观点。他说：

> 史何为而作乎？其有忧也。何忧乎？忧小人也。何由知之？以其

---

① 陆淳：《春秋集传纂例》，《景印文渊阁四库全书》第146册，第382页。
② 孙复：《春秋尊王发微》，《景印文渊阁四库全书》第147册，台湾商务印书馆1986年版，第3页。
③ 同上。
④ 苏洵：《苏洵集》，《三苏全书》第六册，语文出版社2001年版，第211-217页。

名知之。楚之史曰《梼杌》。梼杌，四凶之一也。君子不待褒而劝，不待贬而惩，然则史之所惩劝者独小人耳。仲尼之志大，故其忧愈大。忧愈大，故其作愈大。是以因史修经，卒之论其效者，必曰：乱臣贼子惧。由是知史与经皆忧小人而作，其义一也。①

苏洵指出，先贤修经作史皆出于忧世情怀。史可以惩劝小人，有小义；经可以惩戒乱臣贼子，有大义。但无论是大义抑或是小义，经史皆具有惩恶扬善、矫正时弊之"义"，故二者"义一"也。苏洵这里所谓的孔子"因史修经"，指的应是孔子作《春秋》一事，此言已道明《春秋》既是史亦为经的双重属性，而这一认识也是对先秦《春秋》学思想的回归。

当然，苏洵也并非认为经史之间毫无分别。他认为，二者在文体形式上具有明显的不同。苏洵说：

> 其义一，其体二，故曰史焉，曰经焉。大凡文之用四：事以实之，词以章之，道以通之，法以检之。此经、史所兼而有之者也。虽然，经以道、法胜，史以事、词胜。②

苏洵指出，文章一般具备四个组成要素：事、词、道、法。经、史均兼具这四个要素，但其侧重点又各有不同。"经"侧重于道与法，"史"侧重于事与词，其文体也表现出不同的特征，即为"体二"。可见，在事、词与道、法上的不同侧重应是判断经史文体类别的根本依据。苏洵在此从文体角度对经史做了细微的区分，体现出他文学家兼经学家的独特视角。

苏洵进而以"六经"为例说明了经史不同的文体特征。他说：

> 夫《易》《礼》《乐》《诗》《书》，言圣人之道与法详矣，然弗验之行事。仲尼惧后世以是为圣人之私言，故因赴告策书以修《春秋》，旌善而惩恶，此经之道也。犹惧后世以为己之臆断，故本周礼以为凡，此经之法也。至于事则举其略，词则务于简。吾故曰：经以道法胜。史则不然，事既曲详，词亦夸耀，所谓褒贬，论赞之外无几。吾故曰：史以事词胜。③

苏洵认为，《易》《礼》《乐》《诗》《书》皆是经，其在文体上胜于道、

---

① 苏洵：《苏洵集》，第212页。
② 同上。
③ 同上。

法却又疏于事、词。由于"经"之道、法的阐发未能与具体史实结合起来，故易生臆断之弊。而圣人修"史"又往往侧重于叙事的详尽与用词的铺排，于其褒贬大义则又少有论及，故"史"胜于事词却又疏于道法。在这里，苏洵特别指出，《春秋》在文体上具有与其他"五经"明显不同的特征。苏洵认为，孔子因史而修《春秋》正是为了弥补经史之阙漏。《春秋》本为"史"，但孔子加之以道与法，遂使《春秋》成为"经"。故《春秋》兼有经史之优点，既寓道、法，又能"验之行事"。当然，孔子也对《春秋》的文体做了改造。"史"本胜于事、词，但为使"经"之道、法不被"史"之事、词蒙蔽，故孔子修《春秋》"事则举其略""词则务于简"。在苏洵看来，"六经"中，唯《春秋》兼具经史之双重属性，也兼具二者之优点，而其在文体上也表现出不同于纯粹的"经"或纯粹的"史"的特征。苏洵对孔子修《春秋》的看法与汉代司马迁的观点是完全一致的。《史记·太史公自序》载曰：

> 上大夫壶遂曰："昔孔子何为而作《春秋》哉？"太史公曰："余闻董生曰：周道衰废，孔子为鲁司寇，诸侯害之，大夫壅之。孔子知言之不用，道之不行也，是非二百四十二年之中，以为天下仪表，贬天子，退诸侯，讨大夫，以达王事而已矣。子曰：我欲载之空言，不如见之于行事之深切著明也。"①

司马贞《索隐》注曰："孔子言我徒欲立空言，设褒贬，则不如附见于当时所因之事。人臣有僭侈篡逆，因就此笔以褒贬，深切著明而书之，以为将来之诫者也。"② 司马迁站在史学家的立场指出孔子据史修经则使《春秋》具有了既寓道与法，又能"验之行事"的双重优点。苏洵与司马迁的认识是一致的，而这一认识同样是对先秦《春秋》学思想的回归。

苏洵对经史所存弊端的原因做了深入的分析。他认为，经史各自的弊端乃是由二者不同的文体特征决定的。苏洵说：

> 经或从伪赴而书，或隐讳而不书，若此者众，皆适于教而已。吾故曰"经非一代之实录"。史之一纪、一世家、一传，其间美恶得失固不可以一二数。则其论赞数十百言之中，安能事为之褒贬，使天下

---

① 司马迁：《史记》，第 2855-2856 页。
② 同上书，第 2857 页。

之人动有所法如《春秋》哉？吾故曰"史非万世之常法"。①

"经"是用来施以教化的，故不免存在虚美与曲笔，这些笔法虽不尽与史实相符，但却适于教化之用，因此"经"不可等同于"史"。"史"是用来记录历史事件的，其间对美恶得失也有论及，但因其以记"事"为主，往往就事而发议论，故其论赞之语很难作为普遍的道德标准来加以推行，因此也不可将"史"等同于"经"。

苏洵指出，经史必须交相为用方可弥补阙漏。他说："经不得史，无以证其褒贬，史不得经，无以酌其轻重；经非一代之实录，史非万世之常法。体不相沿，而用实相资焉。"②又说："使后人不知史而观经，则所褒莫见其善状，所贬弗闻其恶实，吾故曰：经不得史无以证其褒贬。使后人不通经而专史，则称谓不知所法，惩劝不知所祖。吾故曰：史不得经，无以酌其轻重。"③苏洵指出，经必须以史作为依据，才可使褒贬得到证实而不流于主观，史也必须结合经的内容，方可昭示史实所隐含的大义。所以，经与史虽在"体"上不同，但在"用"上，二者却又互为补充。在苏洵看来，经与史的关系犹如"规矩准绳"与"器"的关系："夫规矩准绳所以制器，器所待而正者也。然而不得器则规无所效其圆，矩无所用其方，准无所施其平，绳无所措其直"，"史待经而正，不得史则经晦"。④在这里，苏洵所谓经史"用相资"其实是就治经的实践层面而论的，即在治经过程中应当采取阐发义理与发掘史实相结合的研究方法。

苏洵经史"用相资"观点的提出无论对经学还是对史学的发展皆具有重要的革新意义。从西汉武帝开始，经学取得独尊地位，其与史学也逐步走上分离的道路。魏晋荀勖等创立四部，经史正式分门别类。"经"被视为施以教化的经世之大典，"史"则成了记录事件的文字载体。从汉代到宋代，治经者多不论史实，而治史者又往往不涉义理。苏洵强调阐发义理与发掘史实相结合的研究方法无疑是对传统学术的重大改造。而在经学居于主流且义理之学盛行的宋代，"诸儒讲求心性，惧门弟子之泛滥无所归也，则有诃

---

① 苏洵:《苏洵集》，第213页。
② 同上书，第212页。
③ 同上。
④ 同上书，第213页。

读史为玩物丧志者"，①苏洵对于治经中史证重要性的强调，更具有积极的学术意义。不仅如此，苏洵也对后世经史观的发展产生了深远的影响。南宋叶适提出"经，理也；史，事也"，②"专于经则理虚而无证，专于史则事碍而不通"，③元代郝经等提出"治经而不治史，则知理而不知迹；治史而不治经，则知迹而不知理"，④这些观点皆与苏洵的经史观存在一脉相承之处。而明代王阳明的"以事言谓之史，以道言谓之经。事即道，道即史"以及清代章学诚的"六经皆史"⑤等可谓影响甚巨，但从其所强调的经史之间的互通性而言，其与北宋苏洵经史观之间也存在明显的继承与发展的关系。如章学诚曾在《丙辰札记》中论及苏洵的《史论》："孟子言《春秋》之作，则云其事齐桓晋文，其文则史。孔子曰，其义某窃取之。然则事辞犹骸体也，道法犹精神也。苟不以骸体为生人之质，则精神于何附乎？此亦止就《春秋》而言，为苏氏所论及者耳。六经皆史，则非苏氏所可喻矣。"⑥章学诚虽不赞同苏洵对经史文体所作的区分，但在对《春秋》经史性质的判定上，他对苏洵的观点还是十分认可的。而从这一意义上说，章学诚的"六经皆史"说也正是对苏洵《春秋》经史观的进一步发展。章学诚的"六经皆史"说对清代乃至后世学术产生了深刻的影响，然而今日看来，苏洵对经史的区分也未必不是一种更为客观的看法，如蒙文通先生就曾主张经史分途，批判"六经皆史之谈，显非谛说"⑦且"既暗于史，尤病于史"。⑧再就苏洵对《春秋》学的影响而言，从董仲舒到杜预再到孙复，儒者往往将《春秋》的经史性质裂为两橛，对《春秋》的阐释也出现了重史轻经或重经轻史的弊端。苏洵对《春秋》经史文体性质的判定及其所提出的经史"用相资"的治经之法实际已从认识论与方法论上对传统的《春秋》学思想做了重大改造。在苏洵看来，由

---

① 王树民：《廿二史札记校证》（附录二），中华书局1984年版，第885页。
② 叶适：《叶适集》（第一册），中华书局1961年版，第221页。
③ 同上。
④ 郝经：《陵川集》卷十九，《景印文渊阁四库全书》第1192册，台湾商务印书馆1986年版，第209页。
⑤ 叶瑛：《文史通义校注》，第1页。
⑥ 章学诚：《章学诚遗书》，文物出版社1985年版，第388页。
⑦ 蒙文通：《古史甄微·自序》，《蒙文通文集》（卷一），巴蜀书社1987年版，第21页。
⑧ 同上。

于《春秋》兼具经史之双重属性，故对《春秋》的阐释也应从"经义"与"史实"两个方面入手，方可使《春秋》所载史实包含的义理得到昭示，也可使《春秋》的微言大义得到史实的证明而不流于空疏。

三、苏辙《春秋集解》的阐释特征

1. 经史相融的阐释方式

苏洵的经史观对苏辙产生了深刻的影响。苏辙同样认为《春秋》兼具经史双重属性，并继承了其父经史"用相资"的观点。苏辙认为，《春秋》的创作有其历史的必然性。他说："自周之衰，天下三变，而《春秋》举其中焉耳。"① 对于其中的原因，苏辙做了这样的解释：第一个时期为平王东迁之前，"礼乐征伐犹出于天子，诸侯畏周之威，不敢肆也，虽《春秋》将何施焉"，② 褒贬自在人心，圣人无须为褒贬之说；第二个时期为平王东迁之后，周道陵迟，然民未忘周，"故孔子作《春秋》，推王法以绳不义，知其犹可以此治也"③；第三个时期为五霸衰落到战国期间，"礼义无所复施，刑政无所复加"，④《春秋》已无补于世，故圣人绝笔不作。苏辙在此从创作动因上指出《春秋》实为"推王法以绳不义"的"经"。但与此同时，苏辙也十分强调《春秋》作为"史"的特性。他说："故凡《春秋》之事当从史。"⑤ 又说："时人多师孙明复，谓孔子作《春秋》略尽一时之事，不复信史，故尽弃三《传》，无所复取。"⑥ 对于《春秋》经史性质的认识决定了苏辙在治《春秋》时采取了阐发义理与发掘史实相结合的阐释方式。而在对《春秋》传注的取舍上，苏辙不仅批判了孙复将《春秋》视作纯粹的"经"而尽弃三传的做法，也否定了杜预将春秋视为完全的"史"而独标《左传》的做法。他说："至于孔子之所予夺，则丘明容不明尽，故当参以公、榖、啖、赵诸人。然昔之儒者各信其学，是而非人，是以多窒而不通。"⑦ 为使

---

① 苏辙：《春秋集解》，《三苏全书》第三册，语文出版社2001年版，第147页。
② 同上。
③ 同上。
④ 同上书，第148页。
⑤ 同上书，第17页。
⑥ 同上书，第13页。
⑦ 同上。

《春秋》之"经义"与"史实"融通,苏辙对《春秋》三传乃至其他传注采取了杂取众家、择善而从的态度。苏辙的经史观也在其《春秋集解》中得到了具体的实践。

如:《左传》注《春秋》隐公元年"春,王正月",曰:"元年春,王周正月,不书即位,摄也。"①《左传》在此仅据史直书,不涉义理。而《公羊》则认为,经不书隐公即位,乃是经过了孔子的笔削,而寓于其中的微言大义便是"成公意也。"《公羊》解释说:按照旧制"隐长又贤,何以不宜立?立适以长不以贤,立子以贵不以长。桓何以贵?母贵也。母贵则子何以不贵?子以母贵,母以子贵",故即位的不应是隐公而应是桓公。但其父惠公娶仲子为夫人的做法本为不合礼之举。按照婚娶之制,隐公之母的地位应高于仲子,因此即位的又应是隐公而不应是桓公。而隐公因桓公尚幼,虽已即位,却有让位之心。《公羊》认为孔子笔削之意在于成全隐公的想法。《穀梁》也与《公羊》持同样观点,认为经不书即位,乃孔子笔削,其意同样在于"成公志也"。但对于"成公志"的原因,《穀梁》却做了不同于《公羊》的解释。《穀梁》认为,惠公本不欲取隐为公,欲以桓为公。隐公虽即位,但也打算成全父亲的遗志欲让位于弟桓。按照《春秋》之大义,隐公的这种想法并不值得伸张,那么,孔子何以要"成公志"呢?这是因为桓公后来弑君的行为相较于隐公的想法,其恶又甚,故孔子采取了扬隐抑桓的笔法。

而苏辙的《春秋集解》则首先从史实的角度对隐公、桓公的身世做了详细的交代,并认为隐公虽立,但并未即位,因此经文不书即位并非夫子笔削而是据史而书。《集解》曰:"惠公娶于宋,曰孟子,卒。其媵声子,生隐公。又娶于宋,曰仲子,生桓公而惠公薨,隐公立而奉之,是以未尝即位也。"②苏辙此处完全采用了《左传》的说法,但也并不仅仅停留于史实的叙述,同时也对经文所包含的义理做了重新的阐发。注文中,苏辙首先对《公羊》《穀梁》之说予以了驳斥。苏辙指出,按照《公羊》的说法,孔子是主张隐"自立而奉桓"的。但这在苏辙看来却是对孔子之意的曲解,隐"自立而奉桓"是不合礼制的。苏辙进而对《穀梁》的观点进行了批驳,

---

① 杨伯峻编著《春秋左传注》,中华书局 1990 年版,第 9 页。
② 苏辙:《春秋集解》,第 15 页。

指出照《穀梁》的观点，孔子的笔削之意应当是主张隐公废桓而自立，《穀梁》的观点也是不合礼之说，当然也是对孔子之意的曲解。在苏辙看来，隐公、桓公地位的争议是因为惠公的违礼之举造成的，惠公以夫人的名义娶仲子，其子桓也理应为嫡，那么隐公自立以待桓成人，再归位于桓的做法就会引起宫廷祸乱。应该如何处理这种关系呢？苏辙认为，隐应当立桓公，但由自己来辅助桓公处理政事，等到桓公成人之后，再将处理政事的权力归还于桓公，这样就可以做到既合乎礼制，又使祸患得以避免。按照苏辙的观点，经不书即位是对史实的如实记录，若要从经文包含的微言大义来看，苏辙认为《春秋》对隐公的做法是持否定态度的。

通过以上分析可以看到，苏辙一方面对经文所包含的史实做了详细的交代与补充；另一方面，又对经文所蕴含的微言大义予以了揭示。在处理三传问题上，苏辙对《左传》传"史"的价值给了充分的肯定，对《公》《穀》所传的"义理"则做了进一步的辨析，并对经文的微言大义做了重新的阐发。可见《春秋集解》具有明显的"经""史"相融的阐释特点。而这种从"经"与"史"两个角度揭示《春秋》的内涵也构成了《春秋集解》最为基本的阐释方式。

再如《春秋》载曰：（僖公五年）"公及齐侯、宋公、陈侯、卫侯、郑伯、许男、曹伯会王世子于首止。"① 据史记载，周宣王之母弟名子带，宠于惠王之后。惠王因后之故欲废太子郑而立带。齐桓公为避周室乱、安太子位，率诸侯会太子郑于首止。②《左传》注曰："会于首止，会王大子郑，谋宁周也"，③ 交代了齐桓公会太子于首止的目的。《公羊》认为经文本应将王世子序列于诸侯之上，但却特书"会王世子"，其原因乃"世子贵也"，即世子为天子之子，地位尊崇，故经文有尊王世子之意。④《穀梁》注曰："及以会，尊之也。何尊焉？王世子云者，唯王之二也，云可以重之存焉，尊之也。何重焉？天子世子，世天下也。"⑤ 其义与《公羊》无二致，

---

① 杨伯峻编著《春秋左传注》，第301页。
② 同上书，第305-306页。
③ 同上书，第305页。
④ 《公羊》注曰："曷为殊会王世子？世子贵也，世子，犹世世子也"。参见杜预等注《春秋三传》，上海古籍出版社1987年版，第159页。
⑤ 杜预等注《春秋三传》，第159页。

也认为经文有尊世子之义。

《春秋集解》首先对与经文相关的史实做了补充:"惠王世子郑也。王以惠后故,将废郑而立带,故齐桓帅诸侯而会之,以定其位。"①这段内容与《左传》"谋宁周"之意相合。《春秋集解》也对经文的义理进行了阐发:"世子不名而殊会,尊之也。首止之会,非王志也。帅诸侯以定世子为义也,然而诸侯不以王命而会世子,世子不以王命而出会诸侯,衰世之事也。"②苏辙认为,经文书"会王世子"而不书王世子之名确有尊王世子之义。这一层意思则对《公》《穀》之说做了借鉴。可见,《春秋集解》的这段注释同样采取了经史相结合的阐释方式,对三传也采取了择善而从的做法。

值得注意的是,为使《春秋》经史之意融通,苏辙对三传之外的《春秋》学成果,也多采取了借鉴态度。例如《春秋》庄公十七年经曰:"春,齐人执郑詹。"《左传》注曰:"十七年春,齐人执郑詹,郑不朝也。"③左氏认为,齐人执郑詹的原因是郑国不朝齐国。那么,何以要执郑詹呢?这就得辨明郑詹的具体身份。《公羊》注曰:"郑瞻④者何?郑之微者也。此郑之微者,何言乎齐人执之?书甚佞也。"⑤《公羊》以为郑詹是郑国的微小人物,那么齐何以要执郑詹呢?《公羊》做出解释说,他是一个佞人。夫子在此特书之,是因为夫子疾郑詹之佞。《公羊》的说法于史无证,显得十分牵强。《穀梁》注曰:"人者众辞也,以人执,与之辞也。郑詹,郑之卑者,卑者不志,此其志何也?以其逃来,志之也。逃来则何志焉,将有其末,不得不录其本也。郑詹,郑之佞人也。"⑥《穀梁》与《公羊》意思相近,也认为郑詹是郑之佞人,但又补充说明郑詹因逃亡齐国而为齐人所执,又因在下文有郑詹逃来之文,故此处略之。《穀梁》此意也十分牵强。杜预注曰:"齐桓始伯,郑既伐宋,又不朝齐。詹为郑执政大臣,诣齐见执,不称

---

① 苏辙:《春秋集解》,第 57 页。
② 同上。
③ 杨伯峻编著《春秋左传注》,第 205 页。
④ 《公羊》此处将"郑詹"书为"郑瞻"。参见杜预等注《春秋三传》,第 118 页。
⑤ 杜预等注《春秋三传》,第 118 页。
⑥ 同上。

行人,罪之也。"① 据杜预之说,郑詹应是以行人身份使齐的,由于郑詹为郑执政大臣,故齐人执郑詹以惩戒郑不朝齐之罪。因郑詹有辱君命,故经不称行人,以示其罪。对比经文,杜预的解释应与经义相符。苏辙对于齐人何以要执郑詹的原因,未采《公羊》《穀梁》之说,但却引用了《左传》的说法。《春秋集解》曰:"郑既受盟而不朝齐。詹,郑之执政也,故齐人执之。"至于"齐人执郑詹"的微言大义,苏辙则采用了杜预的解释,曰:"称行人,非其罪也;不称行人,罪之也。"②

通过以上举例可以看到,《春秋集解》主要采取了经史相结合的阐释方式。而在对待《春秋》传注方面,苏辙则采取了较前儒更为开放的不拘陈法、择善而从的做法。

2. 以史求证的解经指导思想

为了更为客观、准确地揭示《春秋》的"经""史"之义,苏辙《春秋集解》在裁夺三传乃至《春秋》经文时,则又采取了以史为据的解经指导思想。

(1) 以史证《左传》

北宋之前,对《春秋》"史"的性质给予充分肯定并将《左传》提高到独尊地位的应是杜预。苏辙在对《春秋》载史性质的判定上,与杜预不无相似之处。苏辙云:"故凡《春秋》之事当从史。"对于《左传》的史料价值,苏辙也尤为重视,他说:"左氏史也,《公羊》《穀梁》皆意之也。"又说:"事之不可以意推者,当从史。左氏,史也。"③但与杜预不同的是,苏辙并不将《左传》视作不刊之论,而是对其所传史实采取了以史求证的态度,并对其记史上的谬误也直指不讳。如:《左传》注隐公三年"夏四月辛卯,君氏卒",曰:"夏,君氏卒,声子也。不赴于诸侯,不反哭于寝,不祔于姑,故不曰'薨'。不称夫人,故不言葬。"④左氏认为经不书"薨"的原因是"不赴于诸侯,不反哭于寝,不祔于姑",不书"葬"的原因在于"不称夫人"。苏辙对此则做出了完全不同的解释,《春秋集解》曰:"声子也。隐公将不终为君,故不称夫人。不称子氏而称君氏,何也?哀公之母

---

① 杜预:《春秋经传集解》,上海古籍出版社1988年版,第168页。
② 苏辙:《春秋集解》,第42页。
③ 同上书,第31页。
④ 杨伯峻编著《春秋左传注》,第26页。

曰姒氏卒,哀未君也。隐既君矣,不称子氏而称君氏,著其君也。"① 苏辙结合哀公母姒氏卒的事例指出,不书声子为夫人的原因是隐公并未终其君位,但隐公也曾为君,因此将声子卒称为君氏卒。在另一段经文的注释中,苏辙也结合史实对《左传》的这一观点做了进一步的驳斥。隐公二年经曰:"十有二月乙卯,夫人子氏薨。"《春秋集解》注曰:"桓公之母仲子也。凡公母称夫人,薨则曰夫人某氏薨。葬毕而祔于庙,则曰葬我小君某氏;不称夫人,则曰某氏卒,不祔于庙,则不书葬。仲子始娶于宋,故曰:夫人子氏薨,特立之庙而不祔,故不书葬。左氏曰:'不赴于诸侯,不反哭于寝,不祔于姑,故不曰薨。不称夫人,故不言葬。'考之以事,皆不合,失之矣。"② 苏辙认为隐公二年经书"夫人子氏薨"也证实了《左传》说法的错误。《春秋集解》指出,此处称仲子为夫人的原因是由于仲子为桓公之母,不书葬的原因是仲子始娶于宋,特立之庙而不祔。因此左氏所谓"不赴于诸侯,不反哭于寝,不祔于姑,故不曰薨。不称夫人,故不言葬"是与史实不相符的。

又如《左传》解《春秋》庄公元年"春,王正月",曰:"元年春,不称即位,文姜出故也。"③ 左氏认为,经不书庄公即位乃是庄公之母文姜出奔齐国的缘故。《春秋集解》则提出了不同的看法,曰:"不书即位,继故也",认为经不书庄公即位是由于庄公只是继承君位而已。苏辙对《左传》的说法提出了批驳:"《左氏》曰:'文姜出故也。'文姜之出,孰与桓公之薨?且出在三月,舍其大而言其细,失之矣。"④ 苏辙指出,对于庄公即位一事而言,其父桓公之薨显然比其母文姜出奔更为重大,故《左传》以文姜出奔作为经不书即位的理由太过牵强。而且据史所载,文姜出奔齐国的时间乃是年的三月,而非是年的正月。也就是说,庄公继位之时文姜尚未出奔,可见《左传》之说与史实不符。

(2)以史证《公》《穀》

由于《春秋集解》采取了"经""史"结合的阐释方式,故苏辙也注重发挥《春秋》的微言大义,其对《公》《穀》的内容也多有借鉴。但苏辙也

---

① 苏辙:《春秋集解》,第19页。
② 同上。
③ 杨伯峻编著《春秋左传注》,第157页。
④ 苏辙:《春秋集解》,第34页。

不赞成《公》《穀》对经义的主观发挥，他更强调在以史为据的基础上阐发义理。《春秋集解》中，苏辙对《公》《穀》的臆测之说做了大量的辩驳与校正。如，桓公十五年经曰："秋九月，郑伯突入于栎。冬十有一月，公会宋公、卫侯、陈侯于袲，伐郑。"《公羊》注曰："栎者何？郑之邑。曷为不言入于郑？未言尔。曷为未言尔，祭仲亡矣。然则曷为不言忽之出奔？言忽为君之微也。祭仲存则存矣，祭仲亡则亡矣。"①《公羊》以为经书"入于栎"，即是指郑伯已入郑国，可见忽已出奔。《公羊》指出，经不书"入于郑"的原因是祭仲之死更为重大。经何以又不书忽出奔呢？《公羊》认为忽之为君太微，祭仲一亡，他便不能自保而逃奔了。《穀梁》注曰："地而后伐，疑辞也，非其疑也。"②《穀梁》则认为经先书地后书伐，表示三国之君对此次讨伐行为是有所犹疑的，故曰："疑辞也。"但按礼，三国对这次讨伐行为是不应疑虑的，所以又曰："非其疑也。"《穀梁》的意思十分含糊，它在此处并未指明三国之君所讨伐的对像是忽还是突。为了更为清楚地把握《穀梁》的意思，我们可以参看范宁的注释。范宁曰："郑突欲篡国，伐而正之，义也。不应疑，故责之。"③范宁的注释应能说明《穀梁》之意。因此，我们可以推断，《穀梁》认为三国此次讨伐的应是突而不是忽。按照这种说法，《穀梁》与《公羊》之意无异，均认为经所书"秋九月，郑伯突入于栎"应指突入于郑国，而忽同时出奔。那么，《公》《穀》之说是否与史实相符呢？本文在此先将与这段史实相关的经文整理如下：

> 桓公十一年经曰："夏五月癸未，郑伯寤生卒。秋七月，葬郑庄公。九月，宋人执郑祭仲。突归于郑。郑忽出奔卫。"④

> 桓公十五年经曰："五月，郑伯突出奔蔡。郑世子忽复归于郑。……秋九月，郑伯突入于栎。冬十有一月，公会宋公、卫侯、陈侯于袲，伐郑。"⑤

《左传》解《春秋》桓公十一年经文曰："郑昭公之败北戎也，齐人将

---

① 杜预等注《春秋三传》，第89页。
② 同上。
③ 范宁：《春秋穀梁传注疏》，《十三经注疏》（整理本），北京大学出版社2000年版，第67页。
④ 杨伯峻编著《春秋左传注》，第129页。
⑤ 同上书，第141-142页。

妻之。昭公辞。祭仲曰：必取之。君多内宠，子无大援，将不立。三公子皆君也。夏，郑庄公卒。初，祭封人仲足有宠于庄公，庄公使为卿。为公娶邓曼，生昭公。故祭仲立之。宋雍氏女于郑庄公，曰雍姞，生厉公。雍氏宗，有宠于宋庄公，故诱祭仲而执之，曰：不立突，将死。亦执厉公而求赂焉。祭仲与宋人盟，以厉公归而立之。秋九月丁亥，昭公奔卫。己亥，厉公立。"①又《左传》解《春秋》桓公十五年经，曰："祭仲专，郑伯患之，使其婿雍纠杀之。将享诸郊。雍姬知之，谓其母曰：父与夫孰亲？其母曰：人尽夫也，父一而已，胡可比也？遂告祭仲曰：雍氏舍其室而将享子于郊，吾惑之，以告。祭仲杀雍纠，尸诸周氏之汪。公载以出，曰：谋及妇人，宜其死也。夏，厉公出奔蔡。六月乙亥，昭公入。"②"秋，郑伯因栎人杀檀伯，而居于栎。冬，会于袲，谋伐郑，将纳厉公也。弗克而还。"③《左传》对经文所记载史实做了详细的解说与补充，反映了基本史实。而从《史记·郑世家》的记载来看，④其与《左传》之说也十分吻合，这也证明了《左传》所述基本属实。可见经文所书"郑伯突入于栎"是指郑伯突居于郑边邑栎，而非入主郑国。而郑伯突入于栎之时，郑昭公忽也仍居君位，并未出奔。因此《公羊》认为郑伯已入郑国、忽已出奔的说法与史实并不相符。当然《穀梁》认为宋、卫、陈侯讨伐的应是突而不是忽的观点也与史实相违背。那么，苏辙对经文又做了怎样的解释呢？《春秋集解》注曰："称入，忽在内，难之也。《公羊》曰：何以不言忽之出奔？忽之为君微也。祭仲存则存矣，祭仲亡则亡矣。夫突入于栎，未入于郑，忽未尝奔也，而

---

① 杨伯峻编著《春秋左传注》，第131-132页。
② 同上书，第143页。
③ 同上书，第143-144页。
④ 《史记·郑世家》载曰："四十三年，郑庄公卒。初，祭仲甚有宠于庄公，庄公使为卿；公使娶邓女，生太子忽，故祭仲立之，是为昭公。庄公又娶宋雍氏女，生厉公突。雍氏有宠于宋。宋庄公闻祭仲之立忽，乃使人诱召祭仲而执之，曰：'不立突，将死。'亦执突以求赂焉。祭仲许宋，与宋盟。以突归，立。昭公忽闻祭仲以宋要立其弟突，九月（辛）[丁]亥，忽出奔卫。己亥，突至郑，立，是为厉公。厉公四年，祭仲专国政。厉公患之，阴使其婿雍纠欲杀祭仲。纠妻，祭仲女也，知之，谓其母曰：'父与夫孰亲？'母曰：'父一而已，人尽夫也。'女乃告祭仲，祭仲反杀雍纠，戮之于市。厉公无奈祭仲何，怒纠，曰：'谋及妇人，死固宜哉！'夏，厉公出居边邑栎。祭仲迎昭公忽，六月乙亥，复入郑，即位。秋，郑厉公突因栎人杀其大夫单伯，遂居之。诸侯闻厉公出奔，伐郑，弗克而去。宋颇予厉公兵，自守于栎，郑以故亦不伐栎。"参见司马迁：《史记》，第1587-1588页。

何以书之？地而后伐，既会而后伐也。《穀梁》曰：疑词也，非其疑也。盖以为伐突以正忽也，夫突在栎而不在郑，伐郑非伐突也，乃所以救突也。《公羊》《穀梁》之妄若是者众矣，不可胜非也，故各非其一而已。"①苏辙认为，突只是入于栎，并未入于郑，而忽也未曾出奔。《春秋》不书突入于栎与忽出奔正是对史实的直书，并无所谓的笔削之意。苏辙之义与《左传》《史记》之义完全一致，可见苏辙对这段史实的把握是十分准确的。《春秋集解》进而批驳了《公》《穀》的说法，认为《公》《穀》之义与史实完全不符，实属臆断之说。

《春秋集解》中，以史为据纠正《公》《穀》臆断之弊的不乏其例，又如：经书隐公三年"夏，四月辛卯，君氏卒。"《左传》注曰："夏，君氏卒。——声子也。"②《公羊》注曰："尹氏者何？天子之大夫也。其称尹氏何？贬。曷为贬？讥世卿。世卿非礼也。外大夫不卒，此何以卒？天王崩，诸侯之主也。"③《穀梁》注曰："尹氏者何也？天子之大夫也。外大夫不卒，此何以卒之也？于天子之崩为鲁主，故隐而卒之。"④《春秋集解》在此采用了《左传》的说法，认为君氏应指声子，也即隐公之母。那么，既然哀公之母卒，经曰"姒氏卒"，隐公之母卒，经何以不称子氏而要称君氏呢？《春秋集解》指出："哀公之母曰姒氏卒，哀未君也。隐既君矣，不称子氏而称君氏，着其君也。"苏辙批驳了《公羊》《穀梁》将"君氏"视为"尹氏"的说法，认为二说与史实不相符。他指出："王子虎、刘卷皆天子之大夫也，其卒未尝不名。使尹氏尝为诸侯主矣，则将名之。其曰尹氏而不名，非尹氏也，盖君氏也。"⑤可见《公》《穀》之说不妥。

（3）以史证《春秋》

苏辙解经之时不仅以史考证《左传》《公羊》《穀梁》的正误，甚至对《春秋》经文的错误也直指不讳。《春秋集解》曰："《公羊》《穀梁》以为诸侯之事尽于《春秋》也，而事为之说，则过矣。"⑥《春秋集解》中，苏辙对

---

① 苏辙:《春秋集解》，第32页。
② 杨伯峻编著《春秋左传注》，第26页。
③ 杜预等注《春秋三传》，第44页。
④ 同上。
⑤ 苏辙:《春秋集解》，第19页。
⑥ 同上书，第17页。

《春秋》的具体批驳见于以下例子:

《左传》注襄公七年"郑伯髡顽如会,未见诸侯。丙戌,卒于鄵。"曰:

> 郑僖公之为大子也,于成之十六年与子罕适晋,不礼焉。又与子封适楚,亦不礼焉。及其元年朝于晋,子封欲诉诸晋而废之,子罕止之。及将会于鄵,子驷相,又不礼焉。侍者谏,不听;又谏,杀之。及鄵,子驷使贼夜弑僖公,而以疟疾赴于诸侯,简公生五年,奉而立之。①

《左传》认为郑伯在做太子时,对子罕、子封无礼,即位之后,又不礼于子驷,侍者谏而不受,反杀侍者。子驷积怨于心,伺其往会诸侯,行及于鄵时,遣刺客弑之,并以疟疾赴告诸侯。可见,《左传》认为郑伯死于被弑。《公羊》也持相同的看法,曰:"鄵者何?郑之邑也。诸侯卒其封内,不地。此何以地?隐之也。何隐尔?弑也。孰弑之?其大夫弑之。"②《穀梁》也认为郑伯死于被弑,曰:"郑伯将会中国,其臣欲从楚,不胜其臣,弑而死。"③可见三传均认为郑伯死于被弑。苏辙在对这段经文的注释中采用了三传的说法,明确指出郑伯死于被弑。《春秋集解》曰:"郑伯如会而名,何也?名其卒也。郑伯将会于鄵,子驷相,郑伯不礼焉,子驷使贼弑之,而以疟疾赴于诸侯。"④那么郑伯既死于被弑,经文又何以书"卒"呢?苏辙认为,《春秋》书"卒"不书"弑"的原因在于《春秋》从"赴告"。《春秋集解》曰:"然《春秋》从而信之,何也?君子不逆诈、不亿、不信,可欺以其方,不可罔以非其道也。彼以是告我,我从而书之,何病焉?世之治也,内有公卿大夫,外有方伯连率,是将有发其奸者,然后从而治之,何后焉?故《春秋》者,有待于史而后足,非自以为史也。世之为《春秋》而不信史,则过矣。"⑤苏辙指出,按照《左传》所述史实,郑伯髡顽是死于被弑,但《春秋》依"告"书,郑伯虽被弑,但却以疟疾告诸侯,故《春秋》书其"卒",不书其死于"弑"。在苏辙看来,《春秋》受到"书法"的影响,并不能完全视作对史实的实录,故不可将《春秋》作为信史,我

---

① 杨伯峻编著《春秋左传注》,第953页。
② 杜预等注《春秋三传》,第344页。
③ 同上。
④ 苏辙:《春秋集解》,第110页。
⑤ 同上。

们要得到相对客观的史实,还必须参考其他传注尤其是《左传》的记载。

苏辙以史为据对经文进行辩驳的例子还见于《春秋集解》注文公十年"夏,秦伐晋"曰:"是年春,晋人伐秦,取少梁;秦伯伐晋,取北征。秦、晋相攻久矣,无他得失,而独书曰:'秦伐晋',遂以戎狄书之,理不然也。或者书秦伯,阙文也。"①苏辙认为,秦、晋互相攻战,并无善恶之分,《春秋》独书"秦伐晋",显然是将秦视为戎狄,对秦有歧视之意,这是不合理的。因此,苏辙做出了这样的判断:要么是经文不足取,要么就是经文有阙文,其史实应是秦伯伐晋。

结　语

北宋初年,儒学兴起革新思潮。由于受到佛道心性之学的影响,宋儒治经往往抛开传注疏释,立足于义理的阐发,一时义理之学兴盛。清代四库馆臣曾谓"说《春秋》者莫夥于两宋"②,《春秋》学乃为宋代显学,宋儒也多以"义理"说之。孙复《春秋尊王发微》立足于"尊王"大义的阐发,其较之唐代《春秋》学已表现出明显重义理的倾向。二程治《春秋》也强调其所谓的"经世之大法"③。张载也认为治《春秋》"非理明义精,殆未可学"④。南宋胡安国于《春秋》"大义"求之最甚,其云"仲尼就加笔削,乃史外传心之要典"⑤,表明了他治《春秋》的理学家立场。当然,宋代的这一治经取向使《春秋》经义得到了更为深入的阐发,正所谓"议论有开合精神",但另一方面也带来了《春秋》学不重史实、逞意说经的弊端,正如朱熹所批评的:"《春秋》是当时实事,孔子书在册子上。后世诸儒学未至,而各以己意猜传。"⑥应该说,《春秋》学发展至南宋,其弊端已经十分明显,而朱熹对宋代《春秋》学的批评也是切中要害的。但事实上,早在北宋前期,《春秋》学的基本观点与发展理路尚初露端倪,苏氏父子已敏锐

---

① 苏辙:《春秋集解》,第81页。
② 永瑢等:《四库全书总目·日讲春秋解义提要》,中华书局1965年版,第234页。
③ 黎靖德编《朱子语类》,中华书局1986年版,第2176页。
④ 张载:《张载集》,中华书局1978年版,第384页。
⑤ 胡安国:《胡氏春秋传·序》,浙江古籍出版社2010年版,第1页。
⑥ 黎靖德编《朱子语类》,第2175页。

地觉察到其所存在的弊端,并从理论和实践上对之进行了校正。但遗憾的是,苏氏令世人瞩目的是其文学上的成就,其《春秋》学上的贡献却并未引起世人的重视。再就经史之论而言,学界多将清代章学诚"六经皆史"说的思想渊源追溯到明代王阳明那里。但事实上,王阳明、章学诚的经史思想皆与北宋时期苏氏父子的观点存在继承与发展的关系,但今人鲜有论及者。值得提出的是,在我们今天反思宋代主流思想的同时,作为北宋时期与其他学派并立的蜀学一派的思想也应该成为我们利用的思想资源。

征引文献

[1]［清］苏舆:《春秋繁露义证》,北京:中华书局1992年版。

[2]［汉］何休注、［唐］徐彦疏:《春秋公羊传注疏》(附校勘记),上海:上海古籍出版社1990年版。

[3]［晋］范宁:《春秋穀梁传注疏》,《十三经注疏》(整理本),北京:北京大学出版社2000年版。

[4]［宋］苏辙:《春秋集解》,《三苏全书》第三册,北京:语文出版社2001年版。

[5]［唐］陆淳:《春秋集传纂例》,《景印文渊阁四库全书》第146册,台北:台湾商务印书馆1986年版。

[6]［宋］孙觉:《春秋经解》,《景印文渊阁四库全书》第147册,台北:台湾商务印书馆1986年版。

[7]［晋］杜预:《春秋经传集解》,上海:上海古籍出版社1997年版。

[8]［晋］杜预等注《春秋三传》,上海:上海古籍出版社1987年版。

[9]赵伯雄:《春秋学史》,济南:山东教育出版社2004年版。

[10]［宋］孙复:《春秋尊王发微》,《景印文渊阁四库全书》第147册,台北:台湾商务印书馆1986年版。

[11]［唐］陆淳:《春秋集传辨疑》,《景印文渊阁四库全书》第146册,台北:台湾商务印书馆1986年版。

[12]［唐］陆淳:《春秋集传微旨》,《景印文渊阁四库全书》第146册,台北:台湾商务印书馆1986年版。

[13]杨伯峻编著《春秋左传注》,北京:中华书局1983年版。

[14]［晋］杜预注、［唐］孔颖达疏:《春秋左传注疏》(又名《春秋左

传正义》），北京：北京大学出版社 2000 年版。

［15］［宋］苏轼：《东坡易传》，龙吟点校，长春：吉林文史出版社 2002 年版。

［16］［宋］程颐、［宋］程颢：《二程集》，北京：中华书局 2004 年版。

［17］［清］徐文靖：《管城硕记》，北京：中华书局 2006 年版。

［18］《国语》，上海师范大学古籍整理研究所校点，上海：上海古籍出版社 1988 年版。

［19］［汉］班固：《汉书》，北京：中华书局 1983 年版。

［20］［南朝宋］范晔撰《后汉书》，北京：中华书局 1965 年版。

［21］［宋］朱熹：《晦庵先生朱文公文集》，《朱子全书》第二十四册，上海：上海古籍出版社 2002 年版。

［22］［清］皮锡瑞：《经学历史》，北京：中华书局 2004 年版。

［23］［清］朱彝尊：《经义考》，北京：中华书局 1998 年版。

［24］［后汉］刘昫等撰《旧唐书》，北京：中华书局 1988 年版。

［25］［宋］晁公武撰《郡斋读书志校证》，孙猛校证，上海：上海古籍出版社 1990 年版。

［26］［宋］苏辙：《老子解》，《三苏全书》第五册，北京：语文出版社 2001 年版。

［27］［清］孙希旦：《礼记集解》，北京：中华书局 1989 年版。

［28］［宋］苏辙：《栾城集》，曾枣庄、马德富校点，上海：上海古籍出版社 1987 年版。

［29］［清］程树德撰《论语集释》，北京：中华书局 1990 年版。

［30］［清］刘宝楠撰《论语正义》，北京：中华书局 1990 年版。

［31］［唐］成伯玙：《毛诗指说》，《景印文渊阁四库全书》第 70 册，台北：台湾商务印书馆 1986 年版。

［32］［唐］孔颖达：《毛诗正义》，《十三经注疏》（整理本），北京：北京大学出版社 2000 年版。

［33］［清］焦循撰《孟子正义》，北京：中华书局 1987 年版。

［34］《三苏先生文粹》，《四库全书存目丛书补编》第 33 册，济南：齐鲁书社 1997 年版。

［35］曾枣庄、舒大刚主编《三苏全书》，北京：语文出版社 2001

年版。

[36][宋]苏洵:《苏洵集》,《三苏全书》第六册,北京:语文出版社 2001 年版。

[37][宋]苏轼:《书传》,《三苏全书》第二册,北京:语文出版社 2001 年版。

[38]李民、王健撰《尚书译注》,上海:上海古籍出版社 2004 年版。

[39][明]杨慎:《升菴集》,《景印文渊阁四库全书》第 1270 册,台北:台湾商务印书馆 1986 年版。

[40][宋]欧阳修:《诗本义》,《景印文渊阁四库全书》第 70 册,台北:台湾商务印书馆 1986 年版。

[41][宋]苏辙:《诗集传》,《三苏全书》第二册,北京:语文出版社 2001 年版。

[42][宋]朱熹:《诗经集传》,长春:吉林人民出版社 1999 年版。

[43]洪湛侯:《诗经学史》,北京:中华书局 2002 年版。

[44][宋]程大昌:《诗论》,《四库全书存目丛书》第 60 册,济南:齐鲁书社 1997 年版。

[45][宋]王质:《诗总闻》,《景印文渊阁四库全书》第 72 册,台北:台湾商务印书馆 1986 年版。

[46][汉]司马迁:《史记》,北京:中华书局 1982 年版。

[47][明]陶宗仪编《说郛三种》,上海:上海古籍出版社 1988 年版。

[48]《景印文渊阁四库全书》第 1 册,台北:台湾商务印书馆 1986 年版。

[49][清]永瑢等撰《四库全书总目》,北京:中华书局 1983 年版。

[50][宋]朱熹撰《四书章句集注》,北京:中华书局 1983 年版。

[51][清]吴之振、[清]吕留良、[清]吴自牧选《宋诗钞》,北京:中华书局 1986 年版。

[52][元]脱脱等撰《宋史》,北京:中华书局 1977 年版。

[53][宋]苏轼:《苏轼文集》,孔凡礼点校,北京:中华书局 2004 年版。

[54]孔凡礼撰《苏辙年谱》,北京:学苑出版社 2001 年版。

[55][唐]魏徵等撰《隋书》,北京:中华书局 1982 年版。

[56][宋]苏轼:《苏轼文集》,《三苏全书》第十一册,北京:语文出版社2001年版。

[57][明]茅坤:《唐宋八大家文钞》,《景印文渊阁四库全书》第1384册,台北:台湾商务印书馆1986年版。

[58][宋]马端临:《文献通考》,北京:商务印书馆1936年版。

[59][宋]马端临:《文献通考·经籍考》,上海:华东师范大学出版社1985年版。

[60]周振甫:《文心雕龙今译》,北京:中华书局2005年版。

[61][宋]欧阳修:《文忠集》,[宋]周必大编,《景印文渊阁四库全书》第1102册,台北:台湾商务印书馆1986年版。

[62][宋]欧阳修、[宋]宋祁撰《新唐书》,北京:中华书局1975年版。

[63][清]王先谦撰《荀子集解》,北京:中华书局1988年版。

[64][三国]王肃注《影宋蜀本孔子家语》(附札记),台北:台湾中华书局1985年版。

[65][宋]张载:《张子全书》,《景印文渊阁四库全书》第697册,台北:台湾商务印书馆1986年版。

[66][清]孙诒让撰《周礼正义》,北京:中华书局2000年版。

[67][宋]朱熹:《朱子全书》,上海:上海古籍出版社2002年版。

[68][宋]黎靖德编《朱子语类》,北京:中华书局1986年版。

[69][清]高士奇:《左传纪事本末》,北京:中华书局1987年版。

[70]黄怀信:《上海博物馆藏战国楚竹书〈诗论〉解义》,北京:社会科学文献出版社2004年版。

参考文献

（一）著作类

沈玉成、刘宁：《春秋左传学史稿》，南京：江苏古籍出版社1992年版。
傅隶朴：《春秋三传比义》，北京：中国友谊出版社1984年版。
赵伯雄：《春秋学史》，济南：山东教育出版社2004年版。
刘信芳：《孔子诗论述学》，合肥：安徽大学出版社2003年版。
李冬梅：《苏辙〈诗集传〉新探》，成都：四川大学出版社2006年版。
孙家富：《先秦两汉诗学》，长沙：湖南人民出版社2000年版。
檀作文：《朱熹诗经学研究》，北京：学苑出版社2003年版。
邹其昌：《朱熹诗经诠释学美学研究》，北京：商务印书馆2004年版。
萧华荣：《中国诗经学史》，上海：华东师范大学出版社1996年版。
钱穆：《中国文化史导论》，北京：商务印书馆2001年版。

（二）论文类

罗军凤：《朱熹说〈春秋〉》，《史学史研究》2005年第3期。
邹其昌：《论朱熹诗经诠释学美学诠释方式》，《湖南师范大学学报》（社科版）2004年第1期。
赵伯雄：《朱熹〈春秋〉学考述》，《孔子研究》2003年第1期。
葛焕礼：《论苏辙〈春秋〉学的特点》，《孔子研究》2005年第6期。
舒大刚：《苏辙佚文二篇：〈诗说〉、〈春秋说〉辑考》，《文学遗产》2004年第1期。
顾永新：《二苏"五经论"归属考》，《文献》2005年第4期。

李致忠:《北京图书馆入藏宋刻苏辙〈诗集传〉》,《文献》1991年第2期。

刘尚荣:《苏辙佚著辑考》,《文学遗产》1984年第3期。

赵制阳:《苏辙〈诗集传〉评介》,《孔孟学报》1996年第7期。

金生杨:《理学与宋代巴蜀春秋学》,《四川师范大学学报》(社会科学版)2006年第5期。

赵沛霖:《海外〈诗经〉研究对我们的启示》,《学术研究》2006年第10期。

后　记

　　拙稿原为本人 2007 年的博士毕业论文。研究传统经学，多被今之学界目之为"过时"的学问。博士三年，顶着发表一级论文的压力，这篇博士毕业论文仅算是草创初就，多未尽意。原想工作后能对其作增删补正，未料忽忽十余年，竟不能抽出须臾以完结之，其间奔竞辗转，由是而知！想来不免伤感！奈何我虽无意于斯，然终不得幸免。今又应出书之需，检阅此文。字里行间，不禁回想起往昔浙大求学的生活，这是我人生中最快乐的三年，虽也有论文压力，但那时的校园学风淳朴、师风古道，不谙世事的我，简单、朴质、一心向学。加之研习的又是经学，涵养性情，自是悠游而乐。世易时迁，往昔已成追忆！昔陶潜曾有归去之叹，今吾又何将从吾心而自适？

刘　茜

2020 年 8 月于深圳大学袖海楼咸若斋